2019 제10회

젊은작가상 수상작품집

2019 제10회

젊은작가상 수상작품집

문학동네

| 차례 |

대상 박상영 우럭 한 점 우주의 맛 … 007

김희선 공의 기원 … 109

백수린 시간의 궤적 … 151

이주란 넌 쉽게 말했지만 … 193

정영수 우리들 … 235

김봉곤 데이 포 나이트 … 277

이미상 하긴 … 315

2019 제10회 젊은작가상

심사 경위 … 363

심사평 … 367

대상

—

박상영

우럭 한 점 우주의 맛

작가노트

요즘 나는

해설 김건형

사랑이 아름답지 않을 때 해야 할 일

박상영

1988년생. 2016년 문학동네신인상에 단편소설 「패리스 힐튼을 찾습니다」가 당선되어 등단. 소설집 『알려지지 않은 예술가의 눈물과 자이툰 파스타』가 있다. 2018년 젊은작가상을 수상했다.

우럭 한 점 우주의 맛

1

밤새 글을 쓰다 늦잠을 자버렸다. 대충 세수만 하고 가방을 들었다. 엄마는 아마도 짜증을 꾹꾹 눌러가며 병실에서 성경을 읽고 있을 터였다. 점심을 먹고 난 후 엄마와 함께 올림픽공원을 산책하는 것이 일상이 된 지 오래였다.

계단을 내려오다 습관처럼 흘끗 우편함을 바라봤는데, 서류봉투가 꽂혀 있었다. 꺼내서 만져보니 두툼한 서류 같았다. 발신인의 이름은 적혀 있지 않았다. 뭐지 하는 마음에 서류봉투를 뜯어보았다. 누렇게 바랜 종이 뭉치가 나왔다.

그것은 오 년 전 그에게 던지듯 건넸던 나의 글, 일기였다.

나체로 전신 거울 앞에 선 것 같은 기분으로 첫 장을 읽기 시작했다. 검은색 펜으로 휘갈겨쓴 일기 위에 빨간 펜으로 교정기호며, 매끄럽지 못한 문장이 표시되어 있었다. 그러니까 그가 내가 쓴 일기의 교정지를 보내온 것이었다. 닷새도 아닌 오 년 만에. 나는 종이 뭉치를 세게 쥐었다. 그에 대한 기억들이, 격렬한 감정들이 홍수처럼 쏟아져 들어왔다. 아직도 내 집주소를 기억하고 있었단 말이야, 라는 생각이 들었다. 종이 뭉치의 마지막 장은 내가 아니라 그가 휘갈겨쓴 쪽지였다. 그의 필체로 적힌 빨간 글씨들이 들러붙은 핏자국처럼 느껴졌다.

오랜만입니다. 형이에요. 작가가 됐다는 소식을 들었습니다. 축하합니다. 원래 이름에 '제' 자가 들어갔던 것 같은데, 맞죠? 예명을 쓰나봐요.

누굴 놀리나. 아무리 예전 일이라도 그렇지 일 년도 넘게 만났던 사람의 이름조차 제대로 기억 못한다니.

살이 많이 쪄서 사진으로는 못 알아봤어요.

됐다. 두 번 볼 것도 없다. 그냥 찢어버려야지. 그런데 다음 문장.

엄마 건강은 좀 괜찮으신지 모르겠네요. 그땐, 미안했어요. 여러모로. 다.

남자들은 도대체 왜 자꾸 내게 미안하다고 할까. 그냥 미안할 짓을 안 하면 될 일인데. 그는 여느 때처럼 일방적으로 자신의 용건을 늘어놓았다.

그간 몇 번이고 연락을 할까 했지만 아무래도 사정이 있어 하지 못했습니다. 그러다 벌써 시간이 이렇게 흘렀고 당연히 전화번호가 바뀌어버렸더군요. 이렇게 갑자기 연락해서 미안합니다. 제가 일정

이 빠듯해서 그럽니다. 월요일에 급하게 출국하게 되었어요. 아주 오랫동안, 어쩌면 아예 안 돌아올지도 몰라요. 괜찮다면 이번주 일요일, 예전에 약속했던 시간에 약속했던 장소에서 만나요. 꼭 주고 싶은 게 있습니다.

쪽지의 마지막에 전화번호가 적혀 있었다. 일요일이면, 이틀 뒤였다. 이 남자는 도대체 무슨 염치로 나에게 또 만나자고 하는 것일까. 줘야 할 물건 같은 소리 하고 앉았네. 우리 사이에 더 주고받아야 할 건 욕밖에는 없었다. 서류봉투째로 쓰레기통에 처넣고 싶은 마음과, 누구의 손도 닿을 수 없는 곳에 소중히 보관해놓고 싶다는 마음이 교차했다. 결국 서류봉투를 가방에 집어넣었다.

길을 걷는데 심장이 빠르게 뛰는 게 느껴졌다. 그로 인해 이렇듯 격렬한 신체 반응이 일어난다는 사실이 소름 끼치게 자존심이 상했다. 나는 핸드폰의 메모장 앱을 켰다. 그리고 한 문장을 적었다.

오 년 전, 나는 그를 엄마에게 소개하려 했었다.

*

다행히 엄마는 아직 코를 골며 자고 있었다. 점심을 먹고 곧장 곯아떨어진 것 같았다. 나는 발소리를 죽여 보호자용 침대에 앉았다.

엄마의 입원이 장기화되자, 병실에 엄마의 물건이 늘어나기 시작했다. 냉장고에 담긴 반찬통과 과일, 서랍 속 과도, 박하사탕 한 봉지, 침대 옆 협탁에 놓인 작은 액자 하나. 열한 살의 나와 서른아홉의 엄마가 나란히 찍힌 사진이었다. 사진 속 엄마는 학사모를 쓴 채 정체 모를 동상 옆에 기대서 있고, 엄마 다리맡의 나는 데님으로 된 멜빵바지를 입은 채 잔뜩 인상을 쓰고 있다. 그 무렵 찍힌 내 사진을 보면 모두 미간에 깊은 주름이 져 있었다. 더러운 성격은 아마도 기질상의 문제인 것 같았다. 사진 옆에는 올해 출간된 내 책 두 권이 놓여 있었다. 책은 병문안 온 손님들을 위한 것이었고, 정작 엄마는 내 책을 읽지 않았다. 그녀는 내 책뿐만 아니라 내가 쓴 모든 글을 강박에 가까울 만큼 철저히 읽지 않았는데, 노안 때문에 글씨가 아지랑이처럼 너울거려서 못 보는 것이라고 말은 하지만 실은 다른 이유가 있다는 것을 잘 알고 있었다.

스무 살 때 대학신문에서 주최하는 문학상을 받은 적이 있다. 당선되면 백만원의 장학금을 주는 대회였는데, 마침 신문사에서 수습기자로 일하는 동기가 경쟁률이 낮다는 얘기를 해줬다. 언제나 술값이 모자랐던 그때의 나는 학력 콤플렉스가 심해 방송통신대에서 학사학위를 두 개나 따고 난 후 자식의 교육에 모든 것을 바치는 오십대 여성의 이야기를 썼는데, 그것이 당시의 내가 쓸 수 있는 가장 가까운 얘기이기 때문이었다. 던지듯 출품했던 내 첫 소설은 생동감 있는 인물 묘사가 돋보인다는 평을 들으며 당선됐다. 엄마는 어디선가(아마도 모든 소문의 원흉인 교회에서) 그 소식을 주워듣고는 내 당선작이 나온 대학신문을 구해다 읽었다. 그리고 사흘 밤낮을 울었다. "네 마음이 그렇게 아팠다니, 내가 그렇게도 너를 착취해왔다니……" 안방 문을 넘어올 만큼 큰 소리로 통곡을 하는 그녀에게 "엄마, 소설은 그냥 소설이야. 다 지어낸 거라고" 소리를 질러보았지만 들릴 턱이 없었고 그후로 엄마는 내가 쓴 그 어떤 글도, 심지어는 바닥에 떨어진 리포트나 메모조차도 읽지 않는 몸이 되었다.

—명희가 네 책 재밌다더라. 지금까지 나온 건 죄다 사 봤대. 걔가 우리 중에서 제일 똑똑하잖니. 숙대도 나오고. 네 글 보더니 애가 아주 착하게 큰 것 같대.

지난 삼 년 동안 쓴 소설이라고 해봤자 술 먹고 물건을 훔치고, 군대에서 계간(鷄姦)을 하고, 성매매를 하고, 바람피우는 사람들 얘기가 전부였는데 도대체 뭘 보고 착하다는 건지. 두 번만 착했다간 사람도 죽이겠네. 아무튼 교회 아줌마들의 립서비스는 알아줘야 했다.

엄마가 특유의 골골대는 소리를 내며 몸을 일으키더니 밤에 잠을 잘 자지 못했다고 했다. 항암 치료를 시작한 뒤로는 통증 때문에 잠을 자기도 힘들다며 연신 하품을 해댔다. 엄마가 하도 코를 골아서 엄마와 같은 방을 쓰던 환자가 두 명이나 병실을 옮겼다. 결국 자의 반 타의 반으로 벌써 두 달 가까이 이 인실을 혼자 쓰는 중이었는데, 옆에 사람이 있을 때는 뭐가 마음에 안 든다 난리더니 막상 아무도 없으니 밤에 저승사자가 너무 쉽게 데려갈 것 같다는 둥 사십 년 차 기독교인답지 않은 샤머니즘적 발언으로 다채롭게도 사람을 미치게 했다.

—엄마 사과 깎아줘?

—입이 쓰다. 그냥 사탕이나 까줘.

생전 단것을 먹지 않다가 암수술을 한 뒤로는 계속 박하사탕을 찾았다. 어떤 날은 밥도 먹지 않고 사탕만 물고 있어 억지로 뱉게 한 적도 있었다. 소화기관이 제 기능을 하지 못해서 그런 것이라고 했다. 나는 병실에서 풍기는 병자 특유의 콤콤한 냄새를 감추기 위해 이불과 침대에 천연성분의 섬유탈취제를 뿌렸다.

육 개월 전 엄마의 암이 재발했다는 소식을 들었을 때에도 나는 놀라지 않았다. 수년 동안 잠잠하기는 했으나, 어쨌든 언젠가 벌어질 일이라고 생각했었다. 비극도 희극도 너무 자주 반복되면 하나도 좋을 게 없어서 이 모든 패턴이 지긋지긋하기만 했다. 나는 장례 말고는 암환자의 가족이 겪을 수 있는 거의 모든 일을 겪었다. 어쩌면 이제 겪어보지 않은 마지막을 준비해야 될 때가 온 것일지도 몰랐다.

*

엄마의 몸에서 처음으로 암이 발견된 게 벌써 육 년 전이었다.

당시에 나는 이십대 중반의 인턴사원이었으며, 정규직 전환 심사를 앞두고 있었다. 열 명이었던 인턴 중 최종까지 남은 사람은 셋. 그중 한 명만이 정규직으로 전환된다는 소문이 돌았으며 그것이 유일한 남성인 내 차지가 될 확률이 높다는 소문도 함께 돌았다. 나는 오십대 남녀의 정치적 성향과 건강의 상관관계에 대한 조사연구 팀에 보조 연구원으로 투입되어, 백 명도 넘는 사람들에게 전화를 돌리고 있었다. 공교롭게 오십대, 중도우파 성향의 여성에게서 전화가 걸려왔다. 나는 평소처럼 두 번 그녀의 전화를 거절했으나, 그녀는 포기를 모르는 여자였다. 별수없이 눈치를 보며 회사 번호로 그녀에게 다시 전화를 걸었다.

—안녕하십니까. 저는 코리아……

엄마는 환희에 찬 목소리로 외쳤다.

—엄마 암이래! 자궁암! 할렐루야다.

하도 호들갑을 떨어 암이 아니라 복권에라도 당첨된 줄 알았다. 그녀는 보름 전 뱃속에 진달래꽃이 만개하는 꿈을 꾼 후 '아무래도 예감이 좋지 않아' 건강검진을 받았고 자궁암 확진 판정이 내려졌다. 인맥 관리 차원에서 교회 사람들에게 들어놓은 여러 개의 암보험에서 진단비만 이 억이 넘게 나온다고 했다. 그 돈이면 지금 우리가 살고 있는 잠실 아파트의 남은 대출금을 얼추 다 갚을 수 있었다. 거기다가 실손보험에서 수술비가 나오고, 수원과 안양의 상가에서 나오는 임대료로 그럭저럭 우리 모자가 먹고살 수 있을 거라고 말하는 엄마는 진심으로 기뻐 보였다. 엄마는 외할머니도 엄마도 둘째 이모도 모두 암에 걸렸으니 너도 백 퍼센트 암환자가 될 것이라고 말하며 내 명의로 암보험 두 개를 더 계약하자고 했다.

퇴사 의사를 밝히는 내게 차장이 말했다.

—우리 회사보다 더 좋은 곳에 붙은 건가?

그게 아니라 홀어머니가 암에 걸려서요, 간병할 사람이 없어서 때려치웁니다, 하고 싶었는데 그러지는 못했다. 엄마는 남들에게 굳이 비밀로 하지 않아도 될 것까지 비밀로 하곤 했는데, 그 이유는 대부분 '남세스럽다'는 것이었다. 대찬 성격에 어울리지 않게 언제나 묘한 포인트에서 수치심을 느끼곤 하는 엄마는, 자신의 병을 꼽시 부끄러워했다. 그녀는 이십 년이 넘도록 관리해왔던 고객들에게 안식년을 맞아 성지순례를 간다고 휴직 선언을 했으며, 친구들뿐만 아니라 이모들에게조차도 병을 알리지 않았다. 나로서는 아픈 게 뭐 그렇게 대단한 흉이라고 저 난리일까 싶기는 했으나, 순순히 엄마의 비밀에 동참했다. 그 때문에 나는 애매하게 웃으며 차장에게 퇴사 후 글을 쓸 거라고 해버렸다. 평생 꿈꿔왔던 일이라는 말도 덧붙였다.

—꿈 그거 좋지. 그러나 이거 하나는 기억하게. 기회는 기차와도 같아 한번 가면 돌아오지 않지.

기차는 매일 매시간 돌아오는데 도대체 무슨 개같은 소리일까 생각하며, 그렇게 나의 첫번째 회사생활을 정리했다. 보름 후 엄마는 자궁암 명의가 있다고 소문난 강남의 한 종합병원 수술대에 누워, 예수의 고통에 동참하고 싶다며 수술할 때 마취를 하지 말아달라 의료진에게 요청해 산부인과뿐만 아니라 정신과 진료도 함께 받게 되었다(드디어!).

사진상으로 대단할 것이 없으리라 추측됐던 엄마의 암세포는 막상 열어보니 꽤 심각한 상태였다. 림프샘 전이 의심 소견이 있으며, 간의 상태도 좋지 않아 시간을 들여 여러 단계의 치료를 받을 필요가 있다고 했다. 자궁 적출 수술 후 몇 번의 방사선치료가 이어졌음에도, 엄마의 암세포는 완벽히 사라지지 않았다. 완치를 향한 길은 멀고도 험했다.

그를 처음 만난 게 바로 그 무렵이었다. 한 인권 단체에서 주최하는 아카데미의 인문학 교양강좌에서였다. 많고 많은 강의 중 '감정의 철학'을 수강한 것은, 당시 내가 정말 감정을 주체할 수 없는 상태였기 때문이다. 취업준비생의 덕목에 맞게 영어 점수를 만들고 각종 회사의 인적성 시험을 준비하는 것도 모자라, 엄마의 병수발을 들며 엄마의 간절하고도 강압적인 요구에 의해 하루에 한 번씩 산책까지 시켜줘야 했다. 몸과 마음이 골고루 병든 병자를 종일 들여다보고 있자니 나까지도 점점 병들어가는 기분이었다. 엄마라는 불행의 진원으로부터 도망치기 위해, 하루에도 몇 번씩 끓어오르는 내 감정의 본질을 알기 위해 나는 일주일에 한 번씩 아카데미에 갔다. 수업은 스피노자의 『에티카』를 중심으로 롤랑 바르트의 『밝은 방』과 『사랑의 단상』을 부교재로 삼아 인간에게 존재하는 감정을 나노 단위로 쪼개 분석하는 방식으로 진행되었다. 첫 수업 때 '재야의 철학자'라고 자신을 소개한 강사는, 강의력이 부족한 많은 강사들이 그러하듯 수강생들에게 자기소개를 강요했다. 인권 단체에서 주최하는 수업이라 그런지 열다섯 남짓의 수강생 중에 반수 정도가 사회단체 활동가였다. 그들은 (아무도 묻지 않았는데) 자신이 속한 단체나 믿고 있는 신념, 성적 지향 같은 것을 밝혔고, 내 차례가 다가왔을 때 나도 중도좌파에 남성 호모섹슈얼, 이라고 고백을 해야만 할 것 같은 압박감에 살짝 사로잡혔으나, 그냥 본명을 말하고 대학생이라고 소개를 했다. 조바람님, 제임스님, 샐리님, 맙소사님, 가을의 전설님…… 국적과 출처를 알 수 없는 활동명과 닉네임이 줄줄 이어졌다. 모두가 소개를 마칠 때쯤 한 남자가 문을 밀고 들어왔다. 키가 몹시 커 문에 닿을 듯했고, 그래서 구부정하게 허리를 숙이고 있던 남자. 그가 내 옆자리에 앉아 가방을 내려놓고 후드 집업을 벗었다. 검은 후드 집업과 태극기가 오버로크된 이스트팩 백팩은 모두 기십 년은 넘은 듯 낡아 있었다. 뛰어왔는지 그의 몸에서 피어오른 더운 기운이 내 얼굴로 확 끼쳐들었다. 그의 목과 팔목, 손가락까지 길게 문신이 이어져 있는 게 보였다. 파충류의 꼬리 같은 것. 저 무늬를 타고 올라가면 어떤 모양이 그려져 있을지, 문신의 끝이 어디일지 궁금해졌다. 그의 몸 구석구석을 훑다보니 나도 모르게 침을 크게 삼켜버렸다. 갑자기 남자가 내 옆에 바싹 다가왔다. 귀부터 발끝까지 털이 곤두서는 게 느껴졌다. 그가 내 귀에 대고 속삭였다.

—저, 죄송한데, 커피 한 모금만 마실 수 있을까요?

남자는 내 대답을 듣기도 전에 내 앞에 놓인 일회용 커피잔의 뚜껑을 열고 커피를 마시기 시작했다. 남자의 움직임이 슬로모션처럼 한 장면 한 장면 의미심장하게 다가왔다. 남자는 (아마도 몹시 뜨거웠을) 내 시선 따위는 아랑곳하지 않고 바닥에 가라앉아 있던 얼음까지 와그작와그작 씹어 먹었다. 자기소개의 마지막 순서였던 남자는 자신을 '창작하는 사람'이라고 짤막하게 소개했다. 작곡을 하는 것도, 미술을 하는 것도, 글을 쓰는 것도 아니고 창작을 한다는 그 문장이 이가 시릴 정도로 쿨해서 나는 단번에 그에게 불길한 관종의 기운을 느끼고야 말았다(예감은 언제나 틀리는 법이 없었다).

수업이 끝나고 난 후 남자가 내게 다가와 커피를 사주겠다고 했다. 아까 마신 커피에 대한 보답을 하고 싶다는 이유에서였다. 처음 보는 사람의 음료를 허락도 없이 마시질 않나, 남자의 말투며 눈빛

같은 게 아무래도 낌새가 좋지만은 않아, 나는 손사래를 쳤다. 남자는 꼭 은혜를 갚고 싶다고 거듭 말했다. 그와 아카데미 근처의 스타벅스로 향하게 된 것은 도의적인 차원에서 그의 간곡한 부탁을 거절할 수 없어서, 는 아니었고 실은 그가 너무너무 내 스타일이기 때문이었다. 저음에 또렷한 목소리, 툭 튀어나온 눈썹 뼈에 속내를 종잡을 수 없는 작은 입술, 선크림 따위 생전 한 번도 바르지 않은 듯 군데군데 기미가 낀 피부까지. 성격은 이상한 것 같지만 그냥 얼굴이나 실컷 보다 와야지 하는 마음이 불길한 예감을 뛰어넘어버렸다(그러는 게 아니었다).

남자와 계산대에 나란히 섰는데 나보다 머리통 하나 정도가 훌쩍 컸다. 누군가를 올려다보는 것은 평균보다 조금 더 큰 키인 내게는 좀체 없는 일이었다. 우리는 나란히 아이스아메리카노를 받아들고 테이블에 앉았다. 자기가 커피를 마시자고 해놓고 그는 별말도 없이 그냥 허공을 멍하니 바라보고 있었다. 뭐야, 이 남자. 이럴 거면 왜 불러냈어. 결국 내가 대화의 포문을 열었다.

—목이 많이 마르셨나봐요.

—덕분에 살았습니다.

그리고 침묵. 당시의 나는 (정규직 전환을 꿈꿨던) 비정규직의 쇼맨십을 온몸에 품고 있었으므로 (아무도 그러라고 한 사람이 없는데도 불구하고) 먼저 나서서 저는 대학생이고, 불문학을 전공하고 있으며, 요즘 재밌게 본 드라마는 무엇입니다, 취미는 독서이고, 이 수업에 참여하게 된 계기는…… 계속 하나마나 한 말을 떠들어댔다. 그는 실례일 정도로 나를 훑듯이 쳐다보았고 내가 불편한 마음이 들 때쯤 입을 열었다.

—말을, 예쁘게 하시네요.

뭐래는 거냐 이 남자, 지금 나 끼스럽다는 거지. 게이인 거 티난다고 하는 거 맞지. 아닌가? 그냥 하는 소리인가? 내 피해의식인가? 나는 괜히 복잡한 마음이 들어 그냥 입을 다물었다. 또다시 침묵. 아메리카노 잔의 바닥이 드러날 정도로 어색한 시간이 흘렀을 때 그가 뜬금없이 이런 말을 했다.

—우리 어머니가 알코올중독이에요.

—네…… 네?

—그래서 어머니를 치료소에 입원시켰는데 몇 번이나 도망쳤다가 이번에 폐쇄병동으로 들어가셨어요.

—아…… 네.

—치료 방법을 바꿔봐도 도저히 차도가 없어요. 계속 숨겨놓고 술을 마셔요. 침대 옆에도 술병이 있고, 가방 안에도 있고. 미치겠습니다.

이 남자, 처음 보는 나에게 왜 이런 얘기를 하는 걸까. 이런 상황에서는 도대체 어떤 표정을 지어야 하지.

—심지어 요즘은 알코올성 치매 초기 증상까지 와서 대하기가 영 녹록지가 않네요. 그래서, 엄마를 잡으러 다녀요. 사나흘에 한 번꼴로.

뭐야, 돌았나. 갑자기 내 쪽에서도 거창한 가족사를 말해야 할 것 같은 강박이 들었다. 우리 가족은 그냥 평범한 중산층이고, 아버지는 평범한 중산층의 가장답게 죽도록 바람을 피워 이혼을 했으며, 엄마는 대한민국 중노년층 사망 원인 1위인 암에 걸린 환자랍니다, 말해야 하나. 아니면 더 대단한 사연을 지어내기라도 해야 하나, 고민을 하다가 그냥 이렇게 말해버렸다.

—저희 어머니도 아프세요. 자궁암. 수술받고 병원에 입원해 계셔서 제가 돌보고 있어요.

—아, 그런 일이 있으셨군요. 우리 공통점이 많네요.

엉겁결에 엄마의 투병 사실을 공개해버리고 나서야 타인에게 엄마의 병에 대해 털어놓는 게 처음이라는 것을 깨달았다. 남자가 내게 말했다.

—그런데 여기 수업 듣는 거 처음이시죠?

—네, 어떻게 아셨어요?

—내가 여기서 열리는 인문학, 철학 수업 거의 다 들었거든요. 아예 처음 보는 얼굴이길래. 이렇게 귀여운 얼굴을 기억 못할 리가 없지.

그 말을 했을 때의 그의 표정을 아직도 기억한다. 누구보다도 여유로운 것처럼 굴지만 자신감 없이 떨리는 눈빛, 머뭇거리는 입술의 움직임이 그가 긴장하고 있다는 것을 보여주었다. 내 경우도 놀란 건 마찬가지였다. 농담으로라도 나에게 귀엽다는 말을 해준 사람은 정규교육 과정을 시작한 이후로는 한 번도 없었다. 누가 봐도 전혀 귀엽지 않은 게 그나마 내 귀여움의 포인트인데. 그런데 이 아저씨 뭐지. 이쪽 느낌은 아닌데. 노골적인 플러팅인가. 어쭙잖은 작업질인가. 아냐, 그럴 리 없지. 나도 집에 거울이 있는데 내가 일부러 커피를 사줘가면서까지 작업 걸 만한 수준이 아니라는 건 너무 잘 알고 있다고. 하도 당황스러워 무슨 말을 할지 떠오르지 않았다. 다만 내가 떨고 있다는 것, 그를 똑바로 바라볼 수 없을 정도로 긴장하고 있으며 그것을 숨기기 위해 안간힘을 다하고 있다는 것만은 절실히 느끼고 있었다. 그가 그런 나를 비웃기라도 하는 것처럼 가벼운 어조로 말했다.

—뒤에 별일 없으시면 앞으로도 수업 끝나고 밥이나 같이해요.

그렇게 우리는 수업이 끝나고 아카데미 근처를 돌아다니며 함께 밥을 먹는 사이가 되었다. 그 주변의 지리며 맛있는 식당을 훤히 알던 그가 나에게 맛집(이라 불리는 가정식 백반집과 기사식당 등 꼰대 취향의 음식점)을 소개해주는 식이었고 나는 그의 내밀한 일상 공간에 초대받은 것 같은, 과장된 자의식에 젖어 있었다(나중에는 그가 그냥 다른 사람에게 아는 척하기를 좋아하는 성격이라는 것을 알게 되었지만). 그와 함께 있을 때의 나는 평소보다 말수가 적고 밥을 적게 먹는 사람이 되었다. 대신 그를 관찰하는 데 온 신경이 쏠려 있었는데 손질되지 않은 짧은 머리와 웃을 때 이 사이로 새어나오는 입김, 쑥스러울 때면 한쪽만 올라가는 눈썹과 시옷 발음이 새는 습관 같은 것들을 속속들이 내 속에 담았다. 밥을 먹고 난 후에는 언제나 앞만 보고 빠르게 걷는 그를 따라가기 위해 그보다 십 센티미터는 짧은 다리로, 열심히 속도를 맞추며 걸었다. 그렇게 숨이 가쁜 채로 지하철역에 도착하면, 그가 한 번도 내 쪽을 바라봐주지 않았다는 사실을 문득 깨닫고 연유 없는 절망감 같은 것에 사로잡혔다.

그를 보고 있으면 자꾸만 생각이 많아졌다. 그라는 사람이 궁금했고, 그보다 그가 나를 어떻게 생각하는지 궁금했고, 그보다 그가 도대체 어떤 방식으로 내 감정을 휘저어놓는지 알고 싶어졌다. 내 머릿속에서 생각들이, 감정들이 자꾸만 떠올라 초당 수천 미터는 뻗어가는 것 같았고 생전 느껴보지 못했던 그 에너지를 어떻게 처리해야 할지 곤혹스러웠다. 그래서 나는 수업을 위해 마련해놓은 대학노트를 일기장 삼아 그의 일상을, 나아가 그를 통해 변화하는 나 자신의 감정을 기록하고 탐구하기 시작했다.

기록의 양이 늘어날수록 나는 그에 대해 더 알 수 없어졌다.

그는 자신이 무슨 일을 하는지 극도로 말을 아꼈으나, 어쨌든 출퇴근을 하지는 않았고, 만나는 사람이 거의 없어 보였다. 그는 시시때때로 별다른 용건이 없는 문자를 보내왔으며(오늘은 산책하기 좋은 날씨입니다) 노인들처럼 암에 좋은 음식이나 면역력을 높여주는 식품에 대한 기사를 보내오기도 했다. 일단 대화가 시작되고 난 후엔 하나도 특별할 것이 없는 자신의 일상이며(오늘은 칸트를 읽고 길고양이에게 밥을 주었습니다) 모친의 알코올의존증 치료 상황과(어머니가 병원을 탈출해 술을 마신 뒤 택시 기사와 싸움을 벌였습니다), 하다못해 매일 별다를 게 없는 일 인분의 식사까지 찍어 보냈다(고등어찜을 먹었습니다). 나는 그런 그의 메시지에 간신히 아, 네, 힘드시겠어요, 밥 맛있게 드세요, 와 같은 하나마나 한 대답밖에 할 수 없었다. 그런 쓸데없는 말이나마 끊어질라치면 그는 괜히 웃는 이모티콘이며 뚱뚱한 고양이 스티커 같은 것을 보내 어색한 대화를 이어나가려고 했다. 그렇게 한참 동안 의미 없는 메시지를 보내다보면 갑자기 바람 빠진 풍선처럼 모든 게 다 부질없어지곤 했는데, 그가 나에게 (어떤 의미에서든) 관심이 있는 게 아니라 단지 벽에 대고서라도 무슨 얘기든 털어놓고 싶을 만큼 외로운 사람에 불과하다는 생각이 들어서였다. 나는 그런 외로운 마음의 온도를, 냄새를 너무 잘 알고 있었다.

그때의 내가 바로 그런 사람이었으니까.

2

토요일 오후, 요양병원에서 힐링 요가 수업을 마친 엄마가 산책을 가자고 나를 채근했다. 평소와 하나도 다를 게 없는 산책길이었으나 평소와는 확연히 달랐다. 그가 보내온 종이 뭉치가 내 일상을 통째로 바꿔놓았다. 나는 마치 오 년 만에 돌아온 기차를 잡아탄 것처럼 초 단위의 감정 기복을 반복하고 있었다. 도저히, 아무 일도 손에 잡히지 않았다. 마감이 일주일 정도 늦겠다는 메일을 보냈다.

나는 엄마와 함께 공원으로 향했다. 병원에서 길만 건너면 올림픽공원이었다. 엄마가 기대듯 내 팔을 잡았고 우리는 팔짱을 낀 채 천천히 횡단보도를 건넜다. 멀리서 보면 우리는 아주 사이좋은 모자처럼 보일 것이었다. 여느 때처럼 십 분쯤 걷다 호수 앞의 벤치에 나란히 앉았다.

재발한 암일수록 생존율이 낮다고 했다. 모든 것이 두번째였기 때문에 포기도 상대적으로 수월했다. 암이 전이된 간의 일부와 담도를 적출한다고 했을 때도, 다섯 번의 항암 치료를 더 하게 되었을 때도, 일 년 이상 생존할 확률이 이십 퍼센트가 넘지 않는다는 결과를 들었을 때도 우리 모자는 크게 놀라지 않았다. 나는 또다시 다니던 회사를 그만뒀다. 팀장은 사정이 나아지면 언제든지 돌아오라고 말했지만, 서른한 살은 그런 말을 곧이곧대로 믿을 정도로 순진한 나이는 아니었다.

새로 옮긴 요양병원은 집에서 도보로 십오 분 거리였다. 경기도 외곽의 요양병원에 반년 가까이 입원해 있다 엄마와 가깝게 지내던 동갑의 폐암 환자가 죽은 뒤 급하게 이곳으로 옮겼다. 집 근처의 병원은 요양병원이라기보다는 호스피스에 가까운 곳이었고, 병실도 부대시설도 모두 호텔처럼 깨끗했다. 전문 간병사와 치료사들이 의학과 대체의학을 넘나드는 치료와 처치를 해주어, 이곳에 오고 나서부터 내가 할 일이 부쩍 줄었다. 내 월급을 훌쩍 뛰어넘는 병원비를 생각하면 형편에 맞는 선택은 아니었지만 할 수 있는 한 가장 편한 곳에 있게 해주는 것이 엄마와 나의 마지막 시간을 보내는 최선의 방법이라는 생각이 들었다. 엄마는 더이상의 항암 치료를 포기한 채 통증을 경감해주는 한방 대체요법이나 힐링 요가, 마음을 다스리는 긍정의 명상법 같은 요양병원의 프로그램을 성실히 수행했다. 그 와중에도 암세포는 엄마를 닮아 착실히 온몸으로 퍼져나갔다. 통증의 범위와 형태는 다채롭게 변해만 갔다.

엄마가 화장실에 가겠다고 했다. 나는 엄마를 부축해 공중화장실의 장애인 칸으로 들어갔다. 엄마를 좌변기에 앉혀주고 고개를 돌렸다. 최근에 방광 부근까지 암세포가 전이된 이후로는 용변을 볼 때마다 부쩍 통증을 호소했다. 자리에서 일어나거나 기침을 하는 등 복압이 높아지는 상황에서는 몸을 가누기가 힘든지 번번이 나를 찾았다. 나는 화장실 문을 바라보며 엄마가 힘없이 오줌 누는 소리를 들었다. 몇 번을 겪어도 적응이 안 되는 순간 중 하나였다. 엄마는 다 죽어가는 마당에 부끄러울 게 뭐가 있느냐는 듯 당당한 손길로 내가 건네준 휴지를 턱 받아들어 닦더니 속옷을 올리고 얼른 자신의 바지를 추켜올려라, 몸을 일으켜세워라 난리였다. 내가 눈을 질끈 감고 마지못해 뒤처리하는 것을 보고서는 못마땅한 목소리로, "역시나 딸을 낳는 거였다"라고 삼십 년은 늦은 후회를 했다. 그리고 어이없어하는 나를 내버려둔 채 누구보다 호방한 자세로 앞으로 걸어갔다. 방금 전 혼자 용변조차 제대로 못 보던 사람이라고는 믿을 수 없을 만큼 씩씩하게. 화장실을 나와서는 산책로가 떠나갈 정도로 큰 소리를 내며 건강 박수를 쳤으며, 공기가 상쾌하다고 난리였다.

—미세먼지 수치가 백이 넘는데 상쾌하긴 뭐가 상쾌해. '매우 나쁨'이래.

확실히 암세포가 호흡기에는 전이되지 않은 것 같았다. 엄마가 내 시큼털털한 표정을 보고 또 푸념을 늘어놓기 시작했다.

—나는 지 똥 기저귀까지 빨아가며 키워놨는데, 그게 뭐 대수라고 난리법석을 떨어대는지. 하긴 너한테 내가 뭘 바라겠니. 너 외할머니가 암 걸렸을 때도 그랬어. 걷지도 못하는 갓난쟁이가 쪼르르 기어가서는 누워 있는 저희 할머니 뺨을 때리고 그랬다. 떼어놓으면 또 기어가서 뺨을 때리고, 문을 닫아놓으면 밀고 들어가서 때리고.

그랬던 애다, 네가. 그때부터 싹수가 노랬어.

—아, 정말, 도대체 언제까지 그 얘기 할 거야?

—죽을 때까지 하려고 그런다, 왜.

사망 카드가 먹히는 것도 한두 번이지 기백 번 똑같은 말을 듣고 있자니 이러다 내가 먼저 죽겠다 싶은 마음까지 들 지경이었다. 엄마는 "얼마 남지도 않은 에미한테 좀 잘하라고, 다 너 생각해서 하는 소리다!"라고 죽을 날을 받아놓은 사람답지 않게 우렁찬 목소리로 첨언했다. 한번 시작한 타령을 끝낼 생각이 없는지 또다시 결혼 얘기를 끌고 들어왔다. 누구네 아들은 벌써 애가 둘이라느니, 총각 때는 순 망나니였던 애가 결혼하고 나서 판교에 아파트를 샀다느니 매일 부르던 돌림노래를 또 부르기 시작했다. 지긋지긋한 결혼 타령이지만 뭐 이해 못할 것은 없었다. 그녀가 평생 동안 나를 먹여 살려왔던 일이 그런 것이었으니.

내가 열한 살 때, 엄마는 상습적으로 바람을 피우는 것도 모자라 사업을 말아먹기까지 한 나의 부친과 과감히 이혼을 단행했다. 순식간에 가장이 된 엄마는 당시 막 한국에 진출해 인력난에 시달리던 북유럽계 결혼정보회사에 취직해 커플 매니저가 되었다. 구십 년대 말 개인사업자(AKA 마담뚜)가 성행했던 결혼업계에 북유럽계 회사의 선진 시스템은 소소한 파란을 일으켰다. 엄마가 가방 가득 넣어 다니는 차트의 앞면에는 회원의 학력과 직업, 재산, 키와 몸무게, 외모의 수준(?)을 점수화해 책정한 등급이 적혀 있었으며, 뒷면에는 에니어그램과 MBTI 등의 심리검사 결과가 있었다. 사회적 조건이나 개인의 기질상으로 가장 적합한 짝을 찾아주는 나름대로 체계화된 시스템이었다. 금융위기 이후 강남 송파 바닥에 영원한 재고로 남을 뻔한 남녀들이 본격적으로 결혼이라는 제도에 눈을 돌리기 시작하자 시장에 활황이 찾아왔다. 엄마는 특유의 서글서글한 성격과 마당발적 기질, 영리하고 재바른 눈치 덕분에 업계에 소문난 커플 매니저가 되었고, 삼 년이 채 되지 않아 개인사업자로 독립할 수 있었다. 이후 그녀는 업계 최고의 전문가로 거듭나겠다며 방송통신대 심리학과에 진학했으며, 이전에 다니던 회사에서 사용하던 차트를 무단으로 도용해 새로운 심리 진단 항목을 추가한 후 디자인과 배열만 살짝 바꿔 새로운 차트를 개발했고, (주)코리아하트필드, 라는 독일계 심리학자의 이름을 딴 미등록 회사를 설립해 상담심리 전문가, 라는 공인되지 않은 직함을 단 명함을 팠다. 어릴 적 나는 일하는 엄마의 뒤에서 빈 차트에 줄을 치며 놀다 등짝을 맞곤 했다. 강남 바닥의 미혼 남녀들이 호텔에서 스테이크와 파스타, 커피와 홍차를 먹고 마시는 동안 나는 뼈와 살을 착실히 늘려가며 자라왔다. 그 시절 엄마와 나는 우리 가족이 최선을 다해 노력하다보면 등급표의 최상위권에 안착해 누구보다도 북유럽적으로 아름다운 삶을 이룩할 것이라는 믿음에 푹 빠져 있었다.

먼저 그 꿈을 발로 차버린 것은 나였다. 이차성징이 시작된 이후 내가 기독교적 가족 형태에 편입될 수 없는 사람이라는 것을 깨달았기 때문이다. 그리고 사건이 하나 있었다. 고등학교 1학년 때 두 살 연상의 이과생과 키스를 하다 엄마에게 들킨 것이다. 장소는 (진부하게도) 놀이터였다. 가로등 불빛이 스포트라이트처럼 내리쬐는 그네에서 반삭의 남고생 둘이 입을 맞추고 있었고, 그 장면을 바라보는 중년의 여성 한 명이 있었다. 바로 이십오 년 차 기독교인인 우리 엄마. 현장을 너무 정통으로 들켜버려 뭐라 변명할 처지가 못 됐다. 엄마는 드라마 속 인물처럼 놀라 가방을 떨어뜨리거나 비명을 지르거나 울지는 않았다. 대신에 아무렇지도 않게, 정말 아무 일도 일어나지 않은 것처럼 고개를 돌려 아파트의 현관으로 들어갔다.

다음날 그녀는 나를 문책하거나 혼내는 대신 자신의 빨간 마티즈에 태웠다. 그리고 경기도 양주의 한 정신병원에 나를 입원시켰다. 싫다고 돌아서는 내 손목을 강하게 붙잡으며 누구보다도 따뜻한 눈빛으로 말했다.

—엄마가 아무리 봐도, 네 가슴속에 분노가 많은 것 같다. 걱정 마라. 엄마가, 그렇게 두지는 않을 거다.

그렇게 나는 폐쇄병동에 입원했다. 나는 매일 오전 혈액검사를 포함한 각종 검사를 받았으며, 매 끼니마다 여덟 알이 넘는 약을 복용했다. 오후 시간의 대부분은 집중적인 상담 치료를 받았다. 오래된 병원의 냉방시설이 시원치 않아 사타구니며 겨드랑이에 자주 땀이 찼으나 데오도란트나 샤워 젤이 없어 내 몸에서 풍기는 냄새를 그대로 맡고 있는 날들이 많았다. 나와 같은 병실에 입원해 있던 48세 김현동씨의 경우 분노 조절 장애와 조현병 진단을 받았는데, 깨어 있을 때는 자신의 눈에만 보이는 친구들에게 뭔가를 계속 떠들어댔으며 잘 때는 코를 심하게 골았다. 게다가 약의 부작용이 아닐까 싶을 정도로 수시로 방귀를 뀌어 다른 사람보다 청결에 조금 더 민감한 편인 나를 질리게 만들었다. 오래돼 구멍이 성긴 방충망으로 자주 모기가 들어와 밤잠을 설쳤다. 힘겹게 선잠이 들어도 꿈을 꾸느라 바빴다.

꿈에는 언제나 한 여자가 나왔다. 머리를 정수리까지 올려 묶은, 빨간 마티즈를 모는 여자. 여자는 눈을 감은 채 차를 몰고 있었다. 여자가 모는 차의 속도가 갈수록 더 빨라졌다. 갈 길이 멀어 보여, 당신. 너무 바쁘구나.

자고 일어나면 마치 내가 밤새 운전을 한 것처럼 피곤했다. 보름 동안 여러 검사와 지속적인 상담을 거친 끝에 의사가 내린 결론은 하나였다. 내가 전쟁 피해자와 같은 강도의 트라우마를 가지고 있다는 것이었다. 임상심리치료사의 소견도 그와 유사했다. 나는 십육 년(그러니까 평생) 동안 엄마의 인생의 대리물로서, 나 자신의 심리적인 욕구를 억압하며 살아왔다고 했다. 우리 모자 사이에 일어났던 몇 가지 일화를 들은 전문의와 임상심리치료사는 내가 아니라 엄마의 치료가 시급한 상황인 것 같다고 결론지었다. 보호자를 호출하는 선에서, 나는 간신히, 정말이지 간신히 그곳에서 벗어날 수 있었다. 다시 서울로 돌아가는 날, 엄마는 마티즈 안에서 내게 쪽지 한 장을 건네주었다.

레위기 20장. 반드시 죽여야 하는 죄: 13절, 누구든지 여인과 교합하듯 남자와 교합하면 둘 다 가증한 일을 행함인즉 반드시 죽일지니 그 피가 자기에게로 돌아가리라.

—마음은 좀 많이 나아졌니.

—내가 아니라 엄마가 아픈 거래. 의사가 그랬어.

집에 돌아왔을 때에는 나와 이과생과의 모든 관계가 깨끗이 정리되어 있었다. 내가 썼던 핸드폰은 폐기되었으며 새로 산 핸드폰의 주소록에는 엄마의 번호만이 저장되어 있었다. 알아서 다 처리해놨다, 라고 말하는 엄마에게는 업무를 처리하는 듯한 사회인의 사무적인 태도가 서려 있었다.

집 근처의 종합병원에서 2회 차까지 치료를 받은 뒤 엄마는 상담과 약물치료를 모두 거부했다. 상담자를 바꿔준다는 병원의 제안도 거절했다. 그럴 필요가 없다고 했다. 자신은 이미 죄 사함을 통해 구원받은 상태이며, 따라서 더이상의 문제는 없다고 했다. 의사에게 그 말을 전해듣고 나는 엄마에게 물었다.

—후회하지 않을 자신 있어?

엄마는 아무런 가치판단 없이 허공을 바라보듯 나를 흘긋 보고 말 따름이었다. 그러고는 덧붙였다.

—아무한테도 말하지 마라. 남부끄러운 일이니.

도대체 뭐가 부끄러운 일이라는 건지. 두 살 많은 형과 키스를 한 것? 그 때문에 여름방학 동안 정신병원에 갇혀 있다 나온 것? 미친 여자의 아들로 태어나 십육 년 동안 그녀를 버티며 살아온 것? 그중에 어떤 것을 비밀로 하라는 건지 잘 분간이 되지 않았고, 그래서 그냥 그 모든 것을 비밀의 영역에 두기로 결정했다.

그렇게 침묵의 방식으로 포기와 체념을 배운 나는 여름방학이 끝난 후 아무렇지도 않게 일상에 복귀해 보통의 입시생이 되어 살아갔다. 남들이 보기에는 썩 평범한 삶처럼 보였을지도 모르겠으나, 속으로는 누구보다 시꺼먼 독기를 품고 있었다. 나와 같은 지붕 아래 잠든 저 여자가 늙고 병들면 경기도의 외진 숲에 내다버리고 말리라, 산 채로 미친 들짐승의 먹이로 만들 것이다, 다짐에 다짐을 거듭하며 그 시절을 버텼다.

그 결심을 무너뜨리는 게 아니었다.

간밤에 꿈자리가 사나웠나. 오늘따라 결혼 타령이 길고도 길었다. 건수를 잡으면 물고늘어지는 엄마의 습관은 옆 사람을 미치게 만들기 참 좋았다.

—어쩜 너는 서른몇 살이 되도록 집에 여자 하나 데리고 오는 법이 없니?

—만나는 사람이 없으니까.

—누구 만나는 사람 있다며, 저번에.

—그게 벌써 오 년 전이야, 엄마. 지금은 없어.

엄마가 말하는 '사람'이 바로 그였다. 한때는 내 곁에 있었지만 지금은 아예 없는 사람이 되어버린 그. 오 년 만에 연락이 온 건 또 어떻게 알고 느닷없이 그 얘기를 끌어오고 난리였다.

엄마, 뚜쟁이 말고 무당을 하지 그랬어. 그럼 상가가 아니라 건물을 샀을 텐데.

*

'감정의 철학' 네번째 강의의 주제는 '무언가에 한없이 열중하는 마음'이었다.

그날 그가 나를 데리고 간 곳은 아카데미 근처의 횟집이었다. 회를 사줄 테니 술이나 한잔하자고 했다. 술과 생선을 거절하는 법이 없는 나로서는 너무 감사한 제안이었다. 나는 그의 저의를 알기 전까지는 절대로 내 설레는 마음 같은 것을 들키지 않으리라 다짐한 채 그와 마주앉았다. 그의 단골집인지 주문을 하기도 전에 광어와 우럭에 매운탕이 포함된 중짜 세트가 나왔다. 나는 소주 두 병을 추가했다. 그의 뒤로 수족관이 여러 개 놓여 있는 게 보였다. 고기가 다 팔려나갔는지 텅 빈 수족관에 기포만 포르르 올라오는 광경이 꽤 을씨년스러웠다. 그는 물수건으로 손을 닦으며 허공을 바라보고 있었다. 마디가 굵은 손가락에 뱀의 꼬리 같은 문신이 새겨져 있었고 털이 별로 없는 손목과 이두, 삼두가 적당히 발달한 팔뚝, 작은 귓불과 뾰족한 귓바퀴와 각진 턱선을 샅샅이 훑다 그와 눈이 마주쳐버렸다. 나는 황급히 눈을 돌리고 별로 궁금하지도 않은 것을 물었다.

—그런데 철학 수업을 왜 그렇게 많이 들으셨어요?

—세상 돌아가는 원리에 대해 관심이 많아서요.

—창작을 하시는 분다운, 거시적인 관심이군요.

그리고 침묵. 긴장한 탓에 아무 말이나 했는데, 너무 무례한 말투였나 싶어 후회가 됐다. 하지만 그는 내 말투 같은 건 신경도 쓰지 않는 듯했고 그저 한참을 고민하는 표정을 짓다 대단한 비밀을 공개하듯 조심스럽게 말했다.

—사실은 저 철학서 만들어요.

—네?

—철학서 만드는 출판사 편집자예요. 원래는 회사 다니다 지금은 외주로 일하고 있어요.

—아…… 그러셨구나.

남자가 생각보다 너무 정상적인 직업을 가지고 있어서, 실례일 정도로 놀라버렸다. 돌이켜보니 태극기가 오버로크된 백팩 안에 언제나 종이 뭉치와 빨간색, 검은색 플러스펜과 잘 깎은 연필이 든 오래된 필통을 넣어 다니는 것이 누가 봐도 출판 편집자의 가방이잖아. 하긴 깨달음이라는 것은 언제나 뒤늦기 마련이니까.

—예전부터 우주의 원리에 관심이 많기는 했어요. 궁금하잖아요. 세상이 왜 이렇게 생겨 있는지. 나는 왜 이런 꼴인지. 이 크고 넓은 세상에 별은 또 얼마나 많으며 나란 존재는 얼마나 하찮은가, 뭐 그런 생각.

—그렇죠. 인간은 하찮죠. 하찮기 그지없죠.

개중 가장 하찮은 게 그의 개똥철학 같기는 했지만. 그는 깊게 한숨을 쉰 후 사뭇 진지한 음성으로 한마디 더 덧붙였다.

—그런 생각을 하면 한없이 외로워져요.

한없이 외롭다고 말하는 그의 눈이 정말 너무 외롭고 공허한 감정에 잔뜩 취해 있는 것 같아 나는 도대체 무슨 대답을 해야 할지 알 수가 없었다. 그의 앞에서는 스물다섯 해 동안 내가 습득해온 사회적 기술이 다 무력해지는 느낌이어서, 정신없이 젓가락을 놀려대며 전투적으로 광어와 우럭 살점을 집어먹을 수밖엔 없었다. 남자는 젓가락을 입술에 댄 채 그런 나를 빤히 바라보며 미소 지었다. 이에 뭐가 꼈나, 왜 남 먹는 걸 보고 웃고 지랄이야, 싶은 생각이 들 때쯤 남자가 말했다.

—지금 먹고 있는 게 뭐라고 생각하세요?

—광어죠. 아니, 우럭인가? 제가 사실 생선을 잘 구별 못해요. 그냥 비싼 건 다 맛있더라고요.

—맞고 틀려요. 당신이 맛보고 있는 건 우럭, 그러나 그것은 비단 우럭의 맛이 아닙니다. 혀끝에 감도는 건 우주의 맛이기도 해요.

—네? 그게 무슨 (개떡같은) 말씀이신지……

—우리가 먹는 우럭도, 우리 자신도 모두 우주의 일부잖아요. 그러니까 우주가 우주를 맛보는 과정인 거죠.

—아……

—우리 모두가 우주이고 우주의 일부로서 생동하며 관계하고 있다는 게 신기하지 않나요?

그러고 보니 남자의 눈빛이 약간 맛이 간 것 같기도 했다. 정체불명의 종교단체에 속한 사람인가? 언젠가 사설 단체의 수업이나 아카데미에는 온갖 어중이떠중이 쓰레기들이 다 흘러든다는 말을 들었던 게 떠올랐다. 여차하면 도망치려고 가방 끈을 꽉 잡고 있었는데 다행히 이상한 곳에 끌고 갈 조짐은 보이지 않았다. 대화의 주제가 우주나 존재까지 넘어가고 나니 더 할말이 없었다. 나도 모르게 다시 남자의 손가락 문신을 빤히 바라보았는데 남자가 황급히 소매를 내려 그것을 가리려 했다. 당연히 가려지지 않았다.

—문신이 예쁘네요. 처음 봤을 때부터 궁금했어요. 무슨 그림인지.

—사실 고등학교 때 오토바이 타다 사고가 나서, 흉터를 가리려고 한 문신입니다.

—네, 그러시구나.

—또 막 놀고 그랬던 건 아니에요.

—많이 노시지는 않았구나.

그리고 또다시 침묵. 우주보다 무거운 어색함을 견디기 힘들었던 나는, 별수없이 시켜놓은 소주를 혼자서 다 마셔버렸다. 남자는 내 술이 모자란다고 생각했는지 계속 잔을 채워주었고 우리는 결국 회 한 점에 술 한 잔을 주거니 받거니 곁들이며 금방 얼굴이 벌게져 버렸다. 남자가 조용히 중얼댔다.

—더 투명한 쪽이 광어입니다.

—네?

—둘 중에 살점이 더 투명한 쪽이 광어다, 생각하면 구별하기 쉬울 거예요. 더 쫄깃한 쪽이 우럭.

—그럼 오늘부터 저를 우럭이라고 부르세요. 쫄깃하게.

술 취한 나는 인간도 아니다, 방금 무슨 말을 내뱉은 거야, 정말 돌았군, 하는 생각을 하는 와중에 남자가 또 진지한 얼굴로 대답했다.

—아니요, 광어라고 부르겠습니다. 속이 다 보이거든요.

술 취한 남자는 가뜩이나 느릿느릿한 말투가 더 느려져 조금 더 귀여워져 있었다. 나는 남자의 귀엽고 어눌한 목소리를 듣다가 광어인지 우럭인지 모를 투명한 회를 한 점 먹는 것을 반복했다. 금세 알싸하게 취해버린 나는 왜인지 엄마를 떠올렸다. 암 확진을 받은 뒤로는 날것을 먹는 게 금지돼, 벌써 육 개월 가까이 그 좋아하는 회를 먹지 못하고 있는 그녀. 수술이 끝나고 완치가 되면 같이 와야겠다는, 나답지 않게 효자 같은 생각까지 했다. 그리고 이미 다 헤집어진 꽁치 살을 뒤적이며 혼잣말을 했다.

—엄마가 생선 가시는 진짜 잘 발라줬는데……

그가 갑자기 생선 가시를 바르기 시작하더니 두툼한 꽁치 살을 내 밥공기에 슥 얹어놓았다.

—아이고, 그런 의미는 아니었는데. 아이고, 죄송해라.

—좋아하는 거 같습니다.

—저도 좋아해요. 꽁치 맛있죠.

—꽁치 말고. 당신이라는 우주를요.

용암을 뒤집어쓴 폼페이의 연인들이 이런 기분이었을까. 아주 뜨거운 것이 나를 덮쳤고 순식간에 세상이 멈춰버렸다. 스피노자가 구별했던 감정의 종류는 마흔여덟 가지. 그중 지금 내가 느끼는 것은 무엇일까. 욕망일까, 기쁨일까, 경탄일까, 당황일까. 그가 나에게 느끼는 감정은? 호기심에 기초한 경멸일까, 아니면 나와 같은 종류의 것일까. 나는 '감정의 철학' 수업에서 배웠던 몇 개의 키워드를 떠올리며 정신없이 뛰는 심장을 진정시키려 노력했지만 실패했다. 수족관의 푸른 조명 탓인지 그의 얼굴이 더 창백하게 보였다. 그늘진 그의 얼굴이 누구보다도 쓸쓸해 보인다는 생각을 했을 때는 이미 모든 게 늦어버린 뒤였다. 그의 얼굴이 점점 더 크게 다가왔고, 나는 그만 그의 입술에 키스를 해버렸다.

그의 입술에서 이전까지 한 번도 느껴보지 못한 맛이 났다. 비릿하고 쫄깃한 우럭의 맛. 어쩌면, 우주의 맛.

그날 밤 우리는 함께 그의 집으로 향했다.

*

불 꺼진 방에서 그를 안고 누웠다.

하루종일 모자를 쓰고 있어 잔뜩 눌린 머리카락과 빳빳하게 굳은 목과 다른 곳보다 온도가 낮은 등의 문신 자국을 만졌다. 그도 나의 어깨를 감싸안았다. 우리는 작은 빈틈도 없이 서로를 꽉 안은 채로 잠시 가만히 있었다. 그러자 비로소 나의 몸이며 가슴의 형태, 팔의 길이 같은 것이 그와 맞아떨어지기 위해 존재하는 것 같았고, 내 가슴에 닿아 있는 그의 따뜻한 머리통이, 이마가 마치 우주를 안고 있는 것처럼 거대하고 소중하게 느껴졌다. 피부로 느껴지는 그의 체온과 귓가에 울리는 호흡에 집중하다보니 어느새 나는 나 자신을 잊어버렸다.

나는 내가 아닌 존재로, 아무것도 아닌 채로 순식간에 그라는 세상의 일부가 되어버렸다.

*

섹스를 마치고 난 후 그가 했던 말을 아직도 기억한다.

—스피노자는 폐병에 걸려서 죽었어요.

—수업에서 그런 말도 나왔어요? 결핵 같은 거에 걸린 건가?

—가난해서, 렌즈 깎는 일을 하다 폐에 유리 가루가 들어가서 죽었다고 하더라고요. 그 사람이 학자들 사이에서는 왕따였대요. 그래서 교단에도 못 서고, 일용직만 전전하다 결국 그렇게 됐다고.

—안타까운 얘기네요.

—사실은 나도 그래서 안정적인 일 하는 거예요. 예술이, 신념이 인간을 망치는 걸 너무 많이 봐왔으니까.

예술이 도대체 뭐 얼마나 대단하게 인간을 망쳐놨길래. 그리고 스피노자는 예술이 아니라 철학을 한 거 아닌가, 하는 의문이 들었지만 입 밖에 내지는 않았다. 그가 몹시 심각한 표정으로 하나도 안 궁금하고 안 중요해 보이는 얘기를 줄줄 이어나갔고 나는 그것을 귀기울여 듣는 척했다. 그 와중에도 침대맡에서 공기청정기는 쉴새없이 돌아가고 있었다. 나는 그것을 보며 말했다.

—여기 공기는 깨끗해서 다행이네요.

그의 투룸 빌라는 반지하에 암막 커튼이 쳐져 있어 동굴처럼 어두웠다. 공간은 넓었으나 너무도 많은 물건들이 빼곡히 차 있어서, 답답해 보이기도 했다. 커다란 책장에는 이름 모를 철학자들의 전집이 가득했고, 두 개뿐인 방에는 공기청정기와 제습기, 에어컨이 각각 놓여 있었으며 인체공학 의자와 북유럽식 소파, 테이블 세트, 새것처럼 보이는 러그가 깔려 있었다.

—뭔가 집이 너무나 엄청나네요. 좋은 물건도 많고……

—사실은 저희 어머니가 자스민 블랙이었어요.

—그게 뭔데요.

—백화점에서 돈을 아주 많이 쓰면 붙여주는 칭호 같은 것? VIP죠.

—아…… 네(이토록 투명한 자랑은 실로 오랜만이네). 많이 유복하신가봐요.

—한때는 그랬는데 지금은 아니에요. 저번에 말씀드렸죠? 어머니가 알코올중독이라고. 어머니 주사가 쇼핑이거든요. 여기 에어컨이랑 제습기도 두 대씩 있어요. 책장이랑 소파도 다 어머니가 술 먹고 산 거예요.

—대단한, 술버릇이네요. 제가 술 취해 소리지르고, 남자한테 키스하는 건 약과였군요.

내 딴엔 농담이라고 한 거였는데 또다시 암흑보다 무거운 침묵이 찾아왔다.

—그래서 집이 망했어요. 태어나서 대학 다닐 때까지 쭉 압구정동 아파트에 살았는데 이제는 여기서 이러고 사네.

뭐라고 대답해야 하지. 그래도 이 정도면 먹고살 만하신 거 아닌가요, 암에 걸려 죽을 위기인 것은 아니시잖아요, 한때 압구정에 사셨다니 다행입니다, 할 수도 없고. 인간이 성장배경이라는 것을 무시할 수가 없어서 난 또 습관처럼 이 정도 집 크기에, 압구정동 출신에, 프리랜서 편집자라면 몇 점쯤일지 차트의 기준에 맞춰 계산을 하게 됐다. 결과는? 입회가 불가능하세요, 고객님. 다시 태어나셔야겠군요. 하긴 그러는 나도 그저 그런 사년제 대학 불문과를 졸업한 백수에 불과하니 우리는 정말 환상의 탈락조 커플인 것 같았고, 그조차 괜히 운명처럼 느껴지는 게 역시나 내가 맛이 갔구나 싶었다.

그렇게 그를 안은 채 숨소리를 듣다가 설핏 잠이 들었다. 내가 잠이 깰 때쯤에 그 역시 눈을 뜨고 몸을 뒤척였다. 우리는 누가 먼저랄 것도 없이 자세를 고쳐 누워 서로의 눈을 바라보았다.

—형, 내가 이쪽인 줄 알고 있었어요?

—네, 처음 본 순간부터 알고 있었는데요.

—우리가 이렇게 될 것도 알고 있었어요?

—네, 그것도 처음부터.

도대체 어디서 나온 자신감인지 알 수 없었다. 자신은 세상천지에 가장 남자답고 매력적인 사람이며, 나는 그냥 게이스러운 게 (뭔지는 모르겠지만 그런 게 있다면 그것이) 몹시 티나는 사람으로 만들어버리는 꼰대 디나이얼 게이 같은 점이 소름 끼치게 싫었지만 그런 그에게 정신없이 빠져드는 내 마음을 멈출 수는 없었다. 그를 알기 위해, 나아가 그에게 빠져드는 나 자신의 마음을 알기 위해, 그 모순을 해석하기 위해 그의 말에 귀를 기울이고 그가 하는 모든 것들을 속속들이 관찰했고 기록했다. 천년만년 학위논문을 쓰는 대학원생처럼. 절박하고 가련하게.

*

그 여름, 나는 완전히 미쳐 있었다. 돌았고, 사로잡혔다.

새벽이면 어김없이 그의 전화가 걸려왔고, 나는 병실에 잠든 엄마를 내버려둔 채 정신없이 택시를 잡아탔다. 올림픽대로의 가로등 불빛이 도장을 찍듯 내 얼굴을 비추었고, 나는 라식 수술 부작용 때문에 생긴 흐릿한 빛 번짐을 꿈결처럼 느끼며 가로등을 오백 개쯤 지나쳤다. 만오천원이 넘는 돈을 내고 택시에서 내리면 그의 집이 보였고, 철문을 두드리면 녹슨 경첩에서 우는 것 같은 소리가 났으며, 그리고 비로소, 나보다도 십 센티미터는 큰 그가 문을 열고 나왔다.

—왔어요?

쑥스러운 듯한 목소리. 어두운 데서 보니 눈이 푹 파이고 입술이 톡 튀어나온 얼굴이 참을 수 없이 귀여워 나는 현관에 발을 들이기도 전에 그의 얼굴을 만지고 쓰다듬었다(그는 질색했다).

그날 밤 우리는 매운 닭발에 소주를 시켜 먹었다. 둘이서 소주 세 병을 다 비우지도 못했는데, 그는 얼굴이 벌게진 채로 내 다리를 베고 누웠다(내 경우는 술이 좀 모자랐다). 그는 느릿느릿 자신의 가족에 대해 이야기했다. 압구정동의 부유한 집안 태생이었으나, 알코올중독인 어머니를 견디지 못해 아버지가 일찍이 가정을 떠났고, 누나는 이른 나이에 재미교포와 결혼해 버지니아에 살고 있다고 했다. 대학 때부터 쭉 어머니와 둘이 살다 그녀를 병원에 입원시키고 난 뒤 독립을 했다. 나는 점점 더 뜨거워지는 그의 목덜미며 뒤통수를 느끼면서 그의 이야기를 들었다. 나 역시도 엄마의 병수발을 들고 있는 처지라 할말이 많았다. 특히 나이가 들수록 포악해지는 성질머리며 초 단위의 감정 기복을 감당하기가 힘들다는 게 우리의 공통된 의견이었다. 한참을 신나게 떠들던 그가 일순간 조용해졌다 싶었는데 눈을 감은 채 잠들어 있었다. 뭐야, 콩순이 인형이야? 이렇게나 난데없이 잠든단 말이야? 그는 갑자기 몇 번 경련을 하더니 엄마, 라고 중얼거렸다. 눈에서 눈물 한줄기가 떨어져내렸다. 잠꼬대조차도 참 신속하고 요란하게 한다 싶었고 다 크다못해 노화가 시작된 나이대의 남자가 엄마를 부르며 운다는 사실이 웃겼다. 나는 잠자는 그의 머리를 쓰다듬었다.

그가 자꾸 자신의 가족에 대해, 자신의 성장배경에 대해 얘기하는 게 불편하면서도, 좋았다. 가족 얘기를 할 때면 자기감정에 취해 마치 연극배우라도 된 것처럼 구는 게 좀 웃겼고, 등가교환의 법칙처럼 내 이야기를 해야 하는 것이 불편했지만 그의 삶을 알게 되는 것은 좋았다. 숱한 밤 동안 그의 얘기를 하염없이 듣고 싶었다. 그래서 내 머릿속에서 구멍이 숭숭 뚫린 채 있는 그라는 존재의 퍼즐을 완벽히 맞추고 싶었다. 내가 모르는 그의 인생, 내가 모르는 그의 습관, 내가 모르는 그의 호흡까지도 오롯이 재구성해 내 것으로 만들고 싶었다.

그토록 치열한 나의 내적 고민 따위는 알지 못한 채 그는 내 다리에 쥐가 날 때까지 늘어지게 자다가, 누군가 자기 이름이라도 부른 것처럼 화들짝 눈을 떴다. 한참을 숨을 고르던 그에게 말했다.

—침 흘린 거 알아요?

그는 누구보다도 귀여운 얼굴로 입을 슥 닦았다. 느릿느릿하게 일어나 (아마도 그의 어머니가 사들였을) 조형적으로 완벽한 나이트스탠드를 켰다. 은은한 조명이 그의 몸을 비추었고 나는 그의 몸을 덮고 있는 문신의 정체를 알게 되었다. 손가락 끝에 그려진 뾰족한 날은 꼬리가 아니라 뿌리였다. 그의 팔다리를 타고 가슴과 등까지 커다란 나무가 그려져 있는 거였다. 『어린 왕자』의 한 페이지에서 본 듯한, 작은 행성을 뒤덮는 규모의 나무였다.

—바오바브나무인가요. 『어린 왕자』에 나오는 그건가.

—아뇨. 생명의 나무예요.

—그게 뭔데요?

—별 뜻이 있는 건 아니고요, 제가 공부했던 우주의 구성 원리를 담은 겁니다.

남자는 우주가 하나의 커다란 나무와 같다는, 동서양의 성수(聖樹) 신화를 조합해 만든 개똥 같은 철학을 읊으며 눈에 보이지 않는 계절이나 죽음, 재생 같은 단어를 떠들어댔으나, 내가 볼 때는 그냥 소싯적에 좀 놀았던 흔적을 딴은 그럴듯해 보이는 그림으로 덮은 것 같았다(그리고 별로 그럴듯하지도 않았다). 그도 그럴 것이 커다란 나무 사이사이에 흐릿하게 귀신의 형상과 빨간 장미, 연꽃과 용이 그려져 있었는데, 아무래도 그쪽이 조금 더 오래된 미완의 이레즈미 흔적으로 보였다.

—그냥 이레즈미 문신 위에 나무를 덧칠한 거 아니에요?

—우와, 귀신이네. 어떻게 알았어요?

—눈이 있으니까요……

그는 고등학교 때 일본에서 건너온 '아는 형님'(그는 사회 각계각층에 아는 형님이 있었다)에게 이레즈미 문신을 받게 됐다. 그러나 문신을 끝내지 못한 채 그 형님이 징역을 살게 됐고, 결국 미완의 형태로 남게 된 것을 최근에야 보완했다고 설명했다.

—근데 요즘 애들도 이레즈미를 알아요? 우리 때 유행이었는데.

아는 형님에, 요즘 애들이라니. 단어 선택이 퍽이나 꼰대 같다는 생각이 들었는데 대화를 좀 나누다보니 나랑 띠동갑의 나이라고 했다. K대학교 95학번. 76, 용띠.

세대 차가 느껴지는 게 너무 자연스러운 열두 살의 무지막지한 차이에도 불구하고 그를 좋아하는 마음은 조금도 손상되지 않았다. 그가 수염 난 내 턱을 쓰다듬으며 말했다.

—이렇게 불을 끄고 방에 있으니까요.

—네, 형.

—우주에 우리 둘만 남겨져 있는 기분이에요.

—아, 형, 제발요.

그의 집에서 그와 함께 대화를 나눌 때면 마치 그리스비극이나 부조리극, 아니면 팔십년대 영화의 대사를 낭독하는 것 같은 기분을 느끼곤 했는데 그가 존재나 우주철학 같은 주제를 얘기하는 것을 좋아해서도 그렇거니와 서로 존댓말로 대화를 나누어서 더더욱 그랬다. 그게 싫지는 않았고 실은 그런 우리의 모습이 꽤 귀엽다고 생각했다. 한심하게도.

해가 뜰 때쯤 그와 나는 우는 듯한 소리를 내는 그의 집 현관문을 열고 나왔다. 그의 집 옆 건물 상가에는 세탁소가 있었다. 이른 아침 세탁소가 열려 있을 때면 그는 내 두 발자국 뒤에서 걸었고, 닫혀 있을 때면 내 새끼손가락을 잡고 걸었다. 손을 잡고 길을 걷는 게 좋아 일부러 집에서 일찍 나설 때도 있었다. 그렇게 큰길까지 나간 우리는 버스정류장에서 첫차가 올 때까지 어깨를 맞대고 앉아 있었다. 내가 버스에 오를 때면 그가 내 등에 대고 손을 흔들었다. 나는 맨 뒷자리에 앉아 고개를 돌려 창문 너머로 그가 계속 손을 흔드는 것을 보았다. 꾸벅꾸벅 조는 사람들 틈에서 고개를 돌릴 때마다 손을 흔드는 그의 모습이 점점 작아졌다. 버스가 코너를 돌아 완벽히 사라져버릴 때까지, 내 뒷모습이 그의 시야에서 완벽히 없어져버릴 때까지 계속해서 내게 손을 흔드는 그. 나의 뒷모습을 그렇게까지 오래 바라봐준 사람은 그가 처음이었다.

나는 한동안 언제 어디에 있든, 무엇을 하든 그가 나의 뒤에서 손을 흔들고 있을 것만 같다는 망상에 사로잡혀 있었다. 그렇게 달뜬 채로 일상에 도착한 나는 막 청소를 마쳐 티끌 하나 없는 병원 복도를 지나 발소리를 죽인 채 오줌통을 비웠고, 밤새 잠을 설쳤다며 짜증을 부리는 엄마의 목소리로 하루를 시작했다.

*

십이 주 동안의 아카데미 수업이 끝난 후에도 나와 그의 관계는 계속되었다.

그를 만나는 시간은 새벽의 몇 시간에 불과했으나 나의 하루는 그 짧은 시간으로 말미암아 완벽히 재편되었다. 그를 만나지 않는 나머지 시간 동안에도 나는 그가 어디에서 무엇을 하고 있을지 생각했다. 엄마의 짜증을 받아내며 병간호할 때에도, 자소서를 쓰기 위해 되지도 않는 이야기를 꾸미는 동안에도 나는 그의 영향권 안에 있었다. 만 번은 더 걸었던 거리를 걸을 때에도 나는 그의 영향권 안에 있었다. 그의 눈으로 내 일상의 공간을 바라보고 싶어 발끝을 들고 걸었으며 그의 시선으로 거리를 내려다보았다. 그가 관심 가질 만한 것이 무엇인지 생각하며, 또 그와 함께할 수 있는 것이 무엇인지 고민하며 한껏 예민한 상태로 세상의 모든 자극을 받아들였다. 평소에는 아무렇지도 않게 지나쳤을 갭 매장에 들어간 것도 그런 탓이었을 것이다. 원 플러스 원으로 판매하는 티셔츠가 눈에 밟혔다. 같은 디자인의 투 엑스 라지와 엑스 라지 사이즈의 티셔츠를 사서 가방에 넣었다. 그의 매끄럽고 차가운 등에 내가 사준 티셔츠가 닿는 장면을 상상하며 얼마간은 미소를 지었던 것 같기도 하다.

그리고 그날 밤 그의 집에서 티셔츠를 꺼냈다. 같은 디자인에 색깔만 다른 티셔츠를 받아든 그의 얼굴이 순식간에 싸늘하게 변했다.

—이런 건 입을 수가 없을 것 같아요.

—아, 아무래도 똑같은 티를 입는 건 좀 그렇죠. 그럼 집에서라도……

—그것도 그렇지만, 성조기가 그려져 있어서요.

—네?

—영씨, 저는 이런 무늬가 있는 옷을 입지 않아요. 평소에 보면 영씨는 아무런 문제의식 없이 그런 상징들을 입고 다니시는 것 같아요. 전범국의 국기 같은 것들. 미국을 많이 좋아하세요?

—아, 그게, 딱히 그런 것은 아닌데요.

—음악 들으시는 거 봐도 그렇고.

—저는 그냥 디바를 좋아하는 거예요. 게이들 다 그렇잖아요. 브리트니랑 비욘세 싫어하는 게이가 어딨어.

—그게 누구죠?

—우와……

그는 미국의, 미제의 모든 것들이 불편하다고 했다.

—미제요?

—네, 미제국주의요.

제국주의. 고등학교를 졸업한 이후로 처음 듣는 단어 앞에서 나는 어찌할 바를 몰랐다. 그저 당황한 채로 그의 단호한 얼굴을 바라보고 있을 따름이었다. 뭔가 큰 실수를 저지른 것 같았고 내 티셔츠나 모자에 박힌 성조기가 처음으로 수치스럽게 느껴졌다. 나의 정치적인 무지가 부끄러웠다기보다는(그딴 걸 부끄러워해본 적은 없으므로) 그가 멍청하고 생각 없는 내 본연의 모습에 질색할까봐, 그래서 다시는 나를 봐주지 않을까봐 두려웠다. 당시의 나는 어떻게 하면 그가 나를 좋아하게 할 수 있을까를 생각하는 데에 온 신경이 쏠려 있었고, 필요하다면 나의 가치관도 바꿀 준비가 되어 있었다. 그날 우리는 처음으로 섹스를 하지 않는 밤을 보냈다. 아무것도 나눠 먹지 않았고 대화는 겉돌았으며 서로의 사이에 흐르던 거리감은 좁혀질 생각을 하지 않았다.

평소와 같은 점이라면 그가 해가 뜰 때까지 나에게 미국이 세계에 끼친 해악에 대해 시시콜콜 알려주었다는 점을 꼽을 수 있을 것이다. 경제와 문화 전반에 걸쳐서 미국이 세계를 장악하고 있다며, 할리우드 영화가 담고 있는 패권주의나 신자유주의, 문화사대주의 같은 사회 교과서에 나오는 단어들을 늘어놓았다. 나로서는 그런 것들 따위 별 상관도 없었고, 다만 그냥 그를 안고 싶을 뿐이었고, 그에게 안겨 서로 아무 말도 필요 없는 상태가 되고 싶었다. 그래서 내 온몸으로 그의 온도며 심박 같은 것에 집중하고 싶었다. 그는 그런 내 마음은 알지 못한 채 마침표를 찍듯 이렇게 말했다.

—영씨는, 내가 어떤 세상을 살아왔는지 상상도 못할 거예요.

그러는 당신도 내 세상을 알지 못하잖아요. 알고 싶어하지도 않고.

목구멍까지 올라온 그 말을 하지는 못했다. 그런 종류의 말이 당시의 우리에게는 꽤 치명적일 수도 있다는 생각이 들어서. 그것은 그와 나의 육체적 거리를 더욱 멀어지게 만들 뿐이기에.

*

내가 그에게 빠져 있던 시간 동안 엄마는 '암의 완치'라는 목표에 사로잡혀 특유의 성실성을 발휘하고 있었다. 두 번의 크고 작은 수술을 거치는 동안 엄마는 (자신의 머릿속에서만큼은) 세상 누구보다도 뛰어난 암 석학이 되어 있었다. 시중에 있는 암 관련 서적을 모두 독파했으며 인터넷 커뮤니티에 가입해 암과 관련된 최신 정보들을 업데이트했고 유방암은 삼성의 누구, 자궁암은 아산의 누구, 간암은 누구 하는 명의의 명단을 줄줄 꿰게 되었다. 나는 소싯적 나의 입시 커리큘럼을 짜주던 엄마의 활기찼던 모습을 잠깐 떠올렸다. 동시에 내 수능 성적표를 받아든 후 절망적으로 바뀌던 표정도 떠올랐다. 시원찮은 성적을 본 후 칼같이 나에 대한 기대를 버렸던 것과 같이, 엄마는 림프샘까지 암이 전이돼 추가 수술을 받아야 한다는 결과를 순순히 받아들였다. 모든 것을 신의 뜻에 맡길 것이라고 했다.

신의 뜻은 기묘한 구석이 있어서 이전의 수술들과는 달리 3차

수술은 예후가 좋지 않았다. 담도가 막히고 적출부에 염증이 생겨 열이 사십 도까지 올랐고, 보름 동안 먹은 것을 토하고 또 토하느라 몸무게가 사십오 킬로그램까지 줄어들었다. 엄마의 수발을 들던 나 역시 덩달아 살이 빠졌고, 십 분 단위의 토사곽란을 겪으며 삶이란 이 병실에서 저 병실로 옮겨가는 일에 불과한 것 아닌가 하는 깨달음에 도달하게 됐다. 반강제로 엄마의 곁에 하루종일 붙어 있다보니 도통 그와 만날 틈이 나지 않았다. 가끔 통화를 할 수 있을 따름이었고, 그마저도 그가 늘어놓는 형이상학적인 헛소리를 듣느라 바빴다. 그의 답 없는 고민을 들으며, 현실적인 문제는 다 밀어놓은 채 저 너머만 바라보는 삶의 태도가 어쩌면 매일 술을 마시고 물건을 사들이는 모친의 기벽으로 인한 무기력증의 일종이 아닌가 하는 정신분석까지 하게 됐다. 역시 고난은 인간을 성숙하게 하는 것 같다는 생각을 하며 내 거지같은 현실을 달랬다.

엄마의 경우는 신체적인 고난을 조금 다른 방식으로 받아들이는 것 같았다. 그녀는 추가 수술 이후 분리불안증 수준으로 나에게 집착했다. 눈을 뜰 때마다 나를 찾았고, 내가 먹여주지 않으면 음식을 먹으려 들지 않았다. 나는 엄마에게 밥을 먹이고, 엄마를 부축해 용변을 보게 하고, 엄마가 쏟아놓은 토사물을 닦고, 보호자 침대에 앉아 하루에 오천 자에서 만 자씩 '자소설'을 썼다.

엄마가 일반 병실로 옮기고 나서는 간병인을 고용했다. 더이상 엄마를 견뎠다가는 엄마보다 내가 먼저 신의 품에 안길 것 같기도 했거니와 무엇보다도,

그를 만지고 싶었다.

꼬박 보름 만에 그를 만났을 때 나는 뛸듯이 행복했다. 그렇게, 만난 지 육 개월 만에 우리는 처음으로 사람이 많은 대낮의 거리에서 서로의 얼굴을 마주했다. 대낮의 그는 밤에 볼 때와는 조금 다른 느낌이었다. 보습이 잘 안 된 그의 피부는 태양빛 아래에서 푸석해 보였으며, 길쭉한 눈의 일부인 줄만 알았던 눈꼬리가 실은 깊숙이 파인 눈가의 주름이었다는 것은 작은 문제에 불과했다. 많은 사람들 속의 그는 어딘가 모르게 구부정했고 몇 대 얻어맞은 것처럼 고개를 숙이고 있었다. 티내지 않으려 노력했으나, 그가 나와 함께 걷는 것을 몹시 불편해하고 있다는 것을 알 수 있었다. 그런 그의 태도에 섭섭한 마음이 없었다고 하면 거짓말이겠으나, 그렇다고 해서 그에 대한 나의 열정이 달라지거나 줄어든 것은 아니었다. 오히려 형태를 달리해 애달픔이나 애잔한 동정의 마음으로 번져갔다. 스물여섯의 나와 서른여덟의 그는 강남대로를 나란히 걸으며 이따금 우연인 척 새끼손가락을 스치며, 그러나 절대 서로에게 고개를 돌리지는 않고, 다만 곁눈질로 서로를 바라보며 별것도 아닌 이야기를 나누며 웃었다. 그렇게 나름의 로맨스에 젖어 있는 찰나, 누군가 나를 불렀다. 전 회사의 (나 대신 정규직이 된) 동료였다. 나는 (속으로 쌍욕을 하며) 그와 반갑게 인사를 나누었다. 잘 지내? 나는 똑같지 뭐…… 그는 나와 동료의 두 발짝 뒤에 서서 운동화로 땅바닥을 긁고 있었다. 곁눈질로 그를 가리키며 누구냐고 묻는 동료에게 선배, 라고 대답했다. 동료와 나와 그 모두가 다소 불편한 자세로 고개를 꾸벅 숙인 뒤 어색하게 헤어졌다. 동료가 떠나간 후 우리 사이에 깊은 침묵이 감돌았다. 스물여섯의 나와 서른여덟의 그가 도대체 어떤 선후배인가, 그런 생각을 하면 마음이 꽤 복잡해졌지만, 복잡해지려고 하면 얼마든지 복잡해질 수 있는 게 인생이므로 생각을 멈추자, 마음먹었다.

또 이런 날도 있었다. 병실에 간병인이 오자마자 택시를 잡아탄 나는 곧장 올림픽공원으로 향했다. 그는 평소처럼 검은 모자에 백팩을 메고 있었지만, 팔뚝까지 접어올린 흰 셔츠와 백탁이 심한 선크림 때문에 목과 색깔이 다른 그의 얼굴이 데이트에 대한 기대감을 보여주고 있었고, 나는 그게 너무 귀여워 견딜 수가 없었다. 평일 오전, 올림픽공원에는 사람이 별로 없었고 나는 아무도 보지 않는 틈을 타 그의 손등에 입을 맞추었다. 그는 손을 얼른 빼내며 왜 이래요, 말했지만 싫지는 않은 눈치였다. 다만 불안한 기색만은 숨길 수가 없어서 우리는 십오 센티미터쯤 거리를 둔 채 나란히 걸었다. 이제 막 피기 시작한 벚꽃 아래를 함께 지나쳤고, 바람이 불 때마다 눈처럼 꽃잎이 떨어졌다. 인공호수는 잔잔했고 미세먼지 같은 건 없었고 사위는 고요했으며 이따금 젊은 부부가 유모차를 밀며 지나가거나 노부부가 손을 잡고 산책로를 거닐었다. 그는 화단에 가까이 서더니 개나리꽃 줄기를 따다가 셔츠 앞주머니에 꽂았다. 어버이날의 학부형이나 할 것 같은 행동에 나는 적잖이 놀랐다.

—자기, 지금 뭐하는 짓이에요.

—사람들 앞에서 그렇게 부르지 말라니까요.

—형이 한 짓이 더 부끄럽다고요.

—이렇게 달라붙지도 말고요. (게이라고) 떠들고 다닐 일 있어요?

—이미 온 우주가 알고 있는 사실인데요?

별것도 아닌 걸로 토라진 나는 그와 세 발짝쯤 떨어져 걸었다. 그는 자기 앞주머니의 개나리를 내 귀에 슬쩍 꽂아놓고는 아이폰으로 내 사진을 찍었다. 나는 사진을 보는 척하며 장난으로 그를 안았고, 그는 진심으로 질색하는 표정을 지으며 펄쩍 뛰었다. 나는 그런 그의 모습을 보며 상심하다가 귀여워하다가 짜증이 나다가 초 단위의 감정 기복을 반복했다. 그래도 봄의 올림픽공원만큼은 눈물이 날 만큼 아름다워서 나는 이 말도 안 되는 감정 기복이 날씨 때문인가, 하루종일 환자만 들여다보고 있다보니 나까지 어디가 고장났나, 뭐 그런 생각을 하며 풀잎 같은 걸 괜히 귀에도 꽂아보고 남들이 하는 천진난잡한 짓거리를 다 하고 있었다.

갑자기 그가 우뚝 멈춰 섰다. 먼발치에서 누군가 손을 흔들고 있었다. 중년의 남녀였다. 마치 서로 포박을 하는 것처럼 깊게 팔짱을 껴서 거의 한몸으로 들러붙은 것처럼 보이는 그들이 우리 쪽으로 다가와 그에게 반갑게 인사했다. 그가 몹시 당황한 얼굴로 모자를 벗어 꾸벅 인사를 했고, 나는 반사적으로 뒤로 물러섰다. 얼핏 듣기로 중년의 남녀는 그의 학과 선배인 것 같았다. 나는 그들의 두 발짝 뒤에서 운동화로 바닥을 긁으며, 호수의 끄트머리를 바라보며, 그들의 지루한 대화를 견뎠다. 학생회의 누구는 진보정당의 공천을 받아 시의원 선거에 출마할 예정이며, 누구는 정치 대중서를 써 종편의 패널이 되었다, 요즘 우리 부부는 조깅하는 취미를 가지게 되었으며 하루키를 읽고 있다, 너는 아직도 니체를 좋아하니. 박근혜가 대통령이 됐을 때 무슨 생각이 들었니. 여보, 나는 울었잖아. 우리 운동할 땐 2010년대에 이런 세상 오리라고는 정말, 정말 상상도…… 그나저나 요즘 너희 기수는 안 모이냐, 빠져가지고는. 회장인 네가 구심점이 돼야지. 여보, 왜 그래. 다들 사는 거 바쁘잖아. 요즘 애들이 그렇지 뭐. 너 아직도 출판사 다니냐, 사상서 만드는? 아, 예, 뭐 그렇죠, 형. 나는 도대체 대화인지 문책인지 알 수 없는 일련의 고문과도 같은 말을 들으며 그의 표정이 점점 굳어가는 것을 보았다. 갑자기 부부 중 남자인 쪽이 나에게 물었다.

—거기 서 계신 분은 누구?

—아, 저는 후배입니다.

—학교 후배? 그럼 우리 후배이기도 한데, 너 몇 학번이니?

—(언제 봤다고 반말이야.) 학교는 아니고, 그냥 동네 후배인데……

—아아, 그렇구나. 강남 사는 후배?

—네, 뭐…… (어디 사는지 알아서 뭐하게.)

—근데 학생은 이명박근혜에 대해 어떻게 생각하나?

—또 이런다, 진짜. 못 들은 걸로 하세요.

—아니, 왜. 못 물어볼 거 물어본 건 아니잖아. 요즘 애들은 박근혜 좋아해?

—그냥 뭐…… 오래된 사람이죠.

—오래됐다라…… 신선한데 이거?

도대체 뭐가 신선하다는 건지. 박근혜가 옛날 여자인 건 전 세계 사람들이 다 아는 사실인데. 왜 나이든 꼰대들은 자기보다 어린 사람만 만나면 자기가 아는 사람의 이름을 백 명쯤 불러대고, 자신이 중요하다 생각하는 어젠다를 천 개쯤 대며, 그것에 대해 어떻게 생각하는지 물어보는 걸까. 알아서 뭐하게. 알면 뭐가 달라져. 비슷한 것을 알고 있고, 비슷한 생각을 하면 나이 차이가 줄어들기라도 해? 다른 생각을 하면 어쩌게. 역시 애 같은 생각을 하는군, 내가 살아온 세월이 헛되지 않았군, 여기며 엉망진창이 된 얼굴이며 몸 같은 것들을 자위질해대려고? 남자가 내 불편한 기색을 눈치챘는지 어깨를 가볍게 툭 치며 말했다. "강남 살아 박근혜 좋아하나보다. 돈 많으면 그럴 수도 있지." 나는 아랫입술을 깨물었다. "화내지 마요. 농담이야. 우리도 요 앞에 아파트 살거든." 부부는 뭐가 웃긴지 서로를 보며 깔깔깔 웃어댔고, 나는 그의 선배라는 족속들을 호수에 떠밀어버리고 싶은 충동을 느꼈다. 그의 얼굴이 밀가루 반죽처럼 하얗게 말라갔다.

—그런데 지금 시간에 여기 어쩐 일이야. 너 회사에 있을 시간 아니냐?

—아, 오늘 좀 볼일이 있어서요.

그는 누가 봐도 거짓말하는 사람 같은 얼굴로 눈알을 좌우로 굴려대고 있었다. 부부 중 여자 쪽이 눈이 동그래져서 말했다.

—에, 남자 둘이 여기서 볼일이? 이 꽃 피는 좋은 날에?

—아, 예. 어쩌다보니 그렇게 됐네요.

—둘이 사귀는가보지.

남자가 여자에게 툭 던지듯 말했다. 여자가 웃음을 참지 못하며 말했다.

—요즘은 그런 말 함부로 하면 안 된대, 여보.

—어째서? 나 동성애 그…… 퀴어? 찬성한다고. 그럴 수 있다고 봐.

—무슨 소리. 그거 미제의 악습 아니야?

두 부부는 서로를 잡고 밀치며 깔깔대고 웃었고, 나는 도대체 무슨 알아들을 수도 없는 좆같은 소리일까, 늙으면 참 별게 다 웃기는구나 생각하며 얼른 자리를 피하기로 마음먹었다.

—그럼 저희는 먼저 가보겠습니다.

—식사 전이면 오랜만에 점심이라도 같이하는 게 어때. 거기 후배 몫까지 내가 살게.

머뭇대는 그를 대신해 내가 대답했다.

—아닙니다. 저희 밥 먹었어요.

—열한신데 벌써?

—브런치 했어요.

세상이 두 쪽이라도 난 것 같은 표정을 짓는 둘을 내버려둔 채 나는 그의 팔을 부여잡고 앞으로 걸어갔다. 그도 얼떨결에 다음에 뵙죠 형들, 인사를 하고는 나에게 질질 끌려갔다. 나는 몇 걸음 걷지 않아 그의 팔을 잡고 택시를 잡아탔다.

어디론가 도망치고 싶은 기분이 들었고, 그게 왜인지 그의 집이어야 할 것 같다는 생각이 들었다. 그에게 가장 편한 곳으로 가야만 했다. 나도 나였지만 세상 누구보다도 그가 힘들어 보였기 때문이었다. 집에 도착하자마자 그는 모자를 벗었다. 그리고 한숨을 내쉬며 말했다.

—왜 그랬어요.

—네?

—도대체 왜 그랬냐고요. 형들 앞에서 브런치라니. 그러면 내가 뭐가 돼요.

—뭐가 되긴요. 후배가 되지.

그는 분이 풀리지 않는지 씩씩거리고 있었다. 한 번도 그가 화내는 것을, 아니 그렇게 심한 감정적인 동요를 일으키는 것을 본 적이 없는 나는 다소 황당한 기분에 사로잡혔다. 나 역시 말이 곱게 나가지 않았다.

—그 사람들 도대체 누구예요?

—선배들이죠. 운동하던 형들.

—그럼 별것도 아닌 사인데 왜 그렇게 절절매요. 그냥 대충 눙치고 나오지.

—형들이니까. 선배니까.

부부 중 남자 쪽의 경우 대학 시절 총학생회장이었고, 몇 번 구속된 적이 있으며 현재는 무슨 역사 단체의 연구교수이고, 부인 쪽의 경우 운동을 했던 얘기를 소설로 써서 참여계 문학가들에게 주는 상을 수상했으며, 유명한 저자(느)님이 되셨다고 했다. 건너 건너 알고 지내는 사람들이며, 계속 볼 사람들이라는 말도 덧붙였다.

—아니, 그 사람들 눈치를 그렇게까지 봐야 해요? 총학생회장이면, 작가면 뭐? 순 거지같은 소리만 늘어놓고 입만 떼면 은근히 형을 깔아뭉개던데요? 옆에 있는 제가 다 짜증났는데요? 왜 그런 사람들을 견디고 있어요. 그 사람들이 누굴 어떻게 보든 그게 뭐가 중요해요. 오히려 나한테 감사해야 하는 거 아니에요? 같이 밥이라

도 먹으면 어쩔 뻔했어요. 사회운동한다는 사람들이 인권 의식은 왜 그 모양이래. 아무튼 그런 것들이 입으로만 진보니 뭐니.

—그런 식으로……

—네?

—그딴 식으로 말하지 마.

그가 나에게 반말을 한 것은 그때가 처음이었다. 나는 나대로 기분이 상해 입을 완전히 닫아버렸다. 그리고 조용히 가방을 싸서 집을 나와버렸다. 그가 나를 잡아주기를 바랐지만, 그는 그러지 않았다. 슬프다기보다는 화가 났고 화가 난다기보다는 절망적이었다. 아마도 그날이 그가 나를 배웅하지 않은, 내 등을 바라보지 않은 첫번째 날이었을 것이다.

이틀 뒤 새벽, 그에게서 전화가 왔다. 그는 취기가 가득한 목소리로 내게 지금 만나자고 했다.

—술 마신 사람이랑은 별로 할말 없는데.

—말이 짧다?

—형도 짧은데.

—오라면 좀, 와.

—싫어. 내가 가라면 가고 오라면 오는 개야?

—제발 와줘.

나는 개가 맞았다. 그의 방으로 쪼르르 달려갔을 때 그는 상에 신문지를 깔아놓고 낙지며 우럭이며 소주를 펴놓고 술을 마시고 있었다. 내 얼굴을 보더니 다짜고짜 키스를 했다. 입에서 비린내가 풍겨 그를 확 밀어버렸다.

—아, 진짜 뭐하는 거예요.

그는 아무 말도 하지 않고 묵묵히 내 옷을 벗기며, 계속 나를 애무하기 시작했다. 나는 그의 복숭아 같은 머리통을 보며, 식은 만두처럼 생긴 귀여운 얼굴을 보며 별수없이 그를 안아주었다.

섹스를 한 후 그는 내게 자신의 과거를 고백했다.

—저 사실은 허리가 좀 안 좋아요. 옛날에, 수감됐던 적이 있거든요.

—마약사범이셨어요?

—아뇨, 운동하다가 몇 번 잡혀갔어요.

그는 아주 날을 잡고 학생운동에 투신했던 이십대의 삶에 대해 말하기 시작했다. 나는 그의 입에서 풍기는 비린내 섞인 술냄새를 맡으며, 몸을 잔뜩 웅크린 채 그의 얘기를 들었다.

대학 시절 그는 문과대 학생회장이었다고 했다. 학생회장, 이라는 단어를 듣는 순간 그의 많은 것들이 설명되었다. 누군가 바라보고 있는 것처럼 언제나 앞만 보고 걷는 습관이며 지나치게 타인의 시선을 의식하는 듯한 태도, 조용히 침묵을 지키다 제일 마지막에 한마디를 얹어 모든 일의 결정권자처럼 느껴지게 하는 말버릇도. 그는 자신이 한총련 사태를 겪은 마지막 운동권 세대이며, 대학 졸업 후 잠시 노동운동에도 몸담은 적이 있다고 했다. 효순이 미선이 사건과 국가보안법 폐지 시위, 안티 조선 운동, 광우병 시위에도 적극적으로 참여해 구치소에도 몇 번 들어갔다 나왔다고 했다. 수감되었을 때 허리와 목이 안 좋아져 아직까지도 후유증을 앓고 있다는 얘기도 덧붙였다. 자세히 들어보니 세 번 도합 72시간 정도 구치소에 머물렀는데, 고문을 당한 것도 아니었고, 그저 장판이 깔린 옥사에서 누워 있다 나온 거였다. 그것만으로 만성질환을 얻었다고 하기엔 다소 무리가 있지 않은가. 그저 좋지 않은 자세로 오래 앉아 있어 생긴 병이 아닐까 싶기는 했지만 그 생각을 입 밖에 내지는 않았다.

그는 계속해서 학생운동을 하던 시절의 무용담을 늘어놓았다. 감옥에서 나올 때마다 몸에 새로운 문신을 새겼다거나, 새로운 깨달음을 얻을 때면 그 문신을 다시 새로운 문신으로 덮었다는 얘기를 들을 땐 우주를 표류하는 것처럼 아연한 기분이 들었다. 나는 그의 얘기를 듣는 둥 마는 둥 하며 핸드폰으로 그가 졸업한 학교의 학생회를 검색해보았다. 강성 NL 계열의 학생회로 유명하다는 평이 있었다. 반지하방에서 섹스를 한 뒤 전직 운동권 학생회장의 후일담을 듣는 내 모습이 지독히도 팔십년대 후일담소설 같아 나는 자꾸만 웃음이 나왔다.

—그래서 저 지금도 아이폰만 쓰잖아요. CIA도 아이폰의 보안을 못 뚫는대요.

그가 자신의 손에 비해 너무 작은 아이폰4를 꼭 쥐고 말했다. 한창 운동을 하던 시절 자신이 경찰의 블랙리스트에 올라 있었고, 통화 내용을 감청당하고, 미행까지 당해봐서 잘 알고 있다고 했다. 이야기가 거기까지 흘러가자 나는 정말 이게 뭔 소리인가, 하는 기분에 사로잡혔고, 그러고 보니 그가 카카오톡이나 다른 국내 메신저가 아니라 오직 아이메시지로만 대화한다는 것을 깨닫게 되었다. 그는 해외에 서버가 있는 메신저들이 안전하다고 했다. 그러고는 덧붙였다.

—요즘도 누군가 자꾸만 저를 감시하는 거 같아서 불안해요.

—요즘도 그런 사람들이 있어요?

그는 세상 누구보다 진지한 표정으로 덧붙였다.

—지금 이 순간에도 도청을 당하는 사람이 있어요. 사회운동을 하다 죽는 사람이 있고요.

—네, 알죠. 지금 이 순간에도 사람들이 죽고, 투쟁하고 그러죠. 그건 알죠.

그런데 그게 형인지는 잘 모르겠어요. 못 믿겠다는 것은 아니고, 안 믿겠다는 것도 아닌데, 다만 형이 그렇게 중요한 사람인지는 잘 모르겠어요. 형이 과거에 학생회장이었는지, 뭐 얼마나 대단한 운동을 했는지는 잘 모르지만 지금은 그냥 하루종일 방구석에 처박혀서 저자 욕이나 하며 맞춤법을 고치는 별 볼 일 없는 남자잖아요. 나만큼이나 보통의 사람이잖아요. 형은 그냥 나한테나 중요한 사람인 거 같은데, 그래서 나한테 이런 헛소리를 할 수 있는 거겠죠. 압구정동 출신으로 학생운동에 투신해 도청을 당하는 이십대를 살았으며 지금은 죽은 철학자의 글을 읽고 고치는 당신의 뇌는 도대체 어떻게 생겨먹은 걸까. 엉망진창 낙서장이 되어버린 당신의 등과도 꼭 닮아 있지 않을까. 그런 당신을 좋아하는 나는 어떻고. 뭐 이런 말들을 정신없이 쏟아놓고 싶었지만 하지 않았고, 다만 그의 입술에 키스를 해버렸다.

더이상 아무 말도 할 수 없게.

*

그해 가을의 올림픽공원은 전에 없이 아름다웠다.

엄마의 항암 치료가 마지막 스테이지로 접어들고 있었다. 엄마는 동난 체력을 보충하기 위해 없는 식욕을 끌어올려가며 밥을 먹고, 억지로 산책을 했다. 꾸역꾸역 음식을 밀어넣어도 얼굴은 자꾸만 해골처럼 말라갔다. 엄마는 낙엽 하나를 주워다 만지며 내게 말했다.

—요즘 들어 너 고등학교 다닐 때가 자꾸 생각난다.

—뭔 소리야.

—그때 아팠던 너를 잘 보살펴주지 못한 게 왜 이렇게 생각이 나는지 모르겠다.

—아픈 건 내가 아니라 엄마였지. 그때 엄마가 보살펴주지 못했던 건 엄마 자신이고.

엄마는 내 말을 들은 체 만 체 하며 화단 쪽으로 걸어갔다. 어머, 이런 게 있네. 엄마가 허리를 숙이고 주의깊게 보는 건 꽃배추였다. 생긴 건 배추 모양인데 보라색이며 붉은빛을 띠는 게 조금 생경하게 느껴졌다.

—아, 뭐야, 징그럽게 생겼어. 만지지 마.

—내가 한동안 이 꽃을 엄청 싫어했잖니.

—왜? 엄마는 풀이라면 다 좋아하잖아.

—나 대학 떨어지고 나서 처음 본 게 이 꽃배추였어. 합격자 명단에 이름이 없는 걸 확인하고 교문을 나서는데 길가에 온통 꽃배

추더라? 보라색 꽃을 보는데 메슥거리면서 체기가 올라오더라고. 얼마나 속이 상하던지. 그때 인생이 다 끝난 것 같은 기분이었는데, 여직 살아서 이러고 있네.

—그 시절에도 꽃배추가 있었구나.

—있지. 요즘 있는 건 그때도 다 있었지.

나는 언제나 있는 것들을 생각하며 엄마를 부축해 병원으로 돌아갔다.

*

그 가을의 끝자락, 출판사에 외주 원고를 넘기고 왔다는 그와 만났다. 홍대의 실비집에서 술을 마시다 조금 싸웠는데, 그는 술을 절제하지 못하는 내 모습이 누군가(아마도 자신의 엄마)를 떠오르게 한다고 했다. 무슨 얘기를 하든 자신의 학생운동 시절이나 모친에 대한 얘기로 귀결되는 게 어이가 없어서, 형은 대화의 중심이 자기 자신이 되지 않으면 견디지 못하는 게 분명하며 마더 콤플렉스까지 있는 것 같다고 톡 쏘아버렸더니, 그건 너도 마찬가지라고 응수를 했다. 틀린 말은 아니었고, 틀린 말이 아닌 소리들이 그러하듯 서로에게 꽤 치명적인 상처를 주었으며 결국 큰 싸움으로 번졌다. 당초에 예상했던 화기애애한 술자리는 온데간데없고 밤늦도록 서로에게 못할 소리를 해버리고야 말았다. 그렇게 감정이 상한 채로 술집에서 일어난 우리는 택시를 잡기 위해 거리로 나왔다. 사람들이 얼굴에 피칠갑을 한 채 돌아다니고 있었다. 슈퍼히어로 분장을 한 사람들도, 죽은 군인의 옷을 입은 사람들도 있었다. 핼러윈, 이라고 했다. 젠장, 기분도 좆같은데 택시 잡기까지 힘들겠군, 생각하고 있는데 그는 상한 것을 먹은 듯한 표정으로 미제의 명절인 핼러윈을 반대한다고 말했다. 기원도 모른 채 서양의 명절을 무비판적으로 수용하는 세태에 대해 논평했고 나는 다 지겨워져서 그냥 입을 다물었다. 우리는 누구보다도 신나 보이는 사람들 사이를 요리조리 피해 다녔다. 그러다 누군가 내 팔을 잡았다. 고개를 돌려보니 좀비 복장을 한 남자가 자신과 친구들의 사진을 찍어달라고 했다. 나는 웃으며 그의 폴라로이드 카메라를 받아들고 좀비며 드라큘라, 원더우먼 무리의 사진을 찍어주었다. 그는 우리의 사진도 찍어주겠다며 둘이 나란히 서라고 했다. 어색하게 서 있는 그의 겨드랑이에 내가 슬쩍 팔을 끼웠다. 사진 속 그와 나는 엉거주춤하게 어깨동무를 하고 있었다. 사진을 찍자마자 그가 얼른 한 발짝 멀어져 팔을 뺐다. 그에게 사진을 갖겠느냐고 물었지만 그는 완강히 고개를 저었다. 나는 결국 작은 폴라로이드 사진을 내 지갑 속에 깊숙이 집어넣었다.

그것이 우리가 처음이자 마지막으로 함께 찍은 사진이었다.

*

그해 겨울, 그의 등뒤에 그려진 생명의 나무는 시들시들해졌고, 그 너머에 그려진 이레즈미풍의 귀신은 더욱 희미해져버렸다. 살이 찐 탓인 것 같았다. 그는 일주일에 세 번은 나가던 운동도 그만두고 외주 철학서 작업을 두어 개 더 맡아 하기 시작했다. 미간의 주름이 깊어졌고 잔신경질이 늘었다. 그에게서 인생의 힘든 지점을 지나는 사람 특유의 뒤틀린 모습이 드러나기 시작했다. 나라고 해서 뭐 다를 건 없었다. 만성비염을 얻었으며, 총 마흔여덟 개의 기업으로부터 죄송합니다만, 으로 시작되는 거절의 메시지를 받았다. 병원의 보호자 침대에서 서너 시간씩 쪽잠을 자고, 노트북을 무릎에 올려놓고 콧물을 훌쩍이며 또다시 내가 아닌 나를 지어내며 인생을 견디고 있었지만, 도무지 나아질 기미는 보이지 않았다. 나는 이십대의 젊음이 무색하게 매일 지쳐만 갔다. 처음에는 마치 첩보 작전을 방불케 하던 대낮의 데이트도 금세 시들해졌고, 어느새 우리는 서로를 일상의 권태로 여기기 시작했다.

권태의 끝자락, 마지막으로 그의 방으로 향했던 날을 기억한다.

우리는 그의 방에서 탕수육에 소주를 시켜 먹으며 영화를 보았다. 외주 작업비를 받아 샀다는 텔레비전에서는 동구권의 스파이가 나와 고군분투하고 있었다. 나는 진행이 느린 영화가 몹시 지루하게 느껴졌는데 그는 집중해서 영화를 보고 있었다. 우리는 계속해서 술을 마셨다. 내가 먼저 깜빡 잠이 들었다. 눈을 떴을 때는 영화가 끝나 있었다. 그도 소파에 누워 자고 있었다. 무방비 상태로 너부러져 있는 그를 보는 것은 오랜만이었다.

할 일이 없어져버린 나는 그의 책상 앞에 앉았다. 컴퓨터를 켜고 인터넷으로 의미 없는 것들을 검색하다가, 그와 내 이름을 쳐보다가 즐겨찾기 목록을 열었다. 온갖 기사와 인문학 전문 블로그를 갈무리해놓은 것들이 마구잡이로 저장되어 있었다. 그중 제목에 동성애, 가 들어간 기사가 있어서 무심코 클릭해보았다.

이남 사회에는 갈수록 복잡한 문제들이 발생되고 있습니다. 외국인노동자 문제, 국제결혼, 영어 만능적 사고의 팽배, 동성애와 트랜스젠더, 유학과 이민자의 급증, 극단적 이기주의의 만연, 종교의 포화상태, 외래 자본의 예속성 심화, 서구문화의 침투 등 불과 몇 년 전만 해도 상상할 수 없는 문제들이 나타나고 있습니다. —『민족의 진로』 2007년 3월호.

이게 뭐지, 하는 생각에 흘끗 그를 돌아보았다. 이불을 걷어찬 채 나신으로 잠들어 있는 그의 뒷모습이 보였다. 누군가 낙서를 해놓고 도망친 것 같은 문신은 여전했고, 이따금 규칙적으로 코 고는 소리가 울려퍼졌다. 나는 다시 고개를 돌려 모니터 속 갈무리된 기사를 읽었다. 이남 사회며 외래 자본 같은 단어들이 한 번에 들어오지 않아 여러 번 봤다. 아무리 반복해 읽어도 이해가 되지 않는 건 마찬가지였다. 언젠가 그가 나에게 비슷한 단어를 써서 말했던 적이 있던 것 같기도 했다. 뭔가 끈적끈적한 것을 뒤집어쓴 것 같은 느낌이 들었다. 내가 알고 있는 그의 모습은 무엇이었을까.

나는 즐겨찾기 속 몇 개의 페이지를 더 읽어보다 창을 꺼버렸다. 그 기사들은 모두 동성애라는 질병 혹은 징후에 대해 갖가지 원인을 들고 있었다. 열어본 페이지 목록을 모두 삭제한 후 모니터를 껐다. 이대로 아무것도 모르는 채로 지내는 편이 나을 것이다. 항상 아무것도 모르는 편을 택하는 데 익숙한 나니까. 나는 그의 옆에 누웠다. 망친 낙서로 가득한 것 같은 그의 등이 내 눈앞에 펼쳐져 있었다. 나는 손으로 그 자국을 일일이 쓰다듬어보았다. 차갑게만 느껴졌다. 바닥에 처박힌 이불을 들어 우리의 몸에 덮어봐도 으슬으슬한 기분은 가시지 않았다. 그를 등진 채 몸을 웅크리고 있는데 갑자기 사과를 받고 싶다는 생각이 들었다. 누구로부터?

아무데나 동성애를 갖다붙이는 등신 같은 자들에게? 이딴 말도 안 되는 쓰레기 같은 구절을 모으며 자신을 제대로 받아들이지 못하는 못난 그에게? 별로인 남자라는 것을 알면서도 그를 좋아해버리고, 단지 그를 좋아한다는 이유로 그의 컴퓨터를 마구 뒤지며 그의 모든 것을 알고 싶어하는 나에게? 어쩌면, 그 모두에게. 아니, 다른 누구도 아닌,

엄마에게.

진심으로 사과를 좀 받고 싶어졌다. 딱 한 번이라도, 미안하다는 말을 해줬으면 좋겠는데 그럴 일은 없겠지. 그럴 일은 아마 영영 없을 것이라는 생각이 들자 잠시라도 사과받고 싶은 마음을 품은 나 자신이 우스워졌고 얼른 가방을 싸야지, 하는 생각이 들었고, 코를 골며 잠들어 있는 그를 내버려둔 채 자리에서 일어났다. 그날 나는 처음으로 동이 트기 전에 홀로 그의 집을 나섰다. 미제의 문물, 자본주의의 산물이 된 채로.

*

그 무렵 인턴을 했던 전 회사의 차장에게서 연락이 왔다. 아무런 발전도 없이 인생의 되돌이표만 찍고 있는 나와는 달리 그는 어느덧 팀장으로 승진을 한 상태였다. 그가 맡고 있는 팀이 북미 지역에

백억짜리 건을 수주하게 되어 급하게 인력이 필요하다고 했다. 바로 정규직 사원으로 채용해줄 수는 없으나, 파견직의 형태로 고용한 뒤 추후에 경력직 사원으로 채용해주겠다고 제안을 해왔다. 경력직 채용이 팀장의 감언이설에 불과하며 썩은 동아줄이 분명하다는 것을 모를 리 없었으나, 내게는 썩어빠진 줄이나마 절실했다. (눈에 보일 리도 없는데) 전화기에 대고 고개를 꾸벅 숙이며 말했다. 잘 부탁드립니다.

첫 월급을 받던 날, 나는 그와 거리를 걷다가 조선호텔에 가자고 했다.

—호텔이요? 둘이서요? 지금요?

—자는 거 말고요. 근사한 식당에 가요. 스테이크도 썰고, 파스타도 먹고 그래요.

—저는 그런 거 부담스러운데.

—걱정 마세요. 제가 살게요. 취업 턱으로.

그는 고개를 저으며 고기를 별로 안 좋아한다고 했다. 그럴 리가. 둘이서 고기를 구워먹은 게 기백 번인데. 구워먹는 것만 좋아하고 스테이크를 별로 안 좋아한다고 했다. 그럼 파스타 같은 것을 먹자니 그런 것 말고 그냥 해물찜을 먹자고 했다. 조개구이나 아니면 간장게장이나.

—아, 진짜 형. 해물에 미쳤어요? 전생에 상어였어요?

—그치만 이상하잖아요.

—뭐가요?

—남자 둘이 파스타 먹는 거.

그날 그렇게 시작된 싸움은 생각보다 크게 번졌다. 이상할 것도 더럽게 많다. 남자 둘이 같이 걸어 다니면 지구가 둘로 쪼개지냐. 같이 숨은 어떻게 쉬냐. 말이 나와서 말인데 너는 길에서 너무 스킨십이 잦은 것 같다. 길바닥의 누구도 형을 신경쓰지 않는다. 아직도 학생회장인 줄 아는 거냐. 착각 좀 그만해라. 너는 좀 게이인 게 티가 많이 나는 편이다. 대혈투가 벌어졌다.

—지금 제가 부끄럽다는 거죠?

—네, 맞아요. 부끄러워요. 아무데서나 눈치 없이 팔짱을 끼고. 자기라고 부르고. 도대체, 도대체 다른 사람의 눈이라는 것을 생각이나 하는 건지.

—저도 형이 부끄러운 건 마찬가지인데요. 천날만날 벙벙한 면바지에, 다 늘어난 티셔츠에, 낡아빠진 백팩에는 온갖 잡동사니가 다 들어 있고. 요즘은 무장공비도 그러고 다니지는 않아요.

그는 거리에 멈춰 섰다. 그리고 한동안 그 자리에 우두커니 서 있었다. 나는 그런 그를 바라보고 있었다. 그는 내게서 고개를 돌리고는 아무 말도 하지 않은 채, 순식간에 완벽한 뒷모습이 되어버린 채로 앞으로 걸어갔다. 그의 정체는 도대체 무엇인가, 하는 생각이 들었고 붙잡아야 한다는 생각을 하기 무섭게 그는 완전히 시야에서 사라져버렸다.

내가 큰 실수를 한 것인가.

그날이 내가 그의 뒷모습을 본 첫날이었다.

그리고 침묵.

그와 완벽히 연락이 끊겼다. 전화를 해도 받지 않았고 문자도 읽기만 하고 답이 없었다. 그와 만나는 동안 이토록 철저한 외면의 상태를 겪은 것은 처음이었다. 입술이 마르고 심장이 타들어갔다. 나는 권태를 딛고 또다시 그에게 내 일상의 지분을 모두 내어주게 되었다. 눈을 뜨면 핸드폰을 든 채 그에게서 연락이 올까, 최선을 다해 기다렸으며 핸드폰을 베개맡에 둔 채 눈을 감아도 그의 꿈을 꿨다. 오직 단 하나의 질문이 내 머릿속을 맴돌았다.

그는 누구이며, 우리는 무슨 관계일까.

그와 만나는 시간이 길어질수록, 그의 삶을 알아갈수록 그가 나와 맞지 않는다는 것을 알게 되었다. 당연했다. 애초에 그는 나와 뭔가를 맞출 생각이 없었고, 다만 아무도 없는 칠흑 같은 밤마다 순진한 척, 아무것도 모르는 척하는 어린애인 나에게 뭔가를 가르쳐주고 나와 몸을 섞는 일을 즐거워했을 뿐이라는 것을 잘 알고 있었다. 그는 언제나 나를 바꾸고 가르쳐야 할 대상으로 여겼으나, 불행히도 나는 누군가에 의해 쉽게 바뀌는 성격이 아니었다. 그런 생각에 젖어 잠을 이루지 못하는 밤이 많았다. 꼬박 일주일 만에 그에게서 문자가 왔다.

잘 지내지요?

어이가 없을 정도로 쉽고 일방적인 연락이었다. 화가 나기보다는 왈칵 반가워하는 내 마음이 싫었지만 그 마음을 멈출 수는 없었다. 눈물이 고였다. 그가 내가 알지 못하는 미지의 세계라는 것을 알게 될수록 나는 더 그가 알고 싶어졌고, 그를 가지고 싶어졌다. 숨쉴 수도 없을 만큼 그를 옥죄고 싶어졌다. 내가 아니어도 상관없는 그에게 꼭 나여야만 하는 이유를 만들어주고 싶었다. 그를, 그의 삶을

내 마음대로 쥐고 흔들고 싶었다. 그래서 나는 대단한 결심을 하게 되었다. 그를,

엄마에게 소개하겠다.

그에게는 아주 어렵게, 그러나 매우 심상하고 아무렇지 않은 일인 것처럼 가볍게 말을 꺼냈다. 소주에 아귀찜을 먹고 있을 때였다. 그가 정신없이 살을 발라먹는 중에 기습적으로 물었다.

—우리 엄마 볼래요?

그는 살다 별소리를 다 듣는다는 듯한 표정으로 물었다.

—왜요?

—그냥…… 날이 좋잖아요. 같이 올림픽공원 걷고 그러면 좋을 거 같아서…… 그냥요.

그는 한참 동안이나 콩나물 더미에서 아귀 살을 찾다가 실패한 후 말했다.

—그래요, 그럼.

—네, 형. 일요일에 같이 산책이나 해요. 커피나 마시고, 그래요.

—그래요, 뭐…… 그럽시다. 제가 올림픽공원으로 갈게요.

뭐야, 맥빠지게 쉽잖아.

*

추가 수술일이 다가오자, 엄마는 매일 꿈자리가 사납다며 난리를 쳐댔다. 또 시작이구먼. 일도 자식 교육도 뭣도 매사에 호들갑인 여자였다. 암세포는 이미 다 제거된 후였고, 덧난 염증부를 제거해

혈행을 개선하는 간단한 시술에 불과했다. 뭔가 잘못되려야 잘못되기가 힘든 수술이었다. 지금이 기회라는 생각이 들었다. 엄마가 수술을 마쳤을 때, 질병으로부터 완벽히 벗어나 두번째 삶을 막 시작했을 때, 인간에 대한 애정과 신에 대한 감사, 우주에 대한 애정이 가득차 있을 딱 그때,

폭탄을 터뜨리자.

엄마와 그와의 미래를 위해, 남은 '우리'의 삶을 위해 용기를 내보자. 그래, 눈 꽉 감고 한번 뛰어들어보자. 문을 열고 나가보자.

아산병원으로 향하는 요양병원 승합차에 엄마를 인도한 후, 나는 병실로 돌아왔다. 협탁 위에 사진 한 장이 놓여 있었다. 그와 내가 함께 찍힌 폴라로이드 사진.

나는 사진을 집어들었다. 내 칠칠치 못한 성격(과 낡고 늘어난 가죽 지갑) 탓에 사진을 어딘가에 흘려버리고 만 것 같았다. 그것을 협탁 위에 올려놓은 것이 누구인지, 엄마인지 간병인인지 다른 누군가인지 분간이 가지 않았다. 아니, 분명히 엄마인 것만 같았다. 언제 어디서 사진을 흘린 건지는 알 수 없지만 굳이 수술 날짜에 누구라도, 그러니까 내가 단번에 발견할 수 있을 만한 이런 위치에 남자 둘이 어깨동무하고 있는 사진을 올려놓고 홀연히 사라지는 것은 지독히 엄마다운 행동이었다.

내 기억 속 엄마는 그런 사람이었다. 언제나 모든 걸 다 알고 모든 걸 들여다보는 사람.

IMF 때, 집을 말아먹은 당사자인 아빠가 갑자기 사라져버렸을

때에도 엄마는 모든 것을 알고 있었다. 아들아, 짐 싸라. 아빠 잡으러 가자. 엄마와 나는 빨간 마티즈를 타고 인천의 한 임대주택단지에 도착했다. 계단이며 복도에 거미줄이 너무 많아 온몸으로 거미줄을 헤치며 302호의 문을 두드렸다. 한참을 부서질 듯 두드려봐도 아무런 응답이 없었다. 복도로 난 창문을 통해 집안을 한참 동안 들여다보던 우리 모자는 결국 아빠(와 그의 내연녀)의 색출에 실패하고 다시 마티즈에 올라탔다. 차를 돌려 집으로 향하려는 순간, 아파트 뒤편의 공터에서 아빠를 발견했다.

—엄마, 저기 봐.

아빠는 자그마한 중년의 여자와 함께 배드민턴을 치고 있었다. 아빠와 아빠의 내연녀는 내가 상상했던 것과는 전혀 다른 모습이었다. 서로 얼굴이 닮아 있었고, 짝이 맞는 퍼즐처럼 조화로워 보였다. 심지어 아빠는 엄마와 함께 살 때는 한 번도 보인 적이 없던 고요한 표정을 짓고 있었다. 모르는 사람이 보면 엄마와 내가 선량한 두 남녀 주인공을 처단하러 온 악인이나 빚쟁이처럼 느껴질 지경이었다. 그때 그들을 바라보던 엄마의 표정을 나는 영원히 잊지 못할 것이다. 세상천지가 다 멎어버린 듯한 그 얼굴은 마흔여덟 가지의 감정으로도 설명할 수 없는 어떤 것임이 분명했다. 절망이나 고통 따위로는 단순화할 수 없는 감정의 결을, 아빠와 아빠의 내연녀와는 조금 다른 형태의 고요를, 뭔가를 꾹꾹 눌러 담는 형태의 감정을 나는 그때 처음으로 배웠다.

수술을 마친 후 엄마는 복부에 피 주머니와 관을 줄줄이 꽂고서도 새벽 다섯시에 득달같이 일어나 침대에 앉았다. 협탁에 촛불을 켜놓고 삼십 분이 넘도록 손을 모아 기도를 했다. 배며 다리가 접히는 게 환부의 회복에 좋을 리 없는데도 구태여 그런 습관을 반복했다. 기도를 마친 후에는 침대의 식탁을 펴놓고 하루에 몇 장씩 성경 구절을 써내려갔다. 나는 그녀의 집요한 필사가 구도자의 고행과 닮아 있다는 생각을 했다. 본의 아니게 일어난 불행에 대해 울고불고 난리를 치고 머리를 쥐어뜯고 소리를 지르는 대신 엄마는 모나미 볼펜으로 공책에 꾹꾹 성경을 눌러쓰는 방식을 택한 것이겠지. 마취조차 거부했던 엄마에게는 그것이 유일한 삶의 방편이었기에 그녀의 필사는 일종의 호흡처럼 느껴졌다.

들숨에 한 글자, 날숨에 한 글자.

어쩌면 그것이야말로 내가 지난 시간 동안 앓았던 열망과도 닮아 있을지 모른다는 생각이 들었다. 대상에 대한 열망? 대상에 사로잡혀 있는 자기 자신의 모습에 대한 열망?

그래, 한없이 나 자신에 대한 열망.

예수를 사랑하고 누구보다 열렬히 삶에 투신하는 자신에 대한 열망. 어쩌면. 한때 내가 그를 향해 가졌던 마음. 그 사로잡힘. 단 한 순간도 벗어날 수 없었던 그 에너지도 종교에 가까운 것일지도 모르겠다. 새까만 영역에 온몸을 던져버리는 종류의 사랑. 그것을 수십 년간 반복할 수도 있는 것인가. 그것은 어떤 형태의 삶인가.

사랑은 정말 아름다운 것인가.

한번은 오줌줄이 빠진 걸 모른 채로 그러고 앉아 있길래, 부아가 치밀어 소리를 쳤다. 도대체 왜 그러냐고, 그런다고 뭐가 달라질 것 같냐고. 그게 엄마 인생에 무슨 도움이 될 것 같냐고.

엄마는 기적이라는 단어를 썼다. 꼬박 천 일 동안 성경을 옮겨 쓴 말기암의 자매님에게 치유의 은사가 내려졌다고. 자신 역시 그런 기적을 겪게 될 것이라고 했다. 엄마가 직접 아는 사람은 아니고 권집사의 질부에게 일어난 일이라고 했다. 권집사의 질부라. 팔레스타인과 이스라엘의 분쟁이 끝나는 것만큼이나 멀고 아득하게 느껴졌다. 자신의 경우 굳이 기적을 바라는 것은 아니지만 적어도 주님 보시기에 아름다운 삶을 살고 싶다고도 덧붙였다. 완강한 그녀 앞에서 나는 간호사를 호출해 오줌줄을 다시 달고 시트를 갈아달라고 할 수밖에 없었다.

그 시절, 오로지 통증과 병만이 남은 그녀의 삶에서 기도하고 성경을 옮겨 쓰는 활동 말고는 다른 어떤 일도 의미가 없어 보였다. 실제로 그랬을 것이다. 그녀는 거울을 보지도, 누군가와 연락을 하지도 않고 그저 자기 자신만 남은 채로 묵묵히 문자를 써내려갔다. 나는 그것을 (동성애라는) 악습을 끊지 못한 나에 대한 시위, 혹은 그토록 열심히 살아온 자신에게 내린 병마에 대한 저항, 삶에 대한 열정, 혹은 그 모두가 섞인 절대적인 존재에 대한 항의의 메시지로 읽었다. 나는 결국 엄마에게 그에 대해, 사진에 대해 말하지 못했다. 아무 말도 할 수 없었다.

*

일요일, 그와 연락이 되지 않았다.

전화는 꺼져 있었고 내가 보낸 문자에도 답이 없었다.

나는 엄마와 둘이서 호숫가를 걸었다.

몇 번이고 뒤를 돌아봤지만 당연히 그는 없었다.

그날의 산책은 짧았다.

*

사흘 뒤, 그에게서 문자가 왔다. 친한 형에게 안 좋은 일이 생겨서 연락을 받지 못했다고 했다. 미안하다는 말도 고명처럼 곁들여져 있었다.

정체를 알 수 없는 친한 형. 급한 일.

그래, 그랬겠지. 급한 일이 있었겠지. 바빴겠지.

그에게 화를 내지 않았다. 우리는 예전처럼, 아무 일도 없었던 것처럼 대화를 나누었다.

*

엄마는 일 년 반 만에 암 완치 판정을 받았다. 엄마를 담당했던 의료진은 엄마의 완치를 선진 시스템에 기반한 지속적이고 적절한 치료의 효과로 여겼고, 나는 지극한 간호의 힘으로, 엄마는 신의 뜻이자 기적으로 여겼다.

엄마의 퇴원을 사흘 앞두고, 그가 처음이자 마지막으로 우리집에 찾아왔다. 야외에 함께 있는 것을 불편해하는 그를 위해 집에서 같이 밥을 먹기로 했다. 대낮이었고, 그의 방문에 나는 잔뜩 들떠 있었다. 내가 자라난 공간에서 내가 만든 음식을 먹는 그의 모습이라니. 생각만 해도 설렜다. 약속 시간에 딱 맞춰 도착한 그는 현관에 얌전하게 백팩을 벗어놓은 뒤 누가 봐도 손님 같은 자세로 실례하겠습니다, 라고 말하며 집안으로 들어왔다. 거실을 대충 훑어보더니, 집이 참 좋네요, 라고 했다. 그러고는 곧장 내 방으로 가서 마치 국립도서관 사서 같은 자세로 꼼꼼히 책장을 둘러보았다. 그가 내 침대에 앉았다. 그라는 존재가 내 침대에 앉아 있는 게 새삼스럽고, 새삼스럽게도 기뻐서 나는 뛸 것 같은 기분이 되었다. 양말을 벗고 내 침대에, 내 체취가 묻은 이불 위에 앉아 있는 그에게 입을 맞추려 가까이 다가갔다. 그가 슬쩍 고개를 돌리더니, 이불 커버를 가리키며 한소리를 했다. 미치코런던 이불 커버였다.

—여기 이불에도 또 유니언잭이 그려져 있군요.

—아, 그렇네요.

—영씨는 역시 서양 국가를 좋아하는 것 같아요.

—딱히. 거기 붙어 있는지도 몰랐어요. 오히려 형이 국기에 진짜 집착하는 거 아시죠?

—또, 또 그렇게 공격적으로 말하죠.

—그냥 말한 건데요.

순식간에 싸해져버린 분위기에 나는 얼른 침대에서 몸을 일으켰다. 그에게 밥을 해주겠다고 했다. 메뉴는 그와 한 번도 함께 먹지 못했던, 파스타. 나는 주방으로 가 면을 삶고, 마늘을 썰고, 팬에 올리브유를 둘러 페페론치노와 바지락을 볶았다. 이마에 흐르는 땀을 연신 닦아내며 나는 그를 위해 최선을 다하고 있는 나 자신의 모습에 취했다. 내 손으로 만든 음식이 그의 일부가 된다는 사실이 기뻤다. 일단은 그 만족감이면 됐다는 생각으로, 커다란 접시에 파스타를 담아 식탁 위에 올려두었다. 정작 그는 한 입도 제대로 먹지 않은 채 젓가락으로 면을 뒤적이기만 했다. 그러다 이내 젓가락을 내려놓고 식탁 유리 밑에 깔려 있는 내 아기 때 사진을 내려다보았다.

—이 사진을 보니까 말이에요. 어머니께서 영씨를 정말 사랑하는 게 느껴지네요.

—그런가요.

—네, 사랑받는 사람의 얼굴은 뭔가 다르잖아요. 사랑하는 사람이 찍는 사진도 뭔가 다르고요. 그러니까 말인데요, 영씨.

—네, 형.

—영씨도 이제 좋은 남자 만나야죠.

—지금 뭐라고 했어요?

—아니면 좋은 여자를 만나라고 해야 하나?

파스타 말고 회나 먹으러 가요, 말하는 것처럼 가벼운 어조였다. 나는 아무 대답도 하지 않고 그를 바라보았다. 아무렇지 않게 그런 말을 하는 그를 그저 바라볼 수밖에는 없었다. 내가 좋아한, 나 자신의 모든 것을 투신해버릴 정도로 좋아했던 그는 도대체 어떤 사람이었나. 나는 정말이지 모든 것이 알 수 없어져버렸고, 그래서 아무 말도 하지 않은 채 그저 그를 바라보았다. 그때의 내 모습은 엄마가 내연녀와 배드민턴을 치는 아빠를 바라봤을 때의 모습과도 같았을까. 갑자기 왜. 아니, 갑자기가 아닌가. 혹시 내가 그의 컴퓨터를 보고 그의 일상을 뒤지고 비밀을 캐고 그의 모든 것을, 그의 삶을 뒤집고 헤집으려 한 것을 눈치챈 것일까. 돌이킬 방법은 없는 것일까. 그가 한숨을 쉬며 내게 물었다.

—우리가 무슨 관계인 것 같아요?

—그게 무슨 말이에요.

대답 없이 일어나려는 그를 잡았다. 이대로 그를 보낼 수는 없었다. 나는 엄마가 아니니까. 연신 나를 뿌리치려고 하는 그를 꽉 붙들었다. 그는 언제나처럼 측은한 눈빛으로 나를 바라보며 말했다.

—사랑, 이라고 생각했던 건 아니죠?

나도 모르게 그의 뺨을 후려쳤다. 정신을 차려보니 나는 그를 식탁에 눕힌 채로 목을 조르고 있었다. 나보다 십 센티미터는 큰 그가 얼굴이 벌게진 채로 내 손을 꽉 붙들고 있었다. 그의 충혈된 눈에 눈물이 고여 있었다. 내 눈에서 떨어진 눈물이 그의 뺨을 타고 흘렀다. 나는 손에 힘을 풀었다. 내가 무슨 짓을 한 것인지 깨달았을 땐 이미 모든 게 늦어버린 뒤였고, 그는 몇 번 헛기침을 한 뒤 마치 아무 일도 없었던 것처럼 식탁에서 몸을 일으켜 특유의 느릿느릿한 동작으로 겉옷을 입었다. 그리고 나를 내버려둔 채 오래된 백팩을 메고 현관문 밖으로 나갔다. 나는 그를 잡지 못했다. 대신 그가 문을 나섰을 때 곧장 베란다로 달려갔다. 그리고 창문을 열어 그의 뒷모습을 보고, 또 보았다. 그 모습이 정말로 마지막이 될 것만 같아서. 그가 완벽히 사라질 때까지, 하나의 점이 되어버릴 때까지 계속해서 그의 모습을 내 눈에 담았다.

며칠 뒤 그의 집에 찾아가보았지만 아무리 인터폰을 눌러도 대답이 없었다. 우는 것 같은 소리를 내던 그의 집 현관문은 내내 굳게 닫힌 채로 열리지 않았다.

나는 그의 집 우편함에 편지를 꽂아놓았다. 말이 좋아 편지지, 그를 만나는 내내 써왔던 일기를 찢어놓은 것에 불과했다. 서른 장도 넘는 일기에는 그를 만날 때마다 끓어넘치던 나의 과잉된 감정이 담겨 있었다. 나는 내가 무엇을 썼는지 알지 못했다. 그와 내가 어떤 관계였는지 우리가 무엇을 했는지 알지 못하는 것처럼. 일기의 마지막 장에는 우리의 관계를 다시 생각해달라고, 연락을 기다리겠다고 썼다. 나는 마치 쓰레기통에 쓰레기를 던지듯 그에게 내 날것의 마음을 던졌다.

보름 만에 그에게서 문자가 왔다.

작가가 돼보는 게 어때요.

다시 생각해달라는 내 물음에 대한 답은 없었다.

그 사람은 끝까지, 정말이지 끝까지 자기가 하고 싶은 말만 했고, 내게 뭔가를 가르치려 들었다. 무슨 말을 어떻게 해야 할까 고민하다 핸드폰을 내려놓았다. 처음이자 마지막으로 나를 위한 선택을 하기로 마음먹었다. 눈을 감고 그의 번호를 지웠다. 눈꺼풀에 인두로 지져놓은 것처럼 그의 번호가 선명히 떠올랐지만 언젠가는 이것조차 기억에서 지워지리라 생각했다.

결국에 우리는 함께 따뜻한 파스타 한 접시조차 제대로 먹지 못했다.

대신에 나는 농약을 마셨다. 차가운 아메리카노에 농약을 부으며, 이 커피조차도 그에게는 미제의 산물이자(이름이 아메리카노이기까지 하니) 제3세계 노동착취의 결과물로 보일 것이라는 생각을 했다. 그게 웃겨서 한참을 웃다가 눈을 감았다. 눈물이 나지는 않았다.

다시 눈을 떴을 땐 중환자실이었다. 공교롭게도 엄마가 입원해 있던 아산병원이었다. 위세척을 마친 뒤 혈액투석을 하고 있는데 발치에 엄마가 서 있는 게 보였다. 내가 바랐던 얼굴은 아니었다. 내가 아는 우리 엄마는 이런 상황에서 소리를 지르며 나를 때리거나 냅다 울어버리거나, 주님, 으로 시작하는 기도의 형식을 띤 한탄을 시작하거나 일단은 뭐가 됐든 아침 드라마처럼 감정을 터뜨리고 보는 사람이었는데, 그날의 엄마는 그저 나를 가만히 바라보고 있었다. 그리고 말했다.

—너무 애쓰지 마. 어차피 인간은 다 죽어.

그게 엄마가 할 말이냐고, 묻고 싶었다. 왜 이렇게 됐는지 묻는 게 순서가 아니냐고, 사실은 내내 내게 묻고 싶은 말이 있지 않았냐고, 물어봐야만 할 게 있지 않냐고, 묻고 싶었다. 당장이라도 묻고 따지고 싶었지만 목구멍으로 인공호흡기가 삽관이 돼 있어 아무 말도 할 수가 없었다.

*

한동안은 사람들이 사랑이라는 말을 하는 게 싫었다. 특히 동성애에 대해서 얘기하는 사람들은 그게 누구건 무슨 내용이건 이유 없이 패고 싶은 충동에 시달렸다. 다 똑같은 사랑이다, 아름다운 사랑이다, 인간이 인간을 사랑하는 것뿐이다……

사랑은 정말 아름다운가.

내게 있어서 사랑은 한껏 달아올라 제어할 수 없이 사로잡혔다가 비로소 대상에서 벗어났을 때 가장 추악하게 변질되어버리고야 마는 찰나의 상태에 불과했다. 그 불편한 진실을 나는 중환자실과 병실을 오가며 깨달았다.

3

그와 헤어진 이후로 꼬박 오 년의 시간이 지났다. 서른한 살의 나는 딱 삼십대처럼 보일 만큼 나이가 들었고, 작가가 되었으며, 더 이상 그의 전화번호를 기억하지 않았다. 아니 실은 일상의 많은 것들을 기억하지 못할 정도로 많은 일에 치여 살고 있었다.

또다시 일요일이 되었고, 나는 그의 쪽지를 떠올리며 무농약 사과를 깎고 있었다. 내 앞에는 몸무게 사십오 킬로그램의 한 중년 여성이 고린도전서 3장 2절을 필사하고 있었다. 엄마에게 사과 한 쪽을 넘겨주자, 먹기 싫다고 고개를 돌려버렸다.

—내가 사과 싫다고 하지 않았니. 위가 쓰리다.

—위는 원래 시고 쓰리라고 있는 거야. 얼른 먹어야 간이 생겨.

—늙으면 간도 잘 안 생기기 마련이다.

—그래. 엄마가 의사도 하고 목사도 하고 다 해라.

엄마에게 시간이 얼마 남아 있지 않다는 것을 엄마도 나도 의사도, 우리 모두가 알고 있었다. 엄마가 사과를 먹는 대신 호수를 보고 싶다고 했다. 휠체어를 챙길까 했지만 엄마가 화를 내서 그만두었다.

막상 산책을 시작한 지 채 십 분도 지나지 않아 엄마는 몹시 지쳐했다. 방금 전까지 호기롭던 기세는 온데간데없고 어디라도 좀 앉자고 아우성이었다. 우리는 여느 때처럼 호수 앞의 벤치에 앉았다. 엄마가 심호흡을 하며 내 허벅지에 손을 턱 얹었다. 우리 아들 다 컸네. 주사를 많이 맞아 혈관이 툭 불거진 엄마의 손이 보였다. 피부가 마른 골판지 같았다. 엄마의 모든 것들이 낙엽처럼 바스라지고 있다는 생각이 들었다. 엄마는 주머니에서 쪽지 하나를 꺼냈다.

네가 너를 바라듯 주도 너를 바라고 있다.

잠시도 불쌍해할 틈을 주지 않는 재주가 있는 여자였다, 엄마는.

호수를 도는 동안 계속 주변을 살폈다. 엄마가 자리에 멈춰 서 숨을 고를 때마다 나도 모르게 뒤를 돌아보았다. 지나가는 사람들의 얼굴을 하나하나 자세히 훑었다. 산책하는 내내 그러고 있는 나 자신이 한심해 웃기다가, 막상 그가 나타나면 도대체 뭘 어떻게 해야 하나 하는 생각도 들었다. 아무렇지 않은 척 엄마에게 소개를 해야 하나. 반갑다고 해야 하나. 아니면 모른 척 지나가버려야 하나. 다 쓸데없는 고민이었다. 산책로에 백구십 센티미터쯤 되는 남자가 서 있었다면, 놓쳤을 리가 없지.

작가가 되고 난 후 핸드폰 번호를 바꾸었다. 뭐 대단한 결심이 있어서는 아니고 그냥 이전까지의 내 삶과 조금은 달라졌으면 하는 마음에서였다. 클릭 몇 번을 통해 낯선 번호를 얻었다. 그의 생각이 나지 않았다고 하면 거짓말이었다. 010 81로 시작하는 그의 번호 뒷자리는 이제 기억에서 희미해져버린 지 오래였으나, 나는 내내 진 것 같은 기분에 사로잡혀 있었다. 망각조차도 내게는 일종의 부자유스러운 상황으로 진입하는 것에 불과했다. 그동안 나는 도대체 무엇을 바라고, 무엇을 기다리고, 무엇을 꿈꾸었던 것일까.

기이하게 생긴 조각들이 모여 있는 잔디밭의 벤치에 앉았다. 오년 전, 그와 만나기로 했던 그 장소, 조각공원이었다. 그러지 않으려 하면 할수록 계속 뒤에 뭔가가 밟혔다. 고개를 돌리면 언제고 그가 서 있을 것만 같은 그런 느낌. 바보같이 왜 이러는지 나 자신조차 나를 이해할 수 없었다. 그러자 문득 어깨에 멘 가방 속에 두꺼운 봉투가 있다는 것이 떠올랐고, 그것이 종이 뭉치가 아니라 벽돌이나 아령처럼 무겁게만 느껴졌다.

그와 헤어지고 나서도 숱하게 많은 남자들을 만났었다. 가랑비에 아스팔트가 젖는 사랑, 뜨거운 사랑, 하룻밤 만에 사그라든 급한 사랑, 숱한 종류의 감정과 맞닥뜨리면서도 그만큼 깊게 빠져든 대상은 맹세코 없었다. 그보다 더 나은 사람들, 객관적인 기준으로 그보다 훨씬 더 훌륭한 사람들을 만나도 언제나 변죽만 울리는 관계들을 이어갔다. 그가 나의 가장 뜨거운 조각들을 가져가버렸다는 사실을, 그로 말미암아 내 어떤 부분이 통째로 바뀌어버렸다는 것을 후에야, 아주 많은 시간이 지난 후에야 알게 되었다.

엄마가 갑자기 벤치에서 일어나 언덕으로 천천히 걸어올라갔다.

나도 엄마를 뒤따라 걸었다. 낮은 언덕의 꼭대기까지 간 엄마는 잔디밭에 털썩 주저앉았다. 가을 저녁의 올림픽공원. 마른 낙엽의 향긋한 냄새가 내 코까지 전해지는 것 같았다. 나도 가방을 벗어던지고 엄마의 앙상한 허벅지를 베고 누웠다. 마치 열 살짜리 꼬마로 다시 돌아간 것 같은 기분이 들었다.

—엄마, 왜 맨바닥에 그냥 앉아. 잔디밭에 앉으면 유행성출혈열 걸린다고 엄마가 그랬잖아.

—내가 언제?

—나 열한 살 때. 엄마 두번째 방통대 졸업식 날. 여기서 학사모 쓰고 엄마가 그랬어. 잔디밭에 맨살이 닿으면 온몸의 구멍이란 구멍에서 피가 줄줄 나오는 병에 걸린다고. 쥐똥에 병균이 많아서 그렇다고.

—얘 좀 봐. 또 이런다. 내가 언제 그렇게 심한 말을 했다 그래.

—진짜야. 엄마는 잘 기억 못하잖아. 난 다 기억해. 그때 엄마가 그렇게 말해서 클 때까지 잔디밭을 엄청 무서워했다고. 풀에 닿지 않으려고 언제나 보도블록 쪽으로만 걸어 다녔어.

—정말? 나도 참. 애한테 별소리를 다 했구나.

노을이 지기 시작했다. 우리 모자는 아무 말도 하지 않은 채 잔디밭에 앉아 한동안 그것을 바라보았다. 엄마가 지는 태양에서 시선을 거두지 않은 채 말했다.

—아름답구나. 저무는 것들은.

—그런가?

—아들아, 나는 내가 되게 대범한 편이라고 생각했다?

—갑자기 뭔 소리야.

—예전부터 내가 좀 남자 같고 그랬잖니. 간도 크고 후회 같은 건 모른다고 생각했는데, 너를 낳고 보니까 그게 아닌 걸 알겠더라. 아기 때, 너를 안고 있으면 막 지갑이 뚱뚱한 것처럼 배가 부르고 행복하고 그랬어. 그래서 자꾸만 겁이 나더라. 다치거나 부서지거나 없어질까봐.

—뭐래.

—너 유치원 다닐 때였나. 한번은 너를 잃어버렸다고 생각했던 적이 있었어. 애가 유치원이 끝난 지 한참이나 지났는데 집에 오지 않더라. 전화해보니 유치원 버스에도 타지 않았다고 하고. 친구 집에 간다고 했대. 난리가 났지. 신발만 대충 꿰어 신고 나와서 유치원에서부터 허겁지겁 너를 찾는데 멀리 네 뒷모습이 보였어. 나는 가만히 네 뒤를 따라갔다. 네가 두 발쯤 걷다 자꾸만 멈춰 서기에 뭐하나 봤더니, 거리에 있는 모든 가게 앞에 서서 일일이 들여다보고 관찰하고, 때로는 만져도 보고 그러고 있더라. 호기심이 가득한 얼굴로. 그 모습을 뒤에서 보는데 화가 나는 게 아니라, 덜컥 무섭더구나. 네가 더이상 내가 아는 아이가 아니라는 생각에. 네가 보고 싶은 것을 보고, 네가 걷고 싶은 길을 너의 속도로 걷는 게, 너만의 세계를 가진 아이라는 게 그렇게 섭섭하고 무서웠다.

—그때부터 산만했나봐, 나.

—그래서 너를 많이 괴롭혔던 것 같네. 간이 작아서. 너를 간장 종지처럼 좁은 내 품안에 가둬놓고 싶었나보다.

엄마는 반쯤 잘려나가고 없는 간 부분을 만지며 씨익 웃었다. 실로 오랜만에 보는 미소였다.

암이 재발하고 난 뒤, 엄마가 죽는 꿈을 자주 꿨다.

꿈에서 엄마의 차는 더이상 빨간 마티즈가 아닌 미국산 볼보였다. 세상에서 가장 안전하다는 차. 현실과 다른 것은 차뿐만이 아니었다. 엄마는 다 죽어가는 지금의 모습 대신 사십대의 팔팔하고 열정적이었던 모습을 하고 있었다. 미국산 볼보를 탄 채 벼랑 끝으로 달려가는 엄마. 결국엔 낭떠러지로 추락해 산산조각이 나는 자동차. 부서진 창밖으로 삐져나온 엄마의 손목. 엔진에서 연기가 피어오르기 시작하고, 불타는 차를 맹수들이 둘러싼다. 마치 고기라도 구워먹는 것처럼. 차 안에서 검은 연기가 피어오르고, 삐져나온 그녀의 몸 위로 순식간에 꽃이 핀다. 푸른 곰팡이꽃. 꽃이 만개해 엄마의 몸을 뒤덮고 결국엔 모든 게 가려진다. 낭떠러지 위에서 이 모든 것들을 바라보며 나는 무슨 생각을 했나. 울었나. 웃었나. 아니면 아무것도 느끼지 못했나.

식은땀을 흘리며 잠에서 깨어나면 어김없이 새벽 다섯시. 나는 내 덩치에 비해 턱없이 좁은 엄마의 책상에 앉아 허리를 구부린 채 글을 쓰기 시작했다. 손가락 끝에 실이 달린 것처럼, 뇌가 없는 것처럼 마구잡이로 달리는 나의 문장. 그러다 어디선가 타는 냄새가 훅 끼쳐들면 빨간 마티즈처럼 끝을 모르고 뻗어나가던 나의 문장들이 잠시 멈춰 섰다.

그녀에게 나의 글쓰기가 어떤 의미가 될 것인가 생각하면 언제나 낭떠러지 아래를 바라보는 것처럼 막막한 기분에 사로잡힌다. 나는 벌써 서른한 살이고, 성인이 된 지도 십 년이 넘었고, 그녀가 내 삶을 지연시키는 존재가 아니라 그저 누구보다도 성실히 자신의 삶을 살아내고 있는 한 명의 인간일 뿐이라는 사실을 잘 알 정도로 성장했다. 그녀는 그저 그녀 자신으로서 존재하고 있을 뿐 나를 옥죌 의도가 없고, 나 역시 그저 나로 존재하기 위해 안간힘을 쓰고 있다는 점에서 우리는 똑같은 인간에 불과하다. 다만 운이 나빴을 뿐이다. 그러니까 우리가 이렇게 된 것은 우리의 잘못이 아니며 암이나 곰팡이처럼, 지구의 자전이나 태양의 흑점처럼 너무나 자연스러운 우주의 현상이다. 이런 것들을 다 알고 있으면서도 나는 자꾸만 그녀가 내 모든 문제들의 원인인 것만 같았다. 살가죽만 남은 채 다 죽어가는 사람을 앞에 두고 그런 생각을 하게 되는 나 자신이 혐오스럽지만 그 생각을 멈출 수는 없었다.

온몸의 피를 쏟으며 죽어갈 것을 걱정하는 열한 살의 나와, 엄마의 얘기를 써서 돈을 벌었던 스무 살의 나, 그리고 내게 친절했던 사람들의 이야기를 모르는 사람들에게 들려주고자 이렇게 원한에 사로잡혀 글을 쓰고 있는 서른한 살의 내가 오늘 이 순간 엄마의 뒤에 앉아 있었다.

석양을 바라보는 엄마의 뒷모습만큼은 단단하고 아름다웠던 예전의 모습과 별반 다를 바 없어 보였다. 그 모습을 보니 불현듯 엄마가 그간 내가 발표한 소설을, 글을 모두 읽었을지도 모른다는 생각이 스쳤다. 그렇다고 해서 달라질 건 없었다. 엄마가 감상에 젖은 목소리로 말했다.

—너를 안고 있으면 세상을 다 가진 것 같았는데.

병이라는 것은 인간을 통째로 바꿔놓는다. 누구보다도 강건하고 언제나 앞만 보고 걷던 그녀가, 간지러운 소리라고는 할 줄을 모르던 그녀가 노을을 보며 저런 소리까지 하게 만든다. 그래서 자꾸만 나도 뭔가를 털어놓고 싶게 만들어버린다.

—엄마 있잖아, 그런데……

나도 모르게 입을 뗐는데, 다음 말을 차마 내뱉을 수가 없었다. 할말이 너무 많았고 무슨 말이든 하고 싶었는데, 어떤 말을 해야 할지, 어디서부터 어떻게 시작해야 할지 감이 오지 않았다. 그러니까 말이야, 엄마 있잖아,

단 한 번이라도 내게 사과를 해줬으면 좋겠어. 그때 내 마음을 짓밟은 것에 대해서. 나를 이런 형태로 낳아놓고, 이런 방식으로 길러놓고, 그런 나를 밀어내고 다시는 돌아오지 못할 곳에, 무지의 세계에 놔두기로 결정한 것에 대해서, 제발 사과를 해줬으면 좋겠어. 그게 엄마의 본심이 아니었다는 것도, 누군가의 잘못이 아니라는 것도 알고 있지만, 알지만, 나는 엄마를, 당신을,

—도저히 이해할 수 없을 것 같아.

—뭘?

—정말 미안한데, 아마도 영영 용서할 수 없을 것 같아.

—얘가 갑자기 뚱딴지같이 뭔 소리래.

갑자기 눈물이 날 것 같아서 얼른 고개를 돌렸다. 그러고는 자리에서 일어났다.

—나 화장실.

자리에서 일어나 가방을 멨다. 그러고는 얼른 화장실 쪽으로 뛰어갔다. 정신을 차려보니 습관처럼 장애인 칸에 들어와 있었다. 나

는 좌변기 앞에 무릎을 꿇고 앉아 가방을 벗었다. 그 속에서 서류 뭉치를 꺼내 손에 쥐었다. 종이 위에 삐뚤삐뚤한 내 글씨와, 그의 빨간 글씨가 겹쳐 보였다. 손에 들린 종이 뭉치를 두 번에 나눠 찢었다. 종잇장 하나하나를 낱낱이 찢어 좌변기에 집어넣었다. 글씨가 물에 닿아 빨갛게 번졌다. 물을 내렸다. 종이들이 파문을 그리며 검은 구멍으로 빨려들어갔다.

그를 안고 있는 동안은 세상 모든 것을 다 가진 것 같았는데.

마치 우주를 안고 있는 것처럼.

눈물이 날 것 같았지만 울지 않았다. 그동안 울 시간은 충분했다. 종이가 모두 없어질 때까지 물 내리기를 반복한 나는 숨을 고른 뒤 빈 가방을 다시 둘러멨다. 화장실 밖으로 나왔다.

엄마는 아예 잔디밭에 드러누워 하늘을 바라보고 있었다. 하늘을 보는 그녀의 표정은 누구보다도 고요하고 평화로워 보였다. 어쩌면 내 앞에서 노을을 바라보는 저 사람도, 사십오 킬로그램에 쉰아홉 살의 그녀도 나와 비슷한 마음을 느끼고 있을지도 모르겠다. 나라는 존재로 말미암아 인생이 예상처럼, 차트의 숫자처럼 차곡차곡 정리되지는 않으며, 오히려 가장 그러지 말았으면 하는 방향으로 흘러가버릴 수도 있다는 것을. 핏줄이 연결된 것처럼 누구보다도 잘 알고 있다고 믿었던 존재가, 실은 커다란 미지의 존재일 수도 있다는 것을. 그래서 인생의 어떤 시점에는 포기해야 하는 때가 온다는 것을. 그러니 지금 내가 할 수 있는 것은 모든 생각을 멈추고, 고작 지고 뜨는 태양 따위에 의미를 부여하며 미소 짓는 그녀를 그저 바라보는 일. 그녀의 죽음을 기다리는 일. 그녀가 아무것도 모른 채 죽어버리기를 바라는 일뿐이다.

| 작가노트 |

요즘 나는

목소리가 크고 험악한 외양과는 달리 나는 조금 소심하고 겁이 많은 편인데, 때문에 지나간 일을 곱씹으며 후회하는 데 인생을 허비하곤 한다. 개중 특별히 아프거나 내밀한 기억들은 차마 다시 꺼내보기조차 두려워 어디 안 보이는 곳에 치워두곤 했는데, 어떤 소설은 쓰는 동안 그런 기억들을 끊임없이 직면하게 만들곤 한다. 이 소설이 내게는 그랬다.

IMF의 여파로 아빠의 사업이 기울고 엄마가 새 직장을 구해 일을 나가기 시작했을 때, 부모님은 어린아이였던 나를 같은 아파트 단지에 있는 아빠의 친구 집에 맡겨놓곤 했었다.

그날 나는 그 집의 누나들과 함께 텔레비전 앞에 모여 앉았다. 그때의 나는 조금 들떠 있었는데, 집에서는 깨어 있는 것조차 허락

되지 않았던 자정 무렵까지 텔레비전을 볼 수 있었기 때문이었다. 뚱뚱한 브라운관에 검은 드레스를 입은 여자가 나타났다. 그녀는 푸른 색조의 무대에 홀로 서서 허스키한 목소리로 읊조리듯 말하기 시작했다.

"내겐 너무 특별한 노래 시간입니다. 원래 써와서 이렇게 읽잖아요. 근데 오늘은 써온 게 없어요. 왜냐하면 그냥 제가 부르는 노래가 내겐 너무 특별한 노래예요. 그렇기 때문에, 이번에 앨범을 내면서 너무 많은 나의 감정들을 다 써놓았기 때문에 더이상 쓸 말이 생각나지 않아요. 누가 물어봐도 별로 할말이 없어요."

그리고 여자는 두 손으로 자신의 얼굴을 가렸다. "어머, 우나봐." 누나들의 목소리. 나는 이름도 모르고 정체도 몰랐던 여자의 노래를 들으며 불현듯 그런 생각을 했다.

나는 이곳에 속해 있지 않다.

그리고 그날을 떠올릴 때마다 나는 왜인지 그 시절의 그녀가 말했던, 아무것도 덧붙일 수 없는 감정이 무엇인지 알 것만 같은 착각에 사로잡힌다.

엄마는 정확히 그 무렵부터 내가 손톱을 물어뜯기 시작했다고 기억하고 있다. "너희 담임선생님한테 전화가 왔잖니. '어머니, 상영이가 손톱을 물어뜯어요. 그것도 너무 많이요.'" 그 이후 서른두 살이 된 지금까지도 나는 긴장할 때면 손톱을 물어뜯는 버릇을 고치지 못했다. 엄마는 아직도 그것을 자신의 탓이라고 말하곤 하는데, 그 말을 하는 그녀의 표정을 보면 자신의 탓을 하는 사람 같지는 않았고 일종의 시위, 를 하는 사람처럼 보였다. 결연하고 원망에 가득찬. 어쩌면 내 착각일 수도 있겠으나. 나는 이 악습을 단순히 유전자 탓이라고 믿고 있다. 날 때부터 예민하고 불안 지수가 높은 사람들이 있대. 어떤 건 그냥 이유 없이, 속수무책으로 정해지기도 하나봐, 엄마.

요즘 엄마는 부쩍 외로움이 늘었고 내게 자주 전화를 한다. 몸과 마음이 부쩍 쪼그라든 엄마의 형태를 볼 때마다, 그녀가 실수로 떨어뜨린 팥알처럼 조금씩 말라가고 있다는 생각을 떨칠 수가 없다. 어릴 때 내 손을 단단하게 잡아주던 그 사람과 지금의 이 사람이 정말 같은 사람일까 하는 의구심에 사로잡히곤 한다. 나 역시도 변한 건 마찬가지라, 요즘 들어 좀체 웃을 일이 없고, 자꾸만 농담하는 방법을 까먹는다. 오늘 점심에 무얼 먹었는지, 찬장에 수건이 몇 장이나 남았는지, 타인과 어깨를 맞대고 있던 게 언제였는지 같은 건 잘 기억나지 않는데, 이상하게 아주 오래된 기억들은 점점 더 생생해진다. 그것도 몹시 고약한 종류의 것들만.

나는 삶의 조건 대부분이 날 때부터 어느 정도 정해져 있다고 믿는 사람이다.

여러 사정 때문에 지난 삼 년 동안 엄청난 양의 글을 쓰면서도 매일 회사를 나가야만 했다. 돈을 주는 사람은 별로 없는데, 달라는 사람은 많았다. 하루하루는 길었지만 일주일은 짧았다. 정신과 체력이 모두 한계에 다다랐던 상황 속에서도 이런 생각을 하며 버텼다.

지금의 이 일상이, 내게 주어진 유일한 삶이며 방편이라고.

어쩌면 그때의 엄마도 이런 마음으로 하루를 버텼을지 모르겠다.

얼마 전까지 내가 다녔던 회사 바로 옆에는 작은 근린공원이 있다. 공공연한 사내 왕따인 나는 혼자서 밥을 먹곤 했는데, (아주 희박한 확률로) 날씨가 좋고 써야 할 원고가 없고 공기가 깨끗한 날이면 집에서 싸온 닭가슴살샌드위치나 빵 같은 것을 들고 공원으로 나갔다.

벤치에 앉아 벌레를 쫓으며 샌드위치를 먹고 있으면, 내 또래의 부모들이 유모차를 끌며 잔디밭을 산책하고 있는 게 보였다. 쟤넨 돈도 안 버나. 이 시간에 왜 저러고 있대…… 유모차를 세워둔 채 잔디밭에 둘러앉은 그들 가족. 당신들 조심해. 그러다 쥐똥을 밟으면 큰일이 난다고. 유모차에서 내려온 아이는 뭐가 그렇게도 신나는지 짧은 다리로 도도도 열심히도 뛰어다녔다. 한참 동안 그 사소한 발걸음을 바라보다 나도 모르게 내린 결론.

나는 이곳에 속해 있지 않다.

그런 생각을 하며 목이 막힐 때까지 샌드위치를 입안에 쑤셔넣는 나.

자꾸만 못나게 구겨지는 마음을 어쩔 수가 없었다.

올해 초, 충동적으로 회사를 그만둔 후 없는 돈을 긁어모아 뉴욕에 갔다. 까짓거 죽기밖에 더 하겠어 하는 마음이었다.

시차 적응이 잘 되지 않아 잠을 끊어 자곤 했는데, 그 바람에 웃긴 꿈을 많이 꿨다. 꿈에는 니콜 키드먼과 앤 해서웨이, 김희애와 금성무가 나왔다. 나는 반짝이는 곳에서 그들과 함께 술을 마시며 웃고 있었고, 너무나도 자연스럽게 사람들 안에 속해 있었다. 일어나면 어김없이 코가 막혀 있었다. 갈수록 악화되는 비염 때문이었다. 건강이 나빠져 큰일이라는 생각을 하면서도 모르는 사람을 많이 만났다. 별로 외향적이지도, 딱히 타인을 좋아하지 않으면서도 누구보다 크게 웃고 자주 따뜻한 척했다.

그건 그것대로 지루했다.

내게는 항상 미안한 사람들이 많은데, 살수록 사정이 나아지기는커녕 더 미안할 일만 늘어나는 것 같아서 큰일이다. 나는 나밖에 모르는 사람이고, 나밖에 모르는 사람답게 이런 종류의 소설을 쓰고 난 후에는 전에 없는 자괴감이나 일종의 수치심 같은 걸 느낀다. 모두에게, 자꾸 이런 소설에 연루되게 만들어 정말 죄송하다는 말을 전하고 싶습니다.

새해부터는 사람을 좀더 믿어보기로 했고, 무엇보다도 나 자신을 좀 믿어주기로 했는데 뜻대로 되지는 않을 것 같아서 고민이다.

종교 차원은 아니고, 취미 차원에서 점을 봤는데 올해도 별로 좋아질 일은 없고, 눈과 간, 폐와 위장, 허리 쪽의 건강을 조심해야 하며, 쭉 바쁠 예정이라고 했다. 그런 말을 듣자고 돈을 낸 건 아니었는데…… 꽤 낙담한 채 밖으로 나와 생각해보니 우리는 언제나 나아질 것도 없이 쭉 바빴던 것 같다. 그냥 다른 모든 날들과 다를 바

없는, 또하나의 날들을 쌓아간다고 생각하기로 했다.

희망이 뭐 대단한 건가.

가벼워졌으면 좋겠다.

사랑이 아름답지 않을 때 해야 할 일

김건형

1

「우럭 한 점 우주의 맛」은 쫄깃하고 허망하다. 욕망과 절망, 사랑과 증오에 이르는 마흔여덟 가지 감정을 순식간에 오르내리는 속도감은 "초 단위의 감정 기복"(24쪽)으로 삶을 압축해낸다. 귀여운 퀴어 연애 서사는 유쾌한 우주론적 농담의 탐구로, 다시 애틋한 사랑의 감정학으로 도약하는 재빠른 형질전환을 보여준다. 사건을 경쾌하게 종횡하는 화자는 농담의 태도를 고집한다. 이는 다른 존재가 되는 박상영 고유의 방법론이다. "술 취한 나는 인간도 아니"(36쪽)고 "나는 개가 맞았다"(58쪽)는, 도리 없이 킬킬대게 만드는 서술은 형의 사랑에 갈급한 '나'의 감정을 스스로 보게 한다. "끓어오르는 내 감정의 본질을 알기 위해"(17쪽)서 "그를 통해 변화하는 나 자신의 감정을 기록하고 탐구하"(23쪽)는 일기/소설을 쓴다. 죽음을 앞둔 엄마의 회한을 보면서, 형의 상실을 들으면서도 화자는 농담을 고수한다. "더러운 성격"(12쪽)을 타고난 '나'는 지금 눈앞의 즉물적이고 구체적인 인간만을 본다. "사십 년 차 기독교인답지 않은 샤머니즘적 발언"(13쪽)의 다채로운 진폭을 굳이 지적하고, "창작하는 사람"의 예술가적 자의식에서 "불길한 관종의 기운"(18쪽)을 반드시 예감해야 직성이 풀린다. 고조된 엄마와 형의 비애감을 순식간에 찢어내고 그 자리에 화자의 냉정한 현실 인식을 채워넣는다. 덕분에 서사는 모성의 희생이나 숭고한 운동의 대의로 치닫지 않는다. 그들이 "외롭고 공허한 감정에 잔뜩 취해"(34쪽) 얼마나 지금의 자신을 보지 않는지를 본다. 엄마와 형은 열망에 도달하지 못한 자신을 구속하면서도, 그런 자신을 모른다. 그때마다 '나'는 생각한다. "도대체 무슨 알아들을 수도 없는 좆같은 소리일까."(56쪽) 도대체 실패를 인정하지 않는 저들의 비관적 자기 연민을 신랄하게 꼬집는 "내 모습이 지독히도 팔십년대 후일담소설 같아 나는 자꾸만 웃음이 나왔다"(60쪽). '나'는 자기 연민의 언어를 향해 웃으며 거리를 확보해, 도취된 감정에 사로잡히지 않는다. 대신 그 기원과 경과를 붙잡아보려고 한다. "지금 내가 할 수 있는 것"(90쪽)을 알(지 않으)려는 자들이 이 소설을 움직인다.

2

"엄마 암이래! 자궁암! 할렐루야다."(15쪽) 포기를 모르는 "오십대, 중도우파 성향의 여성"(14쪽)이 객관적인 농담으로 등장할 때 서사는 '사십 년 차 기독교인'을 추동하는 감정이 무엇인지 보게 한다. "잠시도 불쌍해할 틈을 주지 않는 재주가 있는"(83쪽) 엄마는 누구보다 성실한 삶을 살아왔다. 엄마는 남녀를 등급화해 적합한 짝을 찾는, 이성애의 낭만과 가족주의를 체현한 결혼 사업으로 '나'를 키웠다. 경제위기에 맞서 "우리 가족이 최선을 다해 노력하다보면 등급표의 최상위권에 안착해 누구보다도 북유럽적으로 아름다운 삶을 이룩할" 수 있다는 한국적 가족 서사를 체계화한 이 시스템은 "기독교적 가족 형태에 편입"(28쪽)되고 싶은 엄마의 결핍을 채워줄 열망이었다. 그러나 남편의 외도와 그로 인한 이혼은 이성애 '정상 가족'이란 아름다운 인생 각본(life script)을 산산조각내고 말았다. 이를 대리 충족해줄 아들마저 게이라는 사실이 수치스러운 엄마는 레위기[1]를 내밀며 전환 치료[2]를 시도하지만, 아픈 건 엄마였다. "아무한테도 말하지 마라. 남부끄러운 일이니."(31쪽) 엄마는 가족 주

---

1) 유목민 시대 가부장의 여성 지배를 위협하는 남성 동성애만 골라서 혐오하는 강령이 돋보이는, 오늘날 한국 혐오 세력의 가장 든든한 친구. 생리·임산부에 대한 혐오와 조개·돼지고기에 대한 금지를 동급의 문제로 놓음으로써, 독자가 현실의 인간을 인지하는 지능을 갖췄는지, 문자의 표면 이상을 생각할 줄 아는지 시험한다.

2) 동성애/트랜스 정체성을 기도나 상담을 통해 '전환'한다는 '치료'는 비윤리적인 폭행, 감금, 전기충격, 교정강간으로 금욕을 강제할 뿐이다. WHO나 세계정신의학회도 동성애/트랜스 정체성이 의학적 치료의 대상이 아니며 전환 치료는 유해한 불법 의료행위라고 경고한다. 한국도 마찬가지다.(「동성애 '전환 치료' 시도한 상담사 첫 퇴출」, 경향신문, 2019. 2. 8) 특히 부모, 교사에게 신체적·정서적으로 학대받는 청소년 성소수자들의 우울과 자살을 유발할 뿐이다.

체가 되지 못해, "언제나 묘한 포인트에서 수치심을 느"(15쪽)낀다. 남들과 "주님 보시기에 아름다운 삶을 살고 싶"(75쪽)기에 "뭔가를 꾹꾹 눌러 담는 형태의 감정"(73쪽)으로 외면하고 "꾹꾹 성경을 눌러쓰는 방식을 택"(74쪽)해 자신을 연민한다. 자신의 결핍에 엄마는 끝까지 눈감은 채 달려간다. 자신의 실패를 과소하게 보는 것이 엄마의 "유일한 삶의 방편"(같은 쪽)이었다.

그런 엄마와 형은 어쩐지 닮아 있다. "꽁치 말고. 당신이라는 우주를"(37쪽) 좋아한다던 형은 "형이상학적인 헛소리"(50쪽)와 투명한 자기 고백이 귀여운 남자다. 그러나 불 꺼진 방이나 횟집이 아닌 대낮의 거리에선 "어딘가 모르게 구부정했고 몇 대 얻어맞은 것처럼 고개를 숙이고"(51쪽) 있다. 형은 '민족국가'의 시선 앞에 고개 숙이고, 이남 사회의 "동성애라는 질병 혹은 징후"(66쪽)인 자신의 그림자에 짓눌린다. "지나치게 타인의 시선을 의식하는 듯한 태도"(59쪽)는 학생회장의 순결한 대의에 어긋나는 "미제의 악습"(56쪽)인 자신을 감추려는 수치심이다. 길에서 스킨십이 잦은 "너는 좀 게이인 게 티가 많이 나는 편"이라 부끄럽다고 "다른 사람의 눈이라는 것을 생각이나 하"(69쪽)냐고 힐난하는 형은 실은 "운동하던 형들"(57쪽)의 눈을 생각한다. 민족 주체의 (이성애적) 순수성을 더럽히는 생각 없는 '요즘 애들'을 '교정'할 때만 형(들)은 겨우 자신을 확인할 수 있다. 그러니 형에 대한 감정을 고백한 일기를 건네도 '교정'되어 돌아올 따름이다. 사회변혁의 열망을 몸에 새긴 "K대학교 95학번. 76, 용띠"(44쪽)에게 '민족의 진로'는 여전히 세상과 관계하는 유일한 방편이다. 그 열망이 자신의 존재와 욕망을 부정할지라도 차마 벗어나지 못한다. 그래서 '감옥'에서 나올 때 새긴 문신 위에 우주의 나무를 덮어 "엉망진창 낙서장"(61쪽)이 된다. "우리가 먹는 우럭도, 우리 자신도 모두 우주의 일부"(35쪽)라는 개떡같은 개똥철학은 자신이 어디엔가 연결되어 있고 무의미하지 않다고 믿으려는 노력이다. "현실적인 문제는 다 밀어놓은 채 저 너머만 바라보는 삶의 태도"(50쪽)는 자신의 위치에 눈감고 자신을 연민하려는 안간힘인 것이다. 형은 외롭고 공허한 마음을 "자기감정에 취해 마치 연극배우"(43쪽)처럼 과도하게 자주 토로했지만, 실은 오직 그것을 제외한 모든 것에 대해서만 말했다.

각자의 시대에 충실했던 둘은 자신이 투신하던 바로 그 소명의식에게 배신당하고 말았다. 여기서 엄마와 형은 한국 사회의 근원적인 욕망의 자장 전체를, 보수와 진보, 가족과 민족, 종교와 이념을 아우른다. 열망에 대한 세대론이면서, 퀴어에게 강력하게 작동하는 적의 벡터인 것이다. 스스로의 두려움을 보지 않으려는 둘의 자기 연민은 실패를 견디지 못하는 자기혐오의 이면이다. 자신의 실패를 견디지 못했기에 그 실패를 상기시키는 열망의 얼룩인 '나'를 (서로 반대 방향에서 똑같이) '전환'하고 '교정'하려 했다. 퀴어에 대한 혐오는 자신을 용서하지 못하는 분노에서 유래한 것이다. 그러니 자기 마음의 정체를 보는 일은 존재를 걸고 해야만 하는 과업이다. 두 사람의 자기혐오 앞에 88년생 게이 소설가 '영'이 마주선다. 지금을 딛고 서서 한국 사회의 철 지난 구속력을, 그 감정 형식을 정확하게 본다. 때로 '나' 역시 자기혐오에 빠져 비틀거리지만 그 감정이 자신을 눈감게 한다는 점만은 안다. 자신의 위상을 똑바로 응시하는 '나'는, 고통스럽게, 그러나 단단히 균형감각을 회복한다. 그러면 소설은 한국 사회를 둘러싼 사랑의 감정학이 된다.

3

미워해야 할 적들을 사랑하고 말았다. "신념이 인간을 망치는 걸 너무 많이 봐"(39쪽)서 두렵다고 형이 아주 조금 고백할 때. 너의 속도로 너만의 세계를 걷는 아이라는 게 섭섭하고 무서웠다고, 그래서 너를 많이 괴롭혔다고 엄마가 조금 더 고백할 때. 그때 가엾은 내 적들은 "내가 지난 시간 동안 앓았던 열망과도 닮아 있"(74쪽)기 때문이다. 가족과 민족이라는 "대상에 사로잡혀 있는 자기 자신의 모습에 대한 열망"(같은 쪽)은 '나'의 사랑과 같은 형식이다. "그를 위해 최선을 다하고 있는 나 자신의 모습에 취했"(78쪽)듯이. 다만 뒤에서 오래 손을 흔들어줬다는 이유만으로, 못난 형에게 사로잡힌 '나'의 집념처럼. 서로 닮은 마음의 형식을 본 '나'는 적들을 증오하리라는 "시꺼먼 독기"(31쪽)를 무너뜨리고 만다. "그러니까 우리가 이렇게 된 것은 우리의 잘못이 아니"라 "자연스러운 우주의 현상이다"(88쪽). 엄마도 "내 삶을 지연시키는 존재가 아니라 그저 누구보다도 성실히 자신의 삶을 살아내고 있는 한 명의 인간일 뿐"(같은 쪽)이었고, 별 볼 일 없는 형도 "나만큼이나 보통의 사람이"(61쪽)라서 "그저 나로 존재하기 위해 안간힘"(88쪽)을 썼다. "그런 외로운 마음의 온도를, 냄새를 너무 잘 알고 있"(24쪽)다. "내가 바로 그런 사람이었으니까."(같은 쪽) 너를 사랑한다고 하면서, 실은 절박하고 가련하게 자신만을 열망하는 우리의 이기적이고 유일한 방편들. 그러니 묻자. 사랑은 정말 아름다운가?

사랑은 오래 참게 할 뿐, 온유하지 않고 이기적이었다. 전환하고 교정하고 집착했다. 사랑 역시 종교와 이념처럼 자신을 향한 열망의 형식임을 솔직하게 감당하면서 소설은 한 차원 뛰어오른다. '나'는 자신의 나약한 열망과 취약한 위치를 본다. 그런 자신을 보지 않고 외면하는 사랑은 무슨 소용이란 말인가. 유일하게 고개 돌리지 않고 "한없이 나 자신에 대한 열망"(74쪽)을 대면한 '나'는 다른 결심을 한다. "우리 엄마 볼래요?"(71쪽)

> 폭탄을 터뜨리자.
>
> 엄마와 그와의 미래를 위해, 남은 '우리'의 삶을 위해 용기를 내보자. 그래, 눈 꼭 감고 한번 뛰어들어보자. 문을 열고 나가보자.(72쪽)

그들이 신과 우주에 대한 사랑으로 충만한 "지금이 기회"(같은 쪽)다. 지금까지의 사랑/삶의 형식을 기습해 정지시키는 것이다. '나'의 취약함을 먼저 보(이)려고 용감하고 무모하게 나아간다. 모든 위험을 걸고서 '나'의 소중한 사람들을 구하고, 반쪽씩 나뉘어 있던 삶을 통합해 다른 존재가 되려는 도약이다. 애초부터 불가능했던 (정상 가족과 순정한 민족이란) 대상을 열망하는 자기도취에서 빼내 지상에 발붙이게 하는 것이다. 그리하여 엄마와 형이 외면해온 그들의 치명적인 '실패'를 정면으로 보라고. 퀴어의 가장 강력한 두 적들을 서로 부딪쳐 폭발시키면서 지금, 여기에 편재하는 퀴어 '나'와 얽힌 삶을 보게 한다. 이는 첨예한 퀴어의 정치적 현장이다. 형과 '나'가 거리에서 손잡고, 서로를 부르고, 특정한 문화취향을 노출하는 일만으로도 사회적 낙인은 박탈을 환기했다. 아우팅의 공포 때문에 회사 동료나 학과 선배에게 연인을 가리는 일은 서로를 수치와 분노로 여기게 만들어 퀴어의 마음에 고유한 상흔을 남긴다. 사랑을 어떻게 얼마나 재현할지의 차이는 둘의 감정을 분할하고 존재를 위협했다. 그래서 "남자 둘이 파스타 먹는 거"(68쪽) 때문에 다툰 직후, 사랑을 사적인 문제로 가두지 않고 공적으로 내보이려 한다. 커밍아웃은 물론 어려운 과정이지만 자긍심으로 자기 서사를 다시 쓰게 한다. '나'를 가시화하여 주변에 지배 규범을 넘은 새로운 관계를 요구하고, 새로운 사랑을 여는 힘이 있다.

4

그러나 '나'는 실패했다. 끝내 자신을 보(이)길 두려워하는 자에게 사랑은 종내 난망하다. 형은 사랑의 형식을 바꾸려는 용기에 응답하지 않았다. "사랑, 이라고 생각했던 건 아니죠?"(79쪽) 그는 '나'의 가장 뜨거운 조각을 가져갔다. '미제'를 추종하는 세태를 교정할 뿐, 우리의 오늘을 찍은 폴라로이드 사진에는 완강히 고개를 저었다. 식탁의 사진을 보고 이성애 가족의 '뭔가 다른' 사랑에 겁먹고 후퇴하고 말았다. 엄마도 형과 찍은 폴라로이드 사진을 보고 진실을 꾹꾹 눌러 담을 뿐이다. 소설은 사랑이 위대하다는 것을 증명하지도, 멜로드라마적인 화해로 나아가지도 않고 사랑의 실패를 자인한다. '나'는 엄마도 형도 설득하지 못했다. 취약한 '나'-우리의 존재를 드러내려던 용기의 시도마저, 작가가 돼보라는 빗나간 회신만 받을 뿐 실패로 돌아갔다. 박상영은 용기로 단번에 우리의 차이를, 원한을, 사건을, 역사를 넘지 못한다는 것을 안다. 그러나 그 난관 앞에서야 비로소 인간은 진실을 마주할 수 있다. 아름다웠던 "사랑은 한껏 달아올라 제어할 수 없이 사로잡혔다가 비로소 대상에서 벗어났을 때 가장 추악하게 변질되어버리고야 마는 찰나의 상태에 불과"(82쪽)했다. 그렇다면 대상에 사로잡히지 않고 "그저 바라보는 일"(90~91쪽)이 사랑의 본래적 모습에 좀더 가깝지 않을까. 자신의 내밀한 열망에 사로잡히지 않고 그것을 바로 보는 일. 그리하여 대상을 숨쉴 수도 없을 만큼 옥죄지 않는 일.

그 열망을 사랑이라고 착각했던 과거의 엄마와 형에게 '나'는 제발 사과를 받고 싶다. 엄마는 고린도전서를 필사하며 '사과'를 거부하니 "자꾸만 그녀가 내 모든 문제들의 원인인 것만 같"(88쪽)다. 그러나 '나'는 그런 마음이 자신의 실패를 대상에 투사하던 자기혐오와 같다는 것을 다시 보고 말을 삼킨다. 복수를 하려는 마음도, 사과를 바라는 마음도 역시 대상을 통해 '나' 자신에 눈감으려는 열망이므로. 원한도 화해도 넘어 다만 차갑게 바라보려 한다. 적에 대한 적대적 의존관계에서 벗어나서, 적대감이 '나'를 조종하지 않도록. 그러나 이해는 거부하고 그 실패 지점을 고수하고 선다. "정말 미안한데, (자신을 용서하지 못했던 엄마/형을—인용자) 아마도 영영 용서할 수 없을 것 같아."(89쪽) 실패를 보아내는 인간만이 가까스로 다른 가능성을 열고 그들의 열망 형식과 갈라선다. "아름답구나. 저무는 것들은"(85쪽)이라는 엄마의 마지막 자기 열망의 형식에서 자신과 같은 마음을 보면서도 끝내 거리를 두고 서는 것이다. "그렇다고 해서 달라질 건 없었다."(88쪽) 그러면 "고작 지고 뜨는 태양 따위에 의미를 부여하며 미소 짓는 그녀를 그저 바라보는 일"(90~91쪽)만이 남는다. 형과 약속했던 그 시간, 그 장소에 오 년 만에 돌아온 과거의 '나'를 스스로 낱낱이 찢어버린다. 마치 우주를 안고 있는 것같이 "그를 만날 때마다 끓어넘치던 나의 과잉된 감정"(80쪽)을 던진다. 이제 '나'를 열망하던 과거와 단호히 단절한다. "눈물이 날 것 같았지만 울지 않았다. 그동안 울 시간은 충분했다."(90쪽)

'나'는 실패를 그저 바라본다. "그동안 나는 도대체 무엇을 바라고, 무엇을 기다리고, 무엇을 꿈꾸었던 것일까."(84쪽) 식은땀을 흘리며 실패한 사랑들을 보고 그 감정 형식을 쓴다. 소설은 '나'의 이야기로 우주를 넘어서려고 한다. 울지 않으려는 소설가 '영'은 무엇을 실패했는지 더 깊이 보고, 그것을 딛고 선 '나'를 이어 쓸 것이다.

김건형
2018년 문학동네신인상에 평론 「2018, 퀴어전사—前史·戰史·戰士」가 당선되어 등단.

김희선

공의 기원

작가노트

끝나지 않을 질문

해설 이지은

공 역사박물관 도슨트 서비스

김희선

1972년생. 2011년 『작가세계』 신인상에 단편소설 「교육의 탄생」이 당선되어 등단. 소설집 『라면의 황제』 『골든 에이지』, 장편소설 『무한의 책』이 있다.

공의 기원

군함이 항구에 들어왔을 때 사람들은 삼삼오오 모여들어 생전 처음 보는 거대한 배를 구경했다. 아직은 부두에 그렇게 커다란 배가 들어올 만한 설비가 마련되어 있지 않았기에, 군함은 멀리 수평선 조금 못 미친 지점에 가물가물 떠 있을 뿐이었다. 그래도 눈을 가늘게 뜨고 보면 낯선 국기가 바람에 펄럭이는 모습이 어렴풋이 보였다. 배가 떠 있은 지 이틀 정도 지났을까, 저 멀리로부터 보트 한 척이 빠르게 해안으로 다가왔다. 거기서 하얀 모자를 쓴 수병들이 뛰어내리는 장면을, 한 소년이 발돋움을 한 채 보고 있었다.

배에서 내리는 수병들의 표정은 밝았다. 그럴 만도 한 게, 그들은 벌써 꽤 오래 갑판 위에서만 지내온 터라 오랜만에 밟는 육지가 그렇게도 반가울 수 없었던 것이다. 낯선 이들이 점점 가까이 다가오는 것을 보고, 그때까지 빙 둘러서서 구경을 하던 마을 사람들은 주춤주춤 뒤로 물러났다. 사실 과히 가까이하고 싶지 않은 얼굴을 가진 족속들이었다. 거참, 괴이하게도 생겼군. 그들은 속으로 중얼거렸다. 일부는 재빨리 그 자리를 떴다. 굳이 그런 데 있어봤자 좋을 일이 없다는 걸, 반만년이 넘는 역사에서 미리 배운 자들이었다.

하지만 소년과 친구들은 그렇지 않았다. 그들은 배에서 내린 외인들이 기묘한 물건을 가지고 뭔가를 하는 장면을 넋을 놓고 구경했다. 그 놀이(로 추정되는 이상한 행위)를 하며, 그들은 무척이나 즐거워 보였다. 구경하던 소년 역시 덩달아 신이 났다. 수병들은 둥글고 땅에 던지면 퉁 튀어올랐다가 멀리멀리 날아가는 기이한 물건을 가지고 있었다. 그게 축구공이라는 것을, 소년은 나중에 알게 된다. 그러니까 그런 식으로 영국 군인들의 축구경기를 며칠간 지켜본 끝에 말이다. 그리고 그것이 축구공이라는 것을 알게 됨과 동시에 소년의 운명은 백팔십도 바뀌게 되었던 것이다.

즉, 그 사연은 이러하다. 어느 날 수병들이 공놀이하는 것을 지켜보던 소년의 발 앞으로 그 신비로운 물건이 데굴데굴 굴러왔다. 그 공 좀 이리 차줄래? 아마도 수병은 이렇게 말했을 테지만, 소년이 그걸 알아들었을 리는 없다. 그럼에도 불구하고 그는 어떤 본능의 힘에 이끌려 공을 발로 뻥 찼다. 그런데 그 공이 하늘로 붕 떠서 높이 날아올랐는가 하면, 아쉽게도 그렇지는 않았다. 공은 그저 느릿느릿 굴러갔고, 소년은 발이 아파 어쩔 줄 모르며 제자리에서 펄쩍펄쩍 뛰었다. 그러나 그게 인연이 되어 소년은 친구들과 함께 외인들의 공놀이에 끼어들 수 있었다. 여전히 말은 통하지 않았지만, 소년은 빠른 속도로 공 다루는 기술을 배웠다. 그는 드리블이라든가 골인 같은 중요한 용어도 습득했다. 사실 증거가 없어서 어디까지 믿어야 할지는 알 수 없지만, 당시 소년의 일취월장하던 기술은 가히 후일의 마라도나에 필적할 만한 수준에 이르렀었다는 것이다. 게다가 영리한데다 붙임성까지 있던 소년은 영국인 수병들과 약간의 대화가 가능할 정도로 언어를 배웠고, 그리하여 그들이 인친항에 정박하고 있던 이유도 대충 이해하게 되었다.

그들은 자기들이 지도를 그리러 여기에 온 거라고 말했다. 지도가 뭔지 소년은 알 수 없었기에 고개를 갸우뚱했다. 그들 중 하나가 맨 위에 세계전도(世界全圖)라고 적혀 있는—그러나 소년은 읽을 수 없었을—커다란 지도 한 장을 펼쳐서 보여줬다. 이것이 세계야. 소년은 세상이 한 장의 종이 속에 모두 들어갈 수 있다는 사실에 놀랐다. 그는 지금 우리가 축구를 하고 있는 이 바닷가도 여기에 다 들어가 있느냐고 물었다. 수병이 고개를 끄덕이자, 소년은 갈매기가 끼룩대는 항구나 나지막한 초가지붕 같은 것들이 어디 있을지 찾기 위해 한동안 종이 구석구석을 뒤졌다. 그러나 곧 가죽으로 만들어진 축구공을 차고 노느라 지도에 대한 것은 다 잊어버리고 말았다.

때로 공을 차다 돌아보면 수병과 장교들이 측량 도구를 가지고 여기저기 돌아다니는 것을 목격할 수 있었지만, 그게 다였다. 그렇게 얻은 자료를 가지고 이후 그들이 무엇을 했는지도 소년은 잘 모른다. 왜냐하면 얼마 뒤 수평선 조금 못 미친 곳에 떠 있던 군함이 어디론가 가버렸기 때문이다. 배가 떠나기 얼마 전, 수병은 소년에게 공을 줬다. 아마 더이상 쓸모가 없었던 걸지도 모르고 어쩌면 소년과 친해졌기 때문에 그야말로 순수하게 건넨 마음의 선물이었을

지도 모른다. 여하튼 공을 주며 그는 소년에게 앞으로 위대한 축구선수가 되라는 (말도 안 되는) 축원까지 해주었다. 아마도 그 수병은, 누군가가 축구선수가 되려면 축구팀과 축구화, 축구복, 코치, 운동장 등이 필요하다는 것까진 생각하지 못했던 듯하다.

소년은 아쉬운 마음으로 손을 흔들며 보트가 해안을 떠나 수평선 쪽으로 어른어른 사라질 때까지 서 있었다. 축구선수가 되어야지. 소년은 공을 안고 집으로 달리면서 생각했다. 하지만 그게 그렇게 쉬운 일은 아니었다. 아니, 사실은 매우 어려운 일, 더 나아가서는 거의 불가능한 일에 속했다. 특히 1882년 인천의 작은 바닷가 마을에선 더더욱 그러했는데, 왜냐하면 앞서도 말했듯이 일단 축구선수가 되려면 축구팀과 축구화, 운동장, 코치 같은 것들이 있어야 했기 때문이다. 그러나 소년이 알기론 세상 어디에도 그런 건 없었다. 게다가 소년은 할 일이 많았다. 그러지 않으면 먹고살 길이 막막했기 때문이다.

그는 결국 축구공을 뒤꼍 가장 깊숙한 장소에 잘 감춰뒀다. 그리고 틈날 때마다 꺼내 먼지를 닦고 해진 부분을 실로 꿰맸다. 때로 아무도 안 보는 밤이면, 그러니까 항구에서 짐을 나르고 돌아와 잠깐 눈을 붙였다 깨어난 밤이면, 그는 축구공을 꺼내 기술을 연마했다. 해안을 지나던 배에선 깊은 밤 달빛 아래 한 남자가 머리로 공을 튕기며 모래사장을 달리는 모습이 보였다. 광대인가? 바닷속에 던져둔 항아리에 문어가 들어가길 기다리며, 어부들은 나지막이 중얼거렸다. 미친 게 틀림없지. 누군가는 이렇게 떠들기도 했지만, 그는 아랑곳하지 않았다. 덕분에 그의 기술은 나날이 발전했는데,

언젠가부터 그와 공은 거의 한몸이 되어 공이 그인지 그가 공인지 구분할 수 없는 경지에까지 도달했던 것이다. 물론 그러는 사이 인천항도 점점 커졌으며 점점 붐벼갔고 수많은 외인들이 갖가지 이유로 그곳을 드나들게 되었다. 사실 말이 나왔으니 말이지만, 항구가 그렇게 커진 데엔 소년(어느새 자라 청년이 되어 있었는데)의 공로도 무시할 수 없을 만큼 컸다. 왜냐하면 그는 (당시 마을에 살던 사람들이 모두 그랬듯이) 매일 부두에 나가 등짐을 졌는데, 얼마 안 되는 삯을 받으며 하루종일 항구를 넓히는 데 쓸 돌과 흙을 나르는 것은 정말이지 호락호락한 일이 아니었기 때문이다.

결국 그는 나이에 비해 겉늙고 등도 완전히 굽어버렸는데, 실제로 박물관에 걸려 있는 단 한 장의 사진에선 겨우 스물대여섯 정도밖에 안 되었을 그 청년이 거의 예순을 훌쩍 넘긴 노인 같은 얼굴로 근심스럽게 정면을 응시하고 있었다. 사진 속 남자가 정말로 그인가에 대해서는 여러 이견이 있었지만 세계적 공 장인(匠人)인 박흥수는 그 사람이 자신의 증조부임이 틀림없다고 단언했다. 눈매며 입매가 자기와 꼭 닮았고 무엇보다도 그가 한 손에 축구공을 끌어안고 있다는 점을 강조하면서 말이다. 박흥수는 돋보기까지 이용하여 사진 속 공의 한 부분을 확대한 뒤 사람들에게 보여줬다. 거기엔 다 지워져가는 글씨로 '토마스 굿맨®'이라는 상표가 새겨져 있는데, 그것이야말로 그 낡은 사진 속 인물이 자기 증조부임을 드러내는 완벽한 증거라는 것이었다. 그는, 새로 지은 '굿맨 앤드 박 볼 컴퍼니' 공장 옆에 건립한 공 역사박물관에 그 사진, 그러니까 갯벌과 한창 공사중인 항구와 갈매기 몇 마리를 배경으로 서 있는 남자의 흑백사진을 걸면서 설명문 한 장을 특별히 붙여뒀다.

한글과 영문, 펀자브어로 작성된 그 설명문은 은빛 알루미늄 액자에 들어 있었고, 거기엔 '토마스 굿맨' 상표 축구공의 역사와 그게 어떤 연유로 그의 증조부에게까지 흘러들어왔는가에 대한 사연이 꼼꼼하고도 세세하게 기록되어 있었다. 그리고 거기 적힌 바에 의하면, 세계적 공 장인이자 파키스탄 펀자브주 시알코트에 세계 최대의 수제 축구공 공장을 가지고 있는 박홍수의 운명은 이미 증조부 대에 결정된 거나 마찬가지였다. 왜냐하면 개항기 인천의 한 바닷가에서 어느 영국인 기자에게 우연히 찍힌—그러나 알고 보면 필연적으로 찍혀야만 했던—그 사진 속에서, 박홍수의 증조부가 들고 있던 공은 무척이나 유서 깊고도 중요한, 역사의 산증인 같은 물건이었기 때문이다.

이야기는 1872년으로 거슬러올라가는데, 그해 잉글랜드 축구협회는 "모든 축구경기에서는 가죽으로 만든 공만을 사용해야 한다"고 공식적으로 선포했다. 그 선언 이후 런던 시내에서 수작업으로 가죽 축구공을 만들어 팔던 사람들에겐 일종의 특수가 찾아왔는데, 토마스 굿맨 역시 그런 수혜를 입은 업자들 중 하나였다. 원래 런던 시내에서 대대로 구두점을 경영해왔던 그는, 무역회사들이 인도 및 세계 곳곳의 식민지에서 훨씬 저렴한 가격에 품질까지 좋은 구두를 대량으로 들여오는 통에 망하기 일보 직전에 처해 있었다. 사실 토마스 굿맨은 '해가 지지 않는 나라' 따위의 수사를 무척 싫어했는데, 왜냐하면 영국이 해가 지든 안 지든 어차피 그가 사는 런던 뒷골목에서는 낮과 밤이 반복되는 일상이 변함없이 계속되고 있었고, 이상하게도 오히려 점점 더 밤이 길어지는 것 같은 기분마저 들었기 때문이다.

어쨌거나, 불만에 가득차 있던 토마스 굿맨이 남아도는 소가죽과 (당시로서는 신소재에 속하는) 천연고무를 이용해 축구공을 만들어야겠다는 생각을 하게 된 건 순전히 우연이었다. 어느 날, 은행 이자를 어떻게 갚아야 할지 고민하며 고개를 푹 숙인 채 걷다가 어디선가 날아온 커다란 덩어리 같은 것에 머리를 세게 맞고 말았기 때문이다. 눈에서 불이 번쩍하는 순간 길바닥에 철퍼덕 쓰러졌던 그가 겨우 몸을 일으키자, 한 소년이 달려와 미안하다며 머리를 긁적였다. 정신을 차리고 보니, 그에게 날아온 것은 얼기설기 엮은 가죽 주머니에 바람을 불어넣은 뒤 입구를 대충 꿰매 만든 축구공이었다. 탄성이라곤 없는 그 딱딱한 공은 그의 머리를 정통으로 때렸고, 이마에는 이미 커다란 혹이 부풀어오르고 있었다. 보통 사람 같으면 소년에게 한바탕 욕을 퍼부었겠지만, 그러나 그때 토마스 굿맨은 아무 말도 하지 않았다. 도리어 괜찮으니 걱정 말라며 소년의 머리까지 쓰다듬어준 그는, 그 비실용적으로 무거운데다 탄성이 없어 잘 날아가지도 않는 공을 보며 구두점 한구석에 가득 쌓여 있는 남아메리카산 고무를 떠올렸다. 고무를 가져온 사람은 평소 소가죽을 공급해주던 업자였는데, 그의 말에 의하면 그건 완전히 새로운 소재라는 것이었다. 물도 스며들지 않고 젖지도 않아. 이걸로 신발을 만들면 비 오는 날 런던 거리를 아무리 뛰어다녀도 발에 물 한 방울 묻지 않을 거야. 내 장담하는데, 앞으로 신발업계는 이 고무가 평정하게 될걸. 업자는 반신반의하는 토마스 굿맨에게 어음으로 차차 갚으라며 그 신소재 무더기를 잔뜩 내려놓고 가버렸던 것이다.

그래, 바로 그거야. 이렇게 외치며 어디론가 달려가는 뚱뚱한 남자를, 소년은 공을 품에 안은 채 멍하니 바라보았다. 토마스 굿맨은 그길로 구둣방으로 달려와 고무를 둥근 주머니 모양으로 재단했다. 거기에 바람을 불어넣은 다음, 이번엔 가게에 지천으로 널려 있던 소가죽을 가위로 자르기 시작했다. 총 열두 조각의 길쭉한 가죽을 바늘로 단단하게 꿰매 둥근 고무공 위에 붙이자 보기에도 아름다운 멋진 축구공이 만들어졌다. 그는 새로 만든 공을 힘껏 벽에 던져보았다. 퉁. 공은 소리도 경쾌하게 벽에 부딪치며 되돌아왔다. 바야흐로 탄성을 가진 축구공이 처음으로 탄생하는 역사적인 현장이었다.

당시엔 영국 여기저기서 축구 클럽이 우후죽순처럼 생겨나고 있었는데(그러니까 공장지대 한 군데당 클럽 하나씩이 생겼다고 보면 된다) 그는 자신이 만든 축구공을 자루에 담아 등에 지고 선수들을 찾아다녔다. 낮에는 공장에서 석탄을 퍼나르다가 저녁이면 축구를 하던 남자들이 그가 만든 자칭 세계 최고의 축구공을 구경하기 위해 모여들었다. 한 손에 맥주잔을 든 채 그들은 공을 차보기도 하고 굴려보기도 했으며 선술집 바닥에 통통 튕겨보기도 했는데, 어찌나 탄성이 좋은지 그 장면을 보던 다른 술꾼들까지도 "와!" 하고 함성을 지르기 일쑤였다. 결국 공은 날개 돋친 듯 팔려나가기 시작했다. 그야말로 없어서 못 팔 지경이었는데, 따라서 굿맨은 뒷골목의 비좁은 구둣방을 팔고 교외에 공 제작 공장을 차리게 된다.

그런데 공이 그렇게 잘 팔렸던 데에는, 물론 모든 공인 경기에선 소가죽 공만을 써야 한다는 축구협회의 규정이 끼친 영향도 컸으나, 무엇보다도 그의 뛰어난 마케팅 실력이 한몫했다는 것을 간과해선 안 된다. 그는, 군함을 앞세워 세계 곳곳에 식민지를 만든 국가 덕분에 갑자기 돈에 여유가 생긴 중산층이 무엇을 원하는지 정확하게 간파했다. 현대적 마케팅 기법이나 광고학도 배우지 않은 토마스 굿맨이 어떻게 그런 대단한 판매 기법을 개발했는지는 알 수 없으나, 어쨌든 그는 당시 런던에서 가장 잘나가던 신문인 '데일리 모닝'과 손잡고 '한 가족 한 축구공 가지기 운동'이라는 생소한 캠페인을 전개했다. 당대 최고의 내과의사가 쓴 사설을 가장한 광고문을 보면 그때 런던을 휩쓴 축구공 광풍이 어느 정도였는지 짐작할 수 있다. 즉 거기서 의사는 "체력은 곧 국력이며, 지구 반대편까지 국가의 힘이 뻗어나가는 이때 어린 시절부터 공을 차고 달리며 심신을 강화시키는 것이야말로 진정한 애국"임을 엄숙하게 설파한 뒤, 짐짓 아무렇지도 않은 어조로 "그런데 얼마 전 필자가 직접 공을 차보니, 토마스 굿맨이라는 업자가 만든 가죽 공이 체력단련에 가장 좋다는 걸 확실히 느낄 수 있었다"는 사연을 덧붙이고 있었던 것이다. 마침내 어느 정도 여유 있는 중산층 집안에선 아들들에게 토마스 굿맨® 상표가 새겨진 가죽 축구공을 선물하는 것이 일종의 관습으로 자리잡았다. 그렇게 하여 일군 부를 바탕으로 토마스 굿맨은 왕실로부터 작위를 얻었으며, 일약 체육계의 명사가 되었고, 그게 계기가 되어 군납업체로까지 선정되는 행운마저 누리게 되었다. 즉, 그의 업체가 세계 곳곳에 나가 있는 영국군에게 독점적으로 가죽 축구공을 공급할 권리를 얻었다는 뜻이다. 그리하여 그의 공장에서 만들어진 공은, 지도 제작이라는 미명하에 인천 앞바다를 어슬렁거리던 '플라잉피시'란 이름의 군함에까지 실리게 되었으며, 결국 제물포 인근에 살던 한 소년에게 전달되어 그의 운명을 바꿔버리는 결과를 낳게 되었던 것이다.

그러나 이후 토마스 굿맨의 인생은 그리 영광되지 못했다. 사람들은 그가 더이상 욕심내지 않고 조용히 공만 만들었으면 그렇게까지 되진 않았을 거라고들 했는데, 왜냐하면 공 제작자에서 갑작스레 귀족의 신분으로 뛰어오른 그 남자의 영혼이 어느 날 문득 정치인이 되고 싶다는 흔해빠진 욕망에 잠식당하고 말았기 때문이다. 그는 하원의원 선거에 도전했고 당연히 패했다. 그 와중에 공을 팔아 쌓아올린 부까지 거의 탕진했는데, 그의 완전한 몰락에 쐐기를 박은 마지막 사건은 한 젊은 기자 덕분에 일어났다.

앤더슨이란 이름의 그 기자 역시 런던 토박이였는데, 어린 시절 옆집에 살던 수염이 텁수룩한 독일인 할아버지(그는 나중에야 그가 무척이나 유명한 사람, 그러니까 너무 유명해서 지구 전체의 운명과 지도까지 뒤바꿔버린 사람이었다는 것을 알게 된다)가 남긴 책을 읽으며 뭔가 세상을 뒤엎을 만한 일을 해야 한다는 열정에 사로잡히게 되었다. 그러기 위해선 언론인이 되어 사회 구석구석의 어둠을 파헤쳐야 한다고 생각했고, 실제로 그리 어렵지 않게 기자가 된 앤더슨은, 토마스 굿맨의 공장에서 법에 의해 금지된 음험한 일이 일어나고 있다는 정보를 접했을 때 재빨리 행동에 돌입했다. 그는 무두질장이로 위장하여 굿맨의 공장에 취업했다. 이후 일어난 일은 익히 알려진 대로다. 거기서 그는 대여섯 살밖에 안 된 아이들이 온통 유황 연기에 취한 채 손으로 공을 꿰매고 있는 참담한 현장을 목격했던 것이다. 근 한 달여에 이르는 잠입 취재 끝에, 앤더슨은 충격적인 르포르타주를 작성하는 데 성공했다. '런던 아동노동의 실태'라는 제목의 그 기나긴 보고서는 당시 가장 구독률이 높았던 데일리모닝의 1면을 장식했는데, 아이러니하게도 그것은 토마스 굿맨이 공 제조업자로서 성공을 거두던 초기, 가죽 축구공 광고를 실었던 바로 그 신문이었다. 여하튼 아무리 아동노동이 공공연하게 자행되던 시대였다고는 해도, 그리고 거의 대부분의 공장주들이 자기 소유의 공장에서 그런 일이 일어나는 것을 모른 척하며 지내왔다 해도, 그렇게 신문에 대서특필된 이상 뭔가 조치를 취하긴 취해야 했다. 본보기로라도 토마스 굿맨을 처단해야만, 마치 그런 흉악한 일은 난생처음 들어본다는 듯 분노하여 들고일어난 런던 시민들을 진정시킬 수 있었단 뜻이다. 결국 굿맨의 공장은 폐쇄됐다. 경시청에서 직접 나온 기마경찰들이 공장 문을 열고 유황과 가죽 냄새에 절어 있는 창백한 얼굴의 아이들을 밖으로 데리고 나왔다. 카메라를 든 채 서 있던 앤더슨은 일렬로 걸어나오는 아이들 중 하나에게 질문을 던졌다. 기쁘지 않니? 넌 이제 해방이야. 그러나 아이는 아무 대답도 하지 않았으며 오히려 자기들을 구경하기 위해 몰려든 사람들을 한동안 둘러보다 울음을 터뜨리고 말았다.

토마스 굿맨의 말로에 대해서는 두 가지 이야기가 떠돈다. 일설엔 그가 원래의 구둣방이 있던 런던 뒷골목으로 되돌아왔으며 거지꼴로 이곳저곳을 돌아다니다가 구빈원에서 눈을 감았다고 하는

데, 또다른 소문에 의하면 그는 그런 일에 전혀 개의치 않았고 오히려 그 사건을 전화위복의 계기로 삼아 공 제조원가를 더 낮추기 위해 노력했다. 즉, 이참에 아예 공장을 인도로 옮기는 게 낫겠다고 생각한 토마스 굿맨은—자국 내에서의 아동노동이 아니라면, 대부분의 도덕적, 정치적으로 올바른 시민들은 수제 가죽 축구공의 가격이 왜 그리도 저렴한지에 대해 별로 개의치 않을 거라는 것을, 그는 잘 알고 있었다—대단히 빠른 속도로 일을 추진했고, 그리하여 몇 년 뒤엔 전보다 더 거대한 사업체를 운영하는 스포츠용품업계의 거물로 성장했다는 게 두번째 소문의 요지였던 것이다.

덧붙이자면, 토마스 굿맨의 공장이 폐쇄되던 날 거기서 걸어나오던 아이들이 그후 어떻게 되었는지까지는, 앤더슨 역시 더이상 취재하지 못했다. 호기심과 모험심에 불타던 그가 영국 식민 지배의 실태를 파악한다는 명분으로 상선에 올랐기 때문이다. 그런데 그 배는 그가 그동안 익히 알고 있던 인도나 중국으로 가는 대신 계속 동쪽으로만 항해했고, 마침내 생전 처음 들어보는 제물포라는 항구에 닻을 내렸다. 그곳엔 쓸쓸한 갯벌과 고깃배, 이제 막 공사가 끝난 듯한 현대식 갑문, 그리고 검게 그을고 깡마른 사람들과 갈매기들이 기이하게 뒤엉켜 있었는데, 선장은 망원경으로 어딘가를 바라보더니 이렇게 말했다. 몇 년 전, 아직 군인 신분이었을 때, 이곳을 측량하기 위해 들른 적이 있다네. 그때 우린 저기 바닷가에서 축구를 했지. 그러면서 그가 망원경을 건네주는 바람에 앤더슨은 먼 능선과 그 아래 옹기종기 모여 있는 작은 집들을 꽤 오랫동안 바라보았다. 선장에게 다시 망원경을 돌려주려는 순간, 그의 시야에 한 남자가 들어왔다. 남자는 어둑어둑해지는 황혼의 바닷가에서 축구공으로 보이는 뭔가를 머리로 연신 퉁기며 달려가고 있었다. 잠깐만요, 선장님. 앤더슨은 좀더 자세히 보기 위해 최대한 몸을 앞으로 내밀었으나, 어느새 남자는 사라지고 없었다. 하긴, 잘못 봤겠지. 여기에 그런 최신식 축구공이 있을 리 없잖아. 그는 이렇게 생각하며 가방을 챙겼다. 카메라 및 장비 일체를 어깨에 메는 것도 잊지 않았다. 배에서 내려온 그는 물씬 밀려오는 비릿한 냄새를 맡으며 그 낯선 부두를 한 바퀴 둘러봤다. 뭐랄까, 거기엔 모든 것, 그러니까 그때까지 문명이 만들어낸 나쁜 것과 좋은 것들이 온통 한데 뒤섞여 있는 느낌이었다.

공원 옆에 마련된 외인 거주지에 자리를 잡은 그는, 드디어 어느 달 밝은 밤 한적한 바닷가에서 공과 혼연일체가 되어 달리는 한 조선인을 마주치게 된다. 바로, 박홍수의 증조부와 그의 사진을 찍은 영국인 기자 앤더슨의 첫 만남이었던 셈이다. 저 정도라면 런던의 클럽에서 뛰어도 손색이 없겠군. 기자는 이렇게 생각하며 그 남자에게 다가갔는데, 그 이후의 이야기 역시 이미 알려진 그대로라고 보면 될 것이다. 즉, 어떻게 이렇게 공을 잘 다루게 됐느냐며 다가오는 낯선 외국인에게 박홍수의 증조부는 그간의 사연을 손짓 발짓을 섞어가며 설명했고, 그 인연을 계기로 박물관에 걸려 있는 흑백 사진의 모델로도 섭외되었다는 얘기 말이다. 사진을 찍기 위해 박홍수의 증조부는 일이 없는 날 일부러 갯벌에 나오는 수고도 마다하지 않았다. 그런데 막상 사진을 찍으려고 하니 한 가지 문제가 생겼는데, 그즈음 공사장에서는 돌을 나를 때 더이상 지게를 사용하지 않는다는 점이었다. 지게는 나뭇단이나 쌀가마니를 옮길 땐 효율적이었지만 돌이나 흙을 나르기엔 적합하지 않았다. 대신 건설현장에서는 바퀴가 하나 달린 손수레를 사용하는 게 일반적이었다. 하지만 박홍수의 증조부가 그 손수레를 끌고 나타났을 때, 앤더슨은 손사래를 쳤다. 아니, 그건 안 돼요. 당신은 좀더 이국적으로 보여야 한다고요. 외국인 기자는 한숨을 쉬며 사방을 둘러보다가 멀리서 어떤 남자가 지게에 쌀가마니를 지고 가는 걸 찾아냈다. 그는 남자에게 달려갔고 뭐라고 한참 동안 얘길 나눴다. 그러더니 한 손에 공을 들고 다른 한 손으론 수레의 손잡이를 잡고 있던 박홍수의 증조부에게 다가와 이렇게 말했다. 미안하지만 그 공 좀 잠깐 빌려줄래요? 영문을 모른 채 박홍수의 증조부가 공을 내놓자, 기자는 그걸 지게를 지고 있던 사람에게 가져갔다. 그러고는 그에게 공을 품에 안도록 지시했고, 바닷가를 배경으로 서게 한 다음 최대한 슬프고 지친 표정을 짓도록 주문했다. 그렇게 몇 번을 반복한 끝에 앤더슨은 마음에 꼭 드는 사진을 하나 건졌고, 그제야 공을 다시 받아서 박홍수의 증조부에게 도로 건네줬던 것이다.

그런데 여기엔 또다른 버전의 스토리가 하나 전해지고 있다. 즉, 앤더슨은 아예 처음부터 박홍수의 증조부를 만나지 못했다는 이야기 말이다. 그가 본 건 단지 달밤에 공과 혼연일체가 되어 해안을 달리는 한 남자의 실루엣뿐이었다. 그러니까 그건 이렇게 된 사연인데, 어느 날 밤 앤더슨은 문어잡이 어부의 사진을 찍기 위해 배를 타고 바다로 나갔다. 어부는 작은 항아리를 바다 밑으로 하나씩 내려보냈다. 내일 아침이면 이 항아리 안에 문어가 들어가 잠자고 있을 거요. 늙은 어부가 (통역을 통해) 말했다. 그러니 그때까지 잠이라도 자두시구려. 하지만 앤더슨은 잠이 오지 않았다. 뱃전에 서서 해안을 바라보고 있을 때, 그는 달빛에 환히 빛나는 모래사장을 달리는 어떤 남자의 그림자를 보았다. 그 남자는 공을 자유자재로 다루며 마치 공과 한몸이 된 듯 달려 어둠 속으로 사라져갔다. 앤더슨은 제물포에 처음 도착한 날 선장의 망원경 너머로 봤던 남자가 그일 거라고 확신했다. 잠깐만요. 그는 어부를 불렀다. 저기 저 사람 보이지요? 혹시 누군지 아세요? 그러나 늙은 어부는 눈을 찡그린 채 한참을 보더니 고개를 저었다. 아무도 안 보이는데요. 그런 다음 어부는 별 싱거운 사람 다 본다는 듯 앤더슨을 한번 쳐다보고는 배 뒤편으로 가버렸다.

하지만 그날 밤 앤더슨은 뜬눈으로 밤을 새웠다. 비록 어두웠지만 환한 달빛 덕분에 그는 해변을 달리던 남자가 갖고 있던 게 축구공이라는 것을 알았다. 축구공. 소가죽. 남아메리카산 고무. 유황 냄새. 그리고 토마스 굿맨. 그는 굿맨이 인도 북서부 산악지대인 펀자브 지방 어딘가 작은 마을에 수제 축구공 공장을 차렸다는 소문을 들은 적이 있었다. 앤더슨은 몇 년 전 자신이 직접 취재해서 쓴 「런던 아동노동의 실태」라는 르포도 생각했다. 그걸 썼을 당시 그는 저널리스트로서 최고의 영광을 누렸다. 그러나 인기는 오래가지 않았다. 어느덧 세간의 관심은 다른 데로 옮겨갔고, 사람들은 빠르게 모든 것을 잊었다. 이제 그는 한물간 기자가 되어 생전 듣도 보도 못한 극동아시아의 어느 나라에 와 있었고 웬 추레한 늙은 어부가 항아리로 문어를 잡는 광경이나 사진기에 담고 있다.

새벽이 되어 육지 쪽부터 서서히 세상이 밝아오기 시작했을 때, 앤더슨은 카메라와 촬영 장비를 재빨리 가방에 챙겼다. 그걸 본 통역이 다가와 어부의 말을 전했다. 잠시 후면 항아리 안에 든 문어들을 낚아올릴 거라고 합니다. 그런데 벌써 가려고요? 앤더슨은 고개를 끄덕였다. 더 급한 일이 생겼거든요. 늙은 어부는, 인사도 제대로 하지 않고 서둘러 떠나는 기자의 뒷모습을 물끄러미 바라보다가 항아리를 하나씩 건져올리기 시작했다. 외인 거주지에 있는 숙소로 돌아온 앤더슨은 트렁크 가장 안쪽에 소중하게 넣어뒀던 '토마스 굿맨' 축구공을 꺼내들고 밖으로 나갔다. 그가 쓰고자 하는 것, 가짜를 진짜처럼 보이게 하는—그러면서 동시에 진짜를 가짜처럼 보이게도 하는—스토리를 만들려면 사진이 필요했으니까. 만약 사진만 있다면 아무리 기이한 이야기일지라도 진실이 된다는 것을, 그는 누구보다도 잘 알고 있었다.

앤더슨은 공을 들고 해변을 걸었다. 저쪽에서 누군가가 걸어오고 있었다. 노인인 듯도 보였고 얼핏 봐서는 젊은이인 듯도 보였는데, 굽어진 등에는 커다란 지게를 지고 있었다. 잠깐만요. 부탁이 있어요. 앤더슨의 말에 남자가 천천히 고개를 들었다. 이 공을 들고 여기, 이렇게 서 있어볼래요? 남자는 공을 받아들었다. 사실 그 둥글고 딱딱한 물건이 뭣에 쓰는 건지도 몰랐다. 그는 지쳐 있을 뿐이었다. 당시 그 땅에 살고 있던 거의 대부분의 사람들이 그랬듯. 그러나 그럼에도 불구하고 그는 다른 이들이 누리지 못한 단 한 가지 호사를 누렸다. 즉, 어떤 연유로든 간에 자신의 모습을 후세에 길이 남기게 된 것 말이다. 주변 어디에도 그런 식으로 영원한 삶을 얻은

이는 없었다. 하지만 사진이 찍히던 당시 그가 그런 걸 알았을 리는 없다. 그저 항구를 드나드는 수많은 외국인들 중 하나에게 잠시 포즈를 취해줬을 뿐이니 말이다. 공을 한 손에 들고 지게가 살짝 보이도록 비스듬히 등에 진 채, 그는 최대한 슬픈 표정을 지었다. 그런 얼굴은 그 바닷가에서 사진을 찍는 몇몇 외국인들이 가장 좋아하는 것이었기 때문이다. 그런데 한 가지 덧붙이자면, 그날 그가 보여준 표정은 결코 일부러 연출한 것이 아니었다. 그건 가장 자연스러운 얼굴, 그때 그 장소에서 그가 지을 수밖에 없었던 필연적인 표정이었다.

숙소로 돌아온 앤더슨은 저녁도 먹지 않고 사진을 인화했다. 따로 암실이 없었기에 방을 온통 어둡게 해두고 코를 찌르는 인화액 냄새를 맡아가며 한참을 분주히 군 끝에, 그는 마음에 드는 그림 하나를 건졌다. 그것은 아련히 멀어지는 바다를 배경으로 지친 얼굴의 남자가 지게를 진 채 토마스 굿맨 상표의 축구공을 소중히 끌어안고 있는 사진이었다. 그걸 벽 한가운데에 압정으로 고정해둔 다음, 앤더슨은 눈을 감았다. 대체 저 남자는 왜 영국산 수제 가죽 축구공을 가지게 된 걸까. 그리고 그는 저 공을 가지고 무엇을 할 것인가. 아니, 무엇보다도 저 공은 미래에 그의 가계에 어떤 영향을 끼치게 될 것인가. 거의 잠든 듯 보였던 영국인 기자가 퍼뜩 눈을 뜬 것은 자정을 훨씬 넘긴 깊은 밤이었다. 머리맡에 있던 등을 끌어다 심지에 불을 붙인 다음, 그는 빠르게 뭔가를 써내려가기 시작했다. 어느새 창밖은 희뿌옇게 밝아왔고 어디선가 갈매기 우는 소리가 들려오고 있었다.

그럼 이쯤에서 그 소년, 그러니까 아주 오래전 제물포의 어느 쓸쓸한 바닷가에서 영국인 수병으로부터 공을 하나 얻었던 소년의 이야기로 되돌아가보자. 공을 뒤꼍 깊숙이 감춰두고, 소년은 부두에서 돌과 흙 나르는 일을 하게 된다. 그것밖엔 먹고살 길이 없었던 탓이라는 건 이미 앞에서도 말한 바 있다. 여차저차하여 부두의 축항공사가 끝난 다음, 그는 이번엔 경성과 인천을 잇는 철도 공사 현장에서 잡역부로 일하게 됐다. 축구선수가 되겠다는 꿈 따윈 아예 잊은 지 오래였지만, 그래도 그는 경성에 진짜 축구 골대가 있는 운동장이 생겼다는 소문을 듣고는 그걸 구경하기 위해 길을 나섰다.

역에서 내린 그는 지나가는 이들에게 길을 물으며 헤맨 끝에 어느 학교에 도착했다. 거기선 축구경기가 한창이었는데, 그는 울타리 안에서 터져나오는 왁자지껄한 소리를 들으며 한동안 가만히 서 있었다. 까치발을 하고 안을 들여다보니, 비록 진흙 바닥이었지만 네모반듯하게 닦아놓은 운동장에서 학생들이 힘차게 내달리며 공을 차고 있는 게 보였다. 그러더니 어느 순간 공은 붕 떠올라 하늘에서 아름다운 포물선을 그렸고 그대로 골대를 향해 마법처럼 빨려들었던 것이다. 골대라는 것도 그는 그때 처음 보았다. 그것은 소나무를 깎아 네 다리를 세우고 위쪽을 긴 나무막대로 연결한 모양이었는데, 만든 지 얼마 안 된 듯 옹이가 그대로 남아 있었고 송진 냄새는 그가 서 있던 담 너머까지 실려 날아오는 듯했다.

준비해갔던 주먹밥도 입에 대지 않은 채 골대와 운동장, 축구선수들을 바라보던 그는 저녁 기차 시간이 다 되어서야 그곳을 떴다. 노을이 지고 있어서인지 아니면 별 이유 없이 그랬던 건지는 모르지만, 그의 마음은 이상하게 스산했다. 그는 그게 배가 고파서일 거라고 짐작했고, 그래서 뒤늦게야 주머니를 뒤져 차갑게 식은 좁쌀 주먹밥을 한입 베어물었다. 집에 돌아온 그는 컴컴한 뒤꼍을 더듬은 끝에 실로 오랜만에 축구공을 꺼냈다. 아까 그 학생들이 차고 있던 새끼줄을 둘둘 만 딱딱한 공에 비한다면, 그것은 거의 완벽하게 둥근 아름다운 축구공이었다. 그는 공을 손에 든 채 한참 동안 바라봤고 발로 몇 번 차보기도 했는데, 그러는 사이 한때 소년이었던 남자의 마음엔 그야말로 원대한 소망 하나가 자리잡게 되었던 것이다. 언젠가는 이것보다 더 둥글고 더 가벼우며 더 잘 튕겨오르는 공을 만들리라. 그는 온 세상의 모든 운동장에 자신이 만들어낸 축구공이 굴러다니는 모습을 상상했다. 이제 곧 태어날 아들이 그 완벽하게 둥근 공을 머리로 튕기며 운동장을 질주하는 광경을 상상할 땐 자기도 모르게 미소를 짓기까지 했다.

다음날부터 그는 돌과 흙 나르는 일을 하고 돌아온 밤이면 등잔에 불을 밝히고 토마스 굿맨 상표의 축구공을 이리저리 돌려보았다. 공을 머리로 튕길 때 가장 걸리적거리는 것은 바람을 불어넣기 위해 만든 구멍이었다. 구멍을 완전히 없애는 것은 기술적으로 불가능했기에 토마스 굿맨의 축구공엔 마치 자루 끝을 여민 것처럼 작게 튀어나온 부분이 있었던 것이다. 실제로 남자는 바닷가를 달리며 헤딩을 하다가 그 뾰족하게 튀어나온 부분에 이마를 부딪쳐 피를 흘린 적도 있었다. 그는 연필 한 자루와 종이를 구해왔고, 어떻게 하면 그 문제를 해결할 수 있을지 생각했다. (종이는 그냥 종이가 아니라 주로 성냥이나 양초를 포장할 때 쓰는 파라핀지였는데, 그래서 그가 연필 끝에 침을 발라가며 적은 아이디어가 지워지거나 흐릿해지지도 않은 채 갯벌의 진흙과 짠 바닷물을 견뎌냈던 건지도 모른다.)

하지만 남자는 완벽한 축구공을 만들어내지 못했다. 왜냐하면 언제나 그랬듯, 그에게는 할 일이 너무나 많았기 때문이다. 더이상 바닷가에서 먹고살 길을 찾을 수 없게 되자, 한때 소년이었던 남자는 하와이로 가는 이민선에 몸을 실었다. 대부분은 가족을 모두 이끌고 떠났지만 그는 혼자 배에 타고 있었다. 아내가 만삭이라 데리고 갈 수가 없어요. 이번엔 낯설고 척박한 땅으로 떠나는 사람들을 취재하기 위해 부두에 나와 있던 앤더슨에게, 그는 이런 대답을 했다. 일단 거기 가면 농장에서 열심히 일할 생각입니다. 돈을 벌어서 집도 짓고 땅도 사면 그때 아내와 아이를 데려가야죠. 그는 정말로 자신의 꿈이 실현될 거라고 믿는 듯 활짝 웃었다. 그런 다음엔 한 가지 꼭 하고 싶은 일이 있어요. 안 쓰는 땅을 좀 사들여서 (그러면서 그는 하와이란 곳은 그야말로 신세계라서 거기 가면 헐값에 땅이 마구 팔리는 통에, 조금만 열심히 일하면 대지주가 되는 건 시간문제라고 기자에게 설명했다) 고르고 평평하게 다진 다음, 나무를 베어다가 축구 골대를 만들 겁니다. 거기서 아들에게 축구를 시키고 싶거든요. 그러면서 그는 주머니를 뒤져 꼬깃꼬깃 접은 파라핀 종이 한 장을 펼쳐 보였다. 이걸 보세요. 나에겐 오래된 축구공이 하나 있었어요. 그걸 가지고 밤마다 생각하고 또 생각한 끝에, 완벽하게 둥근 축구공 만드는 방법을 찾아냈답니다. 거기엔 당시 널리 사용되던 12장의 가죽을 길게 잘라 붙이는 방식 대신, 32

장의 육각형과 오각형 가죽을 오려붙여 태양처럼 둥근 구(球) 형태로 만든 공의 설계도가 그려져 있었다. 앤더슨은 그 아름다운 구 앞에서 벌린 입을 다물지 못했다. 그건 거의 혁신이나 마찬가지였고, 만약 이런 모양의 축구공이 정말로 만들어진다면 그 공으로 연습하는 클럽은 무조건 리그에서 우승을 차지할 것이었다. 그때 출발을 알리는 뱃고동이 길게 울렸다. 행운을 빌어요! 반드시 꿈을 이루기 바랍니다. 앤더슨은 벌써 굽기 시작하는 남자의 등에 대고 최대한 큰 목소리로 외쳤다.

한참 동안 손을 흔들던 그는 배가 더이상 보이지 않게 되자 쓸쓸히 돌아섰다. 어쩌면 나도 이젠 돌아가야 하지 않을까. 그는 문득 런던 뒷골목의 온갖 냄새들이 그리워졌다. 이상하게 싱숭생숭해진 마음을 달래지 못해 긴 한숨을 내쉬던 앤더슨이 퍼뜩 놀라며 허리를 굽힌 것은 그때였다. 갯벌을 뒤덮은 진흙과 쓰레기, 물에 떠밀려온 미역과 온갖 물풀, 불가사리들 사이에 떨어져 있는 뭔가를 발견했을 때. 피우던 담배를 옆으로 내던지고, 그는 그 꼬깃꼬깃 접힌 파라핀 종이를 주워들었다. 바닷물로 축축해진데다 손때 묻고 기름에 절기까지 한 그 종이를 손에 쥔 채, 앤더슨은 어두워질 때까지 부두에 가만히 서 있었다.

그러고 보면 그 영국인 기자가 파라핀 종이를 발견한 즉시 우정국 사무소로 달려가 누군가에게 전보를 쳤다는 소문은 사실이 아닐지도 모른다. 또, 그 전보의 수신인이 당시 펀자브 지방에서 수제 축구공 공장을 운영하던 토마스 굿맨이었다는 소문 역시 확인할 길 없는 루머에 불과할지도 모르고 말이다. 일설에는 그가 그렇게

함으로써 오래전 「런던 아동노동의 실태」라는 르포를 쓴 뒤부터 마음 한구석에 남아 있던 일말의 미안함을 털어버릴 수 있었다는데, 그것 또한 말도 안 되는 헛소문일 가능성이 높다. (비록 파라핀지를 발견한 뒤 앤더슨이 고향으로 돌아가—출처를 알 수 없는 돈으로—출판사를 차리긴 했지만, 나중에 그가 밝힌 바에 의하면 그 돈은 아주 오래전 수습기자 시절부터 투자한 어느 회사의 주식으로 충당한 자금이었다. 그 회사가 펀자브 지방에서 수제 축구공을 만드는 토마스 굿맨의 공장이라는 것도 그저 우연의 일치에 불과한 일일 뿐이고 말이다. 무엇보다도 앤더슨은 나이를 먹은 뒤 이렇게 말한 적이 있다—데일리모닝의 금요일판에 실린 '명사의 서재를 가다' 코너에 그와의 인터뷰가 실렸었다—"총 32장의 가죽으로 완벽하게 둥근 축구공을 만든다는 아이디어는 정말 놀라운 것이었소. 그렇지만 나도 한때 축구공에 관한 르포를 썼던 만큼, 공에 대해서는 꽤 잘 알고 있었거든. 그래서 그게 실현될 수 없는 불가능한 꿈이라는 것도 대번에 알았지. 그건 뭐랄까, 당대의 기술로는 도저히 만들어낼 수 없는, 일종의 공의 이데아 같은 것에 해당했다오. 그런 이유로 난 그냥 그 도면을 간직했소. 그러다가 어느 달 밝은 밤, 바닷가에서 또다시 그 똑같은 공—1882년산 토마스 굿맨 축구공 말이오—을 가지고 노는 어린애를 만났고, 그 아이가 누군지 알게 된 다음엔 그야말로 아무런 미련 없이 종이를 건네줬던 거요. 아이는 낯선 외국인이 이상한 종이를 건네자 처음엔 뒷걸음질쳤소. 그렇지만 나는 성의를 다해 아이에게 설명했지. 자, 받으렴. 겁내지 말고. 이건 네 아버지가 머나먼 땅으로 떠나며 남긴 유일한 유품이나 마찬가지니까. 그후 어떻게 됐느냐고? 글쎄, 나도 거기까진 모른다오. 투자하던 회사의 주가가 많이 올랐다는 소식을 듣고, 난 오랜 꿈을 이루기 위해 고향으로 돌아가는 배에 올랐으니까.")

그와 관련해선, 도면을 남긴 남자의 후손이자 세계적 공 장인이며 현재는 '토마스 굿맨' 회사를 인수하여 '굿맨 앤드 박 볼 컴퍼니'를 운영하고 있는 박홍수 역시 같은 증언을 하고 있었다. "네, 확실합니다, 확실해요. 제 증조부가 파라핀지에 32장의 육각형과 오각형 가죽을 이어붙인 공을 설계할 때만 해도, 그걸 만들어낼 수 있는 기술력은 세상에 존재하지 않았으니까요. 그러나 인간의 아이디어는 세계 곳곳에서 동시다발적으로 발전하게 마련입니다. 뭐 요즘 말로는 그런 것을 집단지성이라고 한다지요. 여하튼, 아마 토마스 굿맨—지금 제가 소유하고 있는 유서 깊은 공 제작 회사의 창업자이죠—역시 어느 날 은연중에 증조부님과 비슷한 생각을 떠올렸을 겁니다. 마치 그레이엄 벨과 토마스 에디슨이 거의 같은 날 전화를 발명했듯이 말이에요. 뭐라고요? 굿맨에게 공적을 빼앗긴 게 억울하지 않냐고요? 아니요, 전혀 그렇지 않습니다. 어차피 중요한 것은 제 증조부의 꿈이 이루어졌다는 사실이니까요. 자, 보십시오. 이젠 전 세계에서 수많은 아이들이 바로 여기서 생산된 축구공으로 연습을 하고 있어요. 그것도 과거엔 꿈조차 꿀 수 없었을 최고의 품질을 가진 공으로 말이에요."

어쨌거나, 최초로 축구공을 가졌던 남자가 파라핀 종이를 갯벌에 떨어뜨리고 머나먼 땅으로 떠난 지 얼마 되지 않아 토마스 굿맨사(社)는 경제 전문지에 중대한 발표를 했다. 그것은 세계 최초로

32조각의 가죽으로 재단된 축구공이 탄생했다는 기사였고, 예상대로 그 완벽하고 아름다운 공은 날개 돋친 듯 팔려나갔다. 바야흐로 제2의 전성기가 도래하였는데, 덕분에 토마스 굿맨의 공장도 나날이 커져갔다. 그럼에도 불구하고 세계 각지에서 밀려오는 주문량을 도저히 감당할 수 없었던 굿맨은 마을 곳곳의 가정집에 수공업으로 공 제작을 맡기게 되었고, 그러다보니 어느새 펀자브 일대는 수제 공 생산의 메카로 다시 태어났던 것이다. 그리고 앤더슨은 여기까진 알지 못했다지만—그는 자신이 투자한 회사가 어떤 노동자를 고용하는지, 그들에게 임금을 얼마나 주는지 등에 대해서까지 신경쓸 여력은 없었다고 강변했다. "출판사 일이 이렇게 바쁜데, 대체 누가 그런 데까지 일일이 관여할 수 있겠소?" 그는 이렇게 말했는데, 하긴 그의 말마따나 출판사는 성장 가도를 달리고 있었다. 거기서 주로 내는 책은 앤더슨의 어린 시절 옆집에 살았던 수염이 텁수룩한 독일인 할아버지의 사상을 담은 서적이었는데, 그게 당시 지식인 사회에서 꽤 큰 인기를 얻었던 탓이다—주문이 한도 끝도 없이 밀려들었기 때문에 공장에선 점차 어린애들까지 공 만드는 일에 동원하기 시작했다. 그런데 막상 아이들에게 일을 시켜보니 어른의 크고 투박한 손으로 꿰매는 것보다 어린애들의 작은 손으로 가죽을 바느질하는 것이 백 배나 더 정교하다는 것을 알게 됐고, 그런데도 몸집이 작기 때문에 임금은 십분의 일만 줘도 된다는 놀라운 사실까지 깨닫게 되었던 것이다. 게다가 그 일대엔 아이들이 무척 많았다. 아무리 많이 고용해도 어디선가 아이들은 또다시 나타났고, 그리하여 마침내 펀자브 지방은 세상에서 가장 꼼꼼하게 바느질된 공을 만드는 곳이라는 명성까지 얻을 수 있었다.

"하지만 그건 모두 오래전의 일일 뿐입니다." 경기 서부에서 소규모로 축구공을 제작하다가 1980년대 올림픽 특수를 거치며 회사의 규모를 키운 뒤 펀자브로 공장을 옮긴 박홍수는 토마스 굿맨사를 사들여 '굿맨 앤드 박 볼 컴퍼니'로 합병하던 날 이렇게 말했다. 그는 요즘 같은 시대에 아이들이 손으로 공을 꿰맨다는 것은 있을 수 없는 일이라고 단언했다. "왜냐하면 그런 일은 저의 증조부께서 결코 원하지 않으셨을 테니까요."

하긴, 그러고 보면 증조부에 대한 그의 애정은 유별난 데가 있었다. 회사가 이상한 소문(예를 들자면, 그의 축구공 공장이 2014년 월드컵 공인구 생산 공개입찰에서 탈락한 이유가 그곳에서 암암리에 자행된 아동노동 때문이었다는 악의적인 소문 같은 것들 말이다)에 휩싸일 때면 박홍수는 공 역사박물관 내 강당에서 간담회를 열고는 증조부와 축구공에 얽힌 감동적인 사연에 대해 이야기하곤 했으니까. 그는, 아주 오래전 처음으로 축구공을 가졌던 한 소년이 어떤 꿈을 꿨었는지, 그러나 항만에서 짐을 나르는 고된 노동이 그의 등을 어떻게 굽게 만들었는지, 그리고 마침내는 먼바다로 떠난 남자가 다시는 고향으로 돌아오지 못한 채 어떻게 눈을 감았는지에 대해 낮고 차분한 목소리로 찬찬히 설명했다. 증조부가 그렇게 눈을 감은 뒤 인천항에 또다른 군함들이 몇 번이나 들어왔다 나갔는지, 검은 연기와 포성은 세상을 어떻게 뒤덮었는지, 그리고 마지막으로 군함이 들어왔을 때 그의 어린 아버지가 손에 들고 흔든 것이 어느 나라 국기였는지까지도, 그는 마치 곁에서 지켜본 것처럼 자세히 묘사했다.

"그러나 운명의 힘이란 놀라운 것이었습니다. 그래요, 그건 내 안에 새겨진 인장 같아서, 아무리 없애려 해도 결코 사라지지 않았지요!" 어느덧 조용해진 사람들을 둘러보며, 박홍수는 천천히 고개를 끄덕였다. 그러고는 오래된 토마스 굿맨 축구공을 다시 찾아냈던 먼 옛날의 어느 오후에 대해 이야기하는 것이었다. 잡동사니 속에 처박힌 채 먼지를 잔뜩 뒤집어쓰고 있던 그 공을 발견한 것은 어린 박홍수였다. "아버지는 자전거포를 경영하셨습니다. 어린 우리는 가게 한구석에서 놀았고요." 자전거 바퀴와 어지러이 쌓여 있는 연장들 사이에 있던 상자를 열어본 그가 아버지에게 물었다. 아버지, 이게 뭐죠? 아버지는 아들이 가져온 상자를 물끄러미 바라봤다. 한참 후에야 그는 그게 축구공이라고 말했고, 자신의 할아버지와 축구공, 갈매기, 군함, 돌과 흙, 지게, 손수레, 그리고 끝없이 펼쳐져 있던 바닷가에 대해 얘기해줬던 것이다. 이걸 발로 찰 수 있을까요? 소년이 물었을 때 아버지는 쓸쓸하게 웃으며 고개를 저었다. 그건 너무 낡고 오래됐단다. 게다가 여기저기 해졌고 가죽도 성한 데라곤 한 군데도 없잖니. 그러나 소년은 포기하지 않았다. 그는 아버지의 공구 상자를 가져다가 공을 수선했다. 해진 곳을 꿰맸고 정성스럽게 아교 칠을 했다. 기름 먹인 천으로 가죽을 잘 닦고 마지막으로 자전거포에 있던 공기주입기로 바람을 불어넣자 쭈글쭈글했던 1882년산 토마스 굿맨 축구공이 팽팽하게 부풀어오르기 시작했다. "그것은 마치 마법 같았습니다. 네, 저에겐 그랬지요. 생각해보십시오. 제대로 된 공이라곤 단 한 번도 가져본 적 없던 내 눈앞에 갑자기 크고 둥글고 매끄러운 공이 생겨났으니까요!"

벽에 던지자 공은 기세 좋게 튕겨져나오며 퉁, 하는 맑고 영롱한 소리를 냈다. 박홍수는 그 공을 수없이 여러 번 발로 찼고 망가지면 머리를 짜내어 수선했다. 그러다 마침내는 공을 직접 만들기에 이르렀는데, 기나긴 세월 동안 토마스 굿맨 축구공을 고쳐 쓰며 공에 대한 모든 것을 파악한 그에게 그건 그리 어려운 일이 아니었다. "그러니까 제 말은 이겁니다. 만약 1882년 제물포의 어느 한적한 바닷가에서 증조부님께 이 공이 주어지지 않았다면, 이 자리의 저도 없었으리란 사실이지요." 꿈꾸는 듯한 표정으로 이야기를 마친 박홍수에게 우레와 같은 박수가 쏟아지면 으레 뒤에 걸린 거대한 휘장에 부드러운 조명이 비춰졌다. 거기서 그의 증조부는, 아니 어쩌면 누구인지 아무도 알 수 없을 그 노인은, 여전히 한 손에 공을 안고 양어깨엔 지게를 진 채 모두를 내려다보고 있었다.

간담회가 끝나면 박홍수는 사람들을 바로 옆에 있는 공장으로 안내했다. 얼마 전 새로 지은 그 공장은 이번에 처음으로 모두에게 공개되는 것이라고 했다. 안으로 들어선 이들은 거대한 규모라든가 최첨단 설비들의 메탈릭한 광채에 놀라기 전에 먼저, 내부에 사람이라곤 단 한 명도 없다는 사실에 충격을 받았다. 잡지나 다큐멘터리에 많이 나오던 광경—히잡을 쓴 여자들이나 작은 아이들이 각각 앞에 둥근 공을 하나씩 놓고 손으로 가죽을 꿰매고 있는—을 기대했던 그들은, 혹시 잘못 본 게 아닌가 싶어 사방을 두리번거렸다. "그건 세상이 바뀌기 전의 일이지요." 증조부를 기리기 위해 배경 음향으로 틀어놨다는 파도치는 소리와 갈매기 끼룩대는 소리에

섞여 박홍수의 목소리가 들려왔다. 지금은 기계가 이 모든 일을 해냅니다. 그들은 정교하고 치밀한데다 지치지도 않아요. 이들 덕분에 우린 최고의 공을 만들어낼 수 있습니다. 어떻습니까, 정말로 멋진 신세계 아닌가요? 잠시 후 뱃고동 소리가 울려퍼지더니, 어딘가에 설치된 영사기가 오른쪽의 넓고 하얀 벽면에 수평선과 배를 비췄다. 그리고 지켜보고 있는 사이에 배는 점점 더 가까이 다가오더니 마침내 벽 전체를 뒤덮는 그림자가 되는 것이었다.

끝나지 않을 질문

"우리는 공을 발로 찰 수 있고 공은 그것에 저항할 수 없다. 이는 개를 발로 찼을 때 벌어지는 상황과는 완전히 다르다."[1]

실제로 그렇다. 비록 내가 우리 강아지 칸토를 발로 찬 적은 단 한 번도 없지만 말이다. 만약 누군가가 개를 발로 찬다면, 첫째로 그는 개에게 물릴 수 있다. 운나쁘게도 그 개가 로트바일러나 핏불 테리어 같은 맹견류라면 그냥 물리는 데에만 그치지 않고 치명적인 상처를 입을 가능성도 배제할 수 없다. 둘째로—그리고 이게 더 중요한데—개를 발로 차는 행위만으로도 그는 온갖 사회적 지탄과 손가락질에서 벗어날 수 없게 된다. 요즘처럼 모든 이가 스마트폰을

1) 프리츠 B. 지몬 외, 『축구의 미학』, 박현용 옮김, 초록물고기, 2010, 63쪽.

가지고 다니며 어떤 순간이나 상황도 모두 카메라에 담을 수 있게 된, 그야말로 '모두의 모두에 대한 패놉티콘' 같은 세상에선 더더욱 그러하다. 따라서 개는 절대로 발로 차서는 안 될 일이다. (하긴, 개를 키워본 사람은 알겠지만, 솔직히 개들은 너무나 사랑스러워서 도저히 발로 찰 일이 생기지도 않는다. 개가 옆에 있다면 우리가 취할 수 있는 행동은 단 두 가지뿐이다. 녀석을 끌어안고 그 북슬북슬한 털 속에 손가락을 집어넣고 쓰다듬거나, 아니면 그저 서로 기댄 채 따뜻한 온기를 느끼며 가만히 앉아 있는 것.)

그에 비해 공을 발로 차서 얻을 수 있는 즐거움은 가히 한도 끝도 없다. 만약 여러 명이 모여 있다면, 그중 누군가가 발끝으로 공을 툭 건드려 굴리기만 해도 곧장 경기를 시작할 수 있다. 데굴데굴 굴러가는 공을 보면서도 목석처럼 멀뚱히 서서 구경만 하고 있을 사람은 이 세상에 단 한 명도 없을 것이기 때문이다. 지면으로부터 날아오른 그 둥근 물체가 커다랗게 휘어진 포물선을 그리며 공중을 가로지르는 광경은, 장관이다. 해가 떠 있는 쪽으로 공을 차면, 순간적으로 개기일식에 처할 수도 있다. 공을 바라보다가 너무 눈이 부신 나머지 질끈 감아버리게 될 테니까. 그때 그 사람의 세계는 빛나는 암흑이 되는데, 그건 속눈썹 사이로 비쳐드는 햇살 덕분에 황금색을 띠는 아름답고도 기묘한 어둠을 말한다. 공만 있다면, 혼자서 하루 온종일을 보낼 수도 있다. 어릴 때 우리집은 어느 여고 옆에 있었는데, 나는 해가 뉘엿뉘엿 질 때까지 공을 가지고 운동장을 뛰어다니곤 했다. 사실 그 공은 축구공이 아니었다. 정확히는 핸드볼공이었지만, 그걸 발로 찬다고 해도 뭐라 할 사람은 없었다. 그리고 아마 그때부터였을 거다. 진짜 축구공을 가지고 싶다는 생각을 하게 된 것은.

나중에 내 돈으로 축구공을 살 수 있게 됐을 때, 나는 가장 기본적인 것을 골랐다. 그러니까 흰색 육각형과 검은색 오각형으로 이루어진 바로 그 공, 공의 가장 널리 알려진 모습. 사 년마다 만들어지는 월드컵 공인구들이 제아무리 화려하고 아름다운 온갖 색깔을 지니고 있을지라도, 아직도 우리는 축구공을 그릴 때 거의 무의식적으로 그 형태를 떠올린다. 흰색, 검은색, 육각형, 오각형. 만약 공의 이데아라는 게 있다면, 우리 인류의 마음속에 자리잡은 축구공의 이데아야말로 그런 모습을 띠고 있지 않을까.

하지만 우리 마음속 이데아에 해당하는 그 공, 정오각형 열두 개와 정육각형 스무 개로 이루어진 깎은 정이십면체 형태의 공이 처음부터 그런 모양을 가진 건 아니었다. 그렇게 생긴 공의 정식 명칭은 '텔스타'이며 1970년 멕시코 월드컵에서 사용된 최초의 공인구였으니 말이다. 그전까진 나라마다 혹은 클럽마다 제각각 마음에 드는 공을 구해서 발로 찼고, 그래서 경기가 열릴 때마다 자기들이 원래 연습하던 공을 쓰겠다고 우기는 바람에 툭하면 싸움이 일어나곤 했다. (여담이지만, 따라서 소설에 등장하는 박홍수의 증조부는 미래를 내다볼 줄 아는 사람이었거나, 아니면 적어도 그가 사는 우주에는 여기와는 사뭇 다른 공의 역사가 있어 텔스타 따위는 이미 만들어낸 지 오래고, 지금은 완벽한 구형인데다 재질과 탄성도 이 우주의 것과는 비교도 할 수 없으리만치 엄청나게 뛰어난 축구공이 개발되어 있을 거라 보는 게 타당하리라.)

여하튼 그후로도 공은 점점 발전에 발전을 거듭하여, 작년 러시아 월드컵에서 사용된 공인구 '텔스타 18'은 단지 6장의 정사각형만을 이용하여 만들었기에 더더욱 완전한 구형에 가까워진, 게다가 그 안엔 작은 칩까지 내장되어 축구선수가 그것을 발로 찼을 때 공의 속도와 위치까지 단번에 측정 가능한, 놀라운 모습을 선보였다.

그런데 공을 가지고 하는 모든 게임들 중 축구가 가장 아름다운 이유는 무엇일까. 혹시 그건, 손을 쓰지 못하도록 한 축구의 룰 때문 아닐까. 손을 쓰지 않음으로써, 문명의 발달에 기여한 인간만의 도구를 아예 무용지물로 만듦으로써 공은 진정한 생명력을 얻었다. 축구경기에서 공은, 오직 발과 지면의 온갖 굴곡들, 그날의 공기 밀도, 바람의 방향, 관중의 함성, 태양빛의 방향 같은 것들을 동력으로 움직이니까. 그러므로 어쩌면 축구는 인간의 스포츠가 아니라 공의 거대한 춤일지도 모른다. 축구가 춤과 얼마나 가까운 사이인지는 굳이 'ball'이라는 어휘의 개념과 연관 지어 따져볼 필요도 없이,[2] 그저 몇 개의 음악만 들어보아도 금방 알 수 있는 일이다. 예를 들어, 여러 축구장에서, 가까이는 러시아 월드컵에서도 수시로 울려퍼졌던 〈Magic In The Air〉 같은 노래는 어떤가. 축구가 아닌 다른 경기에 이 노래를 매치시킬 수 있을까. 뮤직비디오 속에서 코트디부아르 출신 청년들이 추는 줄루족의 춤만큼 축구와 닮은 동작이 또 있을까.

---

2) "오늘날 무도회는 여전히 '공'(독일어 Ball, 영어 ball, 이탈리아어 ballo, 프랑스어로 bal)이라고 불린다." 크리스토프 바우젠바인, 『축구란 무엇인가』, 김태희 옮김, 민음인, 2010, 420쪽.

하지만 여태까지의 이 기나긴 주절거림에도 불구하고 나는 아직도 「공의 기원」 작가노트를 완성하지 못하고 있다. 이 소설을 쓰기 시작했을 때 던져진 질문이 여전히 내 안에 자리잡고 있기 때문이다. 그리고 그 질문은 아무때나 혹은 아무 장소에서나 수시로 떠올라 내 내부를 동굴, 블랙홀, 늪, 회오리바람 같은 형태로 바꾸어버린다. 마치 지금처럼.

그것은 아디다스가 이십삼 년 만에 고향인 독일로 돌아와 공장을 세웠다는 기사를 처음 읽었을 때 떠오른 질문이었다. 누구에게 던지는 것인지 누가 던지는 것인지도 알 수 없는, 어쩌면 백 년 후에나 답이 나올 것 같은 그런 질문.

그 내용은 이랬다. 인건비 때문에 아시아로 공장을 이전했던 아디다스가 오직 인공지능 로봇으로만 신발을 만드는 (그것도 개인에게 각각 맞춤으로 제공되는) 무인 공장을 독일에 세웠고, 거기선 연간 약 오십만 켤레의 운동화를 생산하지만 그 운영에 필요한 직원은 겨우 다섯 명뿐이라는, 차페크적인 어떤 세상에 관한 이야기.

그렇기에 이 소설에서 내가 가장 좋아하는 문장은 바로 다음과 같은 것이다.

"뭐랄까, 거기엔 모든 것, 그러니까 그때까지 문명이 만들어낸 나쁜 것과 좋은 것들이 온통 한데 뒤섞여 있는 느낌이었다."

| 해설 |

공 역사박물관 도슨트 서비스

이지은

한국에 근대 축구가 도입된 경로는 대략 두 가지로 설명된다. 하나는 1882년 인천에 입항한 플라잉피시호 선원들에 의해서 도입되었다는 주장이며, 다른 하나는 1890년대 관립외국어학교 교사들에 의해 도입되었다는 주장이다. 학자들의 견해가 엇갈리는 가운데, 2007년 강화문화원은 한국 축구사에 매우 중요한 자료가 될 마이크로필름 한 장을 발견한다. 그것은 시드니 J. 파커가 1901년 제물포에서 영국성공회 잡지 『모닝캄*Morning Calm*』에 보낸 편지로, 여기엔 '수년간' 훈련을 받았다는 강화학당 축구팀의 사진 한 장이 첨부되어 있다. 사진의 한가운데에는 유달리 긴장한 듯한 소년이 둥근 축구공을 소중하게 받쳐들고 정면을 응시하고 있는데, 파커는 그들이 보다 체계적인 훈련을 받는다면 잉글랜드 리그 진출도 가능할 것이라고 덧붙였다. 물론 공을 들고 있는 소년이 박홍수의 증조부는 아니다. 그러나 1901년 조선에 잉글랜드 리그 진출 가능성을 보이는 유소년 축구단이 있었다고 하니 박흥수의 증조부가 이즈음 "가히 후일의 마라도나에 필적할 만한 수준에 이르렀었다는 것"(113쪽)도 영 못 믿을 말은 아닐 듯하다.

'굿맨 앤드 박 볼 컴퍼니'의 공 역사박물관에는 긴 설명이 붙은 한 사내의 흑백사진이 전시되어 있다. '토마스 굿맨®'이라는 상표의 공을 들고 있는 이 사내가 바로 세계 최대 축구공 공장 소유주인 박흥수의 증조부다. 1882년 당시 소년이었던 박흥수의 증조부는 인천에 정박해 있던 영국 군함 플라잉피시호 수병들에 의해 축구를 접하게 된다. 그들은 떠나며 소년에게 그해 생산된 최신형 토마스 굿맨사(社)의 축구공을 선물로 주었고, 그 공으로 말미암아 소년은 축구선수가 되리라는 희망을 품는다. 그러나 그 '공'은 소년의 꿈보다는 더 거대한, 이를테면 조선의 역사라든가 식민지의 운명 같은 것이었다. 소년이 "아쉬운 마음으로 손을 흔들며 (……) 해안을 떠나 수평선 쪽으로 어른어른 사라질 때까지"(114쪽) 바라보았던 플라잉피시호에는 임오군란을 피해 본국으로 도망가던 일본 공사 하나부사 요시모토(花房義質)가 타고 있었다. 하나부사는 1882년 6월 12일 제물포항을 떠나 15일 나가사키에 도착, 군란 사실을 본국 외무성에 타전하고 얼마 후 전권공사로 돌아와 조선 정부에 피해보상을 요구하며 제물포조약을 맺는다. 그 결과 일본은 조선에서의 상권을 보다 확고하게 다질 수 있게 된다. 플라잉피시호는 소년에게 운명을 주고 가기도 했지만 조선의 운명을 가져간 셈이기도 했던 것이다. 소년이 공과 혼연일체가 되어갈 즈음 "인천항도 점점 커졌으며 점점 붐벼갔고 수많은 외인들이 갖가지 이유로 그곳을 드나들게"(115쪽) 되었다.

소년은 축구선수가 되기엔 너무 바빴다. 그는 축항 공사가 끝나자 경성과 인천을 잇는 철도 공사 현장에서 일했고, 더이상 바닷가에서 먹고살 길을 찾을 수 없게 되자 하와이 이민선에 몸을 실었다. 임오군란(1882), 제물포조약(1882), 경인철도 공사(1897~1900), 하와이 이민(1902~)을 거치며 조선이 쇠락하는 동안 소년은 청년이 되었다. 맨몸의 노동으로 역사의 한복판을 건너던 중 그는 딱 한 번 자신의 꿈을 찾으러 간 적이 있다. "축구선수가 되겠다는 꿈따윈 아예 잊은 지 오래였지만, 그래도 그는 경성에 진짜 축구 골대가 있는 운동장이 생겼다는 소문을 듣고는 그걸 구경하기 위해 길을 나섰다."(128쪽) 그는 어느 학교에 도착해 학생들이 힘차게 내달리며 공을 차고 있는 모습을 한참이나 바라보았다. 스산한 마음을 안고 돌아온 그는, 그날 밤 더 완벽한 공을 만들겠다는 원대한 희망을 품게 된다.

> 나에겐 오래된 축구공이 하나 있었어요. 그걸 가지고 밤마다 생각하고 또 생각한 끝에, 완벽하게 둥근 축구공 만드는 방법을 찾아냈답니다. 거기엔 당시 널리 사용되던 12장의 가죽을 길게 잘라 붙이는 방식 대신, 32장의 육각형과 오각형 가죽을 오려붙여 태양처럼 둥근 구(球) 형태로 만든 공의 설계도가 그려져 있었다.(130~131쪽)

이 대목에서 「공의 기원」은 32조각 축구공의 등장을 거의 육십 년이나 앞당기고 있다. 세계 축구공의 역사에서 보건대, 지금 흔히 볼 수 있는 축구공의 형태, 즉 검게 칠한 오각형 가죽 12장과 희게 칠한 육각형 가죽 20장으로 이루어진 정이십면체의 공은 1960년대에 이르러서야 등장했고, 그전까지만 해도 12장이나 18장의 가늘고 긴 가죽으로 된 공이 일반적이었다. 그러나 그는 이 설계를 실현할 기술이 없었고, 얼마 후 토마스 굿맨사가 '공의 이데아'라 할 수 있는 정이십면체의 축구공을 만든다. 이후 이 공은 영국에서 조선으로 튕겨왔듯, 다시 파키스탄 펀자브주 시알코트 지역으로 넘어간다. 토마스 굿맨은 영국에 있던 공장을 인건비가 싼 파키스탄으로 옮겼고, 폭주하는 주문량을 맞추기 위해 마을 곳곳의 가정집을 수공업 제작소로 만든다. 박홍수는 토마스 굿맨사를 인수하여 세계에서 가장 큰 축구공 생산업체의 대표가 되었고, 파키스탄 공장의 생산설비를 전자동 무인 시스템으로 교체한다.

여기서 우리는 박홍수가 마침내 플라잉피시호로부터 증조부에게 전해진 공의 사명을 완수했다고 생각할 수도 있다. 다시 한번 강조하건대, 공은 처음부터 제국주의의 역학 속에서 탄생하고 전파되던 것이다. 이 공을 처음 만든 토마스 굿맨은 런던 뒷골목에서 구둣방을 하던 이로, 당시 그는 식민지에서 들여오는 값싼 구두로 인해 망하기 직전이었다. 그러다 '해가 지지 않는 나라'의 영광이 기어이 그에게까지 돌아가, 굿맨은 남아메리카산 고무로 만든 축구공으로 인기를 끌고, "지구 반대편까지 국가의 힘이 뻗어나가는 이때 어린 시절부터 공을 차고 달리며 심신을 강화시키는 것이야말로 진정한 애국"(119쪽)이라는 분위기에 힘입어 엄청난 부를 얻게 된다. 토마스 굿맨의 공장이 런던에서 문을 닫고 새로운 착취의 땅을 개척하러 가는 동안 대량생산된 공 중 하나가 식민지로 전락할 위기에 놓인 조선땅에 떨어진 것이고, 운명의 장난처럼 대영제국의 군함은 조선 소년에게 작은 희망을 준 대신 조선 쇠락의 뒤안길을 터주었던 것이다. 박홍수의 증조부가 역사의 덫에 걸려 고된 삶을 이어가는 동안 그의 꿈은 축구선수가 되는 것에서 누구라도 공을 찰 수 있게 하는 것으로 옮겨간다. 그러니 박홍수가 증조부의 꿈을 이루었다고 한다면, 엄밀히 말해 그의 공장에서 생산된 축구공이 아이들에게 꿈을 주어서라기보다 누구라도 노동으로 인해 꿈을 빼앗기지 않도록 완벽한 기계 생산 시스템을 구축했다는 데에 있을 것이다.

> 지금은 기계가 이 모든 일을 해냅니다. 그들은 정교하고 치밀한데다 지치지도 않아요. 이들 덕분에 우린 최고의 공을 만들어낼 수 있습니다. 어떻습니까, 정말로 멋진 신세계 아닌가요? 잠시 후 뱃고동 소리가 울려퍼지더니, 어딘가에 설치된 영사기가 오른쪽의 넓고 하얀 벽면에 수평선과 배를 비췄다. 그리고 지켜보고 있는 사이에 배는 점점 더 가까이 다가오더니 마침내 벽 전체를 뒤덮는 그림자가 되는 것이었다.(138쪽)

그러나 공장의 벽면을 가득 채운 배의 그림자는 여전히 제국 군함의 형상을 띠고 있다. 이 불길한 그림자는 '멋진 신세계'의 전망 뒷면에 놓인 것들을 떠올리게 하는데, 그것은 공의 역사 속에서 몇 번이나 교차했던 명암이다. 가령, 런던 뒷골목 공장에서 나온 아이들이 갈 곳을 몰라 터뜨린 울음과 그 아이들에게 관심 한 번 주지 않은 채 정의 실현의 성취감에 도취되었던 저널리즘, 이들이 보여주는 '해방'의 겉과 속 같은 것 말이다. 혹은 착취당하는 대상이 제3세계 주민으로 교체되었을 뿐 아무것도 변하지 않은 '생산-소비' 시스템에도 불구하고 모든 것이 해결되었다고 믿는 시민들의 선량함 같은 것 말이다. '해방'의 반복되는 결말을 보건대, 결국 기계에 의해 해방된 노동자들은 이제 기계보다 열악한 노동조건을 기꺼이 감수하지 않을 수 없을 것이다.

그러나 「공의 기원」은 기원을 거슬러가는 이야기지 확정적 결말로 나아가는 이야기가 아니다. 사실 공의 기원을 밝혀주는 단서들은 곳곳에서 어긋나 있는데, 가령, 박홍수가 "눈매며 입매가 자기와 꼭 닮았"(115쪽)다고 강조하는 증조부의 사진도 진위가 의심스럽다. 사진의 유래에 관해서는 두 가지의 설이 있지만 어느 쪽으로 보더라도 사진 속의 인물은 축구공에 순수한 희망을 품었던 식민지 소년이 아니기 때문이다. 그것은 기자 앤더슨이 더 이국적인 장면을 연출하기 위해 혹은 진짜 같은 가짜를 만들기 위해 지게꾼을 모델로 삼아 찍은 사진일 뿐이다. 또 토마스 굿맨과 앤더슨의 관계나 증조부에 대한 박홍수의 지나친 애착의 이유 역시 알 수 없는 여백으로 남아 있다. 그런데 그렇다 한들 무엇이 문제겠는가. 「공의 기원」은 '박홍수의 (공의) 기원'이며, 작가가 쓰고자 하는 것은 "가짜를 진짜처럼 보이게 하는—그러면서 동시에 진짜를 가짜처럼 보이게도 하는—스토리"(126쪽), 어디까지가 사실이고 어디까지가 거짓인지 모호한 이야기일 뿐인 것을.

「공의 기원」에는 삶을 구속하는 역사의 강력한 자장 속에서 역사와 대결하지도, 역사에 저항하지도 못하지만 거대 이야기로 환원되지도 않는 소년의 삶이 등장한다. 그 소년의 이야기는 박홍수가 원하는 대로 맞아떨어지지도 않으며 바다 건너편과 기묘하게 얽혀 있지만 하나의 서사로 모아지지도 않는다. 이러한 김희선식의 진짜와 가짜의 모호한 중첩은 '기원'이 언제고 재구성될 수 있는 여지를 남긴다. 그러므로 「공의 기원」은 저 불길한 그림자 군함으로부터 우연히 공을 건네받은 파키스탄 아이의 이야기로 한번 더 쓰여도 무방하다. "처음으로 축구공을 가졌던 한 소년이 어떤 꿈을 꿨었는지, 그러나 항만에서 짐을 나르는 고된 노동이 그의 등을 어떻게 굽게 만들었는지"(135쪽)에 관한 이야기는 파키스탄 아이의 삶으로 옮겨가면서 다른 기원의 한 페이지가 될 것이며, 그것은 박홍수가 조립한 기원과 다른 방식으로 의미를 부여받을 것이다. 해방의 드라마는 번번이 암면을 남겨둔 채 종결되었지만, 그것은 언제고 다시 쓰일 수 있고, 그때마다 '기원'은 구성될 수 있다. 물론 새로운 소년의 이야기에서 공의 역사가 몇십 년쯤 앞당겨지거나 늦춰지는 것쯤은 중요하지 않다.

이지은
2015년 경향신문 신춘문예에 평론 「안전거리 없음: 원시적 성실성과 武將SIREN의 진화—김훈론」이 당선되어 등단.

백수린

시간의 궤적

작가노트

그토록 하찮은 것뿐일지라도, 우리는

해설 선우은실

비 오는 밤의 저편

백수린

1982년생. 2011년 경향신문 신춘문예에 단편소설 「거짓말 연습」이 당선되어 등단. 소설집 『폴링 인 폴』 『참담한 빛』, 중편소설 『친애하고, 친애하는』이 있다. 2015년, 2017년 젊은작가상, 문지문학상, 이해조소설문학상을 수상했다.

시간의 궤적

언니가 내게 말을 걸어온 것은 부활절 방학이 시작되기 전의 어느 수요일이었다. 언니와 나는 어학원에서 몇 달째 수업을 같이 듣고 있었다. 열다섯 명의 외국인 틈에서 우리 둘만 한국인이라는 사실을 알고 있었지만 그때까지 단 한 번도 서로 말을 섞어본 적은 없었다. 언니는 언제나 강의실의 오른쪽 둘째 줄에, 나는 왼쪽 맨 뒷줄에 앉으니 그럴 기회가 없기도 했지만 사실 꼭 그 이유 때문만은 아니었다. 당시 나는 한국 사람들하고만 어울릴 거면 서른 살의 나이에 직장까지 그만두고 파리에 올 필요는 없었다는 생각으로 한국인들을 피하고 있었다.

언니가 나에게 말을 건 날에는 비가 흩뿌렸다. 그날을 떠올리면 비 때문에 어둑어둑해진 강의실에서 〈비 오는 날Le jour où la pluie viendra〉이라는 노래를 들었던 기억이 난다. 바싹 깎은 짧은 머리에 푸른색의 커다란 원석 귀걸이를 차고 있던 젊은 강사는 화이트보드에 마커로 "Le jour où la pluie viendra/Nous serons, toi et moi/Les plus riches du monde"라고 가사를 적었다. 비 오는 날, 그대와 나, 우리는 이 세상에서 가장 풍요로운 사람이 될 거예요. 우리는 화이트보드에 적힌, 미래시제를 연습하기에 적당한 가사의 내용을 한 줄, 한 줄 배운 후 시디를 들었다. 강사는 나보다도 어려 보였는데, 고전적이게도 시디플레이어를 들고 다녔다. 재생 버튼을 누르자, 시디플레이어를 타고 흘러나온 남자의 목소리가 향기로운 빵처럼 부풀어올라 강의실을 가득 채웠다. 몇몇의 학생은 노래를 따라 부르다가 웃었다. 나와 언니, 그리고 몇몇 아시아인을 제외하면 수업을 듣는 대부분은 이탈리아나 스페인 혹은 독일에서 온 십대 후반의 학생들이었는데, 그들은 별것도 아닌 일에 쉽게 웃었고, 해맑았다.

사실 대단한 노래는 아니었다. 그냥 오래된 상송이었고 강사의 아버지가 어렸을 때 라디오에서 자주 흘러나오곤 했다는 노래일 뿐이었다. 하지만 배경음악처럼 깔리던 빗소리 때문이었을까? 그 노래를 듣는 순간 어쩐지 그리운 이들로부터 너무 오래, 너무 멀리 떨어져 와 있는 것 같다는 생각이 들었다. 아마 그 탓이었을 것이다. 가방을 챙겨서 강의실을 빠져나오는 나에게 복도에 서 있던 언니가 "한국인이죠? 바쁘지 않으면 술이라도 같이 한잔할래요?"라고 물었을 때, 평소답지 않게 "좋아요"라고 한 것은. 언니도 나와 비슷한 감정에서 나에게 말을 걸었던 걸까? 나는 그것을 미처 묻지 못했다.

언니와 나는 그날 수업이 끝나고 우산을 각자 쓴 채 나란히 걸었다. 가랑비는 그칠 듯 말 듯 계속 내렸고, 밤이 내린 도시는 온통 습기로 가득했다. 어학원 건물에서 멀지 않은 팡테옹 앞에는 비옷 차림의 관광객들이 서 있었다. 관광객들을 피해 골목 안쪽으로 들어가 찾은 카페 겸 술집은 한산했고, 우리는 구석에 자리를 잡고 앉았다. 우리를 가려줄 우산이나, 정신을 쏟아가며 찾아야 할 목적지가 우리에게서 사라지자 낯선 사람과 단둘이 마주보고 앉아 있는 일이 새삼 어색하게 느껴졌다. 서먹한 분위기 속에서 포도주가 나왔고, 우리는 이런저런 질문들을 주고받았다. 언니는 삼십대 후반이었고, 뜻밖에도, 대기업의 주재원으로 파견 나와 있다고 했다.

"주재원이요?"

나는 놀라서 되물었다. 그때까지 프랑스에서 반년 가까이 살면서 내가 알게 된 젊은 한국 여자들은 유학생이거나 유학 준비생 또는 여행객이었고, 그게 아니면 유학생이나 주재원 혹은 프랑스인의 아내였다. 주재원이라는 말을 듣자 나는 그때까지 별 관심 없었던 언니에게 흥미가 생겼다. 그렇게 포도주를 마시며 우리는 두 시간 동안 많은 이야기를 나눴다. 우리는 프랑스에 오기 전에 어떤 도시에 살았고, 무엇을 공부했으며, 언제 프랑스에 오게 됐는지를 각자 말했다. 우리가 급속도로 가까워진 것은 단지 언니가 직장인이고 나 역시도 프랑스에 오기 전까지는 직장인이었다는 공통점 때문만은 아니었다. 우리 둘이 에리크 로메르의 〈녹색 광선〉과 프랑수아즈 사강의 소설들을 좋아하고, 비슷한 정치 성향을 가졌다는 사실, 그리고 무엇보다도, 두 사람 모두 삼십대 초중반의 나이에 새로운 삶을 꿈꾸며 프랑스에 건너와 살고 있다는 사실이 우리 사이를 어색하게 가로막고 있던 벽을 허물었다. 외꺼풀의 커다란 눈과 짙은 눈썹을 지닌 언니는 화려한 미인은 아니었지만 묘한 분위기의 매력을 풍겼고, 목소리의 톤이 높지만 성량은 작아 말을 하면 속삭이는 것처럼 들렸다. 언니는 재미있는 이야기가 나오면 웃으면서 박수를 치다가 입을 가렸고, 그럴 때는 수줍어 보였다. 하지만 호기심이 많은 고양이처럼 눈을 반짝이며 내 말을 들을 때면 수줍음과 거리가 먼 사람처럼 보이기도 했다. 그날 언니와 나눈 대화는 오랜 시간 잊고 지냈던 사실을 나에게 일깨워주었다. 그러니까, 어떤 이와 주고받는 말들은 아름다운 음악처럼 사람의 감정을 건드리고, 대화를 나누는 존재들을 한 번도 가보지 못한 낯선 세계로 인도한다는 사실을 말이다.

우리가 대화를 마치고 카페 밖으로 나왔을 때 거리에는 더이상 비가 내리지 않았다. "가끔 이렇게 만나서 놀까요?" 언니가 지하철역 앞에서 헤어지기 전에 물었다. 외국에 사는 날이 쌓일수록 한국인 지인을 만드는 것이 외국인 지인을 만드는 것보다 쉽지만, 취향과 마음이 맞는 한국인 친구를 만나는 것은 취향과 마음이 맞는 외국인 친구를 만나는 일만큼이나 어렵다는 것을 깨달아가던 차였으므로 나는 기쁜 마음으로 답했다. "전 좋아요." 언니가 웃으면서 손을 흔들고는 지하철역 안으로 들어갔다. 나는 버스를 타기 위해 길을 건넜다.

그후로 몇 주 동안 언니와 나는 많은 시간을 함께 보냈다. 어학원 수업이 끝나면 지하철역까지 같이 걸어가다가 옆길로 새어 맥주를 마시기도 했고, 주말에는 영화를 보러 가거나 번화가에서 아이쇼핑을 하기도 했다. 어느 날 오후 우리는 퐁피두센터에서 비상설 전시회를 같이 보았다. 카키색 샤스커트에 겨자색 카디건을 걸치고 나온 언니는 나이에 비해 어려 보였다. 함께 전시를 본 뒤에는 걸어서 튈르리공원까지 갔다. 파리의 봄답지 않게 모처럼 햇살이 좋은 날이었고, 산들바람이 불어와 우리의 머리카락을 자꾸 흐트러뜨려 우리는 철제 의자에 앉아 웃었다. 그러고도 헤어지는 게 아쉬워서 다시 조금 더 걸어 교자와 라멘을 먹으러 일식당에 갔고, 그후엔 식당 근처의 작은 술집에서 맥주를 마셨다. 그 술집의 이름도, 풍경도 잘 기억이 나지 않지만 그곳에서 언니가 나에게 "프랑스에 와 지낸 지 이 년이 되었지만 이렇게 마음이 맞는 친구를 만난 것은 정말 처음이야"라고 말했을 때의 표정과 말투만큼은 지나칠 정도로 선명하게 기억이 난다. 그리고 그날 언니는 내게 싱글인 여성 주재원으로 사는 일의 고충에 대해서 많은 말을 했다. 주재원들끼리 모임도 있고 회식도 있지만, 대부분 남자이다보니 언니는 어울리는 것도, 어울리지 않는 것도 불편할 때가 많다거나, 그런 모임에 부부 동반으로 참석하는 사람들이 있을 경우 주재원의 아내들과 주로 말을 섞게 된다는 그런 이야기들이었다.

"아니, 나는 주재원의 아내가 아니라 주재원인데, 왜 매번 그런 식이 되어버리느냐고."

언니가 술기운에 붉어진 얼굴을 쓸어내리며 말했다. 언니의 말을 듣는 동안만큼은 답답한 마음이 나에게로 고스란히 전해지는 것 같아 나는 언니를 따라 속상해하거나 같이 분개했다. 대화를 나누다가 가끔씩 말이 끊길 때면 나는 의자에 등을 기댔다. 그렇게 대화에서 한발 물러나는 순간 갑자기 프랑스어가 사방에서 들려왔고, 그제야 나는 그곳이 서울이 아니라 파리의 한복판이라는 것을 다시 깨달았다. 우리가 흘러간 사랑에 대한 이야기를 꺼내기 시작한 것은 취기가 조금 더 올랐을 때였다.

"바보 같은 이야기 해줄까?"

그날 언니는 주재원으로서의 고충을 이야기하던 끝에, 아주 좋은 남자였고 좋은 남편과 아빠가 될 것이 분명했지만, 삼십대 중반에 주재원 자리에 지원해보고 싶다던 언니의 마음만큼은 끝내 이해하지 못했던 옛 애인에 대해서 처음으로 나에게 말했다. 어느 가을밤, 언니에게 "넌 왜 그렇게 독하고 이기적이니?"라고 말하고는 언니를 한강 둔치에 두고 혼자 성큼성큼 가버렸다는 그 남자와, 택시 안에서 너무 많이 울어서, 어디 아프냐고, 응급실에 데려다줬으면 좋겠냐고 택시 기사가 언니에게 물었다던 그 밤에 대해서. 그리고 언니는 여전히 외로운 밤마다 이미 다른 여자의 남편이 되어버린 그 남자에게 전화를 걸어 짧은 통화를 마친 후 혼자 운다는 이야기를 내게 비밀을 털어놓듯이 말했다.

"바보 같지?"

언니의 어조는 장난스러웠으나 표정은 쓸쓸했다. 나는 언니가 유부남이 되어버린 옛 애인에게 여전히 연락을 한다는 말에 깜짝 놀랐지만, 고백하자면 나는 그 순간 언니가 더 좋아졌다. 언니에게도 그런 바보스러운 면이, 인간적인 면이 있다는 사실이 나를 덜 외롭게 만들었다. 그래서 나는 아무 거리낌 없이 언니에게 새내기 시절부터 사귄 첫사랑에 대한 이야기를 할 수 있었다. 그는 대학의 같은 과 선배로 나의 첫사랑이자 스무 살부터 스물여덟 살까지 사귄 유일한 연애 상대였다.

"정신을 차리고 보니 전공부터 직장을 정하는 일까지 전부 다 나는 그 사람이랑 상의를 했더라고요."

애인이 내 후배와 바람을 피웠다는 사실을 알게 된 뒤, 그에게 헤어지자고 말하고 내가 가장 먼저 한 일은 서울 시내의 프랑스어 학원에 등록하는 것이었다. 주위의 시선을 의식해 선택했던 직장을 서른이 되면 그만두고 예전에 꿈꿨던 것처럼 프랑스에서 미술사를 공부해보자고 결심했기 때문인데, 그것은 내가 태어나서 처음으로 홀로 선택한 일이었다.

"그렇게 마음먹은 날, 커플링을 빼서 버리고 이 반지를 내가 사서 꼈어요."

나는 내 오른손 약지에 끼워진 반지를 보았다. 아무런 장식도 없는 실금반지였다.

"예쁘네."

이제 와 돌이켜보면, 그 순간이 우리가 서로에게 가장 내밀한 마음을 보여줬던 때였다. 언니는 최초의 사람, 그러니까 내가 다니던 회사를 그만두고 늦은 나이에, 거창한 계획이나 목표도 없이 학창 시절부터 꿈꿨던 대로 미술사를 공부해보고 싶다는 막연한 생각만으로 프랑스에 왔다는 사실을 털어놓았을 때, 나를 한심하게 생각하거나 모두가 안정을 찾아가는 시기에 그렇게 인생을 낭비하다가는 결국 낙오자가 될 거라고 말하지 않은 최초의 한국 사람이었고, 나는 그런 언니가 좋았다.

시간이 흐를수록 언니와 나는 더 가까워졌다. 6월이 되자 우리는 언니가 살고 있던 몽파르나스 근처에서 영화를 봤고, 새로 생긴 한국 식당에 같이 갔으며, 기차를 타고 비아리츠에 여행을 다녀오기도 했다. 6월의 파리는 초록으로 가득했고, 골목마다 음악이 흘렀고, 센강을 오고가는 유람선 위에서는 관광객들이 행복한 함성을 질렀다. 그사이에 언니는 여러 경로로 만난 몇 명의 외국인 남자와 데이트를 했다. 하지만 외국인과의 연애가 오래 지속되지는 못했는데, 나는 언니가 사실은 한국어로 소통할 수 있는 남자를 원하고 있다는 것을 금세 알아챘다. 그렇지만 주변에 있는 한국 남자들은 죄다 유부남이었고, 그래서 언니는 자신의 직장을 버리고 파리까지 따라올 만큼은 언니를 사랑하지 않았던 그 유부남에게로 자꾸만 되돌아갔다. "괜찮아요, 언니. 사람에겐 어쩔 수 없는 일도 있으니까요." 어떤 기억들이 난폭한 침입자처럼 찾아와 '나'의 외벽을 부술 듯 두드릴 때마다, 이러다가는 내가 한순간 와르르 무너져내리는 것은 아닐까 두려우면서도 어쩌지 못하는 마음을 나는 경험으로 잘 알고 있었다. 언니는 결혼에 더이상 관심이 없었지만 사랑을 하지 않고 살 수는 없다고 말했다. "남자가 필요해!" 언니가 어느 날 밤 나와 강변을 걷다가 하늘을 보며 양팔을 벌린 채 외쳤다. "남자를 구하러 클럽에라도 가볼까요?" 그래서 우리는 술을 진탕 마시고 샹젤리제의 클럽에 갔다. 언니나 나나 사랑 없는 '원나잇'은 안 되는 사람이란 걸 확인하는 계기가 됐을 뿐이었지만.

그 무렵, 나는 서울에 있을 때의 나를 종종 떠올렸다. 그저 외톨이가 되지 않기 위해서 몸을 사리던 나. 회식 자리에서 모두와 잘 지내기 위해 관심도 없는 가십을 주고받고 재미있지도 않은 농담에 크게 웃다가도 심야버스를 타고 한강 다리를 건널 때면 마음을 박탈당한 사람처럼 공허해지던 나. 하지만 나는 파리에 왔고, 더이상 그렇게 살지 않을 작정이었다. 나는 서울에서 해보지 않은 모든 것을 경험해볼 생각이었고, 더이상은 후회로 인생을 허비하고 싶지 않았다. 그런 내 눈에 언니는 주저함이 없고, 용감하고, 언제나 반짝이는 사람처럼 보였다. "나는 용감한 게 아니야. 단지 그런 척하는 거지. 척을 하다보면 그래지기도 하니까." 언니의 마음, 견고하지만 연약하고, 부드럽지만 단호하며, 누구에게도 속박되고 싶지 않지만 그런 자신을 이해해줄 누군가를 갈망하던 언니의 마음속 모순들은 빛과 어둠처럼 일렁이며 언니를 특별하게 만들었고, 나는 그것을 아는 사람이 나뿐이라고 생각했다. 안주를 지향하지만 탈주를 동경하고, 고독을 좋아하지만 타인과의 결합을 원하는 나의 모든 면을 언니가 알고 있듯이. 언니는 다른 주재원들과 달리 딸린 식구가 없었으므로 경제적으로 풍요로웠고 유학생들은 엄두도 내지 못할 고급 술집과 식당으로 나를 데리고 갔다. 언니와 밤새 술을 마신 후 걷던 밤의 거리들. 오랜 시간이 흐른 후, 우리의 밤을 기억하면 내게 가장 먼저 떠오르는 것은 습기였다. 세 달 남짓한 여름밤을 제외하면 거의 언제나 곧이라도 빗방울을 떨어뜨릴 것만 같은 대기가 얇고 부드러운 껍질처럼 우리를 감쌌고, 나는 그 안에서 우리가 안전하다고 느꼈다. 골목들은 가로등의 따뜻한 불빛에 덮여 있었고, 도시의 오래된 건물들은 나에게 영원을 떠올리게 했다. 물론, 취해서 목적 없이 걷던 우리를 향해 니하오, 라거나 나 재랑 자고 싶어, 라고 외치던 남자들도 간혹 있었다. 우리가 대꾸하지 않으면 프랑스어를 못 알아듣는 줄 알고 굳이 형편없는 발음의 영어로 바꿔 I want to fuck her, 라고 소리지르던 술에 취한 남자들. 그런 남자들은 백인인 경우도 있었지만 유색인종일 때도 많았다. "언니는 무섭지 않아요?" 한번은 언니에게 물은 적이 있었다. "무서워." 그렇지만 언니는 잠시 후 이렇게도 말했다. "저들은 불행한 거야. 불행한 인간들 때문에 우리가 이렇게 아름다운 밤을 포기할 수는 없잖아." 나는 그후로 더이상 그들이 두렵지 않았다. 새벽이 되면 파리는 희붐한 빛으로 가득 차올랐다. 나는 언니와 헤어져 집으로 돌아올 때마다, 나를 낯선 곳, 한 번도 가보지 못한 근사한 세계로 데려갈 무언가를 곧 만나게 될 것만 같은 예감에 가슴이 뛰었다.

그해 가을 나는 원했던 대로 대학원에 입학했다. 브리스를 만난 것은 수업이 끝나면 노트를 보여달라 말 붙일 새도 없이 우르르 강의실을 빠져나가버리는 어린 학생들 틈에서 어떻게든 교수의 말을 놓치지 않으려고 애를 쓰던 11월이었다. 브리스는 싱가포르인 친구의 결혼식에 참석한 몇 안 되는 프랑스인이었고, 피로연 명목으로 마련된 식사 자리에서 우연히도 내 옆자리에 앉아 있었다. 브리스가 간혹 나에게 말을 걸었지만 식당 안이 다소 시끄러웠기 때문에 나는 그의 말을 잘 알아들을 수 없었다. 알아들을 수는 없었지만,

그가 내게 하는 말들을 칠십 퍼센트 정도 이해할 뿐이었지만, 나는 그의 가지런한 치아와 자장가 부르듯 낮은 목소리, 그리고 내 프랑스어가 보잘것없다는 사실을 알아챈 이후에도 나를 방치하지 않고, 내게 느린 어조와 또박또박한 발음으로 계속 말을 걸어주던 다정함에 단박 마음을 빼앗겼다. 브리스의 투명하리만큼 창백한 피부, 푸르스름하게 수염 자국이 나 있던 턱선, 조금은 유약해 보였던 연갈색의 눈동자. 나는 브리스에게서 눈길을 뗄 수 없었고, 그가 내게 관심을 가져주면 좋겠다는 마음에 조바심이 났고, 호의 이상의 관심이 없는 것 같아 금세 풀이 죽었다. 그러던 내가 피로연이 끝나기 전, 태어나 처음으로 용기를 내어 그에게 데이트 신청을 한 것은 후회하지 않는 인생을 살자던 스스로와의 약속 때문이었다. "결혼한 거 아녔어요?" 그는 나의 약지에 끼워진 반지를 가리키며 물었다. "아니요." 나는 반지를 빼서 다른 손가락으로 옮겼고 아무것도 아니라는 듯 손을 흔들어 보였다. "나는 행운아네요." 환하게 미소 지으며 그렇게 말하던 브리스의 목소리를 나는 지금도 기억한다.

브리스는 한국에서도 꽤 알려진 프랑스 자동차 회사에서 정규직으로 일하고 있었고, 프랑스와 독일의 접경지인 작은 마을에서 나고 자랐으며 출장차 한국을 방문해본 적이 있다고 말했다. 나는 이 모든 사실을 첫번째 데이트 때 알게 되었는데, 나는 그가 나처럼 지방 출신이라는 점이, 한국이 어떻게 생긴 나라인지 조금이라도 알고 있다는 점이, 그렇지만 그때까지 나에게 데이트를 신청했던 몇몇의 프랑스 남자처럼 동아시아 여자에 대한 특별한 애호를 갖고 있지는 않다는 점이 마음에 들었다. 우리는 처음 몇 주 동안 드문드문 보며 연락을 주고받다가, 거의 매일매일 보게 되었다. 이듬해 초여름부터 나는 그의 아파트에서 살다시피 했는데 그곳에서의 밤은 열기 때문에 열어놓은 창문을 타고 흘러들어오는 나무 냄새로 가득 차올랐다. 우리가 함께 침대에 있을 때, 그의 몸은 한국의 장마철 비 오기 직전처럼 축축했지만 뜨거웠고, 또 나만을 위한 트로피처럼 매끄럽고 단단했다. 내가 살던 집을 정리하고 그의 집에서 같이 살게 된 것은 석사 이 년 차 과정에 진학했던 그해 10월이었다. 파리에 살게 된 이후, 알음알음 교류가 생긴 주재원의 자녀들에게 수학 과외를 해주는 것 이외엔 별다른 수입이 없던 나로서는 브리스와 월세를 나눠 내는 편이 훨씬 이득이었지만, 그와 함께 살기 시작한 이유가 경제적인 계산 때문만은 물론 아니었다. 내가 그의 집으로 얼마 되지 않는 나의 짐을 들고 이사했을 때, 브리스는 찬장 속에 숨겨두었던 튤립 다발을 꺼내어 내게 선물로 주며 "우리집에 온 걸 환영해!"라고 말했다.

언니와 브리스는 처음부터 사이가 좋았다. 언니와 내가 놀고 있으면 가끔씩 브리스가 합류할 때도 있었는데, 브리스가 있더라도 우리는 주로 한국어로 이야기를 하고 어쩌다 통역을 해주었을 뿐이지만 브리스는 셋이 어울리는 것을 싫어하지 않았다. 같이 살기로 할 즈음부터 브리스는 나의 친구들을 만나고 싶어했고, 그의 가족을 나에게 소개해주길 원했다. 내가 대학원에 입학한 이후에는 나도 바쁘고 언니도 출장이 잦아져서 볼 시간이 줄었지만, 그래도 우리는 정기적으로 만나서 같이 밥을 먹었다. 브리스와 내가 사는 집에 언니를 초대해 한국 음식을 해 먹기도 했다. 내가 석사 이 년 차가 되자 언니는 갈수록 빈번해지던 회식 자리에서 술에 취하면 언니를 끌어안고 노래를 부르는 상사 때문에 스트레스를 받기 시작했고, 나는 미래에 대한 고민으로 괴로워졌다. 수태고지 도상들의 변천 과정을 시대별로 비교하는 일은 매력적이었지만 논문을 써나가면서 연구가 적성에 맞지 않는다는 사실을 깨달았기 때문에 나는 석사과정을 마치는 대로 귀국할 예정이었다. 하지만 관계가 깊어질수록 브리스와 떨어져 지낼 자신은 점점 없어져갔다. 석사논문 심사가 끝나고 체류증 만료가 가까워오자 브리스도 나도 마음이 심란해져서 별것도 아닌 이유로 다투는 일이 잦아졌다. 7월로 접어들고 나서도 브리스와 나는 아무 일이 없는 것처럼 토요일마다 집 앞에서 열리는 장에 나가 신선한 빵과 염소 치즈, 그리고 연어나 도미 같은 것들을 사와서 음식을 만들어 먹었고, 늦은 밤에는 소파 위에 나란히 앉아 케이블에서 하는 영화를 보다가 키스를 나누었으며, 설거지할 때마다 틀어놓는 라디오에서 좋아하는 광고 시엠송이 나오면 둘이 같이 엉덩이를 흔들며 춤을 췄다. 하지만 나는 브리스가 체류증을 연장받기 위해 내 쪽에서 어떤 조치를 취하길 바란다는 것을 알고 있었고, 그런 브리스의 바람을 엿볼 때마다 서운했다. 나는 이십대 초중반도 아니고, 유예의 시간이 영원히 지속될 수 없으며, 지속되어서도 안 된다는 것을 알고 있었다. 하지만 내가 가진 학위로는 프랑스에서 구직에 성공할 가능성이 없었고, 그렇다고 억지로 박사과정에 등록하고 싶은 마음이 있는 것도 아니었다. "체류증이 만료되면 한국에 돌아갈까 해." 내가 그렇게 말하면 브리스는 장거리 연애를 믿지 못한다며 내가 한국에 돌아가면 관계가 끝나버릴 것이라고 언제나 확신에 찬 표정으로 말했다.

돌이켜보면 브리스와 내가 결혼하는 데 결정적인 역할을 한 사람은 언니였던 것 같다. 서른이 넘은 나이에 아직도 미래를 걱정하며 이러지도 저러지도 못하는 자신을 한심해하고 있던 내게 어느 날 언니가 "우리는 전부를 걸고 낯선 나라에서 인생을 새로 시작할 만큼 용기를 내본 적 있는 사람들이니까, 걱정 마. 넌 네가 생각하는 것보다 스스로 원하는 걸 찾을 줄 아는 사람이야"라고 말해주지 않았다면, 어느 저녁 어스름이 내리고 어디선가 베트남 국수 냄새가 풍기던 골목에서 다른 것은 잘 몰라도 브리스와 헤어지고 싶지 않다는 내 마음만큼은 확실하다는 사실을 깨닫지 못했을 테니까. 그것을 위해서라면 결혼하는 방법도 나쁘지만은 않은 것 같았는데 그렇게 생각하자 복잡했던 모든 일이 간단해졌다. 그리고 그날 밤, 나는 설거지를 하고 있던 브리스에게 결혼하지 않겠느냐고 물었고, 그는 거품기 있는 손으로 나를 끌어안으며 청혼을 받아들였다. 그후로 모든 것은 순식간에 진행됐다. 행정적인 절차를 위해 시청에서 결혼식을 올린 날 나의 증인 역할은 언니가 해주었다. 증인을 서달라고 부탁하기 위해 우리가 즐겨 가던 5구의 카페에서 언니를 만났던 날, 내가 브리스와 결혼하기로 했다는 소식을 전하자 언니는 놀란 표정으로 축하한다고 말했다. "후회하지 않겠니?" 언니는 나를 걱정해서 물었을 테지만 그 순간 나는 기분이 조금 상했다. 언니의 걱정이 애정에서 비롯된 것임을 알면서도 그때 그 말이

걸렸던 이유는 어쩌면 나 역시 나의 충동적인 결정과 그에 따라 갑작스럽게 변해버릴 나의 인생에 대해서 무의식적으로 걱정하고 있었기 때문이 아니었을까? 지금 생각해보면 어쩌면 그때 이미 나는 나의 선택이 단순히 한 남자와 그의 가족을 받아들이는 것이 아니라 그의 문화와 나라의 역사까지 받아들이는 것이며, 그것을 감당하기엔 나의 각오가 불충분하다는 것을 어렴풋이나마 예감하고 있었던 것일지도 모른다. 하지만 적어도 결혼을 결정하던 당시의 나는 예감의 실체를 알지 못했거나, 혹은 모른 척하고 싶었다. 내가 그 모든 것을 실감하기 시작한 것은 몇 달 후의 일이었다.

이미 브리스와 함께 살고 있었기 때문에 결혼을 하고서도 처음엔 크게 달라진 것이 없었다. 체류증 만료가 임박해오면서 브리스와 나 사이에 존재했던 묘한 긴장과 불만이 해소되었고 처음으로 우리가 공통의 미래에 대해서 이야기하기 시작했다는 것이 변화라면 변화였다. 나중에 돈을 모으면 파리 외곽에 정원 딸린 집을 사서 샐러드거리와 감자, 호박 같은 것들을 키우자고 브리스가 말하면 배추나 열무도 그 옆에 같이 심자고 내가 말하는 식의 대화를 나눌 때마다 나는 내 미래가 어떻게 흐를지 몰라 불안했던 시기와 달리 충만한 기쁨에 사로잡혔다.

하지만 시간이 흐르고 해가 바뀌자 기쁨은 조금씩 사그라졌고, 나는 내가 말도 제대로 통하지 않는 낯선 나라에서 평생 살아야 한다는 사실을 서서히 자각하게 됐다. 언니를 만나도 예전처럼 재미있지 않았고 대화가 자꾸 미끄러졌는데, 언니는 프랑스에 한시적으로 머물다 돌아갈 사람이고 나는 여기에 남을 사람이라는 사실이 우리 사이에 보이지 않는 금을 그어놓은 듯했다. 언니는 여행에 대해서 자주 말했고, 어떻게 하면 얼마 남지 않은 프랑스 체류 기간을 알차게 보낼 수 있을지 고민하고 있었다. 하지만 나에게 그런 것들은 더이상 중요하지 않았고, 내게는 이곳에 뿌리를 내릴 수 있는 방법에 대한 조언들이 필요했다. 내가 프랑스에 사는 한인 주부들을 대상으로 하는 요리 강좌에 나가기 시작한 것은 그런 이유였다. 한국문화원에서 주최하는 모임으로, 정착한 지 오래된 한국 이민자 여성들이 주재원의 아내들이나 프랑스 남자와 갓 결혼한 여성들을 대상으로 일주일에 한 번씩 요리를 가르쳐주고 일상생활에 필요한 정보를 제공해주는 곳이었다. 키슈나 크로크무슈 같은 간단한 프랑스 음식의 조리법을 가르쳐주던 그곳에서 나는 프랑스에서 한국식 김치맛을 내기 위해서는 어떤 상표의 굵은소금을 사야 하는지, 프랑스와 한국의 출산과 육아 문화가 어떻게 다르고, 파리 외곽의 어느 도시가 교육환경이 좋은지 같은 것들을 배웠다. 그런 정보들은 꽤 유용했지만, 나는 갓 결혼한 여성들이 정착에서 오는 어려움을 토로할 때마다 아이를 낳으면 해결될 거라고 반복적으로 조언하고, 음식을 나누어 먹으면서 한국 드라마 이야기를 하다가 결국엔 그들이 알고 있는 프랑스 거주 한국인들의 흉을 보며 끝나는 그 모임에 마음을 붙이기 힘들었다. 한번은 언니가 그 모임의 화젯거리로 등장한 적도 있었다. 아무도 이름을 언급하지 않았기 때문에 처음에 나는 몇몇 주재원의 아내가 이야깃거리로 삼는 대상이 언니일 거라고는 꿈에도 생각하지 못했다. 대화 속에 등장하는 여자, 남자를 밝혀 남녀가 섞인 모임에서 항상 남자들하고만 이야기하려고 기를 쓰고, 유부남들이 술 마시는 자리라면 어김없이 껴서는 유혹하려는 듯 아양을 떨고 술을 따른다는 여자가 언니와 동일 인물임을 내가 눈치챈 것은 그 이야기를 한 사람이 언니와 같은 대기업에서 파견 나온 주재원의 아내라는 것을 알았을 때였다. "그 사람, 그런 사람 아니거든요?" 모두의 시선이 일제히 내게 쏠렸다. "아, 아는 분이에요?" 누군가 어색한 침묵을 깨고 내게 물었다. "네, 아는 사람이에요." 나는 짐을 챙겨 나오면서 '친한' 사람이라고 말하지 않은 것을 후회했고, 언니가 그런 소리를 듣도록 처신했다는 것이 화가 났고, 두 번 다시 그 모임에 나가지 않았다.

결국, 내가 가진 학위와 경력이 아무런 소용도 없는 나라에서 내가 할 수 있는 일은 집안을 청소한 후에 요리를 하는 것뿐이었다. 그래서 나는 청소를 마치면 지하철을 타고 한인 마트에 가서 장을 봐다가 매일같이 다른 국을 끓이고 양념에 고기를 재웠으며 생선을 조렸다. 브리스는 언젠가부터 퇴근해 들어오면서 "또 한국 음식이야?"라고 말하기 시작했다. 장난스러운 어투를 가장했지만 그 말에 어떤 진심이 섞여 있다는 걸 나는 알 수 있었다.

다시 봄이 오자 안개비가 시도 때도 없이 내렸고, 한낮에도 하늘은 납빛으로 어두웠다. 집안에 언제나 떠다니던 차고 습한 기운이 나를 짓눌렀다. 이웃집에 살던 아랍 사람들은 이사를 갔고, 나는 여전히 마늘을 빻고 멸치를 다듬었다. 어쩌다 언니와 전화통화를 할 때면 우리는 한국의 소나기가 그립다고 말했다. "비가 올 거라면 시원하게 왔으면 좋겠어." 우리는 더이상 밤마다 술집을 배회하지 않았고, 자주 보지도 않았다. 언니는 나의 연락이 줄어 서운했을까? 그랬을 거라고 지금 와서는 생각하지만 그때에 나는 언니의 마음에 대해서는 조금도 헤아리지 못했다. 어느 주말에는 브리스의 친구들이, 다른 주말에는 브리스의 부모님이 커다란 꽃다발과 초콜릿, 알자스 지방의 와인이나 묑스테르 치즈 따위를 사가지고 집으로 놀러왔는데 그들은 모두 좋은 사람들이었고, 잡채나 불고기 같은 난생처음 맛보는 음식들을 모두 맛있게 먹었다. 하지만 그들이 나의 친구도, 나의 부모도 아니었기 때문에, 나는 일주일에 세 번씩 운동화를 신고 나가 파리를 걸었고, 이따금씩 길을 잃었다는 느낌에 사로잡히면 거리에 서서 조용히 울었다.

주재원의 임기 만료가 세 달 앞으로 다가오자 언니는 바빠졌다. 언니는 가족이나 친지들에게 줄 선물들을 마지막으로 쇼핑했고, 가보지 못했던 북유럽의 어딘가를 다녀왔고, 불필요한 물건들을 하나씩 정리하기 시작했다. 나는 언니가 입지 않는 옷들이나 처분해야 할 가재도구를 사진 찍은 후 중고 사이트나 교민들이 이용하는 사이트의 광고 게시판에 올려주는 일을 도왔는데, 그럴 때마다 언니마저 떠나버린 이후의 삶을 상상하며 쓸쓸해졌다.

그리고 8월의 둘째 주, 우리는 노르망디로 떠났다. 귀국하기 전 어학원에 다니던 시절처럼 여행을 같이 가고 싶다고 언니가 말했기 때문이었다. 그런 언니의 제안에 브리스도 데려가도 되느냐고 물은 것은 나였다. 겉으로 보기엔 아무렇지 않았지만 나는 부부 사이가 위태롭다는 것을 알았고, 브리스를 두고 혼자서 여행을 가고 싶지 않았다. 그래서 우리 셋은 파리에서 멀지 않은 도빌로 바다를 보러 갔다. 차를 렌트했고, 도로를 달리는 동안 라디오에서는 큰 소리로 노래가 흘러나왔고, 브리스는 그 노래에 맞춰 춤을 추듯 핸들을 좌우로 흔들었다. 하늘은 구름 한 점 없이 맑았고, 도로의 양옆으로는 키 작은 해바라기들이 잔뜩 피어 있었고, 벌판 위로 새떼가 날아갔다. 브리스도, 나도 모처럼 기분이 좋았고, 나는 모든 것이 완벽했던 시절로 돌아간 것만 같아 기뻤다.

우리가 도착했을 때, 도빌의 요트 선착장은 빛으로 가득했고, 우리는 그 근처의 식당에서 점심식사를 했다. "예전에 우리 여행 갔을 때 너 반지 잃어버렸던 거 기억나?" 이미 결혼반지가 대신 끼워진 내 약지를 보며 언니가 물었다. 나는 고개를 끄덕였고, 우리는 〈녹색 광선〉의 배경이라는 이유로 찾아갔던 비아리츠에서 내가 손을 씻은 후 등대 근처의 한 식당 화장실 세면대에 반지를 놓고 왔던 일에 대해서 이야기를 시작했다. "그날은 정말 하루종일 엉망이었어." 나는 그날 반지를 잃어버렸고, 반지를 찾으러 식당으로 되돌아갔다 오는 길에 우리는 갑작스러운 뇌우로 인해 쫄딱 젖었다. 하지만 그 모든 일은 이미 지나갔으므로 우리는 그 일을 이야기하며 같이 웃었다. 그리고 우리는 시내를 걸었다. 작은 상점에 들어가 캐러멜을 사 먹었고, 서점에서 엽서를 샀고, 그러다가 화장실이 급해 카페에 들어가 테라스 쪽 테이블에 자리를 잡았다. 내가 화장실에 갔다 나왔을 때 테이블 위에는 맥주 세 잔이 놓여 있었다. 언니와 브리스는 오후의 빛을 등진 채 테이블 앞에 앉아 있었고, 둘은 잘 어울리는 한 쌍의 연인처럼 보였다.

날씨가 어찌나 변덕스럽던지 맑게 갠 하늘에서 비가 쏟아지더니, 얼마 안 있어 멈추었다. 우리가 예약한 숙소는 해변이 내려다보이는 방 두 개짜리 아파트였다. 벽난로 위에는 커다란 거울과 누군지 모르는 사람들의 흑백사진이 담긴 액자, 커다란 볼링 핀, 화병 같은 것들이 두서없이 놓여 있었다. 우리는 숙소에 짐을 풀자마자 바다로 나가 수영을 했다. 반짝이는 수면이 바람에 일렁였고, 해변의 모래는 뜨거웠다. 언니는 모래 위에 두꺼운 비치 타월을 깔아놓고 누워 『브람스를 좋아하세요…』를 읽었다. 햇볕 속에서 브리스의 몸은 탄력적으로 빛났고 브리스는 물고기처럼 헤엄쳐 수평선 쪽으로 나아간 후 저 멀리에서 멈춰 서서 내 쪽으로 손을 흔들었다. 나도 손을 들어 브리스를 향해 흔들었다. 모래밭 위에는 색색의 파라솔이 활짝 펼쳐져 있었다. 어쩌면 이번 여행을 계기로 우리의 관계가 회복될 것 같다는 예감이 들었고, 예감뿐이었지만, 그것으로 충분한 기분이었다.

우리가 저녁을 먹기 위해 숙소로 돌아온 시간은 일곱시였다. 브리스가 포도주를 사러 마트에 간 사이 파리에서부터 준비를 해 아이스박스에 넣어온 식재료로 나는 저녁식사를 만들었다. 언니는 샤워를 했고 나는 흰쌀을 냄비에 안친 후 간장 양념한 불고깃감과 고추장에 잰 오징어를 프라이팬에 빠르게 볶아 접시에 담았다. 바다가 보이는 응접실 겸 다이닝 룸에서 저녁을 먹기 시작했을 때 바다는 분홍색으로 물들기 직전으로, 아직은 투명하게 빛을 반사하고 있었다. 우리는 언니가 파리에서부터 사가지고 온 샴페인을 땄다. 언니가 챙겨온 길고 좁다란 잔 위로 기포가 기분좋게 일었다. "오늘 같은 날엔 추억의 명곡을 들어야지!" 언니가 신청한 〈비 오는 날〉이 조용히 흘렀고, 창문을 타고 석양이 넘실거리며 집안으로 들어왔다. 언니와 나는 우리가 처음 만난 순간부터 시간이 얼마나 빨리 흘렀는지에 대해서 반복적으로 이야기했다. "네가 없었다면 나는 파리에서 정말 외로웠을 거야." 언니가 말했고, 나는 소리 높여 동의했다. 브리스가 일어나 마트에서 사온 포도주를 땄고, 우리는 모두 조금씩 취해갔다.

"그러니까 나는 이제 정말 매일 한국 음식만 먹는다고."

브리스가 그렇게 말한 것은 우리가 포도주를 네 병째 비웠을 때였다. 브리스는 취한 척 고개를 푹 숙인 채 절레절레 흔들었고, 나는 기분이 상했다.

"한국 음식이 얼마나 맛있는데, 그치?"

"그럼."

"하지만 정말 매일매일이라고!"

브리스가 다시 고개를 쳐들었다. 위층에서 가구를 옮기는지 사방이 조용해진 사이 천장에서 무언가 무겁고 육중한 것이 움직이는 소리가 났다.

"먹기 싫은 사람은 먹지 마."

나는 자리에서 일어나 브리스의 포크를 빼앗기 위해 손을 뻗었다. 그러는 바람에 포도주가 담긴 잔이 하마터면 쏟아질 뻔했고 모두 놀라 비명을 질렀다.

"에이, 포크까지 빼앗지는 마. 브리스는 그저 투정을 하는 거야. 그치?" 언니가 중재를 하려는 듯이 말했다. "그리고 브리스 너도 먹을 거 해주는데 투정 부리지 마. 넌 고작 한국 음식을 매일 먹을 뿐이지만 네 아내는 매일같이 너네 나라 말을 쓰고, 너네 나라 텔레비전 프로그램을 보고, 너네 나라 사람들을 상대해야 해."

언니가 아이를 어르듯이 브리스의 등을 토닥였다. 나는 그런 말을 하는 사람이 언니가 아니길 원했고, 누구보다 브리스가 나를 이해해주길 바랐다. 나는 브리스가 질린 것이 단순히 한국 음식만이 아니란 것을 알았고, 내 머릿속에는 교민 모임에서 만나 나를 집에 초대해주었던 어떤 여자가 떠올랐다. 프랑스 시사주간지 기자의 아내로, 한국에서는 체육교육을 전공했지만 프랑스에선 아무것도 할 수가 없어 그냥 아이를 키우며 산다던 그 여자. 이십 년이나 프랑스에 살았는데도 동사 변화를 할 줄 몰라 모든 동사를 원형으로 말했고, 프랑스인 남편이 언급하는 정치인이나 유명인사의 이름을 하나도 몰랐고, 무엇보다 남편과 같이 그 식탁에 둘러앉은 사람들이 농담처럼 나와 여자 앞에서 아시아 문화를 은근히 깔보는 말을 해도 이해하지 못해 웃고만 있던 여자. 나는 내가 결국 그 여자처럼 되어버릴까봐 두렵다는 사실을 브리스가 이해해주길 바랐다. 하지만 밥을 먹는 동안 브리스는 내 쪽을 쳐다보지도 않았고, 언니는 최근에 출장 다녀온 밀라노에 대해서 이야기를 시작했다. 공교롭게도 브리스 역시 몇 년 전 출장을 다녀온 곳이었기 때문에 둘은 밀라노의 유명한 젤라토 가게에 대해 대화를 주고받았다. 더이상 직장이 없었으므로 출장을 갈 일도 전혀 없던 내가 가만히 듣고만 있는 동안 둘은 마주보며 웃었다. 브리스가 그렇게 웃는 모습은 몇 달 만에 처음 보는 것이었다.

나는 내 앞에 남은 밥을 천천히 씹어 먹었다. 그리고 고개를 돌려 창밖을 건너다보았다. 창 너머에는 서서히 어둠이 내리고 있었다. 살이 접힌 채 해변에 일렬로 늘어서 있는 파라솔들은 불 꺼진 케이크의 초같이 보이기도 하고, 날개가 꺾인 새들같이 보이기도 했다. 잿빛 어둠 속에서 파도 소리는 들리지 않았지만 짙푸른 물결이 이쪽으로 다가오다 부서지는 모습이 보였다. 불과 몇 시간 전까지 황금색으로 빛나던 장소라고는 상상할 수 없었다. 바람이 불면 파라솔의 몸체가 흔들렸고 이제 끝이란 생각이 들었다. 무엇이 끝인지는 알 수 없었지만 그저 그런 생각이 들었고 옅은 슬픔 같은 것이 가슴 안에서 서서히 퍼졌다.

"실례합니다." 브리스가 갑자기 자리에서 일어났다. "숙녀 여러분, 나 먼저 자러 가야겠어. 치우는 건 내일 같이 합시다." 브리스는 확실히 취한 것 같았고, 비틀거리며 방안으로 들어가버렸다.

"좋은 남편이야." 나의 맞은편에 앉은 언니가 말했다. "철이 조금 없어서 그렇지 너를 사랑하는 건 알잖아."

지금 나는 그때 언니가 나를 달래주기 위해 그렇게 말했다는 것을 안다. 하지만 그때는 언니가 내 남편에 대해 나보다 더 잘 아는 듯이 말하는 것이 싫었고, 나를 조금은 무시하는 게 아닐까 하는 의구심이 일었다. 나는 언니가 결혼을 중요하게 생각하지 않는 사람이라는 것을 알고 있었기 때문에 언니가 마음 한구석에서는 나를 한심하게 여기고 있을지도 모른다고 생각했다. 언니가 싱크대에서 새로운 포도주 병을 가져와 마개를 땄다. "더 마실 거지?" 언니가 나의 잔에 술을 따랐다. "시간이 너무 빠르다. 벌써 돌아갈 때라니. 한 게 하나도 없는 것 같은데." 언니가 자리에 앉아 자기 잔에도 술을 따랐다. "그래도 건배는 해야지. 어쨌거나 너는 원하던 대로 결혼도 했고, 이제 완벽히 새로운 삶을 살게 됐으니까."

창밖을 다시 바라봤다. 이제 바깥은 먹색으로 가득했고, 어둠 속에서 흰 거품만이 주기적으로 부서져내렸다. 완벽히 새로운 삶이라는 언니의 말을 듣고 나자 나는 완벽한 유배의 삶이 시작되었다는 자각이 들었고, 그러자 알 수 없는 패배감이 가슴속에서 피어났다.

"너 지금 외로워서 그래. 그치만 아이를 낳으면 너도 덜 외로워질지도 몰라."

하지만 나는 그런 이유로 아이를 낳고 싶지는 않았고 아이를 낳는 방식으로는 아무것도 해결하고 싶지 않았다. 나는 언니라면 그것을 이해해줄 수 있을 거라고 생각했고, 언니가 이해해주지 못할 리 없다고 믿었기 때문에, 언니가 그렇게 말한다면 그것은 언니 눈에는 나한테 다른 대안이 없어 보이기 때문이라고 확신했다. 그런 상념에 빠져 있다 정신을 차리고 보니 언니는 겨울 바다에 대해서 이야기하고 있었다. 눈이 내리던 바다. 어떤 맥락에서 시작된 이야기인지는 알 수 없었지만 언니가 옛 애인과 갔었다는 서해 어느 해안가 마을에서의 밤에 대한 이야기였다. 언니는 이제 눈이 쌓인 바닷가 풍경에 대해서 말하기 시작했다. 눈에 덮였던 플라스틱 의자, 눈에 덮였던 포인세티아 화분, 눈에 덮였던 옛 애인의 머리카락. 난방이 충분하지 않아서 몸을 맞대고 잠들어야 했던 민박집 이불의 나프탈렌 냄새, 방안의 한기와 몸의 열기, 하얗게 흩어지던 입김과 바다 위로 끊임없이 하강하던 눈, 하강하던 새, 하강하던 마음. 그런 이야기를 하는 언니는 고통스러워 보였지만 기묘하게도 그 고통이 언니를 더욱 아름답게 만들었다. 언니의 이야기를 듣고 있자니, 고향에 가려던 발길을 돌려 나에게로 달려온 브리스와 사랑을 나눴던 어느 성탄절 전야가 생각났다. 우리가 사귀던 초반으로 내가 아직 5구의 작고 허름한 다락방에 혼자 살던 시절이었다. "눈이 오면 좋겠어." 서리가 껴서 창밖이 보이지 않았고, 멀리서 성당의 종소리가 들렸고, 내가 사다놓은 플라스틱 크리스마스트리의 꼬마전구가 창문 앞에서 일정한 리듬으로 반짝였던 그 밤. "있지, 한국에서는 성탄절 이브에 연인들을 위한 러브 모텔이 아주 성황이야. 웃기지? 우린 그러니까 한국식으로 성탄절을 보내고 있는 셈이랄까." 어쩌다 그런 말을 했는지는 기억이 나지 않았다. 하지만 턱수염이 자라 까칠한 뺨을 내 등에 묻으며 "한국인들은 사랑이 구원인 걸 아는 사람들인가보네"라던 브리스는 더이상 없었다.

"언니, 아직도 그 사람한테 연락해?"

"응. 나 사실 지난주에도 또 걔한테 전화했다. 바보 같지?"

지금도 나는 이해할 수 없다. 그 순간 대체 왜 언니에게 그런 말이 하고 싶어졌는지. 이해할 수는 없지만 나는 이다음 장면을 회상할 때면 언제나, 오래전 서로가 서로로 인해 충만했고 아직 우리에게 밤 산책 할 거리가 남아 있던 그 시절에 우리를 향해 외설스러운 말들을 지껄이던 인종차별주의자들이 떠오른다. 그리고 언니의 눈빛도. 행복에는 정해진 양이 있어 내가 행복해지기 위해서는 타인을 불행하게 만들어야 한다고 믿는 사람처럼, 다급히 내가 "그건 나쁜 거 아닐까. 언니는 남의 가정을 망가뜨리고 싶어?"라고 언니에게 말했을 때의 그 눈빛. 억지로 웃으려고 하지만 끝내 물에 녹아내리는 물감처럼 한없이 희미해지던.

누군가는 그 여행이 우리의 마지막 만남이었을 거라고 생각하겠지만, 나는 그후로 딱 한 번 더 언니를 본 적이 있다. 언니와 마지막으로 만난 것은 우리가 모두 아직 파리에 살던 시절로, 언니가 귀국하기 이틀 전이었다. 나는 귀국하기 전에 언니를 집에 한번 초대하고 싶었지만 언니가 거절해 우리는 시내의 카페에서 커피를 마셨다. 우리는 아무 일이 없었던 것처럼 일상의 이야기를 나누고는 한국에서든 파리에서든 다시 금방 보자고 작별의 인사를 주고받았지만 둘 중 누구도 먼저 연락을 하지 않으리라는 것을 알았다.

브리스와 내가 그르노블로 이사한 것은 언니가 주재원 생활을 마치고 사 년쯤 지난 뒤였다. 브리스에게 그르노블에 위치한 한 스타트업 회사에서 일할 수 있는 기회가 생겼기 때문이었다. 처음에는 아는 사람이 하나도 없는 그르노블로 이사를 하는 것이 싫었지만 결과적으로는 내게도 만족스러운 선택이었다. 파리의 월세를 생각하면 아이가 자랐을 때 집이 너무 좁았을 것이기 때문이다. 우리는 이제 파리에서보다 두 배가량 넓은 아파트에서 아직 어린 아들과 함께 살고 있다. 아들은 나보다 브리스를 더 닮았지만, 웃을 때는 나와 똑같다고 한다. 브리스와 나 사이에 있었던 어려운 시기는 시간과 함께 지나갔다. 우리는 이제 평일에는 프랑스 음식을, 주말에는 한국 음식을 해 먹고, 한국 영화가 개봉하거나 교민들이 행사를 하면 그것들을 같이 보러 간다. 한국의 여동생이 아이를 낳았다거나 아버지가 병원에 입원했다는 소식을 들을 때면, 나는 프랑스에 있어서 내 가족의 기쁨이나 슬픔을 공유할 수 없는데 브리스는 그의 가족에게 생기는 모든 일을 함께할 수 있다는 사실에 여전히 화가 나고 억울한 마음이 들기도 하지만, 그런 마음도 전보다는 많이 옅어졌다. 아마도 그것은 다른 사람들이 조언해준 것처럼 나에게도 아이가 생겼고, 그 덕분에 이제는 이곳에도 나의 삶이 생겼다고 느끼기 때문이라는 것을 안다. 하지만 아이가 나를 이곳에 뿌리내리게 만드는 유일한 존재라는 사실을 생각하면 나는 때때로 견딜 수 없을 만큼 큰 두려움에 사로잡힌다. 내가 아이를 아무리 사랑하더라도 아이는 언젠가 나의 모국어조차 아닌 언어로 나를 증오한다고 말하고 떠날 것을 이미 알기 때문이다.

그르노블에는 파리만큼 한인들이 없지만 그래도 SNS가 있어 그렇게 외롭지만은 않다. 나는 하루에도 몇 번씩 SNS 계정에 들어가서 한국 소식을 읽거나 한국어로 프랑스의 소식을 전하고 그러다가 가끔 언니의 옛날 이메일 주소나 아이디를 입력해 계정을 찾아볼 때가 있다. 내가 조금 더 적극적이라면 언니와 연락할 방법을 찾을 수 있다는 것을 알지만 그렇게 하지는 않는데, 사과를 하러 연락하지 않는 것이 언니를 위한 것인지 나를 위한 것인지 알지 못한다. 나는 어디서든 언니가 잘살고 있으리라고 굳게 믿고 있다. 하지만 지금처럼 이곳으로서는 드물게 폭우가 쏟아지고, 코를 골며 잠든 브리스의 옆에서 홀로 긴 시간 뒤척이는 새벽이면 나는 오래전 비아리츠에서 내가 잃어버린 반지를 찾기 위해 언니와 식당으로 되돌아갔던 일을 떠올린다. 다행히도 화장실의 세면대 위에 그대로 놓여 있던 반지를 찾은 후 우리가 식당 밖으로 나왔을 때 거리에는 장대비가 퍼붓고 있었다. 어쩌면 좋을지 망설이는 사이, 언니가 먼저 우산을 펼쳐 들고 빗속으로 걸어들어갔다. 우산을 써봤자 아무 소용도 없는 비였다. 언니는 이내 우산을 접더니 비를 쫄딱 맞은 채 나에게 빗속으로 들어오라고 손짓했다. 그리고 우리는 폭우 속을 달렸다. 웃음을 터뜨리면서. 머지않아 거짓말같이 비가 그치고 해가 날 거라는 사실엔 관심조차 없는 사람들처럼. 지금도 그날을 추억하면 빗속을 뛰어가는 언니와 나의 모습은 손끝에 닿을 듯 생생하고, 그러면 나는 어김없이 울고 싶어진다.

그토록 하찮은 것뿐일지라도, 우리는

1

이 소설은 2017년에 발표한 「여름의 빌라」가 될 뻔했던 이야기를 다시 쓴 것이다. 왜 '될 뻔했던 이야기'인가 하면, 이미 다른 지면에도 밝힌 바 있지만 「여름의 빌라」는 (대부분의 소설들이 그렇듯) 내가 처음 의도한 대로 써서 완성한 소설이 아니기 때문이다. 그 소설을 구상할 당시 내 안은 세상에 대한 적대와 회의로 가득차 있었고, 나는 한때 사이가 좋았으나 상황과 처지가 서로 달라진 인물들이 긴 시간이 흐른 후 낯선 곳에서 만나 갈등하다가 결국 관계의 종결을 맞이하는 파국적인 이야기를 쓸 생각이었다. 다 쓰고 났을 때 「여름의 빌라」는 그것과는 조금 다른 소설이 되어 있었지만.

「여름의 빌라」를 완성하고 나서 그 소설에 대해 이야기할 기회가 꽤 많이 있었지만 나는 이야기의 맨 처음이 무엇이었는지는 이내 잊어버렸다. 시간은 가차없이 흘렀고, 나는 매일매일 무언가에 쫓기듯 살아야 했으므로. 하지만 그러는 중에도 나는 원래 의도—그러니까 재회의 순간에 서로 달라진 상황을 깨닫고, 그로 인해 관계가 끝장나버리는—에 충실한 이야기를 쓰고 싶다는 미련을 버리지 못했던 모양이다. 일 년쯤이 지난 이후, 오랜만에 단편소설을 다시 쓰려고 마음을 먹었을 때, 나도 모르게 처음의 시작 지점으로 돌아가 이야깃거리를 만지작거리고 있었으니까.

하지만 결과적으로 말한다면 나는 애초의 기획대로 쓰는 데는 또다시 실패했다. 원래 의도에 부합하게 극적인 파국을 만들고자 인물들의 관계와 성별을 바꾸기도 하고, 플롯을 다시 짜기도 하면서 소설을 몇 번이나 뒤집어엎었지만 번번이 마음에 들지 않았다. 그러기를 수없이 반복한 끝에 나는 서서히, 내가 애초에 그리고 싶던 것은 관계의 파탄이나 단절의 순간이 아니라, 어떤 관계가 꽃처럼 피었다가 결국 져버리는 과정 그 자체였을지도 모른다는 사실을 깨달았다. 말하자면 관계의 생로병사 같은 것.

2

그렇게 수없이 인물과 플롯을 바꾸는 중에도 처음부터 끝까지 살아남은 단 하나의 설정은 프랑스 파리에 있는 여성 주재원을 한 명의 주인공으로 등장시킨다는 것이었다. 나는 파리에서 체류한 두 명의 여성 주재원을 실제로 알고 있다. 한 명은 결혼을 하지 않은 삼십대 후반의 여성이고, 나머지 한 명은 남편도 없이 아이를 둘이나 데리고 주재원 생활을 하던 사십대의 여성이다. 나는 그중 한 명이 남성 주재원들 틈에 단 한 명의 여성으로 앉아 광둥식 볶음밥과 베이징 오리 요리 같은 음식들을 나눠 먹는 풍경을 오래전에 본 적이 있는데 이 소설이 그 장면에서 출발하지는 않았지만 나는 이 소설을 쓰는 동안 그 장면을 종종 떠올렸다. 그리고 소설을 쓰면서, 나는 그 장면이 내 마음 어딘가에 깊은 자국을 남겼음을, 그것은 긴 시간 동안, 아주 긴 시간 동안, 내 마음에 지문 같은 흔적으로 살아남을 것임을 알았다.

3

소설의 세계가 계속계속 이어진다면, 많은 시간이 흐른 뒤의 어느 맑고 화창한 날에 주인공이 언니를 다시 만나 사과의 말을 건넸으면 좋겠다. 하지만 내가 쓴 소설 속에서 '나'는 끝내 사과를 하지 않는데, 그것은 '나'가 다른 사람들보다 특별히 더 나빠서라거나, 더 비겁해서는 아니다. 우리는 우리가 받은 상처에 대해서는 호들갑을 떨며 아파하면서도 타인의 상처에는 태연한 얼굴로 손가락을 들이미는 그런 존재들이니까. 우리가 사는 세상은 점점 더 참혹해져서, 안간힘을 써봤자 모든 것의 끝에는 결국 후회와 환멸, 적의나 허무만이 남을 것만 같다는 두려움을 안고 사는 존재들이니까. 하지만 시간이 드러내는 진실이 그토록 하찮은 것뿐일지라도, 우리가 서로 사랑했던 순간들, 온기를 나눴던 순간들, 타인의 입장이 되어 "그 사람, 그런 사람 아니거든요?"라고 말해주던 순간들마저 온통 거짓은 아닐 것이다.

어쩌면 그런 믿음 때문에 나는 결국 이런 소설을 썼을 것이다. 비행기는 이미 저멀리 가버렸는데, 그 자리에 남은 비행운을 가만히 짚어보듯 눈으로 따라가는 일. 지난 몇 계절 동안은 소설을 쓰다가 문득문득, 나의 소설쓰기가 누군가에게 상처나 고통을 주는 일이 되는 것은 아닐까 두려울 때가 있었다. 그런 생각이 들면 견딜 수 없지만, 그런 두려움에도 불구하고 나는 어쩔 수 없이 노트북 앞으로 몇 번이고 되돌아간다. 흐릿하지만 분명히 거기에 있는 어떤 궤적을 그리기 위해.

비 오는 밤의 저편*

선우은실

비가 내리는 날을 좋아하시는지. 당신의 앞에 세 가지 상황이 있다. 카페에 앉아 비 내리는 바깥을 바라보는 것, 우산이 없는 채로 혹은 우산도 소용없는 폭우 한가운데 서 있는 것, 비가 내렸던 어느 날을 먼 훗날 떠올리는 것. 세 상황 속 당신의 옆에 한 명의 인물을 투입해보겠다. 그는 세 상황 속 당신의 곁에 있거나 멀리 떨어져 있다. 당신과 그는 함께 비 오는 거리를 감상하거나 함께 비를 맞거나 함께 옛날을 떠올릴 수 있고, 비를 맞는 당신을 카페에 앉은 그가 바라보고 있거나 그 반대일 수 있으며, 서로 떨어진 상태에

* Lamp, 〈雨降る夜の向こう〉에서 제목을 빌려왔다. 비 오는 밤에 지금은 곁에 없는 사랑했던 사람을 떠올리는 내용의 노래다. 이 노래의 가사와 소설의 내용을 겹쳐보건대 비는 지나간 사랑의 마음을 되짚어보기에 아주 적절한 날씨가 아닐까. 소설 말미에 '나'가 언니와 폭우를 맞았던 날을 떠올리며 한없이 슬퍼지는 것처럼.

서 그때의 상황을 떠올릴 수도 있다.

타인의 유무와 타인과의 거리에 따라 이 여섯 가지 장면은 당신에게 전혀 다른 의미로 다가온다. 함께 비를 바라볼 때는 그 상황이 낭만적이라 느낄 수 있다. 비를 맞을 때, 함께라면 즐거울 수도 있을 이 이벤트는 혼자일 때 참담함을 느끼게 할 수 있다. 또 그러한 과거를 기억할 때, 기억을 나눌 (기억 속) 사람이 함께 있다면 행복하기 그지없겠으나 그렇지 않다면 쓸쓸하고 슬프겠다.

비에 관한 이러한 장면은, 동경의 궤적에 관한 비유처럼 느껴진다. 비를 바라보는 것과 같이 멀리서 어떤 삶을 동경할 때, 그것은 아름답게 느껴질 수 있고 그 생각만으로 삶이 활기를 띨 수 있다. 그러나 동경하던 삶을 살아가는 것은 조금 다른 문제다. 바라볼 때 멋졌던 빗속에 막상 들어갔을 때 예상하지 못한 난감함을 느끼듯, 동경하던 삶이 현실이 되었을 때 들이닥치는 낭만적이지만은 않은 상황에 당황하거나 불안을 느끼거나 낭패를 볼 수 있다. 시간이 지난 뒤 과거의 한 장면을 돌이켜볼 때에는 그 삶이 더이상 동경의 대상은 아니겠으나 불행하거나 참담하지만도 않을 것이다. 오히려 약간의 그리움과 상념이 남을지도 모른다. 비 한가운데에 서 있던 그 날을 기억하듯이.

비와 당신에 관한 여섯 가지 장면은 「시간의 궤적」에 비가 내리는 장면(혹은 비에 대한 비유)이 상당히 많다는 점에서 착안했다. 이 소설은 사람이 어떻게 삶을 동경하고 또 현실로 맞이하는지, 그 모든 과정이 어떻게 하나의 삶의 궤적으로 남는지 보여준다. '나'의 프랑스에서의 삶이, '나'와 언니와의 관계 양상이 그러하다. 이러한 이유로 소설의 키워드를 '동경'으로 볼 때, 소설에 비와 관련한 장면이 여러 번 나온다는 사실은 이 키워드와 무관하지 않다.

소설에서 비는 다음과 같이 언급된다. 언니를 만난 날 비가 내렸고, 브리스와 관련하여 그의 몸을 "한국의 장마철 비 오기 직전처럼 축축했지만 뜨거웠"(164쪽)다고 묘사한다. 브리스와 결혼한 뒤 자주 만나지 못하던 언니와의 통화에서도 "한국의 소나기가 그립다"(169쪽)는 이야기를 하고, '나', 브리스, 언니가 함께 떠난 노르망디 여행에서 예전에 언니와 잃어버린 반지를 찾으러 한 식당으로 되돌아갔다가 "갑작스러운 뇌우로 인해 쫄딱 젖었"(171쪽)던 기억을 나눈다. 여행지의 날씨는 "맑게 갠 하늘에서 비가 쏟아지더니, 얼마 안 있어 멈추었다"(172쪽)는 식으로 서술되며 식사시간에 언니는 〈비 오는 날〉이라는 노래를 틀어놓는다.

비와 관련한 구절이 빈번히 등장하는 중에 유일하게 두 번 반복하여 서술되는 장면이 있다.

> ① 나는 그날 반지를 잃어버렸고, 반지를 찾으러 식당으로 되돌아갔다 오는 길에 우리는 갑작스러운 뇌우로 인해 쫄딱 젖었다. 하지만 그 모든 일은 이미 지나갔으므로 우리는 그 일을 이야기하며 같이 웃었다.(171쪽)

> ② 다행히도 화장실의 세면대 위에 그대로 놓여 있던 반지를 찾은 후 우리가 식당 밖으로 나왔을 때 거리에는 장대비가 퍼붓고 있었다. 어쩌면 좋을지 망설이는 사이, 언니가 먼저 우산을 펼쳐 들고

빗속으로 걸어들어갔다. 우산을 써봤자 아무 소용도 없는 비였다. 언니는 이내 우산을 접더니 비를 쫄딱 맞은 채 나에게 빗속으로 들어오라고 손짓했다. 그리고 우리는 폭우 속을 달렸다. 웃음을 터뜨리면서.(180쪽)

①은 언니가 프랑스를 떠나기 전 '나', 브리스와 함께 노르망디로 여행을 가서 예전에 폭우를 만났던 기억을 함께 나누는 장면이다. ②에서 '나'는 한국으로 돌아간 언니와 더이상 연락을 하지 않는다. 한 아이의 엄마가 되어 계속 프랑스에서 살고 있는 '나'가 폭우가 쏟아지는 어느 밤, 언니와 비를 맞았던 한때를 떠올리는 것이 ②다. 둘은 모두 하나의 상황을 서술하는데 그 상세함이나 서술의 온도에는 차이가 있다. ①에서 폭우를 맞았던 기억은 "이미 지나갔으므로" 웃을 수 있는 것으로 간략하게 서술되는 한편 ②에서는 매 순간 달라지는 장면으로 포착되어 상세하게 묘사된다. 그날 어떤 비가 내렸는지, 폭우의 한가운데서 어떤 표정을 지었는지, 벅차고 즐거웠던 감정을 전달한다. 여기에서 두 가지 질문을 해본다. 하나는 비 내리는 것을 수도 없이 겪었을 그 시간 중 '나'는 왜 하필 폭우를 맞았던 장면을 떠올리는가 하는 것, 또하나는 두 서술이 어째서 이토록 다른 방식으로 쓰였는가 하는 점이다.

이를 살피기 위해 장면을 세분화해본다. 우리는 세 개의 장면을 본다. ㉠폭우를 맞는 장면, ㉡폭우를 맞았던 날을 노르망디에서 언니와 함께 회상하는 장면, ㉢언니가 없는 상태에서 폭우를 맞았던 날을 회상하는 장면이 그것이다. ㉠의 무렵 '나'와 언니는 동경했으나 녹록지 않은 프랑스 생활에서 서로의 존재를 통해 위로와 힘을 얻는다. ㉡의 노르망디 여행을 떠날 즈음, '나'는 주변의 사람과 공통의 미래를 나눌 수 없다는 사실 때문에 괴로워한다. '나'는 프랑스에서의 결혼생활이 브리스의 그것과 결코 같지 않으리란 것을, 즉 영원히 낯선 타국에서 자신의 능력을 마음껏 펼치지 못할지도 모른다는 두려움을 안고 살아가는 것임을 예감한다. 게다가 더 이상 자기와 같은 방향의 삶을 살지 않을, 한국으로 돌아가 (아마도) 결혼하지 않고 자신의 능력을 펼쳐 보일 언니를 보며 서운함과 박탈감을 느낀다. '나'는 그 누구도 진심으로 미워하지는 않았지만 이제는 같은 삶의 조건 위에서 비슷한 어려움을 나눌 수 없으리란 사실에 몹시 좌절했을 것이다.

이와 같은 삶과 관계의 균열을 봉합하고자 했던 여행에서 '나'는 언니가 이후에도 옆에서 힘이 되어주리란 희망을 품고자 했다. '여전히 같은 공간에서 비슷한 생활을 나누는 우리'이고 싶은 간절한 마음은 과거의 즐거웠던 일(함께 폭우를 맞은 일)을 간략하게, '그때 그런 일이 있었지' 하는 방식으로 서술하게끔 한다. 함께 있다면 언제든 그런 즐거운 상황이 다시 찾아올 수 있을 것이며 그 이후에 또다시 '그랬었지' 하며 이야기를 나눌 수 있기에. 그러나 '나'는 자신이 우려했던 홀로될 현실이 닥쳐오고야 말 것임을 부정할 수 없었고, 그 때문에 그 여행에서 언니와의 관계를 망치고 만다.

한편 ㉢의 상황에서 '나'는 더이상 언니와 함께 있지 않다. "아이를 낳는 방식으로는 아무것도 해결하고 싶지 않"(176쪽)았으나 아이라는 존재를 통해 낯선 땅에서 '자신의 삶'의 영역을 마련하게 된 '나'는 언니와 연락조차 주고받지 않게 되었다. 이대로라면 그들은 영영 만날 수 없을지도 모른다. 동경하던 삶을 현실로 마주하며 그 고난을 함께한, 마음을 내어준 적이 있는 사람과 미래를 그릴 수 없다는 사실은 그들에게 과거만이 남았음을 의미하는가. 그렇다면 그 과거는 단 한 순간도 잃어버리고 싶지 않은 아주 소중한 것이 될 수밖에 없다. 기억은 한 사실에 대한 현재적 해석이자 재구성이다. 폭우에 관한 두 번의 다른 서술은 ㉡과 다른 ㉢의 상황에서 '나'가 자신의 상태를 이해하고 받아들이기 위해 간절하게 수행하는 무엇의 의미를 지닌다. 언니가 없는 현재의 시점에서 함께 폭우를 맞았던 과거를 떠올리는 일은 그때의 두근거리는 마음과 유쾌했던 느낌, 그리고 온통 비를 맞고 있는 현재라는 감각이 가득했던 그 공기 하나하나를 조금도 부서뜨리지 않고 선명하게 기억하도록 만든다.

왜 하필 폭우인가에 대한 대답 역시 구할 수 있겠다. 언니를 만나고 언니와의 관계에 균열이 생기고 언니와 헤어지게 된 모든 과정의 흔적은 비를 보고, 맞고, 추억하는 동경의 흔적과도 같다. 찬란했던 시간을 슬프도록 기억하며 이 앞의 시간을 걸어나가야만 하는 것이 곧 삶이라면, 동경의 시간과 그것을 마주했던 날들을 지나 현재에 도달했을 때 과거의 어떤 장면이 앞으로의 삶을 살게 만드는 것일까. 그것은 아름다운 것을 멀리서 보던 때가 아니라 그것의 한가운데에 있었던 때일 것이다. 이 세상에 나 혼자만 외롭고 괴로운 것이 아니라는 이상한 동질감을 느낄 수 있었던 그 혹독한 시기일 것이다.

우리의 삶은 동경하는 일의 아름다움과 그로부터 도래할 불안을 감내하고 마주하는 용기로 이루어진다. 홀로 남은 '나'에게 이 문장을 보낸다.

선우은실
2016년 경향신문 신춘문예에 평론 「lim 부정(否定)의 프레임n—이장욱 『기린이 아닌 모든 것』 『천국보다 낯선』을 중심으로」가 당선되어 등단.

이주란

넌 쉽게 말했지만

작가노트

그런 일은

해설 안지영

그렇게 살지 않는다면 어떻게

이주란

1984년생. 2012년 『세계의문학』 신인상에 단편소설 「선물」이 당선되어 등단. 소설집 『모두 다른 아버지』가 있다. 김준성문학상을 수상했다.

넌 쉽게 말했지만

이곳의 낮은 짧고 이곳의 밤은 길다. 나는 낮에는 보통 집안일을 하고 해가 지면 책을 읽거나 집 근처를 걷는다. 딱히 해야 할 일은 없지만 만들면 할 일은 많고 낮시간은 빨리 지나가는 것처럼 느껴진다. 만들고 치우고 만들고 치우다보면 아무 생각이 없어진다.

자몽청을 만들어보기로 한다. 자몽 손질은 처음 해봤는데 그래서 잘 되지 않았다. 자몽의 과육만 발라내려고 했는데 자몽 알갱이가 한 알, 한 알 떨어져나오더니 두 손이 알갱이로 범벅이 되었다. 즙이 줄줄 흘러 이미 자몽차 두 잔을 완성한 기분이었다. 차를 만들긴 만들었고 손에는 자몽 팩을 했다 생각했고, 그러니까 망쳤다는 생각 같은 건 하지 않았다.

자몽청을 다 만들어놓고서(다시는 하지 말아야지 다짐하고서) 호미를 한 시간 정도 들었다. 바람이 부는 휘파람 소리, 광활한 대지의 노래. 후미인지 흐미인지(후미가 맞는 것 같다) 모르겠지만 나는 그냥 흐미라고 한다. 처음 라디오에서 흐미를 들었을 때가 생각난다. 그 이후로 계속 찾아 듣고 있는데 흐미를 들을 때의 나는, 같이 듣는 사람이 진지하면 같이 진지했고 웃음이 터지면 같이 웃곤 했다. 다큐를 검색해서 그들의 삶의 모습을 보며 들을 때는 우는 사람은 있어도 웃는 사람은 없다. 나는 몽골에 가본 적은 없지만 몽골에서 흐미를 배워본 사람을 둘이나 알고 있다.

이곳에 온 다음날, 나는 올해의 첫 매미 울음소리를 들었었다. 그렇게 6월이 갔고 7월이 가고 있다. 하루하루가 가고 있다는 것, 시간이 흐르고 있다는 것을 아주 잘 느끼고 있다. 시간이 흐른다는 것을 의식하면서 숨을 쉬는 일은 재미있고 행복하다. 서울에 살 때의 나는 시간이 가는 것이 두려웠고 이런 말을 꽤 자주 했었다.

미안해. 시간이 없어.

무엇이 미안하다는 것인지, 또 그 말은 진심이었는지 생각해본다. 나는 그때의 내가 화가 나 있었다고 생각한다. 내 시간만 없는 것도 아니었을 텐데.

백십일 년 만의 폭염이라고 한다. 3단지 앞 버스정류장에서 붕어빵과 옥수수를 파는 아주머니는 오늘 같은 날에도 나왔을까? 이런 것을 궁금해하며 지낸다. 예전에는 다른 많은 것을 궁금해하며 지냈다. 보통 누군가에 대한 불만에서 시작해서 그 사람은 대체 왜 그럴까 궁금해하는 것. 조금 더 친밀한 관계와 서로 간의 이해를 쌓기 위한 궁금증이 아니었다. 그저 욕의 다른 얼굴일 뿐. 내가 요즘 이렇구나, 나만 옳다고 생각하는구나, 자각을 한 뒤에 서울을 떠나야겠다고 다짐했다. 돈을 많이 버는 것은 아니었으나 나름대로 자리를 잡아가던 일을 정리하기까지…… 미련을 버리기가 힘들어 오래 걸렸다.

고향으로 돌아온 지 두 달이 넘었는데 아직 W를 만나지는 못했다. 그는 나의 오래된 친구인데 봄에 결혼을 하고 신혼여행을 길게 다녀온 뒤 미뤄둔 일을 하느라 시간이 없다고 했다. 그는 이곳으로 돌아왔다는 내 말에 "넌 참 하고 싶은 대로 하고 사네"라고 말했고 나는 그게…… 꼭 그렇지만은 않다고 해명하고 싶었지만 그러지 않았다. 그만두자, 그렇게 생각했다. 그 말이 많이 기분 나쁜 것은 아니었고 나를 다 알지 않는 한 충분히 나올 수 있는 말이니까. 나는 우리가 꼭 만나야 한다고 생각하지는 않았지만 "얼른 시간을 맞춰보자"고 여러 번 말했다. 그는 지금 경찰이 되어 엄마와 내가 살고 있는 동네의 파출소에서 일하고 있다.

그러니까 그때가 언제였더라, 어느 휴일에 다시 보기로 텔레비전을 보는데 W가 나왔다. 나는 정말 그가 맞는지 확인하기 위해 집중해서 텔레비전을 보았다. 그는 후줄근한 모습으로 연예인에게 고민 상담을 했다. 노량진과 여의도 등 몇 군데 지하철역 근처에 천막을 치고 연예인이 한 명씩 들어가 사람들을 기다린다. 그리고 들어온 사람들과 대화를 나눈 뒤, 탁자에 놓인 종이에 나쁜 기억을 쓴 다음 지우개로 지우는 콘셉트의 방송이었다. W는 미래에 대한 불안감을, 마치 죄를 지은 사람처럼 몹시 주눅든 모습으로 말하다가 끝내 눈물을 터뜨렸고 연예인은 그런 그에게 "나도 젊었을 적에 매일매일 불안했"다고 말했다. W는 연필을 들어 지우고 싶은 나쁜 기억들을 차례로 적어나갔고, 그런 다음엔 연예인이 준 지우개로 그것들을 하나씩 지워나갔다. 나는 우리가 함께 보낸 어린 시절을 떠올리며 나쁜 기억 말고 아름다웠던 기억을 찾으려 그날 오후 내내 생각했고, 마침내 자율학습 시간에 몰래 나가 배스킨라빈스 아이스크림을 먹었던 것, 그 정도를 나는…… 겨우 기억해낼 수 있었다.

아직 이곳에 서너 명 정도의 오랜 친구들이 산다. C는 타지역에서 일을 하다가 적어진 급여를 감수하고서 몇 년 전 이곳으로 돌아왔고, W는 노량진에서 오래 공부를 하다가 경찰이 되어 돌아왔다. 그리고 K는 고등학교를 졸업한 뒤 가족 모두 부천으로 이사를 갔다가 작년에 엄마와 함께 돌아왔다. K의 할아버지와 할머니가 모두 병원에 계시게 되어 누군가는 꼭 돌봐드려야 했기 때문이다.

올해 2월쯤에 나는 K의 집에 갔었다. 할아버지와 할머니는 없는 할아버지와 할머니의 집. 아무래도 상황이 좀 그래서 집들이 같은 느낌으로 간 것은 아니었고 그냥 생활에 필요한 몇 가지를 사갔다. 손 세정제와 물티슈, 디퓨저 같은 것들이었다. 작년 가을에 이케아에서 산 가구를 함께 조립하기 위해 갔던 이후로는 처음이었다. 당시의 나는 토요일 아침 아홉시까지 출근을 해야 했지만 새벽 다섯시까지 가구를 조립했었다. 아무튼 우리는 떡볶이를 안주로 낮술을 조금 했고, 뒤늦게 도착한 M과 함께 K의 집 근처에 있는 장릉으로 산책을 하러 갔다. 추웠지만 낮이어서 괜찮았다는 기억이 난다. 우리가 산책을 간 곳은 원종과 인헌왕후의 무덤이었다. 급할 일도 없는데 급하게 나오느라 모두 현금이 없었는데 입장료 결제를 카드로 할 수 있을까, 가는 내내 그 이야기만 했다. 그리 큰 걱정은 아니어서 다시 돌아가진 않았다. 안내소를 기웃거리는데 직원이 얼굴을 내밀고 "오늘은 무료"라고 말했다. 우리는 왜 무료인지 궁금해하면서 가벼운 발걸음으로 입장했다.

운이 정말 좋았다.

운이 정말 좋았다고 우리는 여러 번 이야기했다. 입장료는 천원이었지만 뭐랄까, 그즈음의 우리에겐 천원짜리 입장료를 내지 않아도 되는 일보다 운이 좋았던 일은 없었던 것이다. K는 정말이지 크게 숨을 들이마시고 내쉬며 오랜만에 조금 숨통이 트인다고 말했다. 아닌 게 아니라 K는 아픈 할아버지와 아픈 할머니와, 일을 하며 양쪽 병원을 다니는 엄마를 보는 일상에 조금 지친 기색이었다. K는 담담하게 이런저런 이야기를 하며 울컥 목이 메는 것도 같았지만 금세 공기가 시원하다며 좋아했다. 우리는 역사관이라고는 전혀 없는 채로, 오래전 살았던 두 사람의 무덤가를 걸었다. 그리고 얼마 되지 않아 K의 할아버지가 돌아가셨다.

M과 나는 피자를 먹다가 장례식장으로 출발했다. 장례식장에 도착했을 때 K는 보이지 않았다. 가족 모두 할아버지를 위한 미사

를 드리는 중이고 K가 곧 올 거라는 말을 전해들었다. M과 내가 자리에 앉아 식사를 하려고 할 무렵 K가 가족들과 함께 울면서 들어왔다. 모두가 울고 있었고 그 모습을 식사를 하던 많은 사람이 바라보았다. 저것 봐, 저 집안이 다 저렇게 키가 커. 내 뒤에 앉아 있던 한 아주머니가 말했다. 아마 우리집 식구들(단둘이지만)을 보았다면 이렇게 말했겠지. 저것 봐, 저 집안이 다 저렇게 작아(혹은 뚱뚱해). 나는 오래 살아야겠다고 생각했다. K는 곧 나를 발견했고 곧장 내 옆으로 와 오래 울었다. 우리는 밥을 먹으며 술을 조금 마셨다. 나는 K의 할아버지를 잘 알지는 못했다. 고교 시절, K는 할아버지와 할머니의 집에 살았고, 그래서 집에 놀러갈 때마다 본 적은 많았지만, 모르겠다. 인사도 하는 둥 마는 둥 하고 곧장 이층으로 올라가기 바빴다. M과 나는 할아버지를 둘러싼 많은 이야기들 중에서 할아버지의 '착함'에 중점을 둔 여러 에피소드를 들었다. K도 부천으로 간 뒤 오래 떨어져 살았기 때문에 많은 것을 기억하진 못했지만 엄마나 친척들로부터 전해들은 이야기를 더해 우리에게 들려주었다. 좀 따뜻한 이야기였다. 내게는 할아버지도, 할아버지 비슷한 것도 없지만 나는 어쩐지 어떤 한 사람이 살아 있다가 죽었다는 것이…… 어떤 한 사람이 살아 있다가 죽었다는 것을…… 비로소 느낄 수 있었다. 어떻게 들릴지 모르겠지만 그제서야 처음으로 죽음이라는 것을 느꼈던 것이다. 그간의 많은 죽음들을 나는 도저히 믿을 수가 없었다. 스스로도 믿을 수 없고 믿어지지도 않던 날들.

할아버지가 돌아가신 것을 할머니는 모르신다고 K는 말했다.

흐미가 흘러나오는 영상을 끄고 붕어빵을 파는 아주머니를 생각한다. 오늘 나오셨을까, 붕어빵을 사올까, 옥수수를 사올까. 엄마는 옥수수를 참 좋아하는데. 그냥 둘 다 살까, 고민하고 생각한다. 얼굴을 씻고 밖으로 나가면서 요즘의 내가 이런 생각들을 열심히 한다는 것을 알았고 기분이 좋았다. 나는 죽어도 알 수 없는 타인의 마음 같은 것을 신경쓰면서 초조해하지 않고 내가 결정하면 되는 것들을 생각하는 것. 그것이 죽느냐 사느냐는 아니고 붕어빵이냐 옥수수냐 하는 것이지만.

엄마와 나는 214동에 살고 있고 가끔 실수할 때를 제외하곤 우리집이라고 말하지 않고 엄마 집이라고 말한다. 214동의 현관은 두 군데다. 엘리베이터에서 내려 오른쪽으로 틀면 두 군데 출입구가 나온다. 그중에서 한 군데는 바로 주차장과 연결되고 다른 한 군데에는 작은 공간이지만 나무 그늘 아래로 벤치가 몇 개 있다. 거기에서 나는 술을 마시거나 담배를 피우는 청소년들을 종종 마주치곤 한다. 이쪽으로 나가 내 걸음으로 칠팔 분쯤 걸어가면 3단지 앞 버스정류장이 나온다. 부채를 부치며 걸어갔는데 아주머니의 천막은 튼튼한 줄로 꽁꽁 싸매진 채다. 그걸 보니 다행이란 생각이 들었다(엄마도 이 더위에 힘들게 일하고 있을 텐데 엄마 걱정은 안 하고 아주머니 걱정이나 했네). 엄마는 야외에서 일하는 것은 아니지만 일을 할 땐 고무로 된 장갑과 앞치마와 장화를 착용해야 해서 다른 계절에도 늘 온몸이 땀에 절어 들어오곤 했다.

엄마는 여섯시면 출근을 했다. 원래는 아홉시까지인데 일찍 나가서 일을 미리 해놓아야 마음이 편하다고 한다. 아홉시까지 가서 일을 시작하면 아무리 최선을 다해도 시간이 부족하다는 것이다. 아무튼 그런다고 돈을 더 주는 것은 아니기 때문에 엄마가 일찍 오는 것이 부담스럽다고, 여사님은 말했다고 한다.

영양사라든지 조리장이라든지 그렇게 부르는 게 아냐?

그냥 여사님이라고 해.

가장 상관이 누군데?

그런 건 본 적 없고 그냥 박지성 닮은 형사랑 여사님만 봐.

엄마 외에 다른 직원은 한국 남성과 결혼한 베트남 여성인데 한국말도 잘하고 아주 성실하다고 한다. 나는 엄마랑 같이 거기에서 일하고 싶다는 생각을 자주 한다. 나는 자신이 있었다. 쌀을 씻어 밥을 하고 김치를 썰고 설거지를 하고 바닥을 청소하는 것. 유치장에 들어갈 도시락에 반찬을 많이 담으면 안 좋은 소리를 듣기 때문에 조금씩만 담도록 주의하는 것. 늘 넉넉히 담는 것이 습관이 되어 있는 엄마는 그 부분이 조금 어렵다고 한다. 나는 새벽마다 출근하는 엄마를 배웅하고 다시 조금 더 자곤 한다.

붕어빵도 옥수수도 사지 못하고 돌아오는 길에 보니 현관 앞 벤치에 지유와 지우가 있다. 애들은 여기 와서 알게 된 초등학생들인데 옆에서 고등학생들이 술을 마시건 담배를 피우건 개의치 않고 자기들끼리 잘 논다.

방학했지?

어제요.

내가 말을 걸자 뒤를 돌아 나를 보며 대답한다. 둘 다 옷에 뭘 잔뜩 묻힌 채, 액괴인지 슬라임인지(흐미인지 후미인지 모르겠는 것처럼) 하는 것을 주물럭거리고 있다.

그거 안 지겨워?

이번엔 다른 방법으로 만든 거예요.

안 더워?

더워요.

근데 왜 밖에서 놀아?

내 말에 둘은 대답이 없었고 다시 등을 돌려서 가지고 놀던 것을 조몰락조몰락한다. 근데 왜 밖에서 노냐니? 덥지만 밖에서 놀고 싶으니까 놀겠지. 나는 바보 같은 말을 했다고 생각했고 그애들의 침묵이 마음에 들었다. 잠시 그 옆에 앉아 작은 두 손들을 바라보았다. 흙이 없어서 저러나? 생각했고 지유와 지우는 꽤나 열심히 슬라임을 주물렀다.

야, 너 김체리 알지(채리인지 체리인지는 역시 모르겠다).

응.

걔 꿈이 초능력자래.

말도 안 돼.

땀을 흘리며, 둘은 체리의 근황에 대해 이야기를 이어나갔다. 나는 체리가 부러웠다.

사탕 갖다줄까?

아니요.

왜?

당뇨병 걸려요. 우리 아빠가 당뇨거든요?

그럼 마이쮸는?

마이쮸 주세요!

사탕은 안 되고 마이쮸는 돼?

둘은 대답이 없었고 나는 집으로 올라가 마이쮸를 가지고 내려왔다. 하나를 까먹었고, 나머지는 지유와 지우에게 준 다음 나는 다시 올라왔다.

엄마가 올 시간이 다 되어간다. 콩나물김칫국을 끓이기로 한다. 음식 솜씨가 별로 없어서 천천히, 열심히 해야 한다. 엄마는 처음에 내가 "엄마, 나 여기로 들어와도 돼?"라고 물었을 때 아무런 대답을 하지 않았고 나는 예상치 못한 엄마의 반응에 상처를 받은 뒤 새벽 세시에 택시를 타고 서울로 돌아와 오래 울었었다. 잊을 수도 없고 원망도 없다.

내일 영화 볼까?

M이다. 나는 응, 이라고 답장을 보낸다. 내가 버스를 타고 갈게. 데리러 오지 않아도 돼. 아니야, 데리러 갈게. 아냐, 미안하게 왜 그래. 내가 갈게. 광역 버스를 타면 금방 가. 에이, 너무 덥잖아.

음…… 그러면 내가 60-3번을 타면 영화관에서 만나면 좋겠고 8000번을 타면 송정역까지 와주면 좋겠고 21번을 타면 개화역까지 와주면 좋겠어. 먼저 오는 것을 타고 연락할게. 그렇게 해줄래?
응, 알겠어.

모든 것이 더 조심스러워지고 있다. 영화를 보기로 했으면 영화를 보면 되지, 어떻게 가는지가 이렇게나 중요한 문제인가 모르겠다. 데리러 온다고 했을 때 그냥 그러라고 할 순 없었던 걸까. 나는 어딘가 조금씩 달라지고 있는 나의 태도로 인해 일상의 대화가 불편하다는 느낌을 받았고 그것을 완전히 자각한 뒤부터 자주 괴로웠다. 그러나 결국엔 지금의 나 자신을 받아들여야 한다는 것을 알게 되었는데 당연한 말이었지만 쉽지는 않았다. 내가 왜 이렇게 되었는지부터 알고 싶었기 때문이다. 그러나 결국 나는 나이기 때문에 나 자신을 아무 이유 없이 받아들일 것이고 그런 다짐을 하게 된 것에는 M의 영향이 컸다. 나도 모르게 M을 괴롭히다가,

착하게 사는…… 그런 어떤, 수행을 하는 중이야?
아니?
내가 싫지 않아?
왜 싫어?
달라진 거 모르겠어?
그게 왜?

이런 대화를 하게 되었다. 계속 서로 묻기만 하는…… M은 내가 자신을 의심스러운 포즈로 바라보거나 비관적인 말을 해도 늘 한결같은 시선으로 나를 바라봐준다. 한동안 우리 사이에는 대화가 없었다. 지난가을부터 올봄까지 나는 정말 자주 울었는데 M에게 바라는 것이 있는 것은 아니었다. 나는 단지 모든 것을 멈추고 싶었고, 그러나 그후의 삶이 두려워 자주 울었다. 그런 나의 매일에 대한 말들은 할 수 없다기보다는 하면 안 되는 것에 가까웠다. 언젠가 결국엔 '그만하라'는 말을 들을 것 같아서였다. 그즈음엔 내가 몇 년 전, 오래 알고 지낸 후배에게 들은 "누나, 그렇게 살지 마세요"라는 말을 자주 복기했다. 쉽게 뱉은 말이었을까, 어렵게 꺼낸 말이었을까, 나를 비아냥댄 걸까, 내게 상처를 받았던 걸까. 그러니까 나는 무엇인가? 나는 내가 거의 모든 것을 멈추고 싶었다거나 이곳으로 돌아올 수밖에 없었던 이유가 그 말 때문이라고는 생각하지 않는다.

콩나물김칫국은 엄마에게 합격점을 받았다. 나는 엄마와 함께 저녁식사를 하고 작은방으로 간다. 긴 밤이 시작된다. 휴대폰으로 이런저런 뉴스를 보고 챙겨 듣는 팟캐스트를 듣고 『얼굴 빨개지는 아이』를 읽고 낙서 같은 그림도 그려보고 베란다 너머 맞은편 동의 불빛들이 하나둘 꺼져가는 것을 보고 옛날 생각도 조금 한다. 이제 릴케니 니체니 하는 것들은 읽지 않는다. 이어폰을 끼고 흐미에 대한 다큐멘터리를 찾아본다. 제 몫의 움직임에서 나오는 몸의 소리, 자유로운 새들의 지저귐, 멀리서 들리는 염소 울음소리, 동물의 젖을 짜는 소리, 아직 변성기가 오지 않은 남자아이의 휘파람 소리, 그리고 공기 소리, 그러니까…… 침묵이 아닌 공기의 소리를 오래 듣는다. 날이 밝아왔고 이어폰을 빼자 엄마의 코 고는 소리가 들려온다. 나는 엄마가 나를 불안해할 거라고 생각한다.

엄마, 나 나가.

응, 잘 놀고 와.

개화역에서 내렸고 M이 기다리고 있었다. 영화는 놀랍도록 재미가 없었고 M은 어땠는지 몰라도 나는 오랜만에 M을 만난 것이 좋았다. 영화를 본 뒤에는 같이 초밥을 먹었고 나는 M에게 버스정류장까지 데려다달라고 말했다. 신호를 받아 멈춰 있을 때 마침 배차간격이 이십 분인 버스가 조금 앞서 있는 것을 발견했다. 나는 M에게 "난 저 버스를 타야 해. 가능하다면 앞질러줘"라고 부탁했다. M의 차는 가까스로 버스를 앞질렀고 나는 얼른 내려 뒤이어 멈춰 선 버스에 올라탔다. 모르겠다. 그냥…… 기분이 너무 좋았다.

버스를 잘못 탔다는 것을 깨달은 건 엄마 집에 거의 다 와갈 무렵이었다. 내려서 갈아타면 금방이기 때문에 초행길이었지만 별일은 아니었다. 집에 갈 때 버스 안에서만 지나치던 동네였다. 덥지만 조금만 걸을까 하는 생각으로 높이 솟은 건물들과 도무지 끝날 것 같지 않은 공사 현장을 지났다. 초대형 이단 교회와 경전철이 들어설 예정이라고 했다. 그리고 정말 오랜만에, 영농자재백화점 앞에서 석기를 보았다. 선글라스를 쓰고 있었지만 나는 단번에 그를 알아보았다. 그리고 눈이 마주쳤다는 느낌이 들자마자 석기가 나를 보며 소리쳤다.

야!

어.

오랜만이다?

어.

씨팔, 어박에 모르냐?

……

어디 가?

집에.

그래, 더운데 조심히 가라.

……

소문에 따르면 석기가 미쳤다고 했는데, 모르겠다. 완전히 미친 건 아닌 건가. 그냥 잊으려다가 W에게 문자메시지를 보냈다.

나 사거리에서 석기 봤어.

석기 형을 봤다고?

응, 정신병원에 있다 하지 않았어?

퇴원해서 요즘 돌아다닌다고 들었어. 별일 없었지?

응.

다행이다. 빨리 들어가. 무슨 일 있으면 연락하고.

나는 더 걷지 않고 버스를 갈아탔다. 버스를 타기 전엔 아직 석기가 나를 보고 있는 것은 아닌지 확인했다. 다행히 금방 버스가 왔다. 옛날 생각에 빠져 있다가 겨우 내린 뒤에 집을 향해 걷고 있는데 H마트에서 붕어빵 아주머니가 나왔다. 나와 아주머니는 몇 걸음 간격을 두고 같이 걸었다. 아주머니는 214동 쪽으로 앞서 걸었고 현관 앞 벤치에서 청소년들에게 술과 담배를 주었다. 갈색 머리를 한 교복을 입은 학생 하나가 아주머니에게 천원짜리 몇 장을 주는 것을 보았다. 나는 못 본 척, 그 옆을 지나 집으로 들어왔다. 그새 온몸이 땀에 젖어 있었다. 샤워를 하고 작은방에 누워 이어폰을 꽂고 호미를 틀었다. 작은방엔 딱 나 하나 누울 공간이 있다.

조금 자고 일어나 일기를 몇 줄 쓰다가 서울에 살 때를 떠올려본다. 아침에 일어나서 출근 준비를 하고 일을 한 뒤 돌아와 씻고 밥을 먹고 나면 하루가 지나 있었고 말하자면 일기에 쓸 일도 일기에 쓸 말도 일기를 쓸 필요도 없었다. 기껏해야 남의 욕이라든가 나 자신이 싫다는 그런 말들이나 썼다. 정말 싫다, 정말 정말 싫다, 그렇게 생각한 다음부턴 막무가내로 싫어하기만 했다. 일을, 하루를, 그러나 다른 방법을 모르는 나를. 나는 그것 말고 다른 생각은 할 수 없었다. 그리고 지금은 그렇지 않아서 너무 다행이라는 생각이 든다.

아침에 휴대폰을 보니 W로부터 다음주쯤에 K와 함께 만나자는 메시지가 와 있었다. 엄마를 배웅하고 라면을 하나 끓여먹은 뒤에 세탁조 청소를 해보기로 한다. 세탁조 클리너를 사둔 지는 벌써 몇 달 되었는데, 이런저런 이유로 개봉하지 않고 있었다. 내가 빨래에 공을 들이고 있다는 것을 알게 된 건 엄마와 따로 살기 시작하면서부터였다. 엄마와 함께 살 때 빨래는 거의 엄마가 했고 모든 옷을 한꺼번에 빨았지만 그것에 대해 나는 별생각이 없었다. 그러나 독립을 한 뒤로 나는 밝은색 겉옷, 어두운색 겉옷, 밝은색 잠옷, 어두운색 잠옷, 수건, 속옷, 양말을 모두 구분해서 빨았다. 어두운색 잠옷이라도 포기해버릴 것을, 너무 많은 구분에 갇혀 정말 힘들었다. 매일 빨래를 할 수밖에 없었던 것이다. 오래 망설이다가 세탁조 클리너를 구입한 순간, 나는 이제 그만 멈출 때가 왔다고 생각했다. 방은 개판인데 세탁에만 공을 들이는 나의 뇌 구조를 바꿔야 할 것만 같다고 늘 생각해왔는데 세탁조 클리너를 보며 웃음 짓는 나를 보고는 이대로 가다가는, 정말 이대로 가다가는 안 될 것 같다는 생각이 아주 강력하게 들었다. 이미 일주일이면 일주일, 한 달이면 한 달 내내 빨래를 하는데 한 달에 한 번씩 추가로 세탁조까지 청소하고 있을 나의 모습…… 그런 나의 미래…… 나는 구입한 세탁조 클리너를 개봉하지 않았고 그것은 내 조촐한 이삿짐에 담겨 이곳으로 왔다.

이삿짐을 싸던 날 역시 나는 많이 울었는데 그간의 눈물과는 좀 다른 느낌이었다. 아, 이제 살았다, 뭐 그런 생각도 조금 들었던 것 같다. 옷가게에 걸려 있다면 아무도 사지 않을 것만 같은 나의 옷들을 정리하며 세 개나 되는 옷장이 그제야 의아하게 느껴졌었다. 그 모든 옷장들을 샀던 것은 다름 아닌 나인데.

세탁조 청소를 하려면 클리너를 부은 뒤 불림 코스를 설정해야 했는데 이것저것 눌러봐도 불림 코스를 설정할 줄 몰라 애를 먹었다. 그러다가 서비스센터에 전화를 걸어 안내를 받은 뒤에야 세탁조 청소를 시작했다. 무슨 말인지 잘 알아듣지 못했지만 나도 모르게 네네, 거리다보니 전화를 끊은 뒤였다. 온수로도 하지 못했고 불림 코스로 설정하지도 못했지만 일단 하긴 했다고…… 생각했다. 한 것도, 안 한 것도 아니라는 생각이 들었지만, 안 한 것은 아니니까.

나는 안경을 벗고 렌즈를 껴야겠다고 생각했다. 안경을 벗고 세수를 하다가 두 손의 움직임을 멈춰보았다. 눈과 입을 닫고 잠깐잠깐 숨을 멈춘 시간. 나는 이렇게 생겼구나. 구멍이 너무 많은 것 같다. 눈과 입을 계속 열어두고 아무거나 보고 아무 말이나 하며 살았던 것 같아. 그러고 싶진 않았는데. 나는 숨을 크게 쉬며 수건으로 얼굴을 닦고 렌즈를 꼈다. 가벼워진 느낌이 들어 좋았다.

세탁기의 표준 코스가 끝나고 세탁조 안에 박힌 동그란 먼지 통을 떼어냈을 때, 그 안에서 내 주먹만한 부피의 먼지 뭉치가 나왔다. 그간의 나는 빨래를 한 것이 맞는가 하는 의문이 들었지만 다행히 이제 우리는 모두 가벼워졌다.

유튜브에서 흐미를 재생시켜놓고 쌈장을 만들 준비를 한다. 엄마 음식의 특징은 파와 마늘이 많이 들어간다는 것이다. 가령 오이

지무침 같은 것은 오이지맛은 안 나고 파, 마늘 맛만 나는 것이다. 싫다는 것은 아니고 누가 이런 식을 주입한 것도 아니지만 아무튼 나 역시 파와 마늘을 많이 넣는 편이다. 나는 된장과 고추장에 파와 마늘을 잔뜩 다져 넣고 매실액과 들기름과 깨를 넣어 열심히 섞었다. 그렇게 잔뜩 쌈장을 만든 건 집에 농구공만한 양배추가 있기 때문이다. 엄마가 이 동네에서 사귄 지인에게 받은 것이라고 한다.

엄마는 이곳으로 이사를 온 뒤에 몇몇 사람들과 안면을 트게 되었다. 자세히는 몰라도 그렇게 새로 사귄 사람들이 네댓 명 정도 되는 것 같다. 403호와도 역시 안면을 트고 지내는데 그 아주머니는 늘 현관문을 열어놓고 지내서 엘리베이터에서 내려 복도 쪽으로 가려면 인사를 안 하려야 안 할 수가 없었다고 한다(403호 아주머니는 특히 강아지를 아주 싫어한다).

예전에 한번은 이런 적도 있었다. 내가 쉬는 날이어서 엄마 집엘 가 있었는데, 엄마가 퇴근길에 소뼈를 잔뜩 들고 들어온 것이다. 엄청나게 구겨진 타지역 마트 봉지에 아무렇게나 담은 것이었다. 엄마는 들어와서 무언가 당황스러운 표정을 지었었다.

그게 뭐야?

몰라, 뼈는 뼌데……

뼈?

엘리베이터에서 어떤 할아버지가 줬어.

응?

모르겠다. 그 할아버지가 엄마가 가진 걸 뺏어간 것도 아니고 뭔가를 주었다는데도, 엄마와 나는 한참을 할아버지의 행동에 대해 이야길 나누었다. 말하자면 수상하다는 것이었다. 일층에서 엘리베이터를 탔는데 할아버지가 갑자기 "뼈가 너무 많"다면서 주었다고 했다. 엄만 사층에서 내려야 했기 때문에 엉겁결에 그걸 받아 내린 모양인데 만약 더 위층에 살았다면 할아버지와 얘길 나눠볼 수 있었을 것이다. 그러니까 아무리 뼈가 많아도 그렇지 처음 보는 사람에게 왜 갑자기 동물의 뼈를 주는지 의심스럽거나 궁금했지만 알 길이 없었다.

할아버지가 혼자 살아서, 이걸 고아 먹을 줄 모르는 게 아닐까.
그렇다면 너무 미안한데……
고아서 갖다줄까?
그건 좀……

엄마가 결국 그 뼈를 어떻게 했는지는 모르겠다. 아무튼 그 외에도 밭이 있는 한 아주머니(이번에 양배추를 준)와도 친분이 생겨 고구마, 양배추, 토마토, 고추, 오이 등 각종 채소들을 자주 얻는다고 한다. 그냥 아는 사람들이 생겼다는 것이 신기해서 어떻게 하다가 알게 되었냐고 묻자 엄마는 "그냥 길 가다가"라고 심드렁하게 대답했다. 물론 나도 버스나 지하철에서, 혹은 마트에서 너무 편하게 말을 거는 사람들을 본 적은 있지만, 그렇지만 그 관계를 이어가고 있는 엄마는, 엄마, 어떻게 하면 그럴 수 있어? 그리고 왜 계속 이어가?

이어간다는 생각은 아냐.

이어간다는 생각은 아니라고 한다. 나는 자꾸만 끊기는 나의 관계들에 대해 잠시 생각했다. 쌈장을 만들어놓고 양배추를 적당히 잘라 찐다. 아주 짧은 시간 찌는 것이 나의 비법. 찐 것도 안 찐 것도 아닌 것처럼 쪄야 한다. 그래야 아삭하고 맛있다. 푹 찐 양배추(엄마의 방식)는 내가 가장 싫어하는 음식 중의 하나다. 나는 살짝 찐 양배추를 식힌 다음 냉장고에 넣었다. 그리고 로또 당첨번호를 맞춰보았고, 5등에 당첨되었다는 것을 확인했다. 만오천원어치 샀는데.

올봄이었나, 일을 하던 중에 로또 당첨번호를 맞춰보다가 상사에게 걸린 적이 있었다. 대놓고 걸린 것은 아니었고 내 옆을 지나가던 그녀가 책상 위에 써놓은 여섯 개의 숫자를 보고는 "그 숫자들은 뭐야"라고 물었던 것이다. 나는 급하게 숫자들을 지우며, 아무것도 아니라고 말했다. 그러자 그녀는 "로또구먼, 아무것도 아니긴 뭘 아무것도 아냐"라고 말한 뒤 자기 자리로 가 앉았다. 알면서 뭘 물어보고 지랄이야, 나는 속으로만 생각했다.

옷을 갈아입고 H마트에서 식초와 미역, 국수와 수프를 샀고 다음에 지유나 지우를 만나면 주려고 초콜릿도 샀다. 붕어빵 아주머니가 오픈 준비를 하고 있는 것을 보았지만 붕어빵이나 옥수수가 완성되기까지 기다리기가 힘들 것 같아 그냥 집으로 돌아왔다. 정말 더운 여름이다. 집에 돌아와 휴대폰을 보니 M으로부터 청주에 가자는 메시지가 와 있었다. 응, 가자. 나는 가자고, 답장을 보냈다. M이 어디든 가자고 하면 나는 갈 것이다. 메시지를 보내고 얼마 지나지 않아 엄마가 퇴근을 했고, 남의 밥을 만들다 온 엄마에게 밥을 차려준다. 차게 식혀둔 양배추쌈 밥상은 오늘도 합격점을 받았다. 오늘은 엄마와 좀 걷고 싶다는 생각이다.

너무 덥긴 한데, 이따가 산책 갈까?
그때 그 산책로로?
으응? 거긴 너무 멀지 않아?
저번에 본 그 미나리를 뜯고 싶은데 여태 못 갔거든.
그거 더러워서 못 먹어, 엄마.
아니, 그냥 키우려고.
키운다고?

난 그냥 집 앞 공원이나 걸을 생각이었는데 엄마는 단박에 좀 멀리 떨어져 있는 산책로를 원했다. 산책로 옆 어떤 더러운 수로 끝에서 본 미나리를 뜯고 싶다는 것이다. 봄이었고, 그때도 엄마가 원했었는데 그즈음엔 늘 미세먼지가 최악이어서 먹든 안 먹든 안 좋을 것 같다고 내가 많이 말렸었다. 엄만 그걸 잊지 않고 있었다. 그때

뜨게 둘걸, 싶었고 지금이라도 다시 기회가 생겨 다행이라는 생각이 들었다. 그리고 다행이기 이전에, 미안하고 고맙다는 생각. 너무 쉬운 일들이라고 생각해왔지만 나는 이제 그런 일들을 가장 우선으로 여기고 싶다. 나는 이제 그렇게 살고 싶다.

이렇게 입고 가도 될까?

그건 너무 잠옷 같은데.

이건 괜찮니?

응, 그건 괜찮아.

엄마는 엄마가 가진 옷 중에서 가장 이상한 옷을 꺼내 입었다. 옷이 몇 벌 없어서 그렇다. 외출복을 입으면 또 빨아야 하니까, 그냥 이상한 옷을 입고 나간다. 정말 이상하지만, 입고 나간다.

봉지 내가 챙길게. 미나리 담을 거.

내 말에 엄마가 좋아하는 기색이다. 엄마는 빈손이고, 나는 휴대폰과 봉지를 챙겨 밖으로 나갔다. 엘리베이터에서 M에게 안전운전을 하고 저녁을 맛있게 먹으라는 메시지를 보냈다.

현관 앞 벤치에서 슬라임을 갖고 놀던 지유와 지우가 내게 알은체를 했다.

안녕하세요!

어, 저녁 먹었어?

네, 오리고기! 배불러요.

좋은 거 먹었네.

근데 또 배고파요!

뭐야. 재밌게 놀아.

아직 해가 짱짱했고 엄마와 나는 걷기 시작했다. 엄마는 "오늘 초저녁잠을 자지 않았고 이제 산책까지 하면 밤에 푹 잘 수 있을 것"이라며 좋아했다. 폭염 때문인지 산책로엔 사람이 한 명도 보이지 않았다. 또한 조성된 지 얼마 되지 않았는데도 풀이 엄청나게 자라 있었다. 어디선가 구렁이라도 나올 것 같은, 그런 길이었다. 나는 관리자로부터 방치되어 풀냄새로 가득찬 그 산책로가 마음에 들었다. 사십 분가량 걸었는데, 그동안 걷는 사람 한 명, 자전거를 타는 사람 한 명을 볼 수 있었다.

걔네들은 누구야?

응?

아까 집 앞에 어린애들.

아, 그냥 아는 애들.

꼬맹이들을?

나도 아는 사람 생겼거든?

누가 뭐랬니.

시시껄렁한 얘길 나누며 걸었고, 미나리가 있던 곳을 찾기가 어려웠다. 돌다리를 건너서 조금만 더 걸으면 된다는 것. 미나리의 위치에 대한 엄마와 나의 기억은 같았지만 무성하게 자라버린 풀 때문에 돌다리 자체가 보이질 않았던 것이다. 우리는 결국 돌다리를 건너지 못하고 계단을 통해 수로를 건넜다. 그리고 새로 생긴 편의점에 들러 천원짜리 음료수를 사서 마시며 잠시 땀을 식혔다. 날이 어두워지기 시작했고 우리는 음료수를 금세 다 마시고 왔던 길의 반대편 길로 걷기 시작했다. 그리고 색색의 조명이 켜져 있는 다리 아래를 지나자마자 전에 보았던 작은 수로를 발견했다. 나름 수문까지 있었다. 팔을 뻗기에는 미나리에 닿지 않을 것 같고, 사람이 내려가기엔 공간 확보가 되지 않을 것 같았다. 어떡하지, 하는데 엄마는 엉성해 보이는 수문을 잡고 허리를 구십 도로 숙여 미나리를 뽑기 시작했다. 나는 휴대폰으로 플래시를 켜 미나리를 비췄다. 빨간색 티셔츠를 입은 몸이 마른 아저씨가 트로트를 들으며 우리 곁을 지나갔고 나는 혹시 무슨 나쁜 말이라도 들을까 겁이 나서 짐짓 자연스러운 척을 하느라 엄마에게 "진짜 덥다. 그치"라며 그야말로 새삼스러운 말을 건넸다. 엄마는 안전하게 몸을 다시 올렸고, 서너 줄기의 미나리는 내가 챙겨온 봉지에 담았다. 누구도 뭐라 하지 않았고, 우리는 이제 집에 가기만 하면 되었고, 나는 그 사실이 너무 좋았다.

집에 와선 내가 먼저 샤워를 했고 그사이 엄마는 미나리를 다듬어 일 리터짜리 플라스틱 음료수병에 담아놓았다. 그렇게 몇 개월을 뽑고 싶어했던 것에 비해 너무 대충 꽂아놓아서 당황스러웠다.

엄마, 이게 뭐야.

뭐가?

엄마가 씻으러 욕실로 들어갔고, 나는 미나리를 바라보았다. 그래, 이렇게 꽂든 저렇게 꽂든 엄마 마음이니까. 하루에 내가 '미나리'라는 말을 이토록 많이 해본 적은 처음…… 더 생각해볼 것도 없이 이런 적은 처음이라는 것을 안다. 그리고 앞으로도 그럴 일은 거의 없을 거라는 것도 안다. 나는…… 그동안…… 나는 이제 그렇게 살지 않을 것이다.

M은 청주에 지인이 운영하는 일본 라면 가게가 있다고 했고 거길 가보는 것 말고 다른 계획은 없이 M과 나는 청주로 갔다. 일찍 일어나긴 싫었지만 새벽 여섯시에 일어나 준비를 마치고 일곱시에 출발했다. 예전 같으면 피곤하다는 이유로 가지 않겠다고 했을 것 같다. 자고 싶은 만큼 자고 출발하면 고속도로 정체를 겪어야 하고, 그게 싫기 때문에 그냥 가지 않는 것을 택하는 편이 쉬웠다. 나는 요즘 피곤하지 않고, 새벽 네시쯤 잠들었지만 다행히 여섯시에 일어날 수 있었다.

우리는 청주에서 일본 라면을 먹었다. 청주시청 근처 골목에 있는 작은 가게였다. 이렇게 더운데 요즘 누가 라면을 먹느냐며 M의 지인인 사장이 우릴 보고 웃었다.

정말 여기 오려고 청주에 왔다고?

그는 세 번쯤 같은 질문을 했고 M이 세 번 모두 그렇다고 대답했지만 그는 M의 말을 잘 믿지 않는 것 같았다. 아침밥을 먹지 않은 상태라서 우리는 아주 빠르게 음식을 먹어치웠다. 그리고 밖으로 나왔고, M은 대전으로 차를 몰았다. 운전석 쪽 타이어 공기압이 갑자기 사십 프사이 대로 떨어져 잠시 정비소에 들른 것 말곤 별다른 일은 없었다. 정비소 직원은 땀을 흘리며, 이런저런 경우가 있을 수 있는데 지금 같은 경우엔 너무 더워서 센서가 잠깐 말을 듣지 않았던 것 같다며 "이젠 걱정하지 않아도 될 것 같아요"라고 여러 번 말했다. 나는 어쩐지 안심이 되었고,

괭장히 친절하다.

내 말에 M은 아무 말이 없었다.

자기 일을 한 것뿐이지만 정말 친절했어.

나는 한번 더 말했다. 최근 몇 년간 나는 고마운 것도 잘 모르고 (아무것도 잘 모르고) 지냈다. 서울을 떠나오기 얼마 전엔 내 고민을 자주 들어주던 직장 동료와 "바쁘면 사람 노릇 못한다"는 책의 글귀를 보며 같이 웃곤 했었다.

두부와 새우, 과자 같은 것을 사서 소주와 맥주를 마셨다. 나는 평소보다 덜 마셨고 M은 평소보다 더 마셨다.

오늘 왜 이렇게 안 마셔?

배가 불러.

토할 것 같아?

응.

그럼 토하고 마시면 되지.

토하는 건 싫어.

그런 걸 두려워하지 않아야 새로운 것을 먹어볼 수 있는데.

그건 그렇지만 나는 얼마 먹지 못하고 숙소 창밖이나 바라보다가 일찍 잠들었다. 그리고 오래 자지 못하고 새벽에 깼다. 깨어나니 8월 1일이 되어 있었다. 이렇게 시간이 흐르고 있구나 생각하며 잠에서 깬 자세 그대로 가만히 앉아 있었다. 그리고 잠든 M을 바라보다가 밖으로 나갔다. 내키는 대로 여기저기를 걸었는데 숙소에서 멀지 않은 곳에서 유명 스크린 골프장 체인의 본사를 보았다. 나는 내가 지금 여기서 웬 스크린 골프장 체인의 본사를 보고 있다는 것과 내일을 걱정하지 않아도 된다는 것이 낯설었고 그 낯선 기분이 좋았다. 요즘의 나는 다른 걱정은 종종 해도 전에 늘 하던 걱정은 안 한다. 나는 그 걱정들을 정말 그만하고 싶었다.

편의점에서 컵라면과 삼각김밥과 만두와 콜라를 사서 숙소를 향해 다시 걸었다. 돌아오니 M은 여전히 자고 있었다. 아직 여덟시도 되지 않은 시각이고 운전을 오래했고 술도 마셨으니까 깨우지 않고 그냥 두었다. 나는 〈TV 동물농장〉이 하길 기다리면서 혼자 삼각김밥을 먹고 물을 마셨다.

일요일 한낮의 엑스포과학공원은 오래전 문을 닫은 놀이동산처럼 한산했다. 두 평 정도 되는 것 같은 안내소의 직원은 휴대폰을 들여다보다가 우릴 발견하고 흠칫 놀라는 기색을 보였다. 정말이지 드넓은 그 공원에서 우리는 아인슈타인 동상과 작고 재미있어 보이는 놀이기구(실제로 작동은 안 될 것 같았다), 거북이, 꿈돌이, 장승, 커다란 하이톱 운동화 모양의 조형물, 돌하르방 등을 보았다.

모르겠어. 저 조형물들 전부…… 난 모르겠어.

혹시 공원이 너무…… 너무 넓어서?

너무 넓고 너무 더워 오래 걷지 못하고 차로 돌아왔다. 그 공원은 의문투성이였고 우리는 아무것도 알 수 없었지만, 그래도 좋았다. M은 최근 몇 년간의 나를 잘 견뎌주고 있었다.

아직도 그 일 때문에 미안해하고 있어?

M은 대답이 없었고, 내가 재차 묻자,

견디거나 그런 건 난 못해.

한마디를 들을 수 있었다. 나는 그의 그런 태도가 진심이었으면 좋겠다고 생각하고 수행이 필요한 사람도 M이 아니라 나라고 생각한다. 서울로 가는 길에 삼층 규모의 문구센터를 발견한 우리는 곧장 들어가 차량용 방향제와 체스, 색연필과 배드민턴 세트를 샀고 다시 집으로 출발했다. 성산대교를 건너 불과 얼마 전까지 살던 집 근처를 지날 때 어쩐지 숨이 막히는 것 같았지만 잠깐이었다.

엄마는 내가 대전에서 사온 빵을 맛있게 먹었다. 나는 이틀짜리 여행의 짐을 풀고 샤워를 하고 설거지를 하고 휴대폰을 조금 만지작거렸다. 일찍 누웠는데 어디선가 귀뚜라미 소리가 들렸고 조금 있다가는 매미 소리도 들렸다. 몹시 피곤했지만 잠은 오지 않는 밤. K에게서 "고양이 한 마리를 임시 보호하고 있는데 혹시 같이 지낼 생각 있냐"는 메시지가 왔다. 이름은 삐용이. K는 이미 세 마리의 고양이와 함께하고 있어 더는 어려운 모양이다. 나에겐 한 마리의 고양이도 없지만…… 지금 나는 고양이가 아니라 나 자신과 함께 살아야 한다. K는 삐용이의 사진을 몇 장 보내며 주변에 혹시 함께 살 수 있는 사람이 있는지 생각해봐달라고 부탁했고 나는 최선을 다해보겠다고 말했다. 그러고선,

방울토마토나 체리나, 아무튼 그렇게 생긴 거 있지? 그런 건 가져오면 안 돼.

할머니가 입원해 있는 병원에 가는 일에 대해 설명해준다. K는 자신을 둘러싼 일들을 모두 받아들였고 마음이 편안하다고 했다. 나는 가만히 K의 마음을 상상해보았다.

눈을 떠 휴대폰을 보니 M으로부터 메시지가 와 있었다.

전기 스위치 같은 것을 사러 다니는 꿈을 꿨어.

바보 같으니라고. 어쩌다 저런 꿈을 꾼 거야. 나는 꿈속의 M을 생각하며 조금 웃었다. 엄마 방에 가보니 엄마가 있기에 여름휴가인가보다 했다. 식탁 위에 있는 탁상 달력을 보니 이틀간 쉰다는 표시가 되어 있다. 나는 달걀을 삶고 김치를 볶았다. 김치를 볶는 것도 너무나 쉬운 일이라고 생각해왔지만 최선을 다해 천천히 볶아보

았다.

엄마, 밥 먹자.

음, 맛있다.

합격이야?

엄마가 고개를 끄덕이며 웃는다. 아닌 게 아니라 내가 지금까지 했던 김치볶음 중에 가장 맛있게 된 것 같다. 서울에서 짐을 정리할 즈음엔 맛없기가 힘든 간단한 음식도 이상하게 죄다 망쳐버렸던 기억이 난다. 시간이 없어서였을까. 생계를 위한 일을 하거나 우는 시간을 빼고 나면 내게 남는 시간은 별로 없었다. 많이 바란 것은 아니었고 그냥 두세 달만 쉬고 싶었는데 아예 그만두지 않는 한, 두세 달을 쉴 수 있는 방법은 없었다. 그것뿐이었다. 나도 더 가난해지고 싶진 않았지만…… 마지막엔 정말이지 뛰어내리고 싶었다.

너 1.5층 살았잖아.

응, 엄마. 아무튼 나 지금 마음이 너무 편안해…… 그래서 고맙고 미안해.

나도 너랑 사니까 좋다.

근데 왜 처음에 오지 말라고 했어.

엄마와 믹스커피를 마신다. 사실 영농자재백화점 앞에서 석기와 마주친 뒤로 석기에게 만나자는 연락이 매일 왔었다. 나는 그를 조금도 만나고 싶지 않았다. 엄마가 커피잔을 내려놓았고 나는 설거지를 한 뒤 괜히 냉장고며 서랍장을 아무데나 뒤져보다가 밝은색 겉옷을 모아 세탁기를 작동시킨 뒤 작은방으로 들어갔다. 빨래 좀 그만해. 엄마가 말했지만 듣는 체도 안 했다.

씨발, 너 진짜 인생 그렇게 살지 마라.

석기로부터 메시지가 왔다. 지금은 아침 아홉시 삼십분인데. 지금 막 화가 난 것은 아닐 텐데…… 다른 것에 화가 나 있었는데 마침 그 화살이 나를 향했던 것일까, 아니면 내게 전부터 하고 싶던 말이었을까. 아니면…… 근데…… 내가…… 내가 뭘 그렇게…… 나는 옷을 갈아입고 베란다 창문을 열었다. 석기에게 궁금한 것이 있지만 물어볼 생각은 없다. 그의 말이 진심이라는 생각도 들지 않고 혹여 진심이라 해도 그건 결국 아무도 모르는 일이기 때문이다. 그때 또 메시지가 왔다.

나 어제 아기 낳았어.

C의 메시지였다. C는 엄마가 되었고 나는 이모 같은 것이 된 모양이다. 나는 얼마 전 구입한 초콜릿을 가지고 일층 현관 앞 벤치로 갔다. 지유와 지우는 없었다. 열시쯤 된 것 같은데 너무 더웠다. 잠깐 벤치에 앉아 있는데 남자애 두 명과 여자애 두 명이 다가와 죄송한데 담배 좀 사다달라고 말했다. 나는 싫다고 말한 뒤에 나도 모르게 그들에게 초콜릿을 내밀었다. 나는 요즘 시간이 이렇게 가고 있구나, 하는 것만 생각한다.

그런 일은

그날 이후 나는
누군가와 함께 걷고 밥을 먹고 이야기를 나누는 일상의
소중함을 알게 되었다.
원래도 알고는 있었는데
그러니까 그 소중한 일상이, 정말 얼마나 소중한지 더 잘 알게 되었다.
그래서,

조금 과장하자면 그것이 삶의 전부라고 생각하게 되었다.
그리고,

나 자신이 소중하다는 것도…… 조금 깨달았다.

어쩌면 나는 예전과는 다른 사람이 된 것인지도 모르겠다.

그동안 그런 소중함을 잘 모르고 살았으니까
어떻게 보면 잘된 것 아니냐고,
내 오랜 친구가 말했다.
어느 정도 동의했지만
그런 일은 겪지 않는 편이 더 좋았을 것 같다고
나는 대답했다.

지난 말들을 다 주워 담을 순 없겠지만
이제라도 그러지는 말자고,
누구라도 알 수 있는 쉬운 말과 글을 쓰고,
고마운 줄 알고 미안한 줄 아는
단정한 마음을 가지자고,

이 소설을 쓰던 여름에
그런 생각을 많이 했던 것 같다.

| 해설 |

그렇게 살지 않는다면 어떻게

안지영

이 소설은 그렇게 살지 말라고 쉽게 말하는 사람들에게 묻는다. 그러면 어떻게 살아가야 하느냐고 말이다. 이것은 질문을 던진 사람에게뿐만 아니라 스스로에게 묻는 것이기도 하다. 도대체 어떻게 사는 것이 좋을까, 어떻게 살면 그렇게 살지 말라는 말을 듣지 않으면서 살 수 있을까. 「넌 쉽게 말했지만」에서 서술자 '나'는 그 누구도 아닌 자기 자신에게 질문을 던지는 중이다. 자신이 어떻게 살아왔기에 누군가로부터 '그렇게' 살지 말라는 말을 듣는 것인지 과거와 현재의 자신을 오가며 질문에 대한 답을 찾아나가려 한다. 이 소설에는 답이 주어져 있지 않으며 어쩌면 질문을 던진 당사자조차 질문에 대한 답을 가지고 있지 않을지도 모른다. 다만 한 가지 분명한 것은 이 소설은 그 답을 찾는 방식이 오로지 자기 자신의 현재 삶을 통해서만 가능하다고 이야기한다는 점이다.

소설 속 현재의 삶이란 것이 그다지 대단한 것은 아니다. '나'는 하루하루 조심스럽게 자기 삶을 꾸려가면서 끊임없이 과거 자신의 삶을 반성하고 있다. 일을 그만두고 서울에서 엄마 집으로 돌아오기 전 그녀는 "미안해. 시간이 없어"(196쪽)라고 말하면서 시간이 흐른다는 것 자체를 두려워하거나 일기에 쓸 수 있는 말이라는 것이 "기껏해야 남의 욕이라든가 나 자신이 싫다는 그런 말들"(209쪽)뿐인 삶을 살고 있었다. 허겁지겁 시간을 흘려보내면서 무엇에 화가 나 있는지도 모른 채 사소한 일에 화를 냈으며, 스스로의 삶을 누구보다 증오했고 거기에서 빠져나와야겠다고 생각하면서도 그 방법을 몰라 "마지막엔 정말이지 뛰어내리고 싶었다"(224쪽)며 극단적인 선택까지 상상하기도 했다. 이러한 회상을 통해 우리가 알 수 있는 것은 특별한 사건 없이도 일상의 총체가 끔찍한 트라우마가 될 수 있다는 사실이다. '나'는 스스로를 파괴해버리고 싶을 만큼 삶에 대한 의욕을 앗아가는 일상을 하루하루 견디고 있었던 것이다.

문제는 이러한 상태가 이 시대의 징후처럼 읽힌다는 데 있다. 이 세계는 끊임없이 자신이 실패한 인생을 살아가고 있다는 자괴감을 느끼도록 유도하며 자신에 대한 혐오를 타인과 세계에 대한 분노와 증오로 탈바꿈시킨다. 금기가 사라진 시대에 신경증 대신 조울증이 만연하고 싸워야 할 적이 사라진 대신 함께 공동체를 이뤄야 할 타인에 대한 적개심이 표출된다. 모두가 평범하게 불행해지고 있기에 누구의 고통도 연민의 대상이 되지 못한다. 민주화 이후 한국 사회에 도래한 정동이 다름 아닌 혐오라니 얼마나 씁쓸한 일인가. 이 소설의 미덕은 그러한 현실을 세밀하게 묘사하는 대신 띄엄띄엄 여백을 남겨둔다는 데 있다. 이주란이 충분히 말하지 않음으로써 열어 놓는 것은 어디에서도 말하지 못했던 우리 자신의 고통이다. 자기 인생이 실패한 것은 아닌지 우울해하고 불안해하며 별것 아닌 일에 짜증을 냈던 기억들을 이 소설은 하나씩 불러들인다.

그러니 이주란이 표면적으로는 현재에 대해 이야기하고 있음에도 불구하고 소설이 계속해서 과거로 회귀하는 것도 당연하다. 독자들은 파편적으로 서술되고 있는 과거의 조각들을 이어붙여나가며 어떠한 기억이 부정되고 있는지를 찬찬히 살펴야 한다. 그러지 않으면 '나'에게 자몽청을 만든다거나 엄마와 함께 미나리를 뜯어온다거나 하는 소소한 일상의 순간들이 왜 그렇게 소중한 것으로 그려지고 있는지 이해하기가 어려울 것이다. '나'는 자기혐오와 착취로 점철된 삶으로부터 벗어나기 위해 엄마의 집을 도피처로 선택했고, 연인인 M이 자신을 견뎌주었듯이 자신의 삶을 견디기 위해 정신과 육체를 단련하는 수행을 하는 중이다. 그렇게 현재의 삶은 느리고 여유 있게, 자기만 옳다는 생각을 버리고 바꿀 수 없는 것에 불안해하기보다 자신이 결정할 수 있는 일에 집중하는 것으로 한 올 한 올 직조되어가고 있다. 자기 삶을 부끄럽게 여기지 않기 위해 일단 최선을 다해보기로 한 것이다.

아울러 「넌 쉽게 말했지만」은 자기혐오에 대항할 수 있는 것으로 관계의 회복을 제시한다. '그렇게' 살지 않기 위해서는 나만 잘한다고 되는 것이 아니며 내가 나 자신을 돌보기 위해서는 주변의 누군가를 보살피지 않으면 안 된다. 엄마와의 대화에서 깨달은 것처럼 관계를 이어간다는 강박 없이, 나를 증명할 필요도 없이 서로를 인

격체로 대우해줄 수 있는 친밀한 관계가 필요하다. 그러한 관계가 나 자신을 소중하고 존엄한 존재로 만든다. 해서 여전히 마음 한 구석에 상대에 대한 불신을 가지고 있음에도 불구하고 관계에 대한 희미한 낙관을 가지게 되면서 '나'의 삶은 변화하게 된다. 아이들과 시시껄렁한 대화를 나누며 나눠줄 간식을 고심하거나 동네에서 붕어빵을 파는 아주머니처럼 직접적인 교류가 없더라도 중첩된 공간을 공유하는 이웃으로서 관심을 가지고 지켜보는 느슨한 관계들이 생겨난다.

조금 거창하게 들릴 수도 있겠지만, 이런 점에서 우리는 이 소설을 통해 푸코식의 '실존의 기예(art de l'existence)'를 이해할 수 있을지도 모른다.* 주체가 권력관계들 속에서 구성된다는 것을 부정할 수는 없다. 그럼에도 불구하고 자기를 존중하지 않는 삶과 이별하기 위해 결단이 필요하며, 그것은 자기와의 관계를 바꾸는 데서부터 시작한다. '나'가 "지금 나는 고양이가 아니라 나 자신과 함께 살아야 한다"(223쪽)는 다짐을 하는 것처럼 말이다. 대수롭지 않게 여겨지는 일상의 사소한 행위들(식사, 여행, 산책, 독서 등)이 모두 '실존의 기예'의 범위 안에 포함되어 있다. 기상에서 취침까지 하

* 이는 신자유주의 시대에 주체들이 강요받는 자기통제의 기술과 혼동되어서는 안 된다. 자기통제의 기술은 미셸 푸코가 '자아의 기술(technologies of the self)'이라고 불렀던 것으로, 쾌락과 욕망의 추구를 위해 관리 가능한 삶을 추구한다. 이는 철저하게 자기를 통제함으로써 스스로의 삶을 관리하는 것이 사회적 성공과 개인의 행복으로 이어진다는 판타지를 가능하게 하지만, 그러한 삶을 실제로 살 수 있는 것은 소수에 불과하다. 경쟁에서 도태된 대다수의 이들에게 자기긍정은 자기혐오로, 자기계발은 자기 착취로 귀결될 뿐이다.

루를 구성하는 모든 것이 자기를 배려하기 위해 세심하게 고려되어야 하는 요소다. 자기는 타자와 마찬가지로 배려하고 돌보아야 하는 하나의 세계인 셈이다. 그리하여 푸코가 말하는 '자기에의 배려'를 실천하는 주체는 자신의 내면과 영혼으로 회귀하면서 동시에 세계와 타자를 향해 나아간다. 그러니까 이 소설에서 '수행'이라고 표현되는 타자와의 관계는 '자기에 대한 자기의 관계'를 재구성함으로써 자기의 윤리와 미학을 재구성하는 실천적 의미를 지닌다.

물론 소설을 읽고 나서도 몇 가지 의문은 남는다. '나'가 선택한 대안적 삶이 '대안'이 될 수 있는가와 관련해서 말이다. 소설에서 사용된 표현을 가져온다면 그것은 너무 '착해' 보여서 도리어 비현실적으로 보이기도 한다. 가령 '나'가 집으로 돌아오겠다고 했을 때 선뜻 환대하지 못했던 엄마의 상황을 고려해보건대, 아무 일도 하지 않고 집에서 백수로 지내고 있는 '나'의 상황이 얼마나 지속될 수 있을지 염려스럽다. '나' 역시 어차피 두세 달만 쉬고 싶다는 생각으로 내려왔을 뿐이고, 경제적 문제만이 아니라도 엄마와의 관계에 따라 함께 사는 생활은 언제든 어긋날 가능성이 있다. 소설에는 "나는 이제 그렇게 살지 않을 것이다"(219쪽)라는 다짐이 반복될 뿐 '나'가 앞으로 어떻게 살 것인지는 제시되지 않는다. '나'가 현재의 삶에서 어떤 돌파구를 찾게 될지 아니면 일시적인 도피처에 머물다 다시 척박하고 고단한 싱글 라이프로 회귀하게 될지도 불분명하다.

그럼에도 불구하고 '나'가 세계와 관계 맺는 방식이 얼마간 변했다는 사실까지 부정하기는 어려울 것이다. 소설의 마지막 장면을 보자. '나'는 한번 만나자는 석기의 메시지에 답장을 하지 않았다가 "인생 그렇게 살지 마라"(225쪽)라는 메시지를 받는다. 후배에게 비슷한 말을 들은 이후 두번째다. 그런데 석기의 격한 반응에 대한 '나'의 태도는 어떠한가. '석기가 무엇에 화가 나 있던 것일까'를 생각할 때, '나'는 석기에게서 과거 자신의 모습을 떠올린 것인지도 모른다. 스스로를 모욕하고 있는 것이 바로 자기 자신이라면 그것을 바꿔야 할 책임도 스스로에게 있는 것이라는 사실을 '나'는 어렴풋이 알게 되었다. '그렇게 살지 말라'는 말은 쉽다. 하지만 '그렇게'가 아니라면 '어떻게' 살 것인지에 대한 각자의 답을 마련하는 것은 정말이지 쉽지 않은 일이다. 하여 이제 당신의 답이 궁금해진다. 자신의 삶을 존엄한 것으로 변화시키기 위해 당신은 무엇을 하겠는가. 각자의 삶에 대한 이야기를 시작할 때다.

안지영
2013년 문화일보 신춘문예에 평론 「이름 없는 부재를 향한 노래들—정한아, 심보선, 이이체의 시를 중심으로」가 당선되어 등단. 현재 청주대 국어교육과 조교수로 재직중.

정영수

우리들

작가노트

내심 하는 생각들

해설 이은지

가리는 것들과 가려진 것들 사이로

정영수
1983년생. 2014년 창비신인소설상에 단편소설 「레바논의 밤」이 당선되어 등단. 소설집 『애호가들』이 있다. 2018년 젊은작가상을 수상했다.

우리들

정은과 현수를 알게 되었을 때 내가 스스로도 이해하기 어려울 정도로 급작스럽게, 거의 저돌적으로 그들에게 빠져든 건 당시 내가 인생에서 더이상 건질 만한 것이 없다는 생각에 몰입해 있었기 때문일지 모르겠다. 나는 회의로 가득차 있었고, 어디에서든 자그마한 희망의 불씨라도 발견하고 싶었던 것 같다. 하지만 희망이란 때때로 멀쩡하던 사람까지 절망에 빠뜨리곤 하지 않나? 아니, 오로지 희망만이 인간을 나락으로 떨어뜨릴 수 있다. 게다가 희망은 사람을 좀 질리게 하는 면이 있는데, 우리들은 대체로 그런 탐스러워 보이는 어떤 것들 때문에 자주 진이 빠지고 영혼의 바닥을 보게 되고 회한의 수렁에 빠지게 된다.

정은은 책을 써서 크라우드 펀딩을 통해 판매하려는데 도움을 받고 싶다고 내게 연락해왔다. 이제는 잘 만나지 않는 나의 오래된 친구를 통해 내 연락처를 알게 되었다는 것이었다. 정은과 현수는 느슨한 릴레이션십을 유지하고 있는 커플처럼 보였는데, 자신들의 이야기를 쓰고 싶다고 했다. 그 일의 당위성에 대해서는 회의를 품지 않을 수 없었으나(나는 그런 책이 낼 만한 가치가 있다고 생각할 만큼 순진하지는 않았다) 그 무렵의 나는 스스로가 무엇에라도 쓸모 있는 존재라는 증거가 필요했고, 나의 알량한 출판사 경력을 원하는 그들이 조금은 고맙게 느껴지기까지 했다. 그들은 내가 편한 곳이면 어디든 찾아오겠다고 해서 나는 상수동에 있는 한 카페의 위치 링크를 보내주었다.

두 사람을 만났을 때 가장 먼저 받은 인상은 그들이 삶에 능숙한 사람들이라는 것이었다. 문을 열고 들어서서 내게 첫인사를 건네고 자리에 앉는 속도나 한 사람이 나와 대화를 나누고 다른 한 사람이 음료를 주문하는 과정, 본론에 들어가기 전에 던지는 간결하고 우호적인 질문들은 커피가 채 나오기도 전에 나를 안심시키기에 충분했다. 이건 나중에 그들에게도 한 이야기지만 두 사람을 만나기 전에는 자기들의 연애 이야기를 책으로 내고 싶어한다는 말만 들었을 때 일반적으로 사람들이 얻었을 법한 선입견을 가지지 않을 수 없었는데("아니, 이번에는 또 어디서 나타난 자기애자들이람?") 나는 두 사람 중 하나, 혹은 두 사람 모두가 조금은 허황한 세계관을 품고 있으며 적잖이 과장된 자의식에 사로잡혀 자신과 주변 사람들을 왜곡된 시야로 바라보는 그런 부류겠거니 하고 생각했던 것이다.

그런데 막상 만나보니 예상과는 달리 그들은 내가 그동안 알고 지낸 어느 누구보다 스스로에 대해 잘 알고 있는 사람들처럼 보였다. 두 사람과 대화를 시작한 지 얼마 되지 않아 나는 그들이 어디에서 어떻게 행동해야 하는지 알고, 누구에게 언제 어떤 말을 건네는 게 적절한지 아주 잘 아는 사람들이라는 걸 알 수 있었다. 대학을 졸업하고 세상에 나온 지 몇 년 되지 않아 아직 애송이였던 내가 보기에 그들은 아주 세련되고 근사한 커플이었다. 특히나 깊은 인상을 준 것은 현수였다. 그는 내가 그동안 살면서 만나보지 못한, 믿기지 않을 정도로 선한 얼굴을 가진 남자였다. 잘은 모르지만 그건 마치 한 번도 상처 같은 것을 받아본 적이 없고 누군가에게 상처를 입힌 적도 없는 듯한…… 어떤 결핍도 느껴본 적 없으며 어떠한 열등감도, 그 어떤 억울함이나 수치심도 없는 세계에서 살아온 사람만이 가질 수 있는 얼굴이었다.

그들은 그동안 겪은 일을 함께 쓸 것이라고 했다. 필요하다면 서로의 기억을 상기시켜가면서 일어난 일들과 그들이 느꼈던 감정들을 재현할 거라는 이야기였다. 가능한 한 사실과 가깝게, 할 수 있는 한 진실되게. 정은은 내게 자신들이 쓴 원고를 봐주는 것 외에도 그들이 애초의 의도와 다른 방향으로 나아가고 있을 때나 작업을 하다가 그들 사이에 원치 않는 갈등(연인 관계에서 일어나는 감정 다툼까지 포함해서)이 생겼을 때 조정하는 역할까지를 부탁했다. 그들이 하려는 일은 간단한 듯하면서도 불가능에 가까워 보였는데, 그 불가능성과는 별개로 일 자체는 흥미로워 보였기에 나는 금세 수락해야겠다고 마음을 먹은 상태였다. 그러나 나는 이렇게 말함으로써 내가 쉬운 사람이 아니라는 것을 보여주었다.

"근데 그런 건 아니 에르노가 이미 쓰지 않았어요?"

"그건 소설이잖아요." 정은이 대답했다.

"앙드레 고르는요?"

"그건 일방의 편지였고요." 현수가 대답했다.

죽이 잘 맞는 커플이로군. 나는 그 문답으로 그들이 적어도 문학에 문외한은 아니라는 걸 확인할 수 있었는데, 좀더 대화를 해보니 그 정도가 아니었다. 그들은 내가 예상했던 것보다 더 글쓰기라는 행위에 대해, 책이라는 사물에 대해, 문학이라는 표현 양식에 대해 진지한 태도를 갖고 있으며, 작가들(특히나 그들이 편애하는)에 대해서는 거의 경외에 가까운 무한한 신뢰를 품고 있다는 것을 느낄 수 있었다. 정은은 역사상 최고의 작가로 솔제니친과 프리모 레비를 꼽았으며(그녀가 왜 그런 글을 쓰겠다고 했는지 대충 알 만했다), 현수는 톨스토이와 플로베르를 좋아한다고 했는데 그의 지나칠 정도로 맑고 선한 얼굴을 생각하면 의외라는 생각이 드는 한편 나름대로 수긍이 가기도 했다.

그들은 자신들이 쓰려고 하는 것이 문학적인 성취를 이루어낼 거라는 과대망상은 결코 하지 않았다. 그저 그 글을 씀으로써 자신들이 겪게 될 변화, 그리고 일을 끝마친 후에 남겨질 것들에 대해 현실적인 기대를 하고 있을 뿐이었다. 크라우드 펀딩을 통해 판매하기로 한 것도 그저 그 일을 이어갈 동력이 필요했기 때문이고, 독자의 존재를 상정했을 때 더욱 분명한 글쓰기가 가능할 것 같아서라고 했다. 그들은 자기들끼리는 그 작업을 만족스럽게 해내지 못하거나 아니면 아예 끝마치지 못할 것 같았다고 했는데 그 생각에는 나 또한 동의하는 바였다.

나에게는 그날의 대화가 즐거웠음은 물론이고 그날의 공기, 소리, 빛, 우리를 둘러싸고 있던 모든 것이 완벽한 조화를 이루고 있었다는 기억이 있다. 느릅나무로 만든 원목 탁자와 의자들은 단단하면서도 편안했고, 창을 통해 들어온 햇빛은 콘크리트 벽을 부드러운 흰빛으로 물들이는 한편(그 빛에 환히 빛나던 현수의 올리브색 스트라이프 셔츠……), 공간을 반쯤 채운 젊은이들의 나른한 목소리와 전동 커피 그라인더가 이따금씩 만들어내는 청량한 소음이 마음을 가라앉혀주었고, 차분히 돌아가는 서큘레이터가 에어컨에서 나오는 선선한 공기를 성실히 우리 쪽으로 보내왔으며……

그런데 지금에 와서 생각해보면, 그날의 분위기가 그렇게나 완벽했던가? 그들이 정말 그렇게나 아름다운 사람들이었나? 어쩌면 내가 그들을 실제보다, 그들이 그랬던 만큼이 아니라 그랬으면 하는 것만큼 아름답게 꾸민 기억 속으로 밀어넣고 있는 것이 아닐까? 아니면 두 사람이 이후에 보인 모습들, 내가 지켜봐야 했고, 지켜보기를 강요당하다시피 했던 그 일들과 내가 알던 그들의 대비를 보다 드라마틱하게 하기 위해(그래서 그들에게 더욱 철저히 낙담하기 위해) 무의식중에 설정한 일종의 장치 같은 것은 아닐까? 나는 자문하곤 했다. 그러나 적어도 분명한 것은 그들과 헤어진 뒤 한 시간쯤 지나 받은 메시지를 보고 내가 안도감에, 아니 순간적으로나마 강렬한 행복감에 사로잡혔다는 사실이다. "오늘 즐거웠어요. 다음에는 해방촌에서 만나요." 그것은 실로 오랜만에 느낀 감정적 고양이라고 할 수 있었다. 나는 정은의 메시지를 받고 내가 그들의 면접에

통과했다는 사실을 알았다.

그때는 내가 나름대로 각오를 품고 떠난 상하이행에서 뜻한 바를 이루지 못하고 낙오자의 심정이 되어 한국으로 돌아온 지 얼마 되지 않은 시기였다. 그곳에서 하던 일을 그만두고 서울로 돌아오기로 결심할 때만 해도 이것이 나를 위한 최선의 선택이라고, 잘못된 판단을 돌이키기에 지금만큼 적당한 타이밍은 없다고 스스로를 설득했고 그건 거의 성공했지만(결국 서울로 돌아왔으니까) 막상 돌아와서는 금세 깊이를 알 수 없는 패배감에 빠져들었다. 아무런 소득 없이, 어쩌면 삶에서 가장 중요한 시기였을 일 년을 그곳에 버리듯이 팽개쳐두고 돌아온 것이 나의 인생 자체를 실패작으로 만든 것 같았고, 앞으로 더이상 어떤 일도 제대로 해내지 못할 것만 같은 기분이 들었다.

그런 시기가 처음은 아니었다. 전공이 적성에 안 맞는다는 이유로 앞뒤 가리지 않고 어디서 났는지 알 수 없는 용기로 대학을 그만두었을 때(그러나 나는 곧 공황 상태에 빠져 허겁지겁 편입학원을 찾았고), 졸업 후 오랜 기간 매달렸던 언론사 입사시험을 포기하기로 결심했을 때에도 내 삶이 돌이킬 수 없이 망가졌다는 생각으로 절망에 빠졌다. 하지만 나는 그럴 때마다 자기혐오인지 자기애인지 알 수 없는 감정에서 기인한 듯한 마조히즘의 도움을 받아 그 일들로 인해 고통받으면서 동시에 그 참담함을 즐겼다. 그것은 나의 장점이자 단점인 지독한 낙관주의와 만성적인 우울증이 결합해 만들어진 결과물이었고, 그래서 상하이에서 돌아온 후에도 무기력에 몸을 맡긴 채 우울과 비관을 곱씹으며 달콤한 회한에 잠겨 하루를 보내곤 했다.

상하이로 떠날 때 혼자 살던 서교동 집을 정리했기 때문에 나는 은평구 신사동에 있는 어머니 집을 임시 거처로 이용하고 있었다. 어머니는 내가 독립하고 나자 이제 혼자 사는데 넓은 집이 무슨 소용이냐며 나와 아버지가 남기고 간 짐을 모조리 치운 뒤 방이 단 두 개뿐인 작은 아파트로 이사해버려 나는 거실 구석에 깔아둔 매트에서 지내야 했다. 그러나 시장에서 대충 고른 싸구려 매트나 딱딱한 팔걸이가 있는 이인용 소파 위는 회한에 잠겨서 하루의 대부분을 보내기에 마땅한 장소가 아니었다. 나는 해가 높이 뜨면 어쨌든 밖으로 나와 스타벅스나 모교 도서관을 전전하며 시간을 보냈다. 주로 노트북을 들고 나가 구인 사이트를 보는 둥 마는 둥 하다가(더이상 출판 일은 하지 않겠다는 굳은 의지로 사람인이나 잡코리아 같은 일반적인 구인구직 사이트만 둘러보았는데 도무지 기웃거려볼 만한 곳도 없어서 나는 더욱 슬퍼졌다) 몇 년째 연락 한 번 주고받지 않은 옛친구들의 인스타그램을 처음부터 끝까지 다 훑는다거나 새 트윗도 올라오지 않는 타임라인을 계속 새로 고침 한다거나 하면서 인생을 낭비하다가 도서관에서 나처럼 삶에 실패한 인물들이 나오는 소설을 읽었다. 삶에 실패하는 인물이 나오는 소설을 찾는 것은 그다지 어렵지 않았다. 서가에서 아무 책이나 뽑으면 거기에는 처참하게 실패한 인물들이 있었다. 가끔가다 밑도 끝도 없이 명랑한 인물이 나오는 소설(이를테면 『그리스인 조르바』 같은)도 나왔지만 대체로는 원하는 책을 얻을 수 있었다. 어떨 때는 참을 수 없이 외로워져서 아무 기억이나 붙잡고 그것을 한참 동안 그리워하기도 했다. 그러고는 어느 정도 시간이 지나면 언제 그랬냐는 듯이 그것들을 까맣게 잊어버렸는데, 그러다가 다시 또 무언가를 그리워하고……

그 그리움의 상자에서 가장 많이 꺼냈던 것은 아이러니하게도 연경이었다. 그러고 싶지 않았지만 어쩔 도리가 없었다. 그녀는 내가 상하이로 떠나는 데, 더이상 서울이라는 곳에 하루도 더 머물 수 없는 심정이 되어 새로운 장소에 대한 열렬한 갈망을 품고 실제로 이곳을 떠나기까지 하는 데 거의 직접적인 원인을 제공한 인물이었다. 나는 그녀와 관련된 모든 것에서 멀어지고 싶었는데, 대학 시절부터 그녀와 함께 보낸 오랜 시간, 나에게는 평생에 가깝게 느껴지는 그 시간들에서 헤어나오지 않고 다시 삶을 시작한다는 건 불가능하다고 생각했기 때문이다. 연경을 처음 만났을 때만 해도 나는 타인과 관계 맺는 일에 서툴렀고 누군가와 그렇게나 길고 고단한 감정적 투쟁을 할 수 있다는 것은 상상도 해보지 못한 어리숙한 학생일 뿐이었다. 하지만 삶에서 그런 일이 충분히 일어날 수 있다는 사실을 알고 있었더라도, 새로운 자극이나 찾아보려고 놀러간(어떻게 보면 그 '새로운 자극'이라는 걸 찾아낸 셈이긴 했다) 타학교 축제에서 우연히 알게 된 여학생이 나의 삶(특히 감정적 영역에서의 삶)에 이렇게나 지대한 영향을 끼칠 거라는 걸 어떻게 알 수 있었을까? (당연히 정은이 내게 연락을 해왔을 때 역시 나는 아무것도 예감하지 못했는데, 그렇게 생각하다보면 그런 걸 미리 알 수 있는 사람이 누가 있겠는가, 하는 생각을 하게 되고 곧이어 우연인지 운명인지 알 수 없는 삶의 무자비함에 아득한 무력감을 느끼게 되는 것이다……)

연경을 그리워하는 날들을 보낸 것도 그때가 처음은 아니었다. 우리는 사 년 동안 연인으로 지내다가 내 군입대를 계기로 헤어지게 되었는데, 제대 후에도 그녀를 완전히(일단은 그렇게 말해볼 수 있을 정도로) 잊는 데까지 꽤 오랜 시간이 걸렸고 그전까지는 틈날 때마다 그녀를 그리워했다. 그 시기의 감정에는 물론 어느 정도 타당성이 있었다. 적어도 나는 우리가 스스로의 선택이 아닌 불가항력적인 상황에 의해 이별을 맞이한 것이라고 믿었고, 그런 사연에는 그때만 해도 이십대였던 나의 감성을 자극하는 어떤 비극의 요소가 있었던 것이다. 우리는 거의 모든 처음을 나눠 가졌으며 거기에는 육체적인 것보다 감정적인 것이 훨씬 더 큰 비중을 차지했다. 우리는 첫 애정과 첫 질투를 공유했고 첫 환희와 첫 쾌락과 첫 증오와 첫 환멸과…… 그 밖의 많은 것을 주고받았다. 그래서 나는 이미 어떤 운명적인 끈이 우리를 꽁꽁 묶어버려서 그것이 옳은 방향이든 아니든 우리는 결국 함께할 수밖에 없다는 생각을 하기에 이르렀던 것이다. 그리고 이윽고, 자그마치 오 년이라는 시간이 지나서(그동안 나는 서너 번의 연애에 실패한 뒤였다) 우리는 다시 연인이 되었지만 그녀와의 재회는 내가 그리움에 잠겨 상상하곤 했던 애틋한 만남과 전혀 다른 모습이었고, 그것은 애틋하다기보다는 참혹한 모습이었으며, 우리는 잔인할 정도로 서로에게 가혹했던 몇 년을 보낸 뒤 애정과 증오가 뒤엉켜 더이상은 서로를 그리워할 수 없을 정도로 엉망진창이 되어 헤어지지도, 헤어지지 않지도 못한 채 누군가가 대신 우리를 완전히 끝장내주기만을 기다리는 상황에 처하고 말았다. 한번 그런 방향으로 진행된 관계는 다시 좋은 쪽으로 나아갈 기미가 보이지 않았으며 결국 내가 상하이로 떠나고 나서야 우리는 서로에게서 벗어날 수 있었다.

그런데 내가 연경을 그리워한다니? 그것은 어쩌면 내가 철이 든 이후에 한 그 어떤 일보다도 우스운 일이었지만 나는 그러고 있었다. 마치 기억상실증에 걸린 사람처럼 다시 그런 멍청한 짓을 하고 있었다. 그러면서 동시에 그녀와 함께했던 시간 중 (나의 무의식이 조심스럽게 기억의 지뢰밭을 헤쳐 선별해낸) 가장 안전한 추억들을 떠올리는 스스로에 대해 소스라치게 놀라곤 했다. 그럴 때마다 나는 그리움에 시달리면서도 그 시기는 이미 지나갔으며 내가 그리워하는 것들은 실제로 더이상(어쩌면 애초에 단 한 번도) 존재하지 않는다는 사실을 상기하려 노력했다. 그래서 그리움의 바다에서 허우적대다보면 나는 더욱 외로워졌고, 그러면서 또다시 무언가를 그리워하고……

이런 상황이었으니 내가 정은과 현수를 기억하는 방식을 결정짓는 데는 연경이라는 존재가 큰 역할을 했으리라고 생각하지 않을 수가 없다. 아니 좀더 정확하게 말하자면 나는 연경이라는 사람 자체가 아니라 나와 연경이 관계 맺던 방식과 그 두 사람의 관계 형태에서 극적 대비를 발견한 것이었다고 볼 수 있다. 서로를 사랑한다고 여겼던 연경과 내가 서로에게 서로를 주장하며 충돌했던 순간들은 격렬했으며 그만큼 부풀려졌고, 강렬한 고통과 함께 알 수 없는 쾌감(위태로운 관계에서 오는 긴장과 해소의 반복이 주는 조금은 중독적인 형태의)을 수반했다. 때로는 고통인지 쾌감인지 구별할 수조차 없었던 감정의 무조건적인 분출들, 폭발들!…… 우리가 사랑이라는 성스러운 이름으로 자행한 가학적 행위들은 거의 피로 물든 십자군전쟁이나 다름없었다. 우리는 끊임없이 비난하고 오해하고 실망하고 항변하고 항복하고 용서했다. 그리고 마침내 상하이로 향하는 항공기에 앉아 만 피트 상공에서 나는 콜레트의 『여명』을 읽다 말고(그 책이 내게 어떤 영향을 주었는지 분명히 알 수는 없지만) 불현듯 속으로 이렇게 외치며 그녀에게서 영원히 벗어나기로 결심했던 것이다. 그래서 사랑은? 그럼 이제 사랑을 내놔봐. 그건 대체 어디 있는데?

그런가 하면 정은과 현수는 내가 언젠가 막연히 나에게도 도래할 것이라고 기대했던 삶, 진짜 어른의 삶을 살고 있는 것처럼 보였는데, 무엇보다 그들이 맺고 있는 관계에서 그랬다. 그들은 서로를 완전한 독립체로 대하면서도 끊을 수 없는 강한 유대를 맺고 있었고 그것은 사랑과 신뢰를 기반으로 한 아주 단단하고 영속적인 결합으로 보였다. 그건 내가 구체적으로 그려보지는 못했지만 만약 그런 것이 존재한다는 사실을 알았다면 그렇게 되기를 바라 마지않았을 완벽한 형태의 관계 같았다. 그들은 나보다 겨우 두세 살 많을 뿐이었지만 나는 두 사람이 마치 나보다 한 세대는 위의 사람들인 것 같다고 생각했다. 유행에 뒤처졌다거나 고리타분해서가 아니라 두 사람이 내가 그래왔고, 그러고 있는 것보다 이 세상을 훨씬 더 많이, 잘, 속속들이 '활용'하고 있다고 느꼈기 때문이다.

그처럼 '완전한 어른'으로서의 그들을 떠올릴 때마다 나는 자연스럽게 우리가 만나곤 했던 공간을 함께 떠올리게 된다. 녹사평역에서부터 그늘 한 점 없는 언덕길을 땀을 주룩주룩 흘리며 걸어올라 찾아가곤 했던 해방촌의 카페는 그들만의 아지트였다. 오래된 복층주택을 개조한 그 건물 중앙에 위치한 아르 데코풍의 육중한 나무문을 열면 소름이 돋을 정도로 서늘한 공기가 순식간에 몸을 감쌌고, 나는 고불고불 연결되어 있는 작은 방들 사이에 규칙 따위 없이 숨겨져 있는 층계를 올라 그들이 늘 차지하고 앉아 있던 삼층의 구석방으로 갔다. 그러면 현수는 내게 얼음 조각이 가득 든 차가운 커피를 내밀었는데 스트로를 입에 물고 몇 모금 들이켜고 나면 어느새 더위는 사라지고 땀에 젖어 등에 들러붙던 셔츠는 다 말라 있곤 했다. 매번 햇빛이 비치지도, 매번 그만큼 덥지도, 그리고 매번 그처럼 눈부시지도 않았을 해방촌에서의 날들이 내게는 그런 이미지로 남아 있었다. 그 나무문을 밀고 들어설 때 나는 어떤 차원의 문을 통과해 그들이 존재하지 않던 세계에서 그들이 존재하는 세계로 이동하는 듯한 느낌을 받았다. 문을 열면 펼쳐지는 청명한 벽빛…… 눈이 멀 듯 짙은 그 초록……

나는 그들의 과거사, 그러니까 그들이 내게 써서 보여주는 이야기에 대해서는 묻지 않았다. 그들도 그 이야기는 꺼내지 않았고, 서로 말로 하지는 않았지만 그것은 우리 사이에 있던 거의 유일한 근로 협약이라고 할 수 있었다. 그래서 나는 그들의 이야기가 적힌 글을 읽으면서 그 속에 있는 인물들이 다름 아닌 바로 그들이라는 사실을 충분히 실감하지 못했다. 그들이 사설 인문학 강좌에서 고대 그리스철학 수업을 듣다가 가까워졌고, 수업이 끝난 뒤에도 서로

책을 빌려준다는 좋은 핑계로 따로 만나 차를 마시고 함께 전시를 보러 가며 점점 가까워지는 이야기는 내게 그들이 함께 쓰는 소설 속 이야기처럼 느껴지기까지 했다. 글 속의 남자는 보수성향의 메이저 일간지에서 기자로 일하고 있지만 내 눈앞에 있는 현수는 그저 제국 시대 한량처럼 보일 뿐이었고, 글 속의 여자는 한 문화교류재단에서 코디네이터로 일하고 있는데 정은은 왠지 어린 나이에 임용된 영문학과 교수 같은 느낌이었던 것이다. 하지만 그랬기 때문에 나는 오래전 출판사에서 편집 일을 하던 때처럼 어느 정도 거리를 둔 채 그들의 원고를 읽고 고쳐나갈 수 있기도 했다. 그들은 내가 읽는 것이 조금 느려진다 싶으면 이렇게 말하곤 했다. "왜요, 재미없어요? 이 부분 좀 지루하죠?"

두 사람과의 만남이 이어지면서 나는 그들이 나를 대하는 방식이 빠르게 달라지고 있다고 느꼈다. 그들은 작업을 도와주는 외주자보다는 그들과 함께 한 시절을 보낼 친구로서 나를 원하고 있는 듯했다. 두 사람은 보여줄 원고가 없을 때에도 맥주를 마시자거나 드라이브를 가자거나 하면서 나를 불러내곤 했다. 그들에게는 차가 없었기 때문에 우리가 했던 드라이브라는 건 택시를 불러 종로나 북악산 자락을 한 바퀴 돌고 다시 해방촌으로 돌아오는 식이었고, 우리는 마치 친구의 차를 얻어 탄 것처럼 편하게(늘 앞좌석에 탔던 현수는 뒷좌석의 나와 정은을 마주볼 수 있을 정도로 몸을 옆으로 틀었다) 수다를 떨었다. 그러나 그들이 나를 필요로 하는 만큼 나 또한 그들을 필요로 했던 것도 사실이다. 솔직히 말하면 나는 그들과 함께 있는 것이 즐거웠고, 그들과 더 가까워지고 싶었으며, 그들의 일부가 되고 싶었다. 나는 종종 스스로 느끼기에도 그들에게 과도할 정도의 애정을 품고 있다고 생각했다. 그것은 어쩌면 내가 그들의 내면(그들이 보여주는 원고를 통해)과 외면(그들과 물리적으로 함께하는 시간의 양에 비례해)을 모두 소유하고 있다는 착각에서 비롯된 유대감 때문인지도 몰랐다. 나는 연경을 비롯해 어떤 사람도 그런 방식으로 소유해본 적이 없었다. 그렇다 해도 우리 셋이 그러한 관계가 되기를 먼저 바랐던 것은 그들이었다는 생각을 하지 않을 수가 없었는데 그건 정은이 네번째 원고, 두 사람에 관해 내가 전혀 예상하지 못했던 의외의 사실이 담겨 있는 원고를 넘긴 것이 그들에 대한 나의 애착이 충분히 가시화되어 그들도 그것을 느꼈을 게 분명해졌을 무렵이었기 때문이다.

정은은 여느 때와 같이 해방촌의 활엽수림에서 프린트된 원고를 내게 건넸는데, 이번 원고는 평소보다 오랫동안 고민하고 다듬은 흔적이 역력했다. 거기에는 내가 그들에 대해 알아야 할 가장 필수적인 사실이 할 수 있는 한 조용하게, 전혀 대수롭지 않은 것처럼 자연스럽게, 최대한 극적이지 않은 방식으로 서술되어 있었다. 하지만 도리어 그러면 그럴수록, 그녀가 글 안에서 딴청을 피우면 피울수록, 뒤로 물러나면 물러날수록 그 글이 보여주고 있는 진실, 그러니까 그들이 결혼한 사람들이라는 사실, 밤 열한시가 되면 해방촌의 안전 가옥에서 퇴장해 서로의 가정으로 돌아가야 한다는 사실, 그곳에는 정은을 맞이하는 또다른 남자가 있고, 현수를 기다리는 아내와 세 살 된 딸아이가 있다는 사실을 더욱 드라마틱하게 드러낼 뿐이었다.

나는 그 원고를 읽으면서 내가 그동안 그들에게서 숱하게 보아왔던, 누구에게나 호감과 신뢰를 줄 만한 여유롭고 자신감 있는 미소가 이제는 거의 보이지 않을 정도로 희미해진 것을 보았고, 그들이 긴장한 채, 어떤 간절함을 품은 채 나를 바라보고 있다는 걸 느꼈다. 나는 그제야 그들이 나를 찾은 이유를 분명히 알 수 있었다. 그들은 오랫동안 오직 둘만이 존재했던 세계에 이제는 그들에게 동의해줄 타인이 필요하다고 느꼈으며 그게 그들의 세계가 지속될 수 있는 하나의 방법이라고 생각했던 것이다. 그들은 어떤 유적도 역사도 없는 그들의 애처로울 정도로 빈약한 세계를 증언해줄 목격자를 원했고, 최후의 순간에 그들의 편에 서줄 동조자를 원했으며, 점점 커져가는 그들의 죄책감을 함께 나눌 공범을 원했다.

네번째 원고에 담긴 내용이 내게 적잖은 충격을 준 것은 사실이었다. 그러나 그 글을 읽고 난 후 나의 태도가 특별히 바뀐 것은 아니었다. 아니, 아무것도 바꾸지 않음으로써 우리의 관계가 전과 다른 양상으로 완전히 바뀌었다고 말할 수도 있을 듯하다. 나는 이전과 마찬가지로 원고의 내용에 대해서는 반응하지 않았다. 우리는 평소처럼 소설에 대해, 영화에 대해, 미술에 대해, 그 밖의 모든 것에 대해 이야기를 나누었지만 그 내용에 대해서만은 입을 열지 않았다. 물론 나는 원고를 읽은 뒤 피드백을 했고, 어떤 부분을 어떻게 다듬으면 좋겠다느니, 이 부분에서 전달력이 조금 떨어진다느니, 한 꼭지의 분량이 너무 길다느니 하는 소리를 했지만 그 속에 들어 있는 가장 중요한 내용에 대해서는 아무 말도 하지 않았다. 그러는 한편 나는 그들에게 직접적이지 않은 방식으로, 전보다 더욱 호의적으로 행동함으로써 내가 두 사람에게 여전한 애정을 품고 있음을 알리려 애썼다. 나는 내가 새로 알게 된 사실에 대해 전혀 신경쓰지 않으며 당신들에게 윤리적 지탄을 가할 생각이 추호도 없고 앞으로도 당신들의 편에 설 것이라는 뜻을 전달하고자 했다. 그것은 거짓이나 배려가 아니었다. 오히려 나는 네번째 원고를 읽은 후 전보다 더 그들에게 끌리게 되었는데 그것은 그들이 나와 다른 차원의 '진정한' 삶을 경험하고 있다고 여겼기 때문이었다. 두 사람이 외도를 하고 있다는 불온하고도 엄연한 진실은 그때의 나에게 그들이 그저 그런 연인 관계가 아니라는, 그들의 사랑이 지천에 널린 흔하디흔한 애정이 아니라 위험과 고난을 (심지어 죄의식마저) 함께 나누며 이어나가고 있는 숭고하기까지 한 행위라는 것을 증명해줄 뿐이었다. 그것을 알고 있는 사람이 나밖에 없다는 사실도 그들에 대한 유대감을 더욱 강화해주었다. 두 사람이 그 험난한 상황에서 감정적으로 의지할 수 있는 대상은 오직 나뿐이었다. 나는 그들의 일을 전보다 더 열심히 도왔는데, 그건 그들이 자신들의 이야기를 쓰려고 했던 데에 애초에 내가 기대했거나 염려했던 것보다 더 충분한 명분과 설득력이 있다는 걸 알게 되었기 때문이었다.

그 일이 내게 준 영향 중 하나는 나도 글을 쓰기 시작했다는 것이었다. 그들이 자신들에 대해 쓰는 것처럼 나는 연경과 나에 대한 글을 쓰기로 마음먹었다. 그리고 그것을 연경에게 보낼 생각이었다. 연경에게서 도망치듯 상하이로 떠날 때, 물론 무언의 합의가 없었던 것은 아니지만 분명하게 서로의 뜻을 전했던 것이 아니었기 때문에 우리의 이별은 조금 어정쩡한 형태였던 게 사실이다. 정은과 현수를 보면서 나는 연경과 나의 관계를 정리할 필요를 느꼈으며 우리가 대체 왜 그런 식으로밖에 지낼 수 없었는지 서로에게 해명해야 한다고 생각했다. 그녀의 생각을 알고 싶은 만큼 나 또한 그녀에게 나의 생각을 분명하게 전달하고 싶었고 그러려면 우선 내가 그녀와의 긴 만남을 통해 어떤 것들을 느껴왔는지 알아야 했으며 그 방법은 역시 글쓰기뿐이라는 생각이 든 것이다. 그리고 내 글의 독자가 될 수 있는 사람은 연경뿐이었다.

그러나 막상 글을 쓰는 건 쉽지 않았다. 어디서부터 시작해야 할지 알 수가 없었고, 일단 시작을 한다 해도 그것이 완전히 잘못되었다는 생각과 함께 다른 방식의 도입이 계속해서 떠올랐던 것이다. 어떻게든 글을 이어나가다보면 그때 정말 그랬었나? 하는 의문이 들고, 글을 쓰다가 나의 기억이나 감정이 바뀌기도 했다. 어떨 때는 내가 너무 공격적인 어조로 말하고 있다는 생각이 들다가 또 어떨 때는 지나치게 변명을 늘어놓고 있다는 생각이 들었다. 이를테면 나는 이렇게 썼다.

"잘 지냈니? 너의 인스타에서 종종 개를 데리고 산책하는 사진을 봤어. 그동안 네가 잘 지내는지, 아니면 그렇지 않은지 주시하고 있었다는 말을 하려는 건 아니야. 오히려 네가 개를 데리고 한강공원을 즐겁게 산책하는 사진을 보아도 더이상 내 마음이 나빠지지 않는다는 사실을 말하려는 거야. 상하이에서 나는 가끔 내가 이곳으로 유배를 와 있는 건 아닌가 하는 생각을 했거든. 원래 있던 자리에서 예전 그대로의 삶을 유지하고 있는 너의 사진들을 보면 화가 치밀어오를 때도 있었어. 사실 매일 화가 났지. 언제나 화가 났어. 상하이에서의 내 생활이 그다지 만족스럽지 않았던 탓도 있었겠지. 사촌형이 하고 있다는 의료기구 사업은 그다지 잘 흘러가고 있지 않았어. 잘 흘러가지 않을 뿐만 아니라 올바른 방향으로 가고 있지도 않았어. 내가 보기엔…… 애초에 성공이란 걸 기대할 수 없을 만큼 절망적이었어. 무슨 대단한 결과물을 바라고 그곳으로 갔던 건 아니었지만 떠나기 전 적어도 거기에서는 내가 쓸모 있는 사람이 될 수 있을 거라는 기대가 없었던 것도 아니거든. 네가 숱하게 얘기했던 대로 나는 한 번도 스스로에게 온전히 권리나 책임을 쥐여줘본 적이 없으니까. 나는 늘 도망칠 구석을 만들어두었어. 변명할 여지를 두었지. 그래서 이번에는 조금 다른 삶을 살아보고자 했던 거야. 그런데 나는 한 달이 지나기도 전에 그곳에 질려버리고 말았어. 그건 내가 결국 그곳에서 철저한 실패를 경험할 거라는 사실을 직감했기 때문이야……"

나는 한 문단이 끝나기도 전에 이야기가 딴 길로, 쓸데없이 비관적인 방향으로 빠져들고 있다는 걸 깨닫고는 쓰기를 멈췄다. 심지어 연경의 일과는 상관도 없는 이야기였다. 나는 다시 썼다.

"상하이에서는 시간이 많았어. 그래서 나는 가장 최근에 있었던 일, 그러니까 우리가 함께 겪은 비극에 대해서 생각할 수밖에 없었지. 너도 알다시피 그곳은 유구한 역사와 찬란한 미래가 있는 곳이잖아(적어도 겉으로 보기에는 그렇지). 나도 상하이에 처음 방문한 많은 사람이 그러듯이 황푸강 동편의 눈부신 마천루와 서편의 유서 깊고 광대한 정원에 감탄했어. 그런데 어느 날 와이탄의 강변을 걷던 도중 그것들이 모종의 강박으로 축조된 것들이라는 사실을 깨달은 거야. 내가 보고 있던 건 조악한 전통과 빈약한 미래뿐이었던 거지. 적어도 내가 느끼기에 상하이에는 진정한 의미에서 시대란 존재하지 않았어. 심지어 현대조차도 없었지. 오로지 몰취향이 만들어낸 키치함뿐이었어. 거기에서 우리의 관계를 환기하는 무언가를 발견하는 것이 어려웠을까? 우리가 맺어온 관계를 상징하는 건 상하이가 가지고 있는 어떤 면이 아니라 그곳에 부재하는 무언가였어. 우리가 가지지 못했고 가질 생각조차 하지 못했던……"

나의 글은 겉돌고 있었다. 나는 그녀에게 직접적으로 말해야 했다. 허황된 상징이 아니라 날것 그대로의 목소리로. 그러나 정작 글을 쓰기 시작하고 나서 깨달은 건 내가 연경에게 무슨 말을 하고 싶은지는커녕 스스로 그녀에 대해 어떻게 생각하고 있는지조차 정확히 알지 못한다는 사실이었다.

나는 그것을 알기 위해 끊임없이 글을 썼다 지웠다. 애초에는 그녀와 나에 대해 시작부터 끝까지, 정말이지 알파와 오메가를 몇 장이 되었든 구구절절 써볼 작정이었지만, 나는 열흘이 넘어가도록 제대로 된 한 문단도 만들어내지 못했다. 그래도 일단 날이 밝으면 책상에 앉아 뭐라도 쓰려고 노력했다. 글은 점점 연경에게 보내는 편지에서 스스로를 돌아보는 형태로 변해갔다. ("나는 그녀로 인해 고통받으면서 동시에 그 참담함을 즐겼다……") 나는 의도나 형식이나 수신인보다 그저 어떤 것들을 상기하는 방식으로 글을 써내려가고 있었다. 그것은 무언가를 해명하거나 설명한다기보다는 그

일을 다시 경험하는 일에 가까웠으며 그 경험은 또다른 해석을 불러일으켰고 그래서 나는 나에 대한, 그녀에 대한, 우리가 겪은 일들에 대한 기억을 끊임없이 수정해야 했다.

정은이 붉은색 혼다 세단을 몰고 내가 있는 곳까지 찾아온 건 내가 그런 식으로 수십 장의 글을 쓰고 지우고 다시 썼다가 치워두기를 반복하는 작업에 몰두해 있을 때였다. 그녀는 내 어머니가 종종 앉아 담배를 피우곤 하는 아파트 단지 입구의 등나무 그늘에 서서 나를 기다리고 있었다. 내가 나오자마자 그녀가 꺼낸 말은 글쓰기를 그만두고 싶다는 것이었다. 내가 왜 그러느냐고 묻자 그녀는 더이상 글을 쓸 이유가 없어졌다고 했다.

"다 끝났어. 현수가 집으로 돌아갔어."

나는 정은의 얼굴을 살폈지만 그녀의 감정을 알기가 어려웠다. 불안해하고 있는 것 같기도 하고 화가 난 것 같기도 했으며 어딘지 다급해 보이는 듯도 했다. 어쨌든 평소의 자애로운 모습과는 전혀 다른 모습이었다.

"싸웠어요?"

"우리는 싸우지 않아. 우리는 싸워본 적도 없어."

"정말이에요?"

"그래, 우린 한 번도 싸운 적이 없어."

"그럼 대체 뭐가 어떻게 된 건데요?"

"그냥…… 다 끝났어."

"뭐가 다 끝났다는 거예요?"

정은은 그러고도 한참 동안 똑바로 말을 하지 않아 나를 속 터지게 했다.

"그럴 때 있잖아. 한창 물놀이에 빠져 있다가 뒤를 돌아보았는데 해안이 까마득히 멀어 보일 때. 돌아갈 수 없을지도 모른다는 생각이 들 때……" 이런 식으로 추상적인 비유를 늘어놓는가 하면, "사실 우리는 처음부터 알고 있었어. 책을 쓰기로 하기 전부터, 그러니까 널 만나기도 전부터 말이야" 같은 알 수 없는 소리를 하기도 했다. 그렇게 한동안 본론으로 들어가지 못하고 머뭇거리다가 그녀는 이렇게 이야기를 꺼냈다.

"지난주에…… 지난주에 우리는 너무 멀리까지 가버렸어. 지난주라니, 그 이후로 몇 달은 지난 것 같은데 그게 불과 일주일 전이라는 게 믿기지가 않아."

정은은 우리가 그녀의 차를 타고 드라이브를 갔던 날에 대해 말하고 있었다. 그녀의 말처럼 우리는 결코 멀리 가지 않았다. 적어도 물리적으로는. 우리가 간 곳은 택시를 타고 종종 다녀오기도 했던 북악산 자락일 뿐이었다.

그날 그녀는 처음으로 차를 몰고 왔다. 도장이 군데군데 벗겨지고, 손잡이를 돌려서 차창을 내려야 할 만큼 연식이 오래된 차였다. 나와 현수는 그 차가 누구 것인지 묻지 않았다. 그 이유는 우리 모두 듣지 않아도 그것이 누구의 것인지 알고 있었기 때문이다. 오히려 우리는 (적어도 나는) 그동안 왜 그 차를 한 번도 몰고 온 적이 없었는지 묻는 편이 더 자연스러웠겠으나 그 역시 하지 않았다. 그저 아무 말 없이, 신나하며 그 붉은색 혼다에 올랐을 뿐이었다. 그날 우리 셋은 여느 때와 다름없이 즐거운 시간을 보냈다. 평소와 다른 점이라면 우리가 평소보다 더 즐거운 시간을 보냈다는 것이었다. 우리는 왠지 모를 이유로 들떠 있었다. 그것이 문제라면 문제였을까? 우리는 자동차 바퀴의 마찰음을 뚫고 들어오는 매미와 풀벌레 울음소리를 들으며 한밤의 북악산 스카이웨이를 달렸다. 정은이 급커브길에서 속도를 줄이지 않고 핸들을 꺾을 때마다 현수와 나는 즐거운 비명을 질러댔다. 우리는 잠시 앉아 있을 만한 장소를 찾기 위해 부암동 골목길로 들어갔고, 모두 그곳은 초행이어서 가게는 하나도 보이지 않고 온통 주택들뿐인 어두컴컴한 골목을 오랫동안 헤맸다. 그러다가 차가 뒤로 넘어갈 것만 같은 가파른 언덕이 나타나 중간쯤에서 올라가기를 포기하고 식은땀을 흘리며 한참을 후진해 다시 경사가 완만한 길로 나왔을 때, 어둠 속에서 노란빛을 내고 있는 선술집을 발견한 것이다.

그곳은 테이블이 서너 개뿐인 아주 작은 선술집이었는데 오래된 책들이 벽을 가득 메우고 있었고 구석에 비스듬히 세워져 있는 전축에서는 팔십년대 건전가요가 흘러나오고 있었다. 우리는 그곳을 아주 마음에 들어했으며, 거기로 우리를 인도한 하느님과, 북악산의 산신과, 낡은 혼다에 깃든 요정에게 감사하며 아사히 생맥주를 마셨다. 운전을 해야 하는 정은을 빼고 현수와 나는 맥주를 서너 잔 마셨지만 술보다는 그곳의 분위기와 우연이 준 일탈의 기운에 취해 있었다. 그런데 평소보다 좀더 목소리를 높여 문학과 삶에 대해 논하고 있던 중 현수가 충만한 기쁨에 가득찬 목소리로 이렇게 말했다.

"우리 매년 여름마다 여기 올까?"

우리가 단 한 번도 이야기해본 적 없는 다음 여름에 대해 이야기할 만큼 현수는 그곳이 마음에 들었던 것이다. 우리가 단 한 번도 이야기해본 적 없는 다음의 다음, 또 다음의 여름에 대해 이야기할 만큼 현수는, 그리고 우리는 그날의 분위기가 좋았던 것이다. 그 이후 잠시 동안, 결코 길지는 않았지만 모두가 느낄 수 있을 정도로 분명하게 정적이 흘렀다. 매해 여름이란, 이런 아름다운 계절이 한 번도 아니고 두 번도 아니라 셀 수 없이 많이 지속될 여름이란 우리가 감당하기에는 너무나 아득하고 눈부신 말이었다. 그동안 우리가 종종 나누기도 했던 조금은 과장된 약속들과 달리 그건 우리 모두를 미몽에서 깨울 만큼 강력한 주문이었다. 물론 그 짧은 정적 이후에 우리는 다시 활기를 되찾았고, 문학과 삶에 대해 목소리를 높였지만 그뒤로는 모든 게 공허하게 느껴질 뿐이었다. 그 주문이 내게 준 실감은 언젠가 우리가 서로를 잃을 거라는 것이었고, 그 상실에 대한 두려움만큼 내가 그들을 사랑하고 있다는 사실이었다. 그러니 그때 느낀 공허함은 다른 누구의 것이 아닌 분명 나의 것이었다. 그 공허함은 정은의 것이고 현수의 것이었지만, 그만큼이나 나의 것이기도 했다.

"너를 내려주고 집으로 돌아가는데 왠지 울음을 참을 수가 없었어. 네가 차에서 내리는 순간부터 주체할 수 없이 눈물이 나더라. 너한테 겨우 손을 흔들고 집으로 향했는데, 도저히 운전을 할 수가 없어서 갓길에 차를 세워놓고 한참 동안 소리 내 울었어."

나는 뭐라고 대답해야 할지 몰라 가만히 있었다. 그녀가 내 앞에서 울음을 터뜨릴지도 모른다는 생각이 들었지만 그러지는 않았다.

"그러고는 안 되겠다고 생각했지. 더이상 이런 식으로는 안 되겠다고."

"그래서요?"

"집에 들어가자마자 남편한테 모두 말해버렸어."

"어디까지요?"

"전부 다."

나는 그녀가 말하는 '전부'가 무엇인지 모두 알 수는 없었지만 그녀가 남편에게 말했을, 아니면 말해야 했을 최소한의 이야기가 무엇이었는지는 알 수 있었다. 그녀는 또한 그 사실을 바로 현수에게 알렸다고 했다. 현수는 당황하지 않고, 오히려 담담한 말투로 앞으로 힘들어지겠네, 라고 대답했다는 것이었다. 누가? 모두가. 뭐가? 전부 다.

"며칠 동안 우리는 그 어느 때보다도 많은 이야기를 나눴어. 하루종일, 다음날도, 그다음날도, 매일매일 우리는 끝없이 이야기를 했어. 내 남편은 의외로 담담했어. 현수가 있는 해방촌까지 나를 차로 데려다줄 정도로."

"이제 해방촌이 낯설게만 보여. 그리고 그만큼 현수도 낯설어 보여. 단 며칠 사이에. 이상하지?"

"그곳에서 우리가 가장 많이 한 말이 뭔지 알아? 사랑한다는 말이었어."

"아마 다시는 그 말을 할 수 없으리란 걸 알았기 때문이었겠지."

"그렇다면 그 말은 뭘까?"

"다시는 할 수 없는 말."

"다시는 말할 수 없는 사랑이란 말은 뭘까?"

나는 때로 사랑이라는 건 그 자체로 의미를 품고 있지 않은, 그저 질량이 있고 푹신거리는 단어일 뿐이라고 느끼곤 했다. 나와 연경이 서로에게 사랑한다고 말한 순간을 세어보면 얼마나 될까? 우리는 서로가 그 말을 그 자체로서 받아들이지 못할 때뿐만 아니라 심지어 그 말을 제대로 듣고 있지 않을 때조차 마치 우리 사이의 빈 공간을 메우려는 것처럼 그 말을 쏟아냈다. 구멍이 뚫린 튜브에 계속해서 호흡을 불어넣는 것처럼. 그러나 우리의 말들이 완전히 무의미했다고 할 수 있을까? 우리라는 공간을 채우기 위해서 더이상 아무 뜻도 남지 않은 언어라도 멈추지 않고 채워넣는 것 외에 무엇을, 형체를 잃어가는 우리가 우리를 유지하기 위해 그 일 외에 더 무엇을 할 수 있었을까?

그 이후에 내가 할 수 있는 일은 없었지만 나는 한동안 현수를 만나는 일에 집착했다. 그에게 무슨 말이라도 들어야 한다고, 내가 그들에게서 완벽히 유리되어 예전처럼 누구와도 연결되지 않은 온전한 나로서 살아가려면 누군가가 분명한 목소리로 이 모든 관계에 종언을 고해야 한다고 생각했던 것 같다. 그러나 그는 정은의 남편이 그들에게 허락한 시간, 관계를 정리하기 위한 마지막 일주일을 보낸 뒤에는 정은은 물론이고 나와도 만나려 하지 않았다. 그는 전화로 그 이후 있었던 일에 대해 충분히 설명해주었지만 나를 보기는 힘들 것 같다고 했다. "너를 보면 정은이 떠오를 거고, 난 아마 견딜 수 없을 거야."

나는 그 모든 일이 이렇게 당황스러울 정도로 맥없이 끝날 수는 없다고 생각했다. 정말 이게 다야? 이게 끝이야? 그들의 세계는 이렇게 사라져버릴 만한 게 아니었다고, 내가 그 해방촌의 언덕을 올라 도달한 세계는 이런 게 아니었다고 나는 생각했다. 그러나 그에게 무슨 말이든 하려고 하면 할수록 그들의 세계에서 나는 완전한 이방인일 뿐이라는 사실만 깨달을 뿐이었다.

나는 거의 두 달이 지나서야 현수를 만나게 되었다. 그날은 바람이 많이 부는 날이었고 꽤 쌀쌀했으며 심지어 바닥에는 갈변한 낙엽마저 몇 개쯤 떨어져 있어서 이젠 가을이라고 하지 않을 수 없는 계절이었다. 시청 앞에서 만난 그는 밤색 카디건을 걸치고 있었고 그래서 그런지 낯선 사람처럼 보였다. 나는 하마터면 그를 알아보지 못할 뻔했다. 어쩌면 사람은 계절마다 다른 얼굴을 지니고 있는 것일까, 하는 생각을 하면서 그를 보았는데 계절이 어떻게 되었든 그가 가진 선한 얼굴만은 여전했다. 현수는 내게 사과를 건넸다.

"미안해."

그는 그 말을 하러 나왔다고 했다. 그러나 무엇에 대해?

"뭐가요?"

"모르겠어. 어쨌든 다."

"그동안 뭐하고 지냈어요?"

"아무것도 안 했어."

그는 힘없는 미소를 지어 보였는데 나는 어쩐지 그 미소가 비겁하다고 생각했다. 그렇게 선한 얼굴로 그렇게 기운 없는 미소를 지어버리면 내가 그를 원망한다는 사실이 마치 올바르지 않은 일처럼 느껴지니까. 그러나 사실 나는 내가 그를 원망하는 것이 올바르지 않은 일이라는 것 정도는 이미 알고 있었다. 어떤 사람들이, 어떤 세계가 있었고 이제는 존재하지 않는다. 여름은 지나갔다. 그해의 모든 태풍이 소멸했고, 모든 매미는 울음을 그쳤고, 아이들은 모두 물에서 나왔다. 그게 다였다.

"글을 계속 써요." 나는 그에게 말했다. 미리 생각하지도 않은 말이었는데 나도 모르게 몇 번이고 그 말을 하고 있었다. "당신들의 이야기를 쓰라고요." 물론 나는 그가 그러지 않을 거라는 걸 알고 있었다.

이제 와 돌이켜보면 내가 현수와 무슨 이야기를 나누려고 했던 것인지 알 수가 없다는 생각이 든다. 그에게 사과를 받으려던 것도 아니고 그에게 글을 이어 쓰라고 강요하려던 것도 아니었다. 아마도 그를 만나 무언가를 확인하거나 기다리기 위함이라기보다는 그저 어떤 시기를 연장시키고 싶었던 게 아닐까 싶다. 나는 온전히 나로서 존재하고 싶었던 것이 아니라 오히려 온전히 나로서 존재하게 되는 걸 피하고자 했던 것 같다. 꽤 오랫동안 무엇이 나를 그렇게 만들었나 돌이켜보았지만, 그건 옳은 질문이 아니었다. 오히려 무엇이, 그들이 나를 그렇게 만들 수 있도록 했는지가 더 나은 질문이었다.

그들에 대해 쓰게 된 건 나였다. 나는 연경에 대해 쓰다가, 그녀를 생각하면 생각할수록 정은과 현수에 대해 쓰지 않고 연경과의 일을 복기하는 것은 불가능하다는 사실을 깨닫게 되었다. 그런가 하면 정은과 현수에 대해 쓰면서 연경에 대해 쓰지 않는다는 것은 모든 것을 무의미하게 만드는 일이었다. 나는 현수를 만나고 돌아온 후로 우리에 관한 글을 쓰기 시작했다. 물론 그 글 또한 끊임없는 다시 쓰기의 과정만 거칠 뿐 도무지 완성되지 않았고 여전히 그러고 있는 중이지만, 그 일이 나에게는 도움이 된다. 만약 어떤 식으로든 글을 완결 짓게 된다면(그런 일이 일어날 가능성은 매우 희박해 보이지만) 나는 그걸 연경에게 보낼 생각이었는데 이제는 그게 좋은 생각인지 알 수 없어졌다. 이미 그 일들은 연경에게서 아주 멀리 떠나왔기 때문이다. 모든 것이 끝난 뒤에 그것을 복기하는 일은 과거를 기억하거나 기록하는 것이 아니라 오히려 재해석하고 재창조하는 일이니까. 그것은 과거를 다시 경험하는 것이 아닌 과거를 새로 살아내는 것과 같은 일이니까. 그러나 읽을 사람이 아무도 없는 글을 쓰는 것은 생각보다 고독한 일이다. 그래서 어느 날 나는 글을 쓰다가 어쩌면 내가 영원히 혼자일지도 모른다고 생각했고, 그게 문득 참을 수 없이 두려워졌다.

내심 하는 생각들

이럴 일인가, 싶은데 나는 이 소설을 반년 동안 썼다. 중간에 다른 원고를 쓰기도 했고, 개인적으로 이러저러한 일들도 있었고, 두어 번은 완전히 새로 시작한 거나 다름없으니까…… 하면서 핑계를 대고 싶어도 겨우 단편 한 편이라고 생각하면 정말 이럴 일이었나, 하는 생각이 드는 건 어쩔 수가 없다.

작년 여름에 내가 가장 많이 했던 생각은 아무래도 이 일이 적성에 안 맞는 것 같다는 것이었다. 원고를 밤새 붙들고 있다가 그날 쓴 문장을 모두 지우고 어스름한 새벽빛에 수면안대를 한 뒤 침대에 누울 때면 이렇게까지 할 일인가, 에서 이렇게까지 살 일인가, 로 곧잘 생각이 넘어갔고…… 그러다 약속한 기한을 한참 넘기고 이제는 정말이지 반드시 보내야 하는 최후의 마지막 데드라인이 밝아오기 전날, 며칠째 제대로 잠도 자지 않은 채 원고를 완성시키려고 애쓰던 나는 절망에 빠졌다. 막상 끝을 내려니 반년간 매달려온 이 소설이 완전히 망했다는 확신이 들었던 것이다.

믿기 어렵겠지만 대체로 나의 글쓰기를 어렵게 만드는 것은 내가 쓰는 글이 충분히 소설 같지 않다는 데 있다. 이상하지, 나만큼이나 전통적인 방식으로 소설을 쓰는 사람이 얼마나 된다고? 그런데 이 소설은 너무 말이 많아, 너무 직접적이면서 또 너무 추상적이고 (장면은 거의 없는데다가), 지루한 감정 토로만 끊임없이 늘어놓고 있잖아? 나는 생각했다. 그렇다고 심지어 전위적이지도 않아…… 나는 자주 내 글이 뱃가죽이 너무 얇아 내장이 훤히 비쳐 보이는 개구리처럼 불필요할 정도로 투명하다는 느낌을 받았다.

나는 글쓰기를 멈추게 될 때마다 '소설적인' 것에 대해 생각하지 않으려 노력했다. 내가 느낀/느끼는 감정을 전달하는 일에만 몰두하는 거야. 그러나 나는 스스로에 대한 믿음이 강한 편이 아니어서 앞에서 이미 말했듯이 마감 전날 참담한 기분이 되어 이건 소설도 아냐, 역시 아무래도…… 디테일이 너무 없어, 심지어…… (다시 한번) 전위적이지도 않고, 라고 중얼거리게 되었는데, 그러다가 놀랍게도 완전히 절망에 빠져 그다지 길지도 않았던 나의 소설가 인생을 끝내기로 마음먹기 직전(다행히 실제로 그런 마음을 먹지는 않았다), 느닷없이 어딘가에서 희망의 전조 같은 것이 아주 미약하게 피어오르는 걸 느꼈으며(그 와중에 나는 마지막 두 문단을 썼고, 문장을 몇 개 손보았다) 종말의 전조만큼이나 분명한 그것은 얼마 지나지 않아 더이상 전조가 아니게 되었고 이내 나는 왜인지 모르게 이런 생각을 하게 되었다. ……그래, 이게 바로 '그 소설'이야, 내가 쓰려고 했던 그 '소설'! 그러고 곧이어 나는 한시라도 빨리 내가 쓴 것을 친구들에게 보여주고 싶어 안달이 났다. 이거야, 이게 내가 쓰려던 거라구!…… 물론 이 역동적이고 파고 높은 감정은 송고와 함께 흔적도 없이 사라져버렸지만. (나는 늘 그렇듯이 송고 후 오랫동안 깊은 무력감에 젖어들었다……)

「우리들」은 쓰면서 (제목을 포함해) 거의 대부분의 내용이 수도 없이 바뀌었지만 처음부터 끝까지 바뀌지 않은 모티프는 이 소설이 한 커플을 동시에 사랑하게 된 사람의 이야기라는 것이었다. 원래는 이 이야기를 모 잡지에 잠시 연재한 장편소설 『미래는 사랑으로 가득하다』에 쓰려고 했는데 그러지 못했다. 그 장편소설은 「우리들」과 조금 다르게, 결혼한 여자와 사랑에 빠진 남자가 화자로 등장하고 그가 그녀의 남편을 포함해 부부 모두에게 애정을 느끼게 되는 이야기로 나아가려고 했으나 남편이 채 등장하기도 전에, 이미 신발부터 잘못 신었는데 돌이킬 수 없는 발걸음을 반년 넘게 이어가야 하는 일의 고통과 그것을 공개해야 한다는 데서 비롯한 수치심을 이기지 못해 연재를 중단하고 말았다. 결국 이번에 『미래는 사랑으로 가득하다』에서 한 발짝 뒤로 물러난 화자로 비슷한 이야기를 쓰긴 했지만, 앞으로 최소 한 번은 더 이런 이야기를 쓰게 될 것 같다.

이 소설 이후로 단편을 두 편 썼는데 한 편은 (비교적) 즐겁게 썼고, 한 편은 괴로워하며 썼다. 그것들을 쓰면서 나는 「우리들」을 꽤 자주 다시 읽어보았는데, 거기에서 하려고 했으나 결국 하지 못한 것들, 그리고 어찌어찌 담아내긴 한 것들을 되새기고 싶어서였다. 결과물의 객관적인 완성도와 별개로 어쨌든 「우리들」은 나에게 의미가 큰 소설이 되었다. 그래서 이 소설이 상을 받게 되었다는 소식을 들었을 때 솔직히 기쁜 마음이었다. 이렇게 감정적이고 감상적이기만 한 소설을 몇 명이라도 지지해주었다는 사실은 지금의 내게 더없는 응원이 되었다. 그리고 욕을 얻어먹게 되더라도 이 소설이 지금까지의 내 다른 소설들보다는 더 많은 사람들에게 읽혔으면 좋겠다는 생각도 내심 하고 있다.

적어도 나에게 글쓰기는 분명히 괴로운 일이고, 늘 원고 앞에서 도망치듯 살고 있으면서도 이 일을 계속하고 있는데, 이 행위에서 행복감이나 만족감을 얻기 위해서는 아닌 것 같다. 요즘 하는 생각은 어쩌면 글쓰기에 삶에서 느낄 수 있는 거의 모든 요소들이 들어 있기 때문일까, 하는 것이다. 이상하지 않나? 기쁨도, 슬픔도, 좌절도, 회한도…… 이해와 오해, 광기와 환희, 희망의 전조와 종말의 전조까지 그 모든 것이 빈 원고지 안에, 그저 희기만 한 화면 안에 들어 있다는 게. 그래서 어쨌든 좀더 쓸 것 같다.

가리는 것들과 가려진 것들 사이로

이은지

정영수의 「우리들」이 '무엇'에 관한 소설인지 특정하기는 쉽지 않다. 이것은 사랑의 실패에 관한 소설 같기도 하고, 삶과 문학에 관한 소설 같기도 하다. '우리'를 다루는 동시에 '나'를 다루고 있다고 할 수도 있다. 한 편의 소설로부터 인간과 세계에 대한 여러 추상적 관념들을 한꺼번에 떠올릴 수 있다는 것은 얼핏 당연하게 여겨지지만 곰곰이 생각해보면 꽤 기이한 일이다. 저 무수한 관념들은 개별적으로 존재할 때와 달리 소설 속에서는 아주 같지도 아주 다르지도 않은 모호한 형상으로 유유히 서로를 횡단하고 있다.

그런가 하면 이 소설이 '누구'에 관한 이야기인지 또한 쉽사리 단정하기 어려워 보인다. 이것은 정은과 현수의 이야기인가? 혹은 '나'와 연경의 이야기인가? 소설은 두 갈래 사이에서 비틀대다가 종국에는 주인공 자신에 대한 이야기로 귀결되는 모양새를 취하고 있다.

그러니 이 소설은 이 모든 것을 다 이야기하고 있노라는 결론을 내릴 수밖에 없을지도 모른다. 그렇지만 이 또한 어딘가 석연치 않다. 이 소설이 그 모든 것을 다 이야기한다고 할 수 있는 만큼이나, 그중 어느 것도 이야기하지 않는다고 할 수도 있을 테니 말이다.

아무래도 소설이 그렇게 된 사정의 근원에는 정은과 현수가 있을 것이다. 자신들의 관계를 한 권의 책으로 남기기 위해 크라우드 펀딩을 준비하고 편집자 출신의 '나'를 수소문하여 섭외하는 등, 지극히 면밀하고 이상적으로 행동하는 그들 말이다. '나'에 따르면 그들은 어른으로서 요구되는 기율을 거의 완벽하게 갖추고 있어 기꺼이 함께하고 싶을 만큼 "삶에 능숙한 사람들"(238쪽)이다. 그러나 그들이 각자 돌아가야 할 가정이 있는 사이임이 드러난 뒤에 분명해지는 것은, 그들의 지나치게 완숙한 태도가 사실은 관계의 실체를 감추기 위한 부단한 노력의 산물이었으리라는 것이다.

사정을 따지자면 연경의 이야기도 만만치 않다. 지극히 희화적으로 드러나고 마는 저 은폐의 미학은 '나'와 연경의 이야기와도 결코 무관하지 않으니 말이다. 연경과의 관계는 '나'의 삶에 가장 심대한 영향을 끼친 동시에 삶의 형세가 실패로 기우는 데 결정적으로 기여했을 뿐 아니라, 여전히 그리움 속에 소환되는 대상이다. 그러나 연경과의 관계가 정확히 어떠했는지, 그 관계가 구체적으로 어떻게 망가지게 되었는지 등에 대해 소설이 말해주는 것은 거의 없다. 다만 정은과 현수의 관계에 대한 '나'의 기억을 통해 유추할 수 있을 따름이다. '나'의 짐작대로 "정은과 현수를 기억하는 방식을 결정짓는 데는 연경이라는 존재가 큰 역할을 했"(246쪽)을 것이기 때문이다.

소설은 표면적으로 이야기되는 것을 통해 그 이면에 이야기되지 않는 것을 말하려는 것처럼 보인다. 혹은 소설에서 이야기되는 것들은 오로지 이야기되지 않는 것들을 위해 존재한다고 해도 좋을 것이다. 보다 엄밀히 말해 이 소설은 그렇게 존재하기를 시도하고 실패하기를 끊임없이 반복한다. 이야기되는 것으로부터 이야기되지 않는 것을, 즉 존재로부터 그와 연관된 부재의 흔적을 추적하는, 이른바 '부재하는 원인(absent cause)'의 존재 방식을 이 소설은 형식화하고 있다. 우리는 이 소설에서 부재하는 것들, 그러니까 부재함으로서만 말해지는 것들의 목록을 제법 길게 작성할 수 있을 것이다. 그리고 그 목록을 매번 새로이 고쳐쓸 수도 있을 것이다.

요컨대 이 소설은 '부재를 존재하게 하는 형식 실험'으로서의 기억하기이자 글쓰기이다. 그리고 이러한 형식을 지배하는 은폐의 논리는 그 속의 인물들에게도 내재적으로 작용한다. 예컨대 정은과 현수와 '나'의 관계는 그 본질을 은폐하는 장막을 걷어냈을 때, 즉 부재하는 것을 더는 부재하지 않게 했을 때 어떤 마법 같은 전환을 겪는다. 문제의 네번째 원고를 읽고 난 뒤 '나'는 마치 아무 일도 없었다는 듯 평소처럼 굴지만, "아무것도 바꾸지 않음으로써 우리의 관계가 전과 다른 양상으로 완전히 바뀌었다"(251쪽)는 것은 자명해 보인다. 그런가 하면 정은이 단 한 번도 몰고 나오지 않았던, 남편의 소유가 분명한 붉은색 혼다 승용차를 몰고 나온 날, 셋 중 그 누구도 평소와 다르게 행동하지 않았음에도 그날 이후 그들의 관계는 송두리째 바뀌어버린다.

선술집에서의 일화는 또 어떤가. 우연과 행운이 선사한 완벽에 가까운 분위기에 취한 현수가 매년 여름마다 이곳에 오자고 했을 때, 그 말은 "모두를 미몽에서 깨울 만큼 강력한 주문"(259쪽)이 되어버린다. 그 말을 듣는 순간 '나'가 직감했듯이 그날의 좋았던 분위기를 매년 여름, 다시 말해 영속에 가까운 수준으로 되풀이하여 경험하기란 불가능한 노릇이다. 그것은 어찌 보면 정은과 현수가 책 작업을 시작할 당시에 견지했던 태도, 즉 그들이 하려는 것으로부터 그 어떤 대단한 성취에의 가능성도 기대하지 않으려는 태도를 위반하는 것이기도 하다. 불가능한 것을 기대하지 않을 뿐만 아니라, 불가능한 것을 기대하지 않으려는 의지조차도 짐짓 부재하는 양 구는 태도, 그러나 사실은 그렇게 굶으로써 그 어느 때보다도 더 불가능한 것에 가까이 다가갈 수 있는 바로 그 태도 말이다. 그런 태도로부터 시작되었던 그들의 관계는 정확히 그것을 저버림으로써 와해된다.

반복되는 일련의 일화들로부터 우리는 모종의 아이러니를 추출해낼 수 있다. 어떤 대상을 진정으로 영원에 가깝게 존재하도록 하는 방법은 다름 아닌 그것을 부재하게 하는 것이다. 그리고 여기서 파생되는 또하나의 아이러니가 있으니, 대상을 부재하게 하려면 단지 그것을 존재하게 하려고 노력하면 된다는 것이다. 정은과 현수로부터 영향을 받아 글쓰기를 시작한 '나'는 연경과의 관계를 분명하고 정확하게 기록하는 것이 불가능에 가깝다는 것을 깨닫게 된다. 그것은 움켜쥐려 하면 할수록 자꾸만 멀어지고, 붙잡으려 하면 할수록 더욱 붙잡을 수 없게 되어버린다. 심지어 그것을 붙잡았다고 확신했을 때 손아귀에 쥐어져 있는 것은 매번 전혀 다른 무엇일 따름이다.

그렇다면 그것은 '나'에게 결코 사로잡히지 않는 방식을 통해서만 가까스로 존재할 수 있는지도 모른다. 그것이 짐짓 부재하는 것처럼 처신함으로써 그 주위를 은밀히 맴도는 데 그치거나, 그것을 붙잡으려는 헛된 노력 속에서 그것으로부터 점점 멀어져 마침내 그것을 철저히 부재하도록 하거나. 그러니까 우리는 그것이 없는 것처럼 굴거나 혹은 그것을 진짜로 잃어버림으로써만 그것을 존재하게 할 수 있다. 이를 행하기란 불가능할 뿐만 아니라 성공하더라도 그 사실을 결코 알아차릴 수 없을 것이다. 그럼에도 불구하고 이를 감행하려는 사람은 아주 철저히 고독해질 것이다.

소설의 결론에 이르러 우리는 정은도 현수도 아닌 '나'가 바로 그 고독한 사람의 역할을 자처하고 있음을 알게 된다. 그 고독의 자리에서 '나'가 들려주는 것은 정은과 현수에 대한 것도, 연경에 대한 것도 아니다. '나'는 연경에 대해 쓰기 위해서는 정은과 현수에 대해 쓰지 않을 수 없게 되었다고 전한다. 그러나 이 소설은 정은과 현수에 대해 '나'가 쓰고 있다는 그 글은 분명 아니다. 이 소설은 연경에 대해 쓰려면 어째서 정은과 현수에 대해서도 써야만 하는지에 대한 글이기 때문이다. 이제 우리는 이 소설의 정체를 정확히 규명하기가 쉽지 않은 이유를 어느 정도 파악할 수 있게 되었다. 이 소설은, 소설 속에는 단지 머나먼 고대의 자취 정도로만 남아 있는 어떤 다른 글에 대한 글인 것이다.

"과거를 기억하거나 기록하는 것"은 과거를 "재해석하고 재창조하는 일"(264쪽)이라는 '나'의 통찰이 말해주듯이, 소설 속 이야기들은 투명하고 진실된 것이 아니라 더는 실체를 알 수 없게 된 무언가를 해석한 결과물일 따름이다. 무언가를 기억하거나 기록하는 것이란 그 대상을 은폐하기에 가장 알맞은 장막을 씌우는 일이자, 그렇게 씌워진 장막을 통하여 대상을 '재인식(recognition)'하는 일이다. 이는 대상을 물리적으로 경험하는 현실과는 다른 차원, 즉 '나'의 인식 체계를 창조하고 갱신하는 일이기도 하다.

그런데 이것은 보기에 따라서 참을 수 없이 고독한 일이기도, 그렇지 않기도 하다. 대상을 재인식함으로써 인식 체계를 다듬는 일이란, 체계에 속하는 대상이자 체계를 구상하는 주체이기도 한 자기 자신에 대한 인식에 도달하는 재귀적 행위라는 점에서는 지독히 고독한 일이다. 그럼에도 이 행위의 재귀적 성격이 자기 자신만을 통해서는 결코 형성될 수 없다는 점에서, 즉 대상과 타자와, 나아가 그것들과 관계 맺었던 세계를 경유함으로써만 형성될 수 있다는 점에서는 고독하다고 할 수만은 없다.

어쩌면 이 재인식 내지 자기 인식의 과정에서 발생하는 진정한 고독은 따로 있을지도 모른다. 자신을 둘러싼 모든 것에 장막을 씌우는 일을 통해 가장 멀리 떠나보내게 되는 것은 다름 아닌 자기 자신이기 때문이다. 외로움과 두려움 속에서 홀로 글을 쓰기에 이른 '나'는 '나'로부터 얼마나 멀리 떠나와 있는가. '나'로부터 떠나온 '나'로 이루어진 세계란 "읽을 사람이 아무도 없는 글"(같은 쪽)과도 같은 것이다. 그러나 이 광대무변한 고독의 지평에서야말로 인간은 스스로를 세계 속에 위치시키는 동시에 자신 또한 하나의 세계로 축성하는 감각을 도야할 수 있다. 세계를 감각하기가 가능한 순간에도 그토록 불가능하게 여겨지는 까닭이다. 작가가 소설의 서두에 이르게 밝혀두었듯이 "오로지 희망만이 인간을 나락으로 떨어뜨릴 수 있다"(237쪽). 그렇게 이 소설은 한때 존재했으나 더는 존재하지 않는 모든 것들의 흔적으로서, 가장 희망적인 것만이 지어 보일 수 있는 가장 절망적인 표정으로서 우리의 손아귀에 위태롭게 쥐어져 있다.

이은지
2014년 창비신인평론상에 「징후적 소설과 그 너머—이기호의 『김 박사는 누구인가?』가 맴도는 것들」이 당선되어 등단.

김봉곤

데이 포 나이트

작가노트

우리들의 실패

해설 한설

몽타주와 미장센

김봉곤

1985년생. 2016년 동아일보 신춘문예에 중편소설 「Auto」가 당선되어 등단. 소설집 『여름, 스피드』가 있다.

데이 포 나이트

졸업을 하고도 한동안 나는 월요일이 돌아올 때면 학교를 생각했다.

어째서 나는 지금 이곳에 있고, 그곳에 없을까? 그건 공간과 시간을 치환하거나 섞어 생각해버리는 내게 자주 찾아오는 질문이었는데, 결국 시간이 흘-렀-다, 는 단순한 답이 정말 답이기도 해서 음, 그렇긴 하지, 그러니까 지금도 좋아, 같은 준비된 대답을 매번 처음인 듯 내게 말해주었다. 물론 그건 결론에 가까운 것이었지 답은 아니었고, 답 없는 것, 그리고 그것을 둘러싼 것들에 대해 생각하는 일을 나는 질리지도 않고 반복했다. 그러다 문득 정신을 차리면 낯선 도시의 낯선 풍경이 펼쳐졌고, 다리 아래로 오셀로게임처럼 하루가 다르게 초록으로 변해가는 수초들과 개구리밥이, 오늘같이 맑은 날이면 버드나무 꽃씨가 한낮의 빛을 품고 눈처럼 흩날렸다. 그럴 때면 많이 아름다웠고 조금 울적해져서는 풀비린내인지 물비린내인지 모를 냄새를 맡으며 나는 다시 처음의 질문으로 되돌아갔다.

습관적인 회한은 금세 흩어져버리기도 했다. 그럼에도 노스탤지어가 걷히지 않는 날이면 나는 옛 선생님들에게 편지를 썼다. 선생님 저예요, 하는 좀 청승맞고 올드한 시작으로, 애정과 진심을 가득 담은 내용 없는 글을 써내려갔다. 때로는 지금 만드는 책의 내용이었고, 때로는 함께 수업을 듣던 친구들의 근황이었고, 대개는 그들의 수업을 듣던 때의 나와 캠퍼스의 풍경, 여전히 그들의 영향 아래에 있는 나에 대해서였다. 그중에서도 나는 H선생님과 주고받는 편지를 특히 좋아했는데, 예술학교의 학풍(이랄 것이 있다면)과 상반되는 건조한 수업 방식, 실언 없이 옳은 말만 하는 좀 재미없는 실제와 달리 편지 속의 그와 그의 목소리에는 상상 이상의 다정함이 있었다. 심지어 그의 작품 속에서도 발견할 수 없었던 유머와 로맨틱함까지 묻어 있었는데 예를 들면 이랬다.

안녕? 잘 지냈지?

나는 너가 싫어하던 브로콜리너마저의 1집 앨범을 듣고 있었어. 좋아하는 사람의 싫어하는 노래를 들으며 편지를 읽는 기분, 어떨 것 같아? 사실은 나도 잘 표현할 수 없지만 내 앞에 이런 책이 놓여 있어. 그래서 이것으로 내 감상을 대신하려 해.

나는 축음기에 레코드판을 갈아끼우고 톤암을 내려놓았다.

숨이 멎을 듯한 고요, 세상에서 가장 작은 불꽃 소리, 그리고 밀려드는 내가 가장 사랑했던 선율.

—밀란 쿤데라, 『웃음과 망각의 책』, 198쪽

난 네게로부터 오는 편지가 선율이 아니라, 세상에서 가장 작은 불꽃도 아니라, 바로 그 고요라고 생각해.

나는 곡해하는 방법으로 오해하는 방법으로 이해하는 방법으로 한 번씩, 같은 재료를 다르게 요리하듯 그의 편지를 음미하곤 했다. 넌지시 그 책을 한번 읽어보라는 걸까? 하지만 예전부터 H선생님과 나의 독서 취향은 거리가 멀었기에 그 책들을 펼쳐볼 생각조차 하지 않았는데, 그가 인용한 소설들이 모두 가짜라는 걸 깨달은 건 댈러웨이 부인이 화투를 사러 나간다는 정신 나간 문장 때문이었다. (본인의 개그를 이제는 제발 알아채달라는 시그널이었을까?)

소설 속에서라면 그런 작법을 싫어했겠지만 편지 속에서 쓰이는 건 좀 색다르고 웃겼다. 음, 역시 소설가는 소설가야, 미소 지으며 나는 지난날의 메일도 다시 열어 천천히 일독했다. H선생님과의 빙빙 돌아가는 대화, 불분명한 송수신 방향, 느리게 오가는 속도 들을 나는 좋아했다. 까마득히 잊고 있던 차에 그에게 회신이라도 올 때면 나는 내가 편지를 했다는 사실도 잊은 채 큰 선물을 받았다는 기분에 휩싸였고, 그런 날이면 나는 잘살아왔고 잘살 것이란 예감으로 이어져 하루가 밝아졌다. 때때로 나는 상냥하고, 웃기고, 내게 무해할 이 남자로부터 너무 많은 정서적 필요를 채우는 건 아닐까 의심도 했다. 하지만 그래봤자 메일, 이라는 생각에 더 깊이 파고드는 일은 제쳐두곤 했다. 너무 많은 곳에서 사랑을 발견하고 느껴버리는 헤픈 나를 조금은 책망하면서.

*

PS. 혹시 4월 30일 월요일 오후, 시간 없겠지?

메일만 주고받는다는 우리의 불문율을 깨고 늦은 밤 전화를 한 건 선생님 쪽에서였다. 나는 욕조에 물을 받으며 옷을 다 벗은 채 담배를 피우고 있었다. 커튼을 달지 않은 집이었기에 거실로 나갈 수도, 그렇다고 다시 옷을 입기는 난감해 나는 다급히 수도만 잠그고 전화를 받았다. 그는 내게 이미 아는 안부를, 회사생활은 어떤지 물어왔다. 한참을 보채던 아기가 잠들어 이제야 연락할 수 있었다고도. 나는 잡무가 많아 오늘 바로 답장을 못 드려 죄송하다고 말했다. 공통 지인의 근황을 나눈 뒤 우리의 대화는 약속한 듯 추신으로 향했다. 몸이 으슬으슬해지려던 찰나에 그가 말했다.

"혹시 그날 수업 좀 해줄 수 있어?"

"음, 제가요?"

"응, 너밖에 없더라고."

"무슨 일인지 여쭤봐도 돼요?"

"그럼. 나 그날, 아니 앞뒤로 보름 동안 아이오와에 있을 것 같아."

"오, 순회공연 같은 건가요?"

"일종의?"

하며 그는 살짝 웃었다. 웃는 것이 느껴졌다. 나는 손가락으로 물위를 쓸며 그의 신작 이야기를 꺼내려다 그만두었다.

"이론은 아니고 합평 수업이야. 강의료는 내 월급에서 떼어줄게."

합평이라면 그렇게 어려울 건 없었다. 학부와 대학원을 합쳐 육 년을 넘게, 그리고 때에 따라 다르지만 지금 하는 편집 일 역시 둘이서 하는 합평이라고 생각해왔던 터였다. 나는 걱정되는 마음이 들기도 했지만 별 고민 없이 그러겠다고 흔쾌하게 대답했다. '모교에 강의를 하러 간다'는 모양새가 상상할수록 근사했다. 나는 돈은 되었으니 비싼 밥을 사달라고 말했다. 그는 고맙다고, 하지만 그걸 포함해 충분히 납득할 만한 보상을 하겠노라 말했다.

"데이트 신청 아니었어서 나 너무 실망했잖아요."

"왜 데이트가 없을 거라고 생각해?"

"네?"

"그건 조금 지연되었을 뿐이야. 기다림이 우리에게 더 농밀한 과실을 따먹게 할걸? 다녀와서 만나. 안녕."

위험해지려는 쪽이 그인지 나인지 모르겠는 대화. 나는 그의 말을 하나하나 곱씹으며 천천히 수면 아래로 가라앉았다.

수업은 오후 두시였지만 나는 연차를 내고 아침 일찍 집에서 나왔다. 경의중앙선 열차에 앉아 어젯밤 읽었던 소설을 다시금 읽으며 학생들에게 말해줄 내용을 부기했다. H선생님이 네 후배들답게 정말 똑부러지고 건방지다고, 말은 기막히게 잘하는데 글은 그저 그렇다고 했던 메일을 떠올리다 혼자 웃었다. 늦잠 때문에 요원하기만 했던 학식을 오늘은 먹을 수 있겠다는 생각에 나는 좀 들뜨기까지 했다.

나는 부러 신이문역에 내려 학교를 향해 걸어갔다. 새로운 후문이 개방되며 대(大)돌곶이 시대가 개막하기 훨씬 이전, 내가 신입생 시절 다니던 길이었다. 입학시험을 치르던 날 아몬드초콜릿을 샀던 구멍가게, 종강 총회를 할 때면 꼭 마지막 차에 들렀던 실내포차, 가끔 친구들이 학교에 놀러올 때면 꿀리기 싫어 데리고 갔던 초밥집. 이문동은 그런 추억이 산재한 곳이기도 했지만 내겐 무엇보다 영화를 전공하던 학부 시절 애증의 로케이션 장소였다. 누군가의 워크숍 작품을 찍었던 방석집, 졸업 영화의 오프닝 신을 찍었던 신이문역 플랫폼, 동기의 자취방 앞 좁은 골목에서 찍었던 내 첫 영화. 이 길 구석구석 우리의 발과 카메라가 닿지 않은 곳이 없었다. 사람들은 구질구질하고 암울하고 참담하고 낙관 없는 우리들의 작품에 영상원표 영화라는 이름을 붙이기도 했는데, 빠듯한 제작비와 시간 부족이 학생들을 이문동으로 내몰았고, 시대정신과는 상관없이 이곳에서 나올 수 있을 그림은 그런 이야기와 잘 붙는다는 게 재학생들의 지배적인 의견이었다.

한편 나는 이곳을 그리워했다는 사실과 별개로 그때와 멀어졌다는 생각에 안심하기도 했다. 촬영 장비를 카트에 가득 싣고 정문을 오르는 게 아닌, 전가네에서 스태프들에게 아침으로 줄 주먹밥과 김밥을 사는 내가 아닌, 의릉 앞을 지나가는 차를 가로막고 고개를 조아리는 내가 아닌, 가벼운 A4 용지를 서류가방에 넣어 걷고 있는 내가 정말 좋았다. 공원의 키 큰 나무 아래에서 코를 박고 산책하는 개들, 편안한 차림으로 그 사이를 소요하는 주민들, 몸에 달라붙는 상의에 연습용 무용 치마를 입은 전통원 학생들이 내 앞을 천천히 지나갔다. 나는 정문을 발견하고는 빠른 걸음이 되었다.

야트막한 언덕을 넘어 고개를 들자 교정이 한눈에 들어왔다. 점심시간이 가까워질 때에야 사람이 보이기 시작할 한적한 풍경, 여름이면 맹꽁이가 출몰할 음지못을 보았을 때 비로소 내가 이곳에 온 게 맞는구나 생각했다. 나는 카페테리아가 있는 본관으로 향했다. 그리고 다시 한번 교정을 보기 위해 뒤돌았을 때, 중극장 앞 펄럭이는 대형 현수막을 맞닥뜨리고는 나는 사고라도 낸 사람처럼 얼어붙어 한 발짝도 움직일 수 없었다. 씨발, 이라는 말이 새어나왔고 삽시간에 기분이 바닥으로 곤두박질쳤다. 마치 나를 기다렸다는 듯 심호흡하며 오르내리는 종인 선배의 얼굴, 그가 든 상패, 영화제 로고와 찬사. 나는 앞뒤도 없이 그냥 모든 걸 잡쳤다는 생각만 들었다. 그리고 그건 끔찍한 기시감이었다.

*

2008년 봄, 나는 좀 많이 들떠 있었다. 내 주변을 둘러싼 모든 사람이 그랬다. 우리가 입학한 해에 〈노인을 위한 나라는 없다〉와 〈데어 윌 비 블러드〉가 함께 개봉한 건 미친 일이라고, 이건 영화사에 길이길이 남을 사건이라고, PTA[1] 촬영 팀이 피워올린 먼지바람

1) Paul Thomas Anderson.

때문에 코언 형제의 영화 촬영이 중단된 것만큼이나 이건 운명적인 일이라고 동기들은 호들갑을 떨었다. 나는 〈데어 윌 비 블러드〉에 대한 이야기를 들을 때면 압도적인 영상의 스펙터클이나 대니얼 데이루이스의 대체 불가능하다는 연기 대신 불타버린 남대문을 떠올렸다. 동기들이 두 영화와 자신의 입학에 운명을 느끼듯 나는 내가 상경한 해에 일어난 남대문 방화 사건이 더이상 먼 서울의 일이 아니라 내가 살게 될 도시의 일, 내 일이 된 것에 감격해 자주 대화를 놓치곤 했다.

샛노란 과방 문을 열면 먼저 매캐한 연기가 맞이했다. 라디에이터 위에 올려진 소품들, 만화책과 외장 하드, 재떨이로 쓰는 35mm 필름 캔 사이로 누군가는 회색 레자 소파에 누워 누군가는 의자에 기대앉아 담배를 피우며 끊임없이 영화 이야기를 나누고 있었다. 그땐 동기의 대부분이 영화를 찍어본 적이 없었기에 아무 말이나 용감하게 내뱉었다. 웬만한 한국 감독들은 좆밥이었고, 이와이 슌지나 쿠엔틴 타란티노를 좋아하면 뭘 모르는 애였고, 죽은 유럽의 감독이나 6세대 감독 정도는 좋아해야 조금은 수긍을 해주는 분위기였다. 나는 뭘 모르는 애에 속했는데 딱히 영화에 거창한 뜻이 있어서라기보다 서사를 다룰 수 있다면 어디든 상관없다는 주의였고, 그중 가장 입학정원이 많은 영화과에 지원해 합격했기 때문이었다. 그렇다고 영화에 대한 애정이 없었느냐? 물어본다면 실제로도 좀 미지근했고, 그 대신 학교에 대한 충만한 애정과 얼마 전 완전히 반해버린 한 남자에 대한 사랑으로 나는 그들과 비슷하게 달뜬 표정으로 녹아들 수 있었다.

그때까지만 해도 나는 내가 남자를 좋아하는 사람이라는 의식은 있었지만, 게이라고까지 인정은 하지 못한 상태였다. 나는 그 상태를 유지-유예하며 더는 깊이 생각하지 않으려 했다. 그러나 사진실습시간에 처음으로 만난 S형—그는 나보다 두 기수 위였지만 합격과 동시에 입대를 했고, 이번에 등록했다고 했다—을 보고 첫눈에 반해버렸고, 그 명쾌함에 더는 고민할 것도 없이 나는 내가 게이라는 걸 순순히 인정해버리고 말았다. 괴로워할 새도 없는 깔끔한 한판승이었다.

유니클로의 빨간 양말 위 샌프란시스코 마켓에서 샀다는 회색 울 팬츠, 남색 피코트를 입고 나타난 그는 내가 살면서 만나본 가장 옷을 잘 입는 남자였고, 차분하게 가라앉은 짧은 머리, 은색 안경테 아래 작고 동그란 눈, 짧은 듯한 혀로 어어, 그렇구나, 하고 말하는 수줍은 말투에 나는 완전히 마음을 뺏겨버렸다. 영화과는 타과보다 신입생들의 연령대가 다양한 것으로도 유명했다. 스물네 살에 입학한 내가 평균보다 조금 아래, 현역으로 입학한 동기가 가장 많았고, 그다음으로 가장 많은 나이가 S형과 같은 82년생들이었다. 수강신청 정정 기간이 지날 즈음 동기들은 세 부류로 나뉘었는데 현역 한 무리, 기숙사파 한 무리, 그리고 82년생 개띠 한 무리였다. 나는 기숙사 룸메이트이기도 했던 82년생 동기 형을 따르는 척 은근슬쩍 S형이 있는 무리로 스며들었다.

*

그해 봄엔 학교 앞 생선구잇집엘 가도, 명동 1번가를 걸어도, 신이문역 편의점 스피커에서도, 기숙사 자율 식당의 TV에서도 쥬얼리의 〈One More Time〉이 흘러나왔다. 2008년을 관통하는 BGM으로 기억될 정도의 강렬한 노래였는데, 종인 선배를 생각하면 나는 그 노래가 함께 떠올랐다. 인천의 폐차장으로 향하는 카니발 안, 아코디언으로 시작하는 전주가 끝나면 들려오는 베이비 원 모어 타임. 나와 더 가까워지려는 조연출 누나가 내게 검지를 뻗어오고 내가 껄끄러운 웃음을 지으며 마지못해 검지를 갖다대면 아이고, 협조적이라며 손뼉을 쳤다. 고다르와 키아로스타미와 타르콥스키를 말하던 사람들이 어째서 이 노래냐고 나는 울부짖고 싶었지만 아코디언 소리가 들려오면 나 역시 어깨가 들썩이는 것을 어쩔 수 없었다.

종인 선배는 내가 처음 스태프로 참여한 졸업 영화 프로덕션의 사운드 감독이었다. 현장의 귀족이라는 별칭답게 좀 차가워 보였고 말수가 적었으며 박식했다. 스태프가 부족할 때면 언제나 제일 먼저 인력이 삭감되는 음향 파트였기에 이번 회차에 붐 오퍼가 없다는 통보에 그는 심통 난 표정으로 헤드폰을 낀 채 눈을 감고 있었다. 나는 가제 〈美夜〉 연출부의 막내였는데 말이 좋아 연출부였지 그건 손이 모자라는 거의 모든 자리에 배치된다는 의미이기도 했다. 슬레이트를 치는 일은 스태프가 많은 운수 좋은 날이라야 가능했고, 어떤 날에는 시 스탠드를 양손에 쥐고 조명감독 옆에 붙었고,

어떤 날에는 포커스 풀러였고, 때로는 믹스커피 한 박스와 1.5리터 짜리 빈 페트병을 쥐여준 피디를 욕하며 냉커피를 만들었다.

하지만 영화가 종합예술이라는 사실은 포스트프로덕션 과정을 목격하지 않아도 금세 알 수 있었다. 쇳덩어리 같은 16mm 카메라를 어깨에 얹고 몇 분이고 배우의 동선을 따라가는 촬영감독, 아시바(あしば)[2] 위로 올라가 기예에 가까운 포즈로 붐 폴을 휙휙 돌려 정확한 타이밍에 배우에게 마이크를 대는 사운드 감독, 불가능에 가까운 협상을 성공시켜 촬영 시간을 벌어오는 피디를 보면 허언처럼 들리는 종합예술이라는 표현을 납득할 수밖에 없었다. 사운드! 외치면 멀리서 들리는 딸깍, 소리와 함께 스피드-, 카메라! 외치면 스르르 필름 돌아가는 소리와 함께 롤링-, 이윽고 모니터를 보면서 지긋이 액션, 하고 말하는 감독. 나는 카메라에 빨간 불이 들어올 때면 대체로 긴장한 상태였지만, 그 와중에도 내가 정말로 멋진 곳에 도착했다는 것을 잘 알 수 있었다.

여주인공이 폐차장에서 사라진 연인의 흔적을 찾는 신의 촬영을 마치고 해 질 무렵의 거리를 걷는 장면을 찍을 차례였다. 최소 스태프로만 진행하겠다고 들은 탓에 나는 일찌감치 조명 장비들을 정리하려 자리를 옮겼다. 하지만 단역으로 와주었던 촬영 전공의 한 선배가 내 움직임을 보더니 본인이 하는 게 더 빠를 거라며 나를 연출부로 돌려보냈다. 나는 군대에서처럼 눈치껏 할 일을 찾아야 했는데 이런 기회가 생긴다면 종인 선배를 도와줘야겠다고 벼르

2) 비계(飛階).

던 차였다. 그리고 때마침 단 한 자리를 찾는다면 붐 오퍼였고, 그걸 한다고 해서 내게 일머리가 없다고 욕할 사람은 없어 보였다.

"붐맨 안 필요하세요?"

"어?"

내가 다가가 묻자 종인 선배는 검은 비니 위에 쓰고 있던 헤드폰을 벗었다.

"제가 붐 들어봐도 돼요?"

"이거, 자기가 생각하는 것처럼 쉬운 일 아니야."

"후시 할 셈 치고 저 한번 시켜주시면 안 돼요?"

나는 수업시간에 들은 전문적이어 보이는 '후시'라는 단어를 들이댔고 그는 눈썹을 한번 찡그리더니 하얀 결혼식 장갑을 벗어 내게 건넸다. 장갑 바닥은 먼지가 잔뜩 묻어 갈색이 되어 있었다. 그러고 보니 그와 사흘을 함께했지만 대화를 나눈 것은 이번이 처음이었다. 그리고 상대방에게 자기라고 말하는 사람 역시.

"대사 없으니까 걸을 때 마이크는 발에 지향. 라인 밟지 말고."

하지만 나의 붐맨 데뷔는 팔이 저리기도 전, 단 세 컷 만에 싱겁게 끝나버렸고 멀리서 오케이요! 하는 소리가 들리자 종인 선배는 내게서 붐 폴을 낚아채갔다. 그도 이럴 걸 알고 있었던 걸까? 그래서 시켜줬던 걸까? 의심이 들었지만 나는 소박한 성취감—붐 오퍼는 현장을 경험했다는 걸 체감하기에 가장 좋은 포지션이었다—에 취해 웃는 얼굴로 장갑을 벗어 그에게 건넸다. 조연출 누나가 오늘 촬영은 여기까지입니다아, 손나팔을 만들어 반복해 외쳤다. 이어 수고하셨습니다, 하는 인사가 오가고는 삼각대를 든 촬영부가 앞장서고 연출부는 배우와 함께 그들을 뒤따랐다. 한참을 걷고 있을 때 뒤쪽에서 종인 선배의 목소리가 들려왔다.

"앰비언스 따겠습니다!"

종인 선배는 동시녹음기를 어깨에 걸어 메고는 붐 폴을 양손으로 세워 쥐고 미동도 없이 우뚝 섰다. 조연출 누나는 이번에는 검지를 입술에 올리며 조용히 따라붙으라고 손짓했다. 뒤를 돌아보면 역광을 받은 채 빛나는 선배와 그 아래로 붐 폴의 그림자가 더는 늘어날 수 없을 만큼 길게 늘어져 있었다. 그건 정말 아름다운 모습이었고 나는 수업시간에 주워들은 숭고, 라는 단어마저 떠올려 버렸다.

*

〈美夜〉 프로덕션은 열흘이 지나 다시 뭉쳤다.

"간절히 잠수 타고 싶었지만 못 그랬어요. 간신히 정신을 차리고 어제야 머지(merge)를 마쳤습니다. 고마워요, 진짜로."

감독은 피로한 얼굴이었지만 미소 지으며 고개를 숙였다. 노랗게 탈색됐던 머리카락 뿌리 부분에 어느새 검은 머리가 성큼 자라 있었다. 이어 우리는 건배를 했고 첫잔은 모두 원샷이었다. 촬영의 긴장이 사라진 공간에서 선배들은 모두 좋은 사람의 얼굴로 변해 있었고, 피디를 하던 형은 이제 편집 기사가 되어 있었다. 변하지 않은 것이 있다면 가제였던 타이틀이 미야로 확정된 것과 일관되게 무표정한 종인 선배였는데, 찧고 까부는 활기 속에서도 묵묵히 소맥을 말아 마시는 그는 그저 디폴트가 무뚝뚝한 사람인가 싶었다.

현장에서 볼 수 없었던 선배들도 잠시 들러 축하와 격려의 말을 나누며 자리를 지키다 갔고, 어림잡아도 서른 명 이상의 사람들이 술집을 드나들었다. 촬영 뒤풀이의 스케일은 이렇게나 큰 거구나 나는 감탄했는데 조연출 누나는 이것도 예산으로 잡혀 있거나 아니면 빚을 내서라도 뒤풀이는 크게 하는 거라고 말해주었다. 품앗이이기는 하지만 페이가 없는 이상 뒤풀이라도 성대해야 한다고.

나는 줄곧 조연출 누나 옆에 붙어 있었지만 테이블은 돌고 돌아 어느 순간 종인 선배의 맞은편에 앉게 되었다. 한참을 안주만 깨작이던 나는 그가 82년생이라는 사실에 급격하게 호감이 생겼고, 나와 주민번호 뒷자리 세 개가 나란히 겹친다는 우연에 경악했다(출생지가 같을 경우 그렇다는 사실을 나는 처음 알았다). 나는 그를 조금이라도 기쁘게 하기 위해 담배 두 대에 한꺼번에 불을 붙여 하나는 내 입에 하나는 그의 입에 물려주었다. 조금은 술기운의 객기였는데 종인 선배가 연기를 내뿜으며 피식 웃었다.

"자기, 아주 웃기는 애네?"

종인 선배가 말하기가 무섭게

"야, 얘한테 잘해주지 마. 존나 위험한 놈이야."

하고 나를 연출부로 돌려보냈던 선배가 끼어들었다.

"왜요? 어디가 뭐가 무서운데요?"

나는 종인 선배가 좀 건조할 뿐 더 해봐야 싸가지가 없는 정도일 거라 생각했는데, 그 말을 함께 들은 선배들은 긍정도 부정도 하지 않았다. 나의 간청에 조연출 누나가 귀엣말로 취하면 무서워진대,

하고 말해주었지만 그래봤자일 거라고 말하며 웃었다. 동시에 나는 그 위험함이 내가 생각하는 그쪽이지는 않을까 하는 생각도 했다. 어쩌면 그건 순전한 억측 내지는 바람일 수도 있었는데 술이 들어가면 들어갈수록 나는 내가 S형을 좋아한다는 사실을, 나는 그런 사람, 이라는 사실을 누구에게든 말하고 싶어졌기 때문이었다.

나는 종인 선배를 떠보기 위해 계속 그의 앞에 앉아 구실을 만들었다. 맥락도 없이 성적인 이야기를 꺼냈고, 센 척을 하기 위해 SM에 관한 이야기를 흘렸다. 그러다 우리의 대화는 〈멀홀랜드 드라이브〉로 이어졌는데 종인 선배가 눈을 반짝이며 내게 몸을 기울인 건 본 적도 없는 〈살로 소돔의 120일〉에 대해 내가 말하기 시작했을 때였다. 이런 사람 앞이라면 게이쯤은 아무것도 아니라는 계산이 섰다.

"선배, 저 이런 이야기 하는 것만으로도 섰는데, 나 존나 변태죠?"

많이 취한 척 턱을 두 손으로 받치고 선배에게 말했을 때 그가 테이블 아래로 다리를 뻗어 내 그곳을 발가락으로 쓰다듬었다. 문지른 걸까? 미친 전개라고 생각했지만 환각은 아니었다. 나는 그의 발을 쥐고 더 내 허벅지 쪽으로 밀어붙였다. 주변의 눈치를 살피는 건 완전히 망각한 상태였고.

"선배, 남자랑 자본 적은 있으세요?"

라고 내가 물었을 때 그는 고개를 가로저었다.

"혹시 자기 버진이야?"

그가 말했는데 나는 잘 알아듣지 못해 다시 한번 말해달라고 부탁했다.

"벌-진, 이냐고."

나는 그의 질문에 대답하는 대신

"그럼 저랑 자요."

하고 말했고, 우리는 따로 한잔을 더 하겠다고 말한 뒤 빠르게 그곳을 빠져나왔다.

*

눈을 떴을 때 선배는 내 배 위에 올라앉아 뺨을 톡, 톡 건드리고 있었다. 영문을 몰라 눈을 깜빡이자 선배는 손바닥을 들어올려 내 뺨을 세게 후려갈겼다. 그렇게 세 번을 더 얻어맞았다. 뺨을 맞을수록 정신이 차려지기는커녕 씨발, 이라는 말만 입에서 새어나왔다. 아무런 판단도 할 수 없었다. 숨을 내쉬는 방법을 까먹은 듯 나는 들이마시기만 했다. 그가 내 목을 틀어쥔 손을 소주병으로 옮기고, 남은 술을 단숨에 들이켠 뒤 병을 던져버렸을 때 나는 간신히 입으로 숨을 나누어 내뱉었다. 그가 화장실로 들어가고 나서야 나는 이곳이 여관이라는 것을 알 수 있었다. 오줌 누는 소리가 들려왔고, 그도 나도 모조리 벗은 채였다. 아랫도리가 미끈거려 손으로 쓸어 코에 갖다댔다. 매캐한 남자 로션 냄새가 났다.

커튼 너머로 희미하게 푸른빛이 보였다. 지금은 새벽인 건가? 불 꺼진 방안에서 나는 바지를 뒤져 핸드폰을 꺼냈다. 다섯시 십오분이었다. 종인 선배는 비틀거리며 다가와 나를 일으켜세웠다. 나보다 훨씬 왜소한 체구였지만 어찌해볼 도리도 없이 나는 들어올려졌다. 그는 완전히 눈이 풀려 있었지만 나와 눈을 맞추려 노력하다가 온화한 미소를 지으며 고개를 젖혀 내게 키스했다. 그가 나를 때린 건 꿈이었을 수도 있겠다고 생각했다. 동시에 아니란 것도 잘 알았는데 그러면서도 나는 그를 끌어안고 더 깊이 혀를 집어넣었다. 누군가를 안았을 때 손가락에 아무것도 잡히지 않는 게 신기했다. 그가 내 것을 빨아주기도 전에 이미 발기했고 나는 남자의 몸에 내가 반응한다는 사실에 안도했다. 그는 엉성한 솜씨로 내게 오럴을 해주었다. 나 역시 내게 해준 만큼 혹은 그 이상을 그에게 해주어야 한다고 생각했다. 하지만 아무리 한참을 애무해도 그의 몸은 반응이 없었다.

"그냥, 한번 더 하자."

종인 선배가 이제 되었다는 듯 좀 귀찮은 투로 나를 떼어내며 말했다. 그건 명백하게 애널 섹스를 의미하는 것이었다. 하지만 나는 이전의 한 번이 전혀 떠오르지 않았다. 나중엔 떠오를까? 그것을 되찾을 수 있을까? 그는 드문드문 거칠게 숨을 내쉬며 바닥에 엎드렸다. 나는 뚜껑이 열린 채 엎어진 로션을 들어 내 것에 바르고 그의 항문에 가져다댔다. 천천히 해야 한다는 생각은 했지만 이완이 필요한 줄은 알지 못했다. 선배는 내가 조금씩 더 들어갈 때마다 소리를 질렀고 때로는 내 것을 뱉어냈다. 나는 놀라 문 쪽을 한번 쳐다보고는 그의 입을 틀어막았다. 그리고 이내 끝까지 삽입했다. 어설프게 허리를 움직였고 그때마다 선배는 분노에 찬 듯한 신음을 뱉어냈다. 그러나 결국 채 몇 분을 지속하지 못하고 나는 매가리 없이 그의 옆에 드러누웠다.

온수도 제대로 나오지 않는 참담한 욕실이었다. 일회용이 아닌 때가 끼고 갈라진 초록색 비누, 보풀이 일어난 붉은색 샤워 타월이 동그란 바가지 안에 담겨 있었다. 나는 한참을 비벼 씻어낸 비누로 온몸을 문질렀다. 수건으로 물기를 닦아내며 밖으로 나왔을 때 선배는 엎드린 채 그대로 잠들어 있었다. 나는 돌아가버릴까도 잠시 생각했지만 그대로 그의 옆에 몸을 대고 누웠다. 차가웠던 물 때문이었는지 그의 몸이 정말이지 따뜻하게 느껴졌다.

취기가 사라진 낮의 그는 다시 말수가 적고 데면데면한 사람으로 돌아와 있었다. 그것만 해도 어디인가 싶었는데 밥이라도 먹여 보내야지, 하면서 나를 감자탕집으로 데려갔다. 우리는 뼈해장국을 먹으며 지난밤의 이야기는 한마디도 나누지 않았다. 마치 술집에서 대화가 끊겼다 다시 시작된 듯 영화와 문학으로 화제는 돌아가 있었다. 그것마저 드문드문 이어질 뿐이었다. 나는 그와 더 많은 이야기를 나누고 싶었지만 선배는 난데없이 오늘 선거야, 말하면서 투표를 하러 가야 한다고 가방을 챙겼다. 비난까지는 아니었지만 의식 없는 나를 가볍게 힐난했다. 나는 버스에 그를 태워 보내고 학교 앞 골목을 거슬러 기숙사로 걸어갔다. 흐린 날씨였다, 고 기억한다. 얼얼한 뺨을 매만지면서도 웃었다, 고 기억한다. 곱씹어보면서 그럼에도 나는 기뻤다, 고 기억한다.

*

선배와 헤어지고 나서 나는 온종일 핸드폰만 바라보고 있었다. 눈이 아프지도 배가 고프지도 않았다. 개표방송이 시작되었을 때 더는 참지 못하고 잘 들어가셨나요? 하고 먼저 문자를 보냈다. 한참 후에 무성의한지 무뚝뚝한지 모를 짧은 답장이 왔다. 명백히 사랑에 빠진 꼴이었을 것이다. 하지만 그와의 일을 누군가에게 말할 수 없었고, 적어도 그를 알고 싶었지만 프로덕션이 끝난 지금 뜬금없이 선배들에게 연락해 그에 대해 물어볼 수는 없었다. 나는 워크숍 게시판과 선배 기수의 싸이월드 클럽에 들어가 그가 쓴 글과 그가 나온 사진들을 뒤졌다. 사진은 그의 변천사에 불과했기에 별 의미가 없었고 음향 전공을 입학 때부터 꿈꿔왔으며(그런 사람은 드물었다), 스태프 모집 게시판에 휴학을 했으니 언제든 필요하면 연락을 달라는 짧은 글을 남겨놓은 게 유의미한 정보의 다였다. 나는 놓친 것은 없나 새로운 것은 없나 하루에도 몇 번은 다시 들어가 조회했고 그러다 발작적으로 그에게 문자를 했다. 언제나 답장은 왔기에 그럴 때면 그와 나는 섹스를 한 사이가 아니라 문자를 나눌 수 있게 된 사이가 된 것만 같았다.

그날 이후 나는 대체로 가라앉아 있었다. 기분전환을 위해 샴푸와 보디클렌저를 바꾸기도, 새로 생겼다는 자라에 옷을 사러 명동엘 가보기도 했다. 도서관에 가 『푸른 알약』을 앉은자리에서 다 읽었고, 그가 추천해준 어렵지만 필수라는 읽지도 못할 예술 서적을 잔뜩 대출하기도 했다. 사진 과제를 하러 나가자는 룸메 형을 따라

못 이기는 척 은색 레조를 타고 남산타워에 가거나 잠수교에 가기도 했다. 때론 S형도 함께였는데 그를 마주할 때면 반갑고 기뻤지만, 좋아지려는 마음이 생기려 할 때마다 나는 부도덕한 사람이 된 듯한 기분이 들어 애써 억눌렀다. 우리는 슬라이드 필름을 카메라에 넣고 해 질 무렵, 매직 아워, 실루엣과 역광을, 셔터 스피드 느리게/빠르게, 심도 깊게/얕게를, 촬영 일지에 기록해가며 사진을 찍었다. 카메라 조작이 서툴렀던 S형이 웃는 얼굴로 정말 미안한데 한 컷만 더 찍자, 라고 말할 때마다 왜인지 가슴이 아파왔다.

*

비가 내리던 날이었다. 나는 도서관 컴퓨터실 한쪽에 앉아 〈모래의 여자〉와 한글 창을 동시에 띄워놓고, 원작소설과 비교하는 발표문을 준비하고 있었다. 종인 선배를 보지 못한 지 많은 시간이 흘렀고 이제 나는 내가 더 똑똑한 사람이 되면 사랑받을 수 있을 거란 쪽으로 판단이 기울고 있었다. 그에 대해 생각하지 않은 시간은 없었기에, 그에 대해 생각하고 있었을 때 전화가 왔다. 나는 선배가 처음으로 전화했다는 사실에도 그저 전화를 걸었다는 사실에도 놀라 핸드폰을 쥐고 테라스로 나갔다. 손에 잡힐 듯 세차게 내리는 빗살 뒤로 '학교를 빛낸 동문들'의 현수막이 비에 젖은 채 바람에 휘날렸다. 나는 잘 지내시죠? 안부를 물었고 그쪽에서도 내 안부를 물었다. 단지 그 이유만으로도 나는 떨듯이 기뻤는데 선배는 작업 때문에 어쩌면 오늘 학교에 갈지도 모른다고 했다. 바로 끊지는 못하겠고 도서관 처마 아래 고인 빗물에 발끝을 담갔다 빼기를 반복하다 투정하듯 내가 말했다.

"선배, 저랑 만나주시면 안 돼요?"

가벼운 제안이라고 생각했는데 그는 한동안 말이 없었다. 그러고는 담담하게 억양 없는 목소리로 내게 말했다.

"니가 나를 존나 꼬셔봐."

나는 전화가 끊기고도 한참을 더 그 말을 붙들어 쥐고 있어야 했다. 그게 가능이나 한 일일까? 생각하면서도 고백이라도 받은 사람인 양 넋이 나갔다.

그날 자정 무렵, 나는 그가 작업중인 믹싱실로 향했다. 늦은 밤이었지만 영상원 건물에는 드문드문 학생들이 보였다. 과방을 지나갈 때 들려오는 웃음소리에 움칠했고, 편집실에서 문을 열고 나오는 아는 선배를 보고는 죄를 지은 듯 잰걸음으로 시야에서 빠져나갔다. 어째서 이곳은 봄이 다 지나가도록 추운 걸까? 나는 팔짱을 껴 손을 녹였다. 그리고 코너를 돌아 떨리는 마음으로 믹싱실 문을 두드렸다. 몇 번을 다시 두드렸을 때 종인 선배가 두꺼운 은색 문을 열었고 동시에 풀벌레 소리가 쏟아지듯 복도로 밀려들었다.

선배가 깜빡했다는 듯 콘솔로 돌아가 정지 버튼을 눌렀다. 힘주어 문을 닫자 모든 소리가 제거된 것처럼 방안은 적막해졌다. 처음 들어와보는 믹싱실이 신기해 나는 콘솔과 스피커 그리고 점멸하는 기계들 사이를 이리저리 기웃거렸다. 그런 나를 보고 선배가 콘솔 위 커튼을 걷어 보였다. 유리벽 너머로 스탠드에 꽂힌 마이크 두 개와 신발, 돌멩이, 깡통, 모래 따위가 보였다. 하나의 방을 나눈 것인지 두 개의 방인지는 알 수 없었다.

"폴리 룸. 네가 좋아하는 후시를 따기도 해."

"좋아한 적 없는데요?"

웃으며 대꾸하자 그는 오늘 작업이 거의 끝나간다고 조금만 더 기다려달라고 말했다.

선배가 구간 반복으로 재생하는 장면은 〈美夜〉의 한 신이었다. 여주인공의 대사가 아니었다면 나는 전혀 다른 영화로 착각했을 정도로 기억에 없는 장면이었다.

"선배, 이거 혹시 보충 촬영 한 거예요?"

"바보냐?"

종인 선배가 펼쳐놓은 사운드 스크립트의 D/N이란 글자를 손가락으로 가리켰다. 나는 내가 잘 알면 여기 왔겠냐고, 똑똑한 1학년은 매력 없다고 말했는데, 그도 그럴 것이 우리가 한낮에 촬영했던 장면은 한밤으로 뒤바뀐데다 정오의 짧은 그림자도 쨍한 콘트라스트도 알아차리기 어려울 만큼 희미해져 있었기 때문이었다. 선배는 내게 핀잔을 준 것이 미안했는지 가까이 와 잘 보라고, 이건 데이 포 나이트, 라고 읽는다고 했다. 그가 커서를 움직여 필터 체크를 해제하자 화면은 여주인공이 울다 주저앉아버린 한낮의 중랑천으로 변했다. 다시 버튼을 클릭하면 거짓말처럼 그곳은 밤으로, 그리고 그녀가 바라보던 물결은 이제 달빛을 받아 반짝이는 것처럼 보였다. 선배는 주인공들이 입맞춤하는 장면 뒤로 흔들리는 억새와 이름 모를 관목들 위로 밤의 풀벌레 소리를 입히는 중이었다.

한동안 작업을 계속하던 그가 내게 불을 꺼달라고 말하고는 스페이스 바를 눌렀다. 영락없는 밤의 천변, 방안에 깜빡이는 노랗고 붉은 작은 불빛, 커다란 모니터 앞 그의 실루엣. 나는 이 방안의 모든 것이 아름답다고 생각했다. 그리고 그와 내가 이 신의 비밀을, 적어도 처음을 공유했다는 사실이 정말 기뻤다. 환영을 만드는 사람. 나는 진심으로 영화 하기를 잘했다고, 정말 잘 선택했다고 생각했다. 선배가 정문 앞에 멈추어 너무 피곤해서 그만 집에 가고 싶다고 말했을 때에도 나는 전혀 낙담하지 않았다. 오늘은 이거면 충분하다고 생각했다. 그를 버스정류장까지 바래다주고 돌아가는 길의 음지못 옆에서는 정말로 풀벌레 소리가 나는 것만 같았다.

*

선배가 나와 함께일 때 취하지 않은 모습을 보인 것은 그날이 마지막이었다. 그에 대한 좋은 기억도 그것이 마지막이었다. 그는 이따금 학교에 올 때면 엉망으로 취한 채 기숙사 앞에서 내게 전화를 걸었다. 그리고 나는 매번 기다렸다는 듯 뛰쳐나갔다. 다음 순서는 뻔했다. 우리는 잤고, 그는 다시 나를 때렸다.

손으로 목을 졸랐고 내가 반항이 심해지면 팔등으로 내 목을 짓눌렀다. 아슬아슬할 정도로 살점이 떨어지지 않을 만큼 옆구리와 가슴살을 깨물고 머리카락을 쥐어뜯었다. 내 머리를 두 손으로 받치고 눈을 감지 못하게 엄지로 고정시키고는 눈에 침을 뱉었다. 그러다 다시 제정신으로 돌아온 듯 다정하게 웃었는데 그게 제정신이 아니라는 것은 몇 번을 더 그 짓을 반복하고서야 깨달았다. 깨달아도 달라지는 건 없었다. 나는 그를 계속해서 만났고 이제는 누가 누구를 찾는지도 알 수 없었다. 이완은 거절했다. 그냥 닥치고 넣으라고 했다. 고통스러워하는 그를 보면서 나는 잘못됐고 미안했고 그만둬야 한다고 생각하면서도 그러고 싶지 않았다. 그를 때릴 수는 없었다. 마찬가지로 그러고 싶지 않았다.

한참을 날뛰다 숨이 가빠지면 그는 드러누워 담배를 피웠다. 그러고는 몸을 돌려 내게 담배빵을 할 생각이 없느냐고 했다. 내가 먼저 할게, 너도 같이 하자. 어떤 날은 이거 깨서 같이 그을까? 하며 초록색 유리병을 들어 내 머리를 쳤다.

"나는 너가 원하는 거 하게 해줬잖아. 너도 하나만 하게 해주라."

웃고 있었지만 빌듯이 말했다. 정말 그렇게 해주고 싶을 정도로 그는 간절해 보였다. 하지만 내게 그럴 만한 용기는 없었다. 그의 팔에 흐릿하게 솟은 기다란 선, 군데군데 부푼 켈로이드가 눈에 들어온 건 더 많은 시간이 흐른 뒤였다. 그의 위협보다 내 거절이 그를 유혹하지 못하는 행동이 될까 나는 두려웠다.

선배와 맞는 아침은 언제나 학교 앞 감자탕집 아니면 24시 순댓국집이었다. 나는 그가 비교적 멀쩡해진 시간을 빌려 이것저것을 물었다. 그는 게이가 아니라고 했고, 사랑하는 누나가 있었다고 했다. MSM[3]이냐고 물었을 때는 그건 모르는 개념이라고 말했으며, 딴소리하듯 지하철 6호선 동영상을 본 적이 있느냐 되물었다.

"자긴 정말 진짜 아무것도 모르는구나."

---

3) Men who have Sex with Men.

같은 질문이, 별다를 것 없는 질문이 이어지던 어느 날 그는 숟가락을 내려놓고 그렇게 말했다. 이런 풍경들 속에서, 대화에서 나는 때로는 장선우 영화를 떠올렸고 때로는 홍상수 영화를 떠올렸다. 나는 내가 아는 만큼만 보이는 걸까? 내 수준에 맞는 만큼만 행복해질 수 있는 것일까? 나는 몰라서 불행해지는 걸까? 알고 싶었다. 도대체 그가 어떤 사람인지도 알고 싶었다. 내가 그만두지 않으면 언젠가는 가능한 일이 될 거라고 생각했다. 그때나 지금이나 내가 할 수 있는 일이라고는 무언가를 계속하는 것뿐이었다.

그와 헤어지고 난 아침이면 몽롱한 상태로 나는 가방을 챙겨 수업에 갔다. 그가 원하는 걸 해줄 수 없다면, 할 수 있는 건 이것밖에 없어 보였다. 강의실에 책상을 붙이고 빙 둘러앉아 〈모래의 여자〉를 발표하던 월요일 오전, 인물들의 성격을 분석하는 부분을 읽어내려가는 도중 나도 모르게 눈물이 흘렀다. 다 미친 사람들 같았다. 시야가 흐려지긴 했지만 내 목소리가 끊어지거나 울고 있다는 사실도 몰랐다. 여기 나오는 모든 인물이, 이곳이 모두 미쳤으며 전부 또라이들이라고 생각했다. 내가 운다는 것을 알고 나자 걷잡을 수 없어졌다. 잠시 쉬어갈까요? 말했던 선생님도 그런 나를 이해한다는 듯 고개를 끄덕이는 애들도 다 미친 사람 같았다.

*

그러니까 어째서 나는 여기에 있는 거지?

나는 눈앞의 학생들을 보고 현기증이 일었다. 눈알이 좌우로 심하게 흔들려 프린트한 소설의 글자가 제대로 보이지 않았다. 빙 둘러앉은 학생들, 연습실을 겸한 마룻바닥, 라디에이터, 노란 문. 서늘한 복도와 캐비닛, 엘리베이터, 자판기. 그가 내게 할말이 있다며 기다리고 있던 연극원 일층 모퉁이, 비니를 쓴 사람만 봐도 덜컥 내려앉았던 중극장 앞, 그가 학교를 떠나는 날까지 공포인지 기쁨인지 모를 두근거림으로 붙박였던 이곳, 에 왜 내가 있는지 도무지 알 수 없었다. 난 모르겠고, 정말 아무것도 모르겠고, 난 뭣도 모르는 쓰레기야, 라고 학생들에게 소리치고는 이곳에서 당장 뛰쳐나가고 싶었다.

나는 눈앞이 깜깜하게 번지는 걸 느끼고는 적당한 타이밍에 학생의 말을 끊고 잠시만 쉬어가자고 말했다. 무엇이 또 들이닥칠지 몰라 교실 밖으로 나가는 것이 두려웠다. 그렇다고 이곳이 안전하게 느껴지지도 않았다. 나는 프린트물에 머리를 박고 앞으로 내가 해야 할 말의 순서를 최대한 상세하게 적어내려갔다. 부기했던 피드백을 중심으로 이야기했고 H선생님의 말대로 학생들은 나 없이도 알아서 수업을 진행할 만큼 말을 잘했다. 합평이 끝나갈 쯤에 소설은 누군가가 누군가를 만나 어떠한 사건을 겪고 돌이킬 수 없는 변화를 맞이하는 것입니다, 라고 노트해두었던 말을 전했는데 그런 내 말을 필기하는, 모든 걸 흡수하려는 듯 눈을 반짝이며 나를 바라보는 학생들에게 정말 그런 거냐고, 그게 맞는 거냐고 되묻고 싶었다.

나는 그때처럼, 꾸역꾸역 자리를 지키며 수업을 끝마쳤다. 뒤풀이를 하자는 학생들의 제안은 정중하게 거절했다. 대신 지금 만드는 책이 완성되면 과방으로 오늘 수강생들을 위해 보내주겠다고 말하며 고개를 숙였다. 나는 중극장을 등지고 후문 쪽으로 발걸음을 옮겼다. 종인 선배의 무언가를 더 알기 위해, 기억해 캐내기 위해, 혹여라도 이해하기 위해, 애써 또하나의 필터를 만들어 내게 덧씌우고 싶지 않았다. 그를 더는 알고 싶지 않았다. 그런다고 달라지는 건 아무것도 없으리란 걸 이제 나는 알았다.

여전히 내가 그 이후를 어떻게 지나왔는지는 잘 기억나지 않는다. 하지만 그 이후, 내가 어떻게 변했는지에 대해서는 나는 말할 수 있다. 누군가가 내 몸을 보고 흥분하고 발기하는 일을 선물처럼 여기게 되었다. 첫이 아닌 것들의 의미를 더 소중하게 여기는 사람이 되었다. 사랑에서 애걸로 되는 건 단 하나도 없다는 것을 알게 되었다. 남자를 좋아하는 남자, 를 좋아하는 사람이 되어 조금은 덜 실패하는 사람이 되었다. 그도 영화도 내가 선택한 잘못 찾아들어간 길이란 걸 깨닫게 되었다.

하지만 그건 과연 유의미한 변화인 것일까? 무의미한 변화는 없었던 것인가? 돌이킬 수 없는 변화만이 유의미한 것인가? 아는 것과 변하는 것은 얼마나 어떻게 다른가? 기억의 열람만이 가능할 뿐이라면 무엇이 얼마나 달라질 수 있겠는가?

나는 또다시 답 없는 것들에 대한 자문에 휩싸여 언덕길을 걸어내려갔다. 늦은 오후의 노란빛이 펜스를 따라 심어진 나무에 내려앉았고, 그 밑으로 길게 늘어진 그림자가 부서지듯 땅에서 흔들렸다. 그 길을 밟으며 학생들이 삼삼오오 캠퍼스를 향해 거슬러올라갔다. 모퉁이를 지나 돌아본 학교는 아직 낮이었지만 하얀 조명을 받아 밝게 빛나고 있었다. 너무 아름다웠지만 내 눈을 가리던 것들에 대해 생각했다. 한참을 걸어가다 마지막으로 뒤돌아본 그곳에는 H선생님도, 종인 선배도, 나도 없었다. 의심의 여지도 착각의 여지도 없었고 나는 그것이 정말 마음에 들었다.

| 작가노트 |

우리들의 실패

실패라는 단어를 좋아하지는 않는다. 그것이 두렵기도 하고, 실패를 실패인 채로 두는 일을 나는 잘 견디지 못한다. 내 일상에서 깊이 허용하고 싶은 것은 모리타 도지의 노래 〈우리들의 실패ぼくたちの失敗〉 정도일 뿐, 그 이상을 원하지는 않는다.

나는 이 소설이 실패했다고 생각한다. 그리고 젊은 작가가 제 입으로 이 말을 하는 것이 얼마나 어리석은 일인지도 안다. 하지만 사는 데에도, 쓰는 데에도 실패하고 말았다는 낭패감을 없는 일처럼 남겨두고 넘어갈 수가 없다. 이를 대면하고, 인정하고, 말하는 것까지가 내게는 작품처럼 느껴진다.

소설 속의 '나'가 "소설은 누군가가 누군가를 만나 어떠한 사건을 겪고 돌이킬 수 없는 변화를 맞이하는 것입니다"라는 말에 의문을 가졌듯, 최근 나는 '쓸 수 있다면 그건 실패가 아니야'라는 말에 의문을 품고 있다. 동시에 문학이라는 것이 감-동, 즉 감정을 움직이는 일이라는 말에도. 그러니까 나는 나의 실패를 감-동으로 바꾸면서 실패가 아니게 되는 일에 회의를 가졌던 것 같다.

그럼에도 소설은 이야기이기도 하지만, '감정'이기도 하다는 걸 새삼 깨닫는다. 몰랐던 일을 경험하는 것은 몰랐던 감정을 알게 되는 일이고, 쓰지 않으면 결코 모를 감정들을 알 수 없는 채로 남겨두는 일이 싫기 때문에 나는 쓴다. 언젠가 감-동하(게 하)는 일에 완전히 지쳐 이도 저도 아닌 글을 써버릴지도 모르겠지만, 그것이 내가 생각하는 소설에 가까워진다면 나는 기쁠 것이다.

나만의 실패를 가졌다, 는 사실에 조금은 기뻐해도 괜찮을까?

과신뿐이었던 내 삶과 내 글에, 이제는 무한한 책임을 가지려 한다.

몽타주와 미장센

한설

「데이 포 나이트」에서 '나'는 영화과에 입학하고도 한동안 학교에 미적지근했다. 〈노인을 위한 나라는 없다〉나 〈데어 윌 비 블러드〉보단 불타버린 남대문에 운명을 느꼈을 만큼. 그러던 어느 날 '나'는 사진 실습시간에 S형을 만나게 된다. 저토록 사랑스러운 남자라니. "나는 내가 게이라는 걸 순순히 인정해버리고 말았다."(287쪽) 달뜬 마음으로 〈美夜〉라는 누군가의 졸업작품에 스태프로 참여한 '나'는 온갖 잡일을 도맡는다. 연출부, 촬영부, 조명부, 음향부…… 현장에 때때로 실망하면서, 또 현장에 때때로 흥분하면서 조금씩 성취감을 느끼던 '나'는 내친김에 붐까지 잡으려 한다. 그때 마주친 종인 선배. "그건 정말 아름다운 모습이었고 나는 수업시간에 주워들은 숭고, 라는 단어마저 떠올려버렸다."(291쪽)

러시아의 영화감독인 세르게이 예이젠시테인은 한자의 형성 원리인 육서(六書) 가운데서 회의(會意)에 주목했다. 회의란 여러 한자의 뜻을 곱해 새로운 한자를 만드는 방법으로, '입[口]'과 '개[犬]'가 결합해 '짖다[吠]'가 되는 경우가 대표적이다. 예이젠시테인은 회의의 원리를 그대로 영화에 적용하려 했다. 가령 유인원이 뼈다귀를 집어던지는 장면과 우주선이 우주를 유영하는 장면이 있다고 해보자. 각각의 장면은 해당 상황을 지시하는 것 이상도 이하도 아니다. 하지만 유인원이 뼈다귀를 집어던지는 장면 다음에 우주선이 우주를 유영하는 장면이 배치되면 그것은 인류의 문명사를 압축적으로 나타낸 것이 된다.[1] 이러한 맥락에서 예이젠시테인은 몽타주(montage, 장면의 배열)가 미장센(mise-en-scène, 장면의 연출)보다 훨씬 중요하며, 영화의 목적은 수많은 장면들을 몽타주로 연달아 충돌시켜 새로운 의미를 창출하는 데에 있다고 선언했다.

〈美夜〉의 뒤풀이 자리. 종인 선배를 다시 만난 '나'의 앞으로 엇비슷한 장면들이 이어진다. "자기, 아주 웃기는 애네?"(292쪽) 자기. 난생처음 들어본 호칭. "얘한테 잘해주지 마. 존나 위험한 놈이야."(같은 쪽) 위험. 저의가 궁금한 표현. 장면과 장면이 충돌한다. 그의 성적 지향이 모호하게 감지된다. 외로웠던 것일까, 아니면 반가웠던 것일까. '나'는 그에게 계속 말을 붙인다. 〈살로 소돔의 120일〉을 언급해본다. 그가 '나'에게 몸을 기울인다. 이런 이야기에 섰다고 말해본다. 그가 '나'를 발가락으로 더듬는다. 다시 장면과 장면이 충돌한다. 그의 성적 지향이 분명하게 느껴진다. "선배, 남자랑 자본 적

1) 스탠리 큐브릭, 〈2001 스페이스 오디세이〉, 1968, 149분.

은 있으세요? (……) 그럼 저랑 자요."(293~294쪽)

엄밀히 말해 종인 선배와의 잠자리는 최악이었다. 허름하기 짝이 없는 여관, 기억나지 않는 첫 경험, 엉망인 오럴과 애널, 그리고 폭력. 그럼에도 '나'는 "얼얼한 뺨을 매만지면서도 웃었"고, "곱씹어보면서 (……) 기"(296쪽)뻐했다. 그를 둘러싼 무수한 장면들 사이에서 사랑을 발견했기 때문이다. "그는 완전히 눈이 풀려 있었지만 나와 눈을 맞추려 노력하다가 온화한 미소를 지으며 고개를 젖혀 내게 키스했다."(295쪽)

예이젠시테인은 〈파업〉에서 시위하는 군중이 학살당하는 장면과 소가 도살당하는 장면을 나란히 교차시켰다.[2] 그는 잔혹성을 매개로 관객들이 학살과 도살을 연계시켜 정서적 충격을 받으리라 예상했다. 흥미롭게도 농민들은 그의 영화를 보면서 오히려 입맛을 다졌다. 소가 도살당하는 장면은 그들에게 전혀 잔혹한 장면이 아니었던 것이다. 확실히 예이젠시테인은 중요한 사실을 간과하고 있었다. 충돌의 여파는 사람마다 다르게 해석된다. 입을 촬영한 장면과 개를 촬영한 장면이 결합된다고 해서 모두가 짖는 행위를 연상하는 것은 아니듯이.

종인 선배는 '나'를 둘러싼 무수한 장면들 사이에서 사랑을 발견하지 못했다. "나는 너가 원하는 거 하게 해줬잖아. 너도 하나만 하게 해주라."(302쪽) 그는 '나'의 감정 따위는 어떻게 되어도 상관없다는 듯 폭압적으로 행동한다. 툭하면 때리고 이완 없이 넣자고 말

---

2) 세르게이 예이젠시테인, 〈파업〉, 1925, 82분.

한다. 심지어 같이 자해하자고 종용한다. "내가 먼저 할게, 너도 같이 하자."(같은 쪽) '나'는 그를 마주할 때마다 기억을 영사시킨다. 그가 자기처럼 무수한 장면들 속에서 사랑을 발견할 수 있기를 바라며. 하나 그것은 불가능한 희망이다. 그의 성적 지향은 동성애가 아니다. 성적 취향이 SM에 가까울 뿐. 완벽한 오인. "그는 게이가 아니라고 했고, 사랑하는 누나가 있었다고 했다."(같은 쪽)

그럼에도 '나'는 그를 떠나지 못한다. 아니, 떠날 수 없다. 사랑의 감각이 자꾸 '나'를 붙든다. "그와 내가 (……) 적어도 처음을 공유했다는 사실이 정말 기뻤다."(301쪽) D/N. 데이 포 나이트. 낮을 밤으로 바꾸는 필터. 낮은 모든 것을 선명하게 드러내는 시간이고, 밤은 모든 것을 희미하게 감추는 시간이다. '나'는 간절히 바란다. 지금의 낮이 그때의 밤이 되기를. 오해여도 좋으니, 모든 진실이 비참하게 폭로된 현재에서 교묘하게 은닉된 과거로 시간이 돌아가기를. "내가 그만두지 않으면 언젠가는 가능한 일이 될 거라고 생각했다."(303쪽)

프랑스의 영화평론가인 앙드레 바쟁은 몽타주와 같은 인위적인 편집에 회의적이었다. 거의 평생을 '영화란 무엇인가'라는 질문에 골몰했던 그는 영화가 객관성의 측면에서 압도적인 예술의 한 양식이라고 생각했다. 영화는 회화보다 선명하게 세계의 존재를 그려내며, 사진보다 충실하게 존재의 운동을 담아낸다. 바쟁은 고대 이집트인들이 시신을 미라의 형태로 보존하려 했던 순간부터 인류가 유구히 품어온 재현의 욕망이 영화에 이르러 가장 완벽하게 실현되었다고 믿었다. 따라서 영화가 번잡한 편집으로 현실을 왜곡하는 것은 영화가 영화이기를 포기하는 것과 동일한 의미다. 이러한 맥락에서 바쟁은 미장센이 몽타주보다 우선시되어야 하며, 이를 통해 현실을 있는 그대로 드러내야 한다고 선언했다.

"결국 시간이 흘-렀-다"(279쪽). 많은 것이 바뀌었다. 어느새 '나'는 학교를 졸업했다. 옛 선생님들에게 간간이 편지를 쓸 만큼 학교를 그리워하긴 하지만. 또 '나'는 제멋대로 소설을 가감해 인용하는 H선생님에게 묘한 감정을 느끼게 되었다. "편지 속의 그와 그의 목소리에는 상상 이상의 다정함이 있었다. (……) H선생님과의 빙빙 돌아가는 대화, 불분명한 송수신 방향, 느리게 오가는 속도 들을 나는 좋아했다."(280~281쪽) 하지만 그것을 사랑의 신호로 섣부르게 해석하는 데에는 망설인다. 장면들의 잇따른 충돌이 현실을 왜곡시킬 수 있다는 사실을 알기에. "그래봤자 메일, 이라는 생각에 더 깊이 파고드는 일은 제쳐두곤 했다. 너무 많은 곳에서 사랑을 발견하고 느껴버리는 헤픈 나를 조금은 책망하면서."(282쪽)

무엇보다도 '나'는 무수한 장면들을 있는 그대로 바라보게 되었다. "무언가를 더 알기 위해, 기억해 캐내기 위해, 혹여라도 이해하기 위해, 애써 또하나의 필터를 만들어 내게 덧씌우고 싶지 않았다."(305쪽) 이제 '나'는 폭로의 낮을 은닉의 밤으로 바꾸기 위해 애써 노력하지 않는다. "그런다고 달라지는 건 아무것도 없"(같은 쪽)으므로. 대신 낮의 시절이 있었고 밤의 시절이 있었다고 생각한다. "앞뒤도 없이 그냥 모든 걸 잡쳤다는 생각만 들"(285쪽)게 해주는 기억이 있고 "눈앞이 깜깜하게 번지는 걸 느끼"(304쪽)게 해주는 기억이 있다고 생각한다. 환영에서 현실로 생의 중심이 이동하는 순간. 차츰 모든 것이 명징하게 정리된다. 종인 선배는 "돌이킬 수 없는 변화"(같은 쪽)를 가져다준 '나'의 사랑이며, 그것은 부정할 수 없는 진실이다. 동시에 종인 선배는 "잘못 찾아들어간 길"(305쪽)과 같은 '나'의 상처이며, 그것 역시 부정할 수 없는 진실이다. 직시와 수용. 그를 기억하되 거기에 휘둘리진 않겠다는 다짐. '나'를 둘러싼 풍경의 일부로 종인 선배가 녹아든다. 비로소 지난했던 사랑이 완결된다. "의심의 여지도 착각의 여지도 없었고 나는 그것이 정말 마음에 들었다."(306쪽)

한설

2016년 대산대학문학상 평론 부문에 「석양이…… 진다—맥크리의 시론, 또는 김승일의 시론」이 당선되어 등단.

이미상

하긴

작가노트

보미나래를 나래라고 부르는 것에 대하여

해설 김녕

내/네 뜻대로 되어라

*이 작품은 서울문화재단의 지원을 받았습니다.

이미상

1982년생. 2018년 웹진 비유에 「하긴」을 발표하며 등단.

하긴

나는 분명히 반대했다. 왕손의 이름을 개똥이라고 짓는 데는 이유가 있다. 이름이 거하면 인생이 이름에 잡아먹히는데도 아내는 순우리말 이름을 고집했다. 1988년 자주민보 대신 '한겨레신문'이란 제호를 지지했던 실력으로, 첫딸의 이름은 김보미나래. 웬만한 인생 살아서는 이름값 하기 힘든 이름이었다.

말이 느렸기에 어렴풋이 짐작하고는 있었지만 심각하게 여긴 건 딸이 초등학교에 입학할 무렵이었다. 나는 주말마다 딸에게 역사를 가르칠 생각이었다. 서로의 발이 닿을 만큼 작은 소반에 앉아 대한민국의 현대사를 전수하는 것, 그것이 내가 꿈꿔온 부녀상(像)이었다. 고개를 푹 숙이고 함께 책을 내려다보는 상상을 하곤 했다. 책에 얼굴 그늘이 드리워지고 가마가 닿을 듯 부녀는 가깝다.

'꿇다'는 아쉽지만 어쩔 수 없다. 꿇다는 욕심이다. '기슭'도 양보

한다. 그럼 '접시'는? 접시도 넘어가자. 그럼 '노랑'은? 노랑은 안 되는데……

딸은 역사는커녕 한글 받침도 금방 익히지 못했다. 쉬운 받침의 단어를 읽는 데 육 개월이 걸렸고 초등학교 3학년 때까지 받아쓰기에서 받침을 노상 틀렸다. 당신은 'ㅔ'와 'ㅐ'를 합친 모음을 아는가. 나는 그 모음을 아는 부모와 모르는 부모가 있다고 생각한다. 딸은 지금껏 'ㅔ'도 아니고 'ㅐ'도 아닌 모음을 쓴다. 눈치를 살펴 냄'새'로 쓸지 냄'세'로 쓸지 간보기 위해.

초등학교 고학년이 되자 딸은 노래를 흥얼거리기 시작했다. "무슨 노래야?" 물어도 딸은 웃기만 했다. 자작곡은 늘어만 갔고 나는 혹시 딸애가 작곡 영재가 아닐까, 그건 공부 머리랑은 또다른 거니까, 기대를 품었다. 노래의 의미를 깨닫기까지는 그리 오랜 시간이 걸리지 않았다. 지금도 그때를 생각하면 아뜩하다. 나는 딸을 키우면서 무시로 아뜩함을 겪는다.

직관상적 기억력을 갖고 있진 않지만, 나는 '암기를 위한 노래'를 만들어본 적이 없다. 아내에게 물으니 아내도 그런 적이 없다고 했다. 약간 얼굴을 붉히기는 했지만. 어찌되었든 우리는 그런 종자가 아니다. 그런 종자. 절기를 외우기 위해 절기에 멜로디를 붙이는 종자, 연표를 외우기 위해 사건의 앞 자만을 따 괴상한 이야기를 만들어내는 종자, 스펠링이 긴 영단어를 외우기 위해 단어에 섹슈얼한 비유를 포개는 종자, 그래야만 겨우, 외울 것들을 외울 수 있는 종자, 한마디로 머리가 나쁜 종자.

아내는 조용한 ADHD의 가능성에 대해 말했다.

"여자애들은 수업시간에 돌아다니질 않아서 병인지도 모르고 넘어가는 경우가 많대. 깜찍한 얼굴로 수업시간에 딴생각만 하는 거지."

우리는 식탁에 앉아 마루에서 TV를 보고 있는 딸을 걱정스레 바라보았다. 딸은 너무 천진해 보였다. 더 어린 애들이나 보고 웃을 만화에 여전히 웃었다.

아동발달센터의 결론은 이랬다.

"어머님, 아버님. 나래는 멍때려서 선생님의 설명을 놓치는 게 아녜요. 설명을 못 알아들어서 멍때리는 거예요. 둘은 완전히 다른 거예요. 하나는 치료가 되고 하나는 치료가 안 되니까요. 지능검사 한번 받아보시겠어요?"

센터를 나오면서 아내는 분통을 터뜨렸다.

"왜 남의 애 이름을 함부로 축약해?"

그러곤 참았던 눈물을 터뜨리며 말했다.

"형, 우리 어떡해?"

사실 징후는 곳곳에 있었다. 딸은 산수 문제를 풀 때마다 노골적으로 하품했다. 벌써 사춘기가 왔나, 기대했으나 아니었다. 슬픈 제스처. 문제를 못 푸는 것이 둔탁한 이해력 때문이 아니라 맹렬한 피로 탓이라고 자신을 속이기 위한 가짜 하품. 그러나 나는 경험상 안다. 풀 수 있는 문제는 풀 수 있고, 풀 수 없는 문제는 풀 수 없다. 그건 애정결핍, 게으른 성정, 유년기의 상처 따위와는 아무런 상관이 없다. 아내가 의심스럽기는 했다. 아내와 나는 같은 대학원을 나왔다. 그러나 대학은 달랐다. 내가 무슨 말 하는지 알 거다.

"석형네 딸은 조기졸업하고 카이스트 갈 예정이라던데……"

언젠가 내가 운을 떼자, 아내가 한숨을 쉬었다. 나는 조심스레 덧붙였다.

"지능은 유전 아닌가?"

아내와 나는 공장에서 처음 만났다. 소위 말하는 '학출'이었다. 같은 공장에서 일했던 석형은 여공과 결혼했다. 여공의 딸이 카이스트에 가다니…… 차마 이 말은 뱉지 않았는데 어떻게 알았는지 아내가 경멸하는 얼굴을 하고는 나가버렸다.

*

샘에게

샘!

어제 할아버지랑 놀이터에서 재미나게 놀았지요? 태어나 처음으로 모래알을 쥐어보곤 푸푸 침을 흘리며 웃던 우리 샘. 그 웃음을 보는데 할아버지 마음이 환해졌어요. 드디어 내게도 봄이 왔구나, 알았어요. 할아버지가 푸르른 청년이었을 때, 마음에 봄을 담는 건 죄였답니다. 언제나 겨울, 나를 용서 못한 날이 매일이었어요. 동갑내기 학생이 죽어가던 시간에 목마레코드에서 음반이나 고르고 있던 어느 볕 좋은 봄날이 이 할아버지가 아는 유일한 봄이었어요. 샘, 나에게 진짜 봄을 가르쳐주어 고마워요.

곱슬머리, 검은 피부, 두툼한 입술.

나의 사랑하는 손자, 샘.

*

이 년 전, 보미나래의 고등학교 2학년 겨울방학이 막 시작될 무렵이었다. 학원을 운영하는 친구 문을 오목교의 이자카야에서 만났다. 딸의 진학상담을 위해서였다. 메뉴판에 '시가'라고 적힌 다금바리회와 사케를 시켰다.

"나래는 명분 쪽으로 가야겠네."

딸에 대해 얼마 얘기하지도 않았는데 금세 문이 진단을 내렸다.

"명분?"

"몰라? 대가리파, 노력파, 명분파?"

대가리와 노력에 대해서는 아예 감이 없지 않았는데 명분은 감감했다. 딸의 성적은 듣고 난 뒤 표정 수습이 필요할 만큼 부진했다. 노력을 안 하는 것도 아니어서 '안 해서 그렇지 하기만 하면 곧 잘할 텐데' 하는 정신승리마저 못 하게 했다. 원천봉쇄의 부진함이었다. 조용하고, 꾸준하고, 종종 뜨개질감을 들고 종점에서부터 종점까지 버스를 타는 것 외엔 별다른 일탈도 않는 착한 딸. 그렇게 반항의 맛마저도 없는.

"초롱은 셋 중 뭔데?"

문은 '알면서 뭘 물어, 상처받고 싶어 그래?' 하는 투로 말했다.

"셋 다 아니지. 우리 초롱인 레블(rebel)파지. 말을 마라. 고거 때문에 내 속이 숯덩이다."

보미나래와 초롱은 동갑이었다. 마누라들이 임신했을 때, 문과 나는 백민투, 조민중, 이애국 같은 이름은 짓지 말자고 했다. 최악도 감당하는 아비가 되자고 했다. 자식이 보수 우익의 젊은 기수가 되건, 서울역에서 기타 치며 포교 활동을 하는 종교인이 되건, 내 구미에 맞게 조련해 키우지 않겠다는 급진적인 양육관이었다. 그러나 우리의 딸들은 판이하게 컸다.

초롱은 중학교를 중퇴하고, 삭발하고, 사르트르 따위를 읽다가 최연소로 등단해 검정고시를 거쳐 국공립 예술대학에 들어갔다. 언제나 문은 서글프게 말했다.

"우리 딸은 중학교 중퇴자야."

결코 자신의 딸이 신문에 날 만큼 유명하다고 말하지 않았다. 반전의 낙차를 벌리려는 개수작. 그것도 모르고 '문의 딸이 초졸? 중이 제 머리 못 깎는다더니, 우리 애가 낫네' 하는 사람은 훗날 창자가 잘린 양 격심한 배신감을 느끼게 된다. 내가 그랬듯이.

"그나저나 나래는 왜 그렇게 공부를 못해?"

문이 알이 꽉 찬 시샤모 배를 공격적으로 헤집으며 물었다.

"제수씨가 고지식해서 선행 안 시켰나? 체험학습 시킨답시고 주말에 애들 고구마만 캐게 했다가 후회한 애들, 나 여럿 봤다. 그게 또 다 중금속이에요."

아내와 나는 주말마다 딸에게 공부를 가르쳤다. 대외적으로는 사교육을 지양한다고 했으나, 내가 언론고시에 떨어지고 아내가 번

듯한 외국계 인권 단체에 들어가지 못했다면 어차피 우리도 학원 선생을 했을 터였다. 안 봐도 비디오였다. 칠판 왼쪽에는 세계사, 오른쪽에는 한국사 연표를 죽죽 내려 교차시켜가며 내 인생이 어떻게 역사적, 구조적으로 망했는지 애먼 애들한테 선포하며 살았겠지. 문이 그랬다. 문의 대표 강사 시절 닉네임은 '티처 빨간줄'이었다. 줄 쳐준 예상문제가 수능에 빈번히 나와서기도 했고, 이력에 빨간줄이 있어 입사 길이 막혀 사교육시장에 유폐되었다는 문 자신의 자조 섞인 농담에서 비롯된 것이기도 했다.

"학원을 안 보내긴 했지. 내년이면 고3인데 아주 죽을 맛이다. 인 서울은커녕……"

"제수씬 잘 지내지?"

본격적으로 용건을 시작하려는데 문이 안부로 치고 들어왔다. '시가'라고 적힌 이름 모를 회 한 접시를 더 시키며.

"보미나래 엄마? 자알 지내지."

자알. 아주 자알.

문은 자연스럽게 아내를 제수씨라고 불렀다. 부탁을 위계로 치환해내는 문의 감각은 원체 탁월했다. 그는 다른 사람의 부탁을 약자 원숭이의 굴복 행위 보듯 본다. 틀린 것도 아니다. 자식의 일 앞에서 부모란 다 그렇게 되는 것이다. 엉덩이도 까고, 털 속의 통통한 이도 잡고, 자존심도 뭣도 없이.

"너 말이 아주 묘하다. 잘이 아니라 자알?"

"말 마. 여자들은 다 왜 그러냐?"

"뭐 문제 있어?"

"딱히 그런 건 아니고."

"제수, 요즘 뭐하고 사는데?"

"일 다니고 애 키우고 그러지. 별거 없어."

"아니 그거 말고. 명상? 뜨개질? 필라테스? 아님, 상담?"

"아마 다 하지 싫은데."

사실 나는 아내가 뭘 하고 사는지 전혀 몰랐다.

문이 식어빠진 사케를 원샷했다. 찡그린 얼굴로 조린 문어를 집으려다 말고 짜증을 벌컥 내며 말했다.

"지들이 언제부터 외주 줬다고."

"응?"

"넌 당하고도 모르냐? 등신 새끼."

말없이 계속 술을 들이켜던 문은, 결국 완전히 뻗어 나무로 된 사케 잔을 베고 누워버렸다.

"지들이 언제부터 정신을 외주 줬다고…… 지들이…… 언제부터…… 날 뭐로 보고. 개같은 년들."

취한 문의 겨드랑이에 손을 껴 일으켜세우려는데 갑자기 문이 벌떡 일어나 외쳤다.

"딸! 딸들이 우리의 희망이다!"

택시를 잡으려는데 문이 자꾸 엉겨왔다. 페니스가 허벅지에서 물렁대는데 슬펐다. 하지만 자식의 일 앞에서 아비는 이렇게 되는 것이다. 택시를 잡아주고, 기사에게 잘 부탁드린다며 삼만원을 건네게 되는 것이다. 택시가 왔고, 나는 문이 문에 머리를 박지 않도록 조심하며 밀어넣었다. 문을 막 닫으려는데 문이 말했다.

"암만해도."

"뭐?"

나는 도로 위에 떨어진 문의 벗겨진 신발을 주워 발에 끼워넣느라 낑낑대고 있었다. 땀에 푹 젖은 양말이 축축하고 뜨끈뜨끈했다.

"난 그건 못 해."

겨우 신긴 신발이 또 떨어졌다.

"자식새끼 멍청한 거, 그건 못 해."

"그게 하고 못 하고의 문제냐……"

나는 신발을 택시 안으로 던져넣었다.

"다른 집도 아니고."

문의 몸이 뒤로 더 젖혀졌다. 그가 웃으며 말했다.

"우리 자식이잖아."

*

나의 영원한 동지이자 연인, 규에게

규.

우리가 우리 자신을 어떻게 사랑할 수 있니. 무슨 지력으로 사랑할 수 있니. 나를 보는 너의 눈을 경유해 나를 보고, 나를 사랑할 수 있을 뿐이잖니. 그러므로 네가 나를 제대로 봐주지 않는다면, 네 눈이 나를 초점화하지 않는다면, 네 눈이 동태눈깔이면 나는 나를 무어로 상상하고, 내가 무어로 존재할 수 있겠니. 네 시선, 기대, 실망 속에서 나는 더 좋은 사람이 돼. 아니 그러려고 노력해. 네 바라봄이 없다면 나는 아무것도 아니야. 살 수조차 없어. 지금 나는 생존에 대해 말하고 있어. 네 눈이라는 내 생존의 조건에 대해.

*

「하긴 하는 남자」는 토요일마다 격주로 연재된다. 서신 형식의 칼럼으로 나는 벌써 여럿에게 공개편지를 썼다. 아내에게도 썼다. 제일 나았다고 자평하는 원고다. 기사가 나온 날, 나는 기사 크기대로 신문을 접어 식탁 위에 올려두었다. 아내는 아무런 말도 없었다. 그저 신문 위에 물이 뚝뚝 떨어지는 수영 가방을 잔인하게 올려두었을 뿐이었다.

나도 아내에게 찬탄을 받던 때가 있었다. '하긴 하는 남자'도 그녀의 말에서 따온 것이다. 오래전, 우리가 막 사귀기 시작했을 무렵에 아내에게 내가 왜 좋으냐고 묻자 그녀가 말했다.

"개중 형이 하긴 하는 남자라서."

나는 그 말이 좋았다. 하긴 하는 남자는 당위를 내세우는 남자와 무책임한 남자 사이에 있는 남자다. 하기로 했으면 해야만 하는 고지식한 남자도 아니고, 한다고 해놓고선 안 하는 불성실한 남자도 아닌, 약간 힘을 뺀 채 나른하게 완수하는 하긴 하는 남자.

아내는 늘 자신만의 특별한 시선으로 나를 봐주었다. 그랬던 아내인데 언제부터 변한 걸까. 왜 잊어버린 걸까. 남자들이 실은 약하다는 것, 목숨을 여자에게 완전히 의지하고 있다는 것, 여자가 던지는 시선, 대상화의 프레임 속에서만이 살 수 있다는 것을 어쩌자고 잊은 걸까. 내가 잠시 바람을 피웠던 것도 결국에는 존재의 근거가 채워지지 않아서였다. 고작 젖과 좆과 질의 문제가 아닌 것이다. 이제 아내는 정말 둔하다. 어쩜 그렇게 둔할까.

한번은 이런 일도 있었다. 나는 책에 절대 밑줄도 안 긋고 개의 귀도 안 만드는 사람이다. 그걸 수십 년간 봐놓고도 언제부턴가 아내는 내 책에 낙서를 한다. '잔치'에 빨간 줄을 굵게 긋고 '옹립식'이라고 쓰는 식이다. 곰 같은 둔함은 동지 부인 얻었을 때 받게 되는 천형이라던데, 정말 맞는 말이다.

더이상 마누라들은 우리를 봐주지 않는다. 정신, 자아, 때론 몸까지 모두 아웃소싱했다. 우리는 주인 자격을 잃었다. 딸만이 우리의 희망이다. 결국 문의 말은 이렇게 요약될 수 있었다. 딸들은 사랑하든 혐오하든 우리를 본다. 볼 수밖에 없다. 자식이자 주식—나는 딸의 백 퍼센트 주주다—으로서의 운명이다. 하지만 나는 후일담이나 꾀죄죄하게 늘어놓으며 추앙받고 싶진 않다. 처절하게 부정되고 가열하게 척결되고 싶다.

나는 매일 초롱의 SNS에 들어가본다. 며칠 전, 초롱은 이렇게 썼다. "이름 튀어봐야 뭐가 좋아? 몰카 영상 뜨면 찾기 쉽기나 하지. 자식 이름으로 운동하는 것들은 싹 다 죽어야 돼." 자기 언어를 가진 자식을 둔다는 건 어떤 기분일까? 아무리 뒤져봐도 보미나래의 SNS는 발견되지 않았다.

한밤, 나는 초롱의 글을 읽으며 상상한다. 거의 나를 육박하듯 빠르고 거칠게 공격해오는 내 딸 초롱이. 코너에 몰린 나는 기분좋게 당혹한다. 내가 키운 거한테 내가 먹힌다니. 나는 카이스트에 갈 석형의 딸은 하나도 아쉽지 않다. 초롱이 나의 이상이다. 그런 애들이 있다. 새벽까지 술 먹다 동기 한 놈 집에 쳐들어가 만나게 되는 애들. 아빠 친구한테 인사해야지, 가 채 끝나기도 전에 방문을 쾅 닫으며 인사도 없이 들어가는 애들. 아비와 아비의 친구와 아비의 세대를 쌩까며 쾅하고 후두부를 가격하는 문소리를 내곤 '쿨'하게 사라지는 애들. 쾅쾅. 빰을 갈기듯 문은 내 앞에서 쾅쾅 닫히고 나는 가만히 부러워진다. 멋지지 않은가? 우리가 우리 부모에게 가하고 싶었으나 가하지 못했던 것을 우리에게 가하는 새끼를 길러낸다는 것이.

그날, 택시에 쑤셔박히면서 문이 말했다.

"너, 세상천지 제일 무서운 게 뭔지 아냐? 자식새끼 눈깔이다. 초롱은 날 아주 죽일 듯이 노려본다."

나는 문이 미치게 부러웠다. 나도 정(正)이 되고 싶었다. 부정당함으로써 아래 세대를 고양하는 발판으로서의 정, 그런 내 짝으로서의 딸, 내 딸의 자격, 나의 딸감.

그러나 나의 딸은……

보미나래는 언제나 내 입술을 뚫어지게 본다. 문답 사이로 긴 침묵이 흐른다. 막막함으로 귀결되는 그 묵묵함이 나를 미치게 한다.

결국 나는 소리치고야 만다. "나래! 모르면 모른다고 말을 해. 아빠는 네가 몰라서 화가 난 게 아니야. 입장을 밝히지 않아서 화가 난 거야. 모른다가 네 입장이라면, 그것도 괜찮아. 하지만 아무 말도 하지 않는 건 다른 거야. 그건 정말 나쁜 거야. 알겠니?" 시간이 한참 지나서야 보미나래는 입을 연다. 혀로 입술 한 번 핥고, 침 한 번 삼키고, 킁킁 소리 한 번 내고, 다문 내 입술을 애타게 바라보며 "어……" 소리는 거기서 끊긴다.

*

버지니아에 있는 에코 공동체는 1960년대에 히피들이 세운 곳이다. 입소를 원하는 사람은 전 재산을 공동체에 내어놓아야 한다. 그러고는 모두가 공평하게 아침 아홉시부터 저녁 여섯시까지 해먹 작업장에서 일하고, 거기서 만든 해먹이 공동체의 주수입원이 된다. 사람들은 무산의 상태에서 시작해 공동으로 일하며 함께 살아간다. 일을 마치면 호수에서 맨몸으로 수영하거나, 해먹에 누워 책을 읽거나, 숲속의 원추형 천막에 기어들어가 서로의 엉덩이를 좇으며 늑대 하울링 소릴 낸다. '인간의 야생성 회복을 위한 프로그램'이란다. 당연히 인터넷 사용과 TV 시청은 금지다.

나와 보미나래는 손목에 끈 팔찌를 찬 남자를 따라 걸었다. 우거진 숲길을 지나자 멀리 붉은 벽돌로 된 건물이 보였다. 도미토리 어쩌고 하는 걸 보니 애가 지낼 숙소인 것 같았다. 금발의 여자가 방에 딸린 작은 발코니에 앉아 다리를 아래로 늘어뜨린 채 천천히 흔들며 책을 읽고 있었다. 끈 팔찌를 찬 서양 놈이 또 한번 뭐라고 말했지만 알아듣지 못했다. 보미나래는 한국에서 가져온 템퍼 베개를 꼭 안은 채 바닥만 내려다보고 있었다.

이거였구나. 그제야 감이 왔다. 인간들이 자식을 미 명문대, 아니 명문대도 됐고, 미국 대학에 보내는 이유. 머릿속으로 딸과 미국 대학의 캠퍼스를 고즈넉이 산책하는 장면이 펼쳐졌다. 뒷짐지고 걷고 있긴 하지만 왠지 위축된다. 우리 세대는 리딩은 되는데 스피킹이 안 되니까. 딸은 그런 위축 따윈 느끼지 않으리라. "This is me! 아빠, 여기가 내 기숙사야!" 그런 이양이라면 얼마나 근사할까. 나에게는 다양한 삶의 형식이 주어지지 않았다. 그랬기에 딸에게만은 더 큰 세상을, 삶을 넘겨주고 싶었다. 내가 바란 건 크고 넓은 세상을 자유로이 걷는 딸을 멀리서나마 지켜보는 것뿐이었다. 그러나 내 옆에 서서 베개를 안고 있는 딸은 진저리치게 덤덤했다. 딸은 수학과 영어를 못하듯 불안해하지도 못하는 것이다. 석형의 딸은 눈썹이 없고 머리도 반절이 민둥산이다. 딸의 카이스트 진학으로 한턱 내는 자리에서 석형은 가슴을 뜯으며 울었다. 아침마다 애 책상 위에 머리카락이 한 움큼씩 놓여 있다고 했다. 누군가 위로했다. 요즘 공부 좀 한다는 애치고 자낙스랑 졸로프트 안 먹는 애가 어디 있어?

그때, 갑자기 뺨에 차가운 물방울이 튀었다. 뒤돌아보는 순간, 물에 쫄딱 젖은 나체의 백인이 긴 좆을 덜렁대며 성큼성큼 뛰어갔다. 나는 순간적으로 딸을 보호하듯 끌어당겼다. 긴 좆은 우리를 지나쳐 갔다. 엉덩이 밑으로 귀두 끝이 나타났다 사라졌다. 그는 나무에 달린 깡통에서 무언가를 꺼내더니 다시 덜렁덜렁, 성큼성큼 사라졌다. 미국인들은 엘리베이터에서 생판 모르는 사람한테도 하이, 하이 한다던데…… 긴 좆은 우리에게 아무 관심이 없었다. 우리가 있는지도 모르는 것 같았다.

나체의 미국인에게

하인 앞에서 옷을 스스럼없이 벗었다던 여귀족 같은 당신의 뿌리깊은 차별의식은 안녕하신가요?

속으로 편지를 쓰자 화가 가라앉았다. 편지는 일종의 복수 명상이다.

어느새 긴 좆이 뭔가를 꺼낸 깡통 달린 나무에 도착했다. 키가 닿지 않아 딸의 트렁크를 딛고 올라서야 했다. 깡통 속에 손을 집어넣자 톱니처럼 까끌까끌한 감촉이 느껴졌다. 뭉텅이로 꺼내보니 콘돔이었다. 삼일 뒤에 딸을 공동체에 두고 나오면서 섹스에 대해 충고할까 하다가 그만두었다.

우리가 버지니아에 가게 된 건 문 때문이었다. 오목교에서의 술자리가 소득 없이 끝나고 얼마 뒤 문에게서 만나자는 연락이 왔었다. 그가 자리에 앉자마자 말했다.

"쇼부는 대학원에서 보자. 인문사회 계열에서 교수 하고 있는 선배들이 들여보내줄 거야. 어차피 거기 다 정원 미달이야. 최종학력은 석사로 업그레이드하면 될 테고, 문제는 학부인데…… 그것도 어느 정도는 돼야 말이지. 무슨 거리 좀 있냐?"

"거리?"

"밑져야 본전이니 한번 해보자고. 입학사정관제로 가보자. 그러려면 포트폴리오가 필요한데 수상 경력 같은 건 없을 테고, 우리 나래, 봉사활동은 좀 했나?"

"애가 워낙 내성적이라 한 게 없는데……"

"정신 차려."

문이 내 뺨을 살짝 쳤다.

"스토리텔링의 와꾸가 짜져야 경기권 사회학과라도 넣어보지. 솔직한 말로다가 성적은 좆같지만 학교엔 들여보내달란 건데 명분이라도 이쁘게 만들어야 하지 않겠냐? 인생을 날로 먹으려고 그래. 내가 작품 하나 보여주지."

문이 내 쪽으로 성공 수기집을 밀며 사진 하나를 손톱으로 톡톡 쳤다. 부녀가 활짝 웃고 있는 사진이었다. 아버지는 경찰 제복, 딸은 교복을 입고 있었다. "J대 심리학과에 입학한 내신 4.4등급 A양." 수기에 따르면 A양은 고위 경찰 간부 아버지를 둔 고등학생이었다. 그녀는 집에서 하루도 마음 편할 날이 없다고 했다. 아버지의 분노 조절 장애 때문이었다. 그녀는 자신과 같은 부모를 둔 청소년들에게 도움을 주고자 연합 동아리를 만들었다. 분노 조절 장애를 가진 부모를 둔 자녀들의 자조 모임 '활화산의 아이들'이 그것이었다. A양은 '활화산의 아이들'로 보건복지부 아이디어상을 받고 이듬해에 전공 적합성을 인정받아 당당히 J대 심리학과에 입학했다.

"학원에 들어오자마자 딱 알아봤지."

나는 웃고 있었다.

"웃어?"

"미안. 딴생각 좀 하느라."

"남영동에서 보고 처음 본 거였는데도 딱 알겠더라고. 늙둥이란다. 그 인간, 저 딸 대학 보내보겠다고…… 아이고, 아비가 뭔지."

나는 취했는지 웃음이 멈추질 않았다.

문은 어떤 지하 술집엔 내려가자마자 여긴 안 돼, 하며 나가버렸다. 그에게는 그 자신만 아는 그곳의 냄새가 있었다. 그는 국가보안법으로 칠 년을 살았고, 원하던 삶을 살지 못했다. 그는 안보라는 국가 명분의 희생자였다. 그리고 이제 그는 명분을 통해 부활했다. 내신 5등급을 서울 소재 대학에 보내 억을 벌었다. 잠재 역량, 전공 적합성, 발전 가능성, 이유는 많았다. 그는 술값을 쏘며 말했다. "'억대 연봉' 할 때 상상하는 액수가 니들 위치고, 니들 수준이야. 직장 다니는 것들은 상상의 지평이 좁아터져서 도통 십 억을 못 넘겨."

나는 경찰 제복을 입은 남자의 얼굴과 문의 얼굴을 번갈아보며 실실 웃었다.

이런 결론이라니.

"없어?"

문이 수기집을 덮으며 물었다.

"응."

"하나도?"

"하나도. 어떡하지?"

이런 화해라니.

"어떡하긴. 없음 하나 만들어야지."

대의명분이 대입명분으로 수렴되다니.

보미나래는 고등학교를 자퇴하고 P대안학교에 들어갔다. 비인가 학교라 입학이 수월했고, 다행히 목표로 삼은 대학에서 P대안학교를 대안학교 출신자 전형에 포함시켰다. 보미나래는 포트폴리오를 위해 일 년을 휴학하고 미국의 에코 공동체에서 지내기로 했다. 공동체에서의 생활을 다큐멘터리로 찍어 청소년영화제에 출품해 수상한 뒤 경기권역 대학의 사회학과에 지원해보기로 했다. 딸이 미국에 있는 동안 나는 시민미디어센터에서 영상 연출을 배울 예정이었다. 혹시 아나? 우리 부녀가 야마가타 국제 다큐멘터리 영화제에 초청될지. 그런 생각을 했지만, 아니다. 그럴 일은 없을 거였다. 연출에 내 이름은 빠져 있을 테니.

버지니아로 낙점되었다. 이왕이면 뉴욕으로 보내려 했는데 한국인들이 어학연수를 목적으로 공동체에 들어가는 일이 많아 한국인은 금지라고 했다. 한 해 동안 딸은 해먹을 만들게 되었다. 영어를 못해도 되는 단순노동이라 다행이었다. 나는 딸에게 귀국할 때 해먹을 하나 사다달라고 부탁했다. 서재에 매달아놓을 생각이었다. 해먹에 누워 소설을 읽는 것도 괜찮을 것이다. 그때면 나도 나 자신을 속일 수 있을지도 모른다. 딸이 공부를 못한 건 그저 다른 북소리를 듣고 있었기 때문이라고. 저능의 명분으로 얻은 미국도, 히피도, 에코도, 공동체도 나는 모두 마음에 들었다.

헤어지면서 문이 물었다.

"근데 정확히 몇인데?"

"뭐가."

"아이큐 말이야. 도대체 몇 나왔길래 이래?"

나는 고민했다. 잠재 지능을 말할까? 지능검사를 했던 평가자는 인심 쓰듯 넉넉히 적어주었다. 서비스로 자두 두 알 더 챙겨주듯이…… "아동의 잠재된 지적 능력은 현재 발휘되는 수준을 상회할 것으로 추정되며……" 잠재가 대세긴 했다. 하지만 잠재란 원래 그런 것 아닌가? 영원히 떠오르지 않음. 그러므로 의미 없음. 나는 날것의 아이큐를 말해주었다. 딱한 눈으로 볼 줄 알았던 문이 나를 꺼림하게 쳐다보았다.

*

귀국한 보미나래는 P대안학교에 고등학교 3학년 과정으로 들어갔다. 그러나 외국에서 살다 와 그런가 헛바람만 잔뜩 들어 학교도 잘 가지 않고, 공동체에서 가져온 낡고 펑퍼짐한 히피풍 원피스를 입고 새벽까지 밖을 쏘다녔다(그때는 그런 줄 알았다). 결과적으로 영화제에 출품할 다큐멘터리는 나 혼자 만들고 있었다. 편집은 난항이었다. 공동체에 있으면서 인터넷을 사용할 수 없었던 딸은 주말마다 차를 얻어 타고 나와 시내의 카페에서 그 주에 찍은 분량을 보내왔다. 쓸 만한 게 없었다. 호수에 낀 살얼음, 밭을 망친 작은 동물 발자국들, 유리병 바닥에 붙은 거머리 흡반…… 시종 자연만 찍어 보냈다. 사람을 찍은 장면이라 봐야 해먹에 누운 백인 남자의 새빨간 발바닥을 클로즈업한 것뿐이었다. "실험영화 말곤 답이 없겠는데요?" 말총머리의 연출 강사가 말했다. 엎친 데 덮친 격으로 문에게서 연락이 왔다. 조짐이 이상하다고 했다. 정권이 바뀌면서 생각보다 일찍 수시전형이 바뀔 것 같다고 했다. "외부 활동은 기재가 금지된다는 말이 있어. 그럼 교외 활동은 못 써. 미국 스펙이 날아가는 거라고. 나래는 무조건 이번에 들어가야 돼."

나는 서재의 해먹에 미라처럼 누워 있었다. 천장에 달아놓은 후크가 불안하게 내려앉았다.

해먹에게

네게 도배 벽지가 웬 말이냐. 너에게 감겨 레게 머리를 하고 손톱 밑이 새까만 외국 청년이 한 대 권하면 못 이기는 척, 그러나 속인주의엔 유의하며, 마리화나를 피워 물어도 시원치 않을 판에. 미안하구나. 여기까지 와 아파트 해먹으로 살게 해서.

나는 보미나래가 미국에서 마리화나를 해봤을지 궁금했다. 그럴 주제도 못 되겠지…… 이래저래 갑갑하던 차에 술 마시러 나오라는 연락을 받았다.

"테킬라!"

우리는 짧고 단단한 잔을 테이블에 콱 찍곤 단숨에 마셨다. 식도가 타들어갔다. 손등의 소금을 핥고 입을 벌려 레몬을 짜넣었다. 중남미 좌파 정권 연구로 중남미 연수를 다녀온 동기가 배워온 것이었다. 넉 잔을 연달아 마시자 머리가 핑 돌았다. 누군가 초시계를 꺼내며 외쳤다.

"시작!"

아내는 이를 두고 개떼 놀이라고 했다. 어느 날, 가만히 지켜보다 말했다. "니들 꼭 살점 붙은 뼈다귀에 달려드는 개떼 같다." 우리는 킥킥 웃으면서도 뼈다귀를 바쁘게 비틀어댔다. 술을 먹다보면 꼭 어디선가 루빅큐브가 나타났고, 우리는 마치 프로그램이 내장된 양 루빅큐브에 달려들었다.

"당신은 그러면 안 되는 거 아냐?"

아내가 '학교 차별 없는 세상' 대표의 뒤통수에 대고 말했다. 그는 손목을 바삐 꺾어가며 말했다.

"아, 이 사람아. 이거랑 그거랑은 다르지."

그날도 어디선가 루빅큐브가 나타났다. 사 년 전에 판사 하는 놈이 세운 기록이 아직까지도 깨지지 않았다. 그날따라 나는 머리가 팽팽 돌아가고 손목이 휙휙 꺾였다. 나는 문에게 화가 나 있었다. 개새끼. 제 주제에 충고? 세상천지, 저만 못한 사람이 어디에 있다고? 수시전형이 바뀔지도 모른다는 말에 전전긍긍하는 나를 두고 문이 이렇게 말한 것이다. "너 정말 왜 그래? 네가 하도 난리라 난 또 나래가 정말 지능이 낮은 줄 알았다. 멀쩡한 애를 두고. 작작해라. 벌받는다."

색깔이 빠르게 맞춰지고 있었다. 하양, 하양, 하양, 빨강. 민중이 뭔가. 민중은 개미다. 우리가 했던 건 뭔가. 개미 행렬의 패턴을 읽고 옳은 길로 갈 수 있도록 안내하는 것이다. 개떼가 흥분해 왈왈댔다. 더 빨리! 더 빨리! 더 빨리! 나는 이를 꽉 물며 손을 비틀어댔다. 네 딸년들은 파브르의 시점을 갖겠지. 내 딸이 식별 불가능한 개미의 얼굴을 하고 흙에 고개를 처박은 채 자기가 뭘 하는지도 모르면서 복잡한 개미집을 짓고 있는 동안, 물웅덩이 앞에서 한없이 당황하는 동안, 네 자식들은 조감하며 거기가 아닌데, 그렇지 거기지, 하겠지.

"와!"

사람들이 포크로 잔을 때리며 카운트하기 시작했다.

"오늘 신기록 나오는 거 아냐?"

옆 테이블에서도 몰려들었다.

"큐브 개 잘하네. 저 사람, 천재예요?"

나는 신들린 듯 손을 놀렸다. 그렇게 치러지던 대리전.

십, 구, 팔, 칠, 육, 오, 뿌연 헤드라이트 불빛에 덮쳐오는 가난의 풍경, 술렁이던 한낮의 뜨겁던 흔적도. 핸드폰 벨소리가 울렸다. 액정에 아내의 이름이 떴다.

"아아."

모두 안타까운 소리를 냈다. 집중력은 쏜살같이 흩어졌고, 기록 경신은 물건너갔다.

"아, 왜!"

나는 짜증을 벌컥 내며 전화를 받았다.

아내는 아무 말도 하지 않았다.

"지금 네가 뭔 짓을 했는지 아냐? 됐다. 하여튼 너는 타이밍이 진짜 안 좋아."

"나래 지금 병원이야. 강북삼성, 산부인과."

전화가 뚝 끊겼다.

아이도 건강하고 산모도 건강하다고 했다. 제 몸의 세 배쯤 되는 히피풍 원피스를 입고 다녔던 보미나래는 건강한 남아를 출산했다. 저녁을 먹다가 양수가 터졌다고 했다. 나는 친구들과 함께였다. 같이 가자고 한 건 아니었는데 이상한 열기에 휩싸였다 정신을 차려 보니 택시에 여섯 명이 타고 있었다. 술냄새를 풍기며 떼로 들어오는 우리를 보고 아내는 경악했다. 침대에는 구겨진 시트뿐, 나래는 없었다.

"애가 없어졌어."

울어서인지 얼굴이 퉁퉁 부은 아내가 무섭도록 차분하게 말했다. 어, 어, 가보자, 찾아보자, 크게 당황한 이들이 허둥지둥하다 사라졌다. 병실에는 나와 아내만 남았다.

"어떤 새끼야."

아내는 눈을 감은 채 양손을 주무르며 말했다.

"몰라."

핀이 나가버리는 감각이 왔다. 머리가 저리면서 기분 나쁜 전류가 흘렀다. 아내를 때리지 않으려면 온몸을 딱딱하게 굳혀야 했다. 한발 물러섰다. 그리고 참지 못한 아내가 달려들어주기를 기다렸다. 참지 못한 아내가 달려들어주기를. 퉁퉁 부은 눈가를 밤새 뭉개지도록 치고 싶었다. 나는 나 자신의 분노에 놀라 병실을 나왔다.

보미나래는 피부가 검은 아기를 무표정하게 내려다보고 있었다. 나는 유리창 너머로 딸과 아기를 보았다. 하나둘, 개들이 다가왔다.

"이게 다 뭔 일이라니."

문이 내 팔꿈치를 살짝 건드리며 말했다.

"너, 알았어?"

"뭘."

내 목소리는 잠겨 있었다.

"나래…… 임신한 거……"

나는 천천히 몸을 돌려 창틀에 몸을 기대고 말했다.

"아, 내가 말 안 했나? 나래, 미국에서 약혼했어."

나 자신도 믿지 못할 만큼 침착했다.

"흑인이랑?"

툭 튀어나온 말에 서로 놀라 개떼는 잠잠했다.

나는 눈 하나 깜짝하지 않고 말했다.

"응, 조지타운 로스쿨 다녀. D. C.에 사는데 버지니아로 잠시 놀러 왔대. 우리 애가 주말마다 시내 커피숍에 갔는데 거기서 만났대. 애가 있던 에코 공동체에선 인터넷 사용이 금지거든. 사위 될 놈이 졸업하고 연방정부에서 일할 예정이야. 우리 애도 학교만 마치고 미국으로 들어가기로 했어."

나는 들어가기로 했어, 란 말의 울림을 잠시 느꼈다. '들어가다'는 '돌아가다'로 바뀌었다. 원류로 돌아간 느낌이었다. 내가 꿈꾸던 딸에 결부된 문장은 이런 것들이었다. 이번에 미국으로 들어가, 같은.

"그럼 그렇지! 축하한다!"

개떼가 신경질적으로 부인했다. 혼란스러운 축하가 짧게 이루어졌다. 그들은 바삐 사라졌다. 나는 현실감이 돌아오자 그대로 쓰러질 것 같았다. 토기를 누르며 빙글빙글 도는 바닥을 한참 동안 노려봤다. 겨우 정신을 차리고 몸을 돌리자 딸이 있었다. 언제나 그렇듯, 내 입술을 뚫어지게 보며 서 있었다.

*

보미나래는 상담센터를 전전했다. 외상 경험의 징후는 발견되지 않았다. 그러나 아내는 믿지 않았다. 무의식에 박혀 있을 상처를 발굴할 치료자를 찾아다녔지만 정작 발굴된 건 아내에게 박혀 있던 인종차별주의였다. 아내는 자다가 소스라치게 놀라 깨곤 했다. 꿈에서 벌어진 일에 대해 나는 묻지 않았다.

"누구면."

누구의 애인지 집착하는 나에게 아내가 울부짖으며 말했다.

"누구면, 누구면! 달라져? 우리 보미나래 어떡해. 불쌍해서 어떡해. 나 미칠 것 같아. 딸을 망쳤는데 내가 어떻게 제정신으로 살아. 너는 어떻게 그렇게 멀쩡하니. 쓰레기니?"

"그런 거 아니라잖아."

우리는 절대 '그런 거'에 대해 말하지 않았다.

"그것들 말을 어떻게 믿어. 그런 게 아님, 사랑이라도 했다고? 연애라도 했다고? 내가 품고 내가 키운 애야. 내가 걔를 몰라? 우리 딸이, 그럴 주제나 돼?"

그나마 다행이라고 생각해왔다. 아무개의 딸이 학교폭력 가해자라거나 아무개의 아들이 멀쩡한 외양으로 뒤에선 패륜의 말을 하고 다닌다거나 하는 소문을 들으면, 우리는 그나마 다행이라고 생각했다. 우리 딸이 그럴 주제도 못 되어서. 못될 주제도 못 되어서.

최면 치료가 마지막이었다. 그 시점으로 돌아가고 돌아가도 그곳에는 어둠뿐이었다. 아내는 그동안 딸에게 직접적으로 묻지 않았었다. 그러다 돌아오는 차 안에서 충동적으로 물었다.

"어떤 일이 있었대도…… 엄마는 네 편이야. 그건 결코 네 잘못이 아니야. 괜찮아. 솔직히 말해봐. 무슨 일이 있었던 거니?"

딸이 선선히 말했다.

"좋았어."

"뭐가."

"다."

아내는 운전대에서 손을 놓고 옆으로 몸을 완전히 돌려 마구잡이로 딸을 때렸다.

그즈음부터 딸의 방에서 끔찍한 지린내가 났다. 문을 닫아도 문틈으로 한여름의 부랑자에게서나 날 법한 냄새가 났다. 나는 검색창에 십대, 출산, 요실금, 이라고 쳤다가 결과도 보기 전에 창을 닫았다.

아기는 무럭무럭 자랐다. 친구들은 손자의 안부를 물었지만 언제 미국으로 들어가느냐고는 묻지 않았다. 어차피 아무도 믿지 않았다. 아내는 직장을 그만두고 손자를 돌보았다. 딸은 집에 잘 들어오지 않았다. 나는 몇 번이고 딸에게 편지를 쓰려 했지만 보미나래에게, 하면 머리통이 총탄에 날아간 듯 캄캄해졌다.

어느 날, 우리는 텔레비전을 보고 있었다. 재난 이후 살아남은 사람들에 대한 외국 다큐멘터리였다. 나는 발톱을 깎으며, 아내는 아기를 안아 어르며 건성으로 보고 있었다. 허리케인에 날아온 삼십 센티미터 길이의 목재에 목을 관통당한 남자가 나왔다. 기적적으로 신경을 피해 일곱 시간의 수술 끝에 살아남았다고 했다. 모자이크 처리를 해도 자료화면이 끔찍했다. 목에 큰 흉터가 남은 유쾌한 인상의 통통한 남자가 말했다.

"사람들은 저와 함께 차를 타고 가다가 숲이 나오면 갑자기 창문으로 달려들어 온몸으로 창문을 가립니다. 나무를 안 보게 해주려는 것이지요. 몇 시간이나 목에 나무가 박혀 있었으니 나무에 트라우마가 있을 거라 생각하는 겁니다. 고맙지만, 나무가 아녜요. 제가 못 참는 건 휘발성입니다. 알코올 솜을 문지를 때의 그 차갑고 금세 날아가는 느낌이요. 그걸 느끼는 순간 저는 말 그대로 미쳐버리고 말지요."

내레이션이 이어졌다.

"심리학자는 수술 과정에서 알코올로 몸을 닦을 때의 감각이 존슨씨에게 트라우마가 된 것 같다고 합니다. 그는 기억하지 못합니다. 때로 트라우마는 사람들이 전혀 예상하지 못한 곳에 있습니다."

아내는 방송을 끝까지 본 뒤 홀린 듯 딸의 방으로 갔다. 문을 열자 지독한 냄새가 흘러나왔다. 아기가 코를 벌렁거리더니 자지러지게 울기 시작했다. 아내는 아기를 바닥에 내려놓고 잠긴 책상 서랍을 잡아당겼다. 몇 번이나 세게 잡아당긴 끝에 서랍이 열렸다. 냄새의 근원지. 지린내가 폭발했다. 임신 테스터기가 가득했다. 다 사용한 것들이었다. 아내가 울음을 터뜨렸다.

*

나는 해먹에 누워 내가 쓴 기사를 읽고 있다. 샘에게. 나는 손자를 온전히 받아들였다. 그애를 지극히 사랑한다. 몇 년 뒤면 샘은 내가 보낸 편지를 직접 읽을 수 있을 것이다. 그런데 신문에 뭉친 잉크 자국이 작게 나 있다. 하필이면 내 칼럼이다. '하긴'과 '하는' 사이에 점이 찍혀 있다. 다른 데도 그런가, 빈 눈으로 살피는데 시야 밖으로 토막 기사 하나가 스친다. 나는 잠시 시선을 옮겼다가 황급히 시선을 되돌린다. 그러나 늦었다. 눈에 들어온지도 모르고 들어온 낱자들이 서서히 스며들며 연결된다.

한강, 화장실, 혼자, 둘이, 추웠던, 휘파람.

한 여자애가 보낸 독자 편지다. 임테기 천사. 다들 그렇게 부른다고 한다. 임테기 천사는 늘 한강공원 공중화장실에 있다. "벙어리인지도 모르겠네요." 임테기 천사는 임신 테스터기가 필요한 사람에게 임신 테스터기를 건네고 문밖에서 휘파람을 분다. 말은 한마디도 하지 않은 채. 편지를 쓴 이는 다행히 한 줄이었다고 한다. 그런데 왜 울었을까. 왜 칸 속에서 나오지도 않고 한참을 울었을까. 우는 내내 임테기 천사는 휘파람을 불었다. 못 부는 솜씨로 끊어질 듯 끊어지지 않는 휘파람 소리. 노크도 않고, 괜찮냐고 묻지도 않았다. 울음을 그치고 나왔을 때는 이미 가고 없었다.

곁에 옅게, 있어주어 고맙습니다.

편지는 담담하게 끝났다.

젊은 시절, 아내의 묘한 습관 하나가 떠오른다. 아내는 말을 하다 말고 짧고 긴 숨을 쉬었다. 때론 쉼표, 때론 줄임표. 하긴, 하지. 하긴, 하는 남자지. 형은 적어도 남의 말을 듣다가 잠깐 바람 좀 쐬고 올게, 하며 나갔다 올 줄은 알지. 천천히 홀로 걸으며 하긴…… 할 줄 아는 인간. 딱 그만큼 달라질 수 있는 거야. 하긴, 하는 만큼.

보미나래를 나래라고 부르는 것에 대하여

보미나래가 어린 시절에 받은 인지평가 보고서가 발견되었다고 가정해보자. 첫 문단은 다음과 같을 것이다.

> 웩슬러 아동용 지능검사 4판(K-WISC-Ⅳ)으로 김 보미나래(6) 양의 인지기능을 측정한 결과, 전체 지능지수 ○○(또는 ○○○)(으)로 백분위 ○○이며 95% 신뢰구간에서 ○○~○○(또는 ○○~○○○ 아니면 ○○○~○○○) 범위에 해당한다.

공란에 특정한 숫자를 집어넣는다고 상상해보자. 그럴 때 보미나래를 바라보는 우리의 시선은 어떻게 달라질까. 아마 두 가지 경우가 가능할 텐데 하나는 하던 오해를 계속하는 것이고 다른 하나는 새롭게 오해하는 것일 테다. (그나저나, 우리라니?)

흔히 삶의 진실을 이야기한다는 소설, 한두 단어, 숫자 두엇으로 요약하고 치워버리는 게 아니라 인간의 다층적 면모를 포괄한다는 소설은 사정이 좀 나을까. 나는 거기서 막혀버린다. 가끔은 숫자가 더 정결하게 느껴진다. 잔인하리만치 간명한 요약이 속 편할 때가 있다.

*

갑자기 나도 인용이란 걸 해보고 싶다.

거짓말이 아니라 정말로 (이건 소설도 아닌데 어떻게 내가 거짓말을 할 수 있을까) 며칠 전부터 책장에서 아무 책이나 골라 보미나래를 '드러내고' 있는 듯한 부분에 밑줄을 그어놨다.

플래너리 오코너의 단편소설 「절름발이가 먼저 올 것이다」에는 아내와 사별하고 홀로 아들을 키우는 셰퍼드란 남자가 나온다. 그는 소년원에서 카운슬러로 일하는데 그곳에서 만난 출소를 앞둔 존슨이란 소년에게 매료된다. 이유는 사뭇 단순하다. 존슨이 영특하기 때문이다("존슨의 아이큐를 보았다. 140이었다. 그는 아이에게 뜨거운 눈을 들었다"). 반면 아들인 노턴은 멍청하다는 이유로 내내 경멸당한다("노턴은 평균 또는 그 이하였지만 모든 이점을 가졌다"). 소설에서 셰퍼드는 계속해서 두 소년을 대비하고 그런 그를 바라보는 소설의 톤은 차갑기만 한데, 그럼에도 나는 소설이 소년들, 특히 노턴에 대해 거의 말하고 있지 않다고 생각한다.

그런가 하면 아미시 공동체 사람들의 수기를 엮어 만든 『그들이 사는 마을』에는 농부인 데이비드 클라인이 '제2차 러다이트 회의'란 데서 한 연설의 일부가 소개되어 있다. 그는 말한다. "제가 돌아온 공동체는 (……) '책으로 배운 지식'에 눈살을 찌푸리며 찬송가마저 악보 없이 입에서 입으로 전하는 곳입니다." 윤정모의 중편소설 「벌새」에서는 1980년대 한국의 철학 교수인 아버지가 운동권 시인인 딸에게 절실히 조언한다. "얘야, 지금 생각해보니 난 그저 활자만 먹어온 좀인가 싶다. (……) 내가 제일 부러워하는 사람이 누군지 아니? 루소란다. 책과의 싸움보다 먼저 몸으로 살아온 사람." 또, 홍상수 감독의 영화 〈밤의 해변에서 혼자〉의 준희는 스팸을 굽는 영희에게 "너는 속머리가 진짜 똑똑한 사람이야"라고 말한다. 내가 읽기로는 각각 구전을, 루소를, '무학의 통찰'을 찬미하고 있다. 하지만 역시 반대의 면을 더 중시하고 있는 게 아닐까. 농부는 지식을 미워하지만 그에 포박되어 있고, 철학 교수는 자신의 먹물성을 한탄하지만 실은 사랑하고(아니면 업그레이드된 먹물성을 과시하고 싶어하고), 준희와 영희의 대화는…… 사실 좋고.

내가 말하고 싶은 것은 「하긴」도 위의 예들과 그리 다르지 않다는 것이다.

얼마 전에 지인으로부터 재미있는 얘기를 들었다. 코미디에 등장하는 전형적인 상황에 관한 이야기였다. 사람들이 모여 자기 욕을 실컷 하고 있는데, 그것도 모르고 "뭔데, 뭔데, 누구 얘긴데?" 하며 무리에 비집고 들어가 함께, 신나게 자기 욕을 하는 우스꽝스러운 상황. 나도 「하긴」에 대해 그와 비슷한 거리감을 가지게 된 것 같다. 내 일부이지만, 뭔데, 뭔데, 누구 얘긴데, 하며 자꾸만 한 걸음 떨어져서 바라보게 된다. 그에 깃든 비겁한 마음을 모르지 못하면서.

왜 꼭 김보미나래까지 운동을 시켜야 했을까. 그것도 그런 대안적이고, 허밍이 말을 대신하고, 아버지에게 발견되길 기다리는 방식으로. 그 역시 지독한 패턴이므로 당시에도 모르지 않았지만 그럼에도 그렇게 끝을 맺고 싶던 욕망이 있었고 그 욕망을 생각하면 조금은 싫다, 하는 마음도 들지만 정말 싫었다면 그러지 않았겠지.

생각하기 싫으므로 독서는 계속된다. 조금 다른 방향으로 간 글들이 상쾌하다. 언제나 존경해 마지않는 21세기 현자인 길리언 플린은 똘똘이를 갈망하는 덜 똘똘이의 입장에 서서 똘똘함을 가능케 하는 위치를 이야기한다. "주변 사람들과 있을 때면 내가 제일 똑똑하다 싶지만, 정말 똑똑한 사람들이 나를 보면 끔찍하게 따분하다고 생각하지 않을까. 대학을 나오고 와인을 마시고 라틴어를 하는 정말 똑똑한 사람들. (……) 그런데 문제는 이거다. 내 주제에 똑똑한 사람들을 어떻게 만날 것인가?"(길리언 플린, 『나는 언제나 옳다』)

문장이 소박할수록 신뢰는 커지는 법. 2011년 프랑스 서부에서

18세의 서빙 직원인 레티시아 페레가 토니 멜롱에게 살해된다. 이반 자블론카가 쓴 『레티시아―인간의 종말』에서 그녀는 다양한 방식으로 그려진다. 특히 지인들은 하나같이 레티시아의 끔찍한 철자법 오류에 관해 말한다. 동료 한 명은 무심히 증언한다. "주방으로 보낼 주문서에 그녀는 '레몬' 대신 '내몬'이라고 쓰곤 했답니다." 이 담백한 문장에서 나는 폄하나 이상화를 찾아볼 수 없다.

정신의학서는 너무 멀리 나간다. 너무 솔직하다. 앤드루 심스가 쓴 『마음의 증상과 징후』에는 이런 문장이 있다. "다른 사람보다 무능하다는 것이 어떤 느낌일까?" 맙소사. 너무 해맑네.

이제 내 독서 밑천은 바닥났다!

내/네 뜻대로 되어라

김녕

대입—괴물?

대입. 대한민국에서 나고 자란 사람이라면, 단 두 음절로 된 그 단어의 무게를 모를 수 없을 것이다. 가정, 학교, 사회 그 어디에서도 그것이 중요하지 않다고 말하는 사람은 없다. 교육이 아니라 대입 말이다. 대입은 이미 오래전에 교육을 집어삼켜서 남김없이 소화했고, 하나의 괴물이 되었다. 학생을 성적으로만 판단하지 않겠다는 애초의 취지가 무색하게 '명분만 이쁘게' 만드는 치레로 전락해버린 학생부 종합 전형, 소위 '학종'은 그 괴물의 새로운 외피다. 모두가 그것이 문제라고 말하지만, 해결의 단초도 기미도 보이지 않는다. 누가 그걸 해낼 수 있겠는가? 지난겨울 드라마 〈SKY 캐슬〉이 제아무리 사회적인 질문을 던졌대도, 학생과 학부모들은 그로부터 팁을 구하고자 하거나 오히려 조급해할 따름이다. 그 밑바닥을 이루는 것은 뒤처짐에 대한 상대적 불안과 생존에 대한 원초적인 욕망이다. 그들은 살아남기 위해 괴물에 올라탄다.

이 소설, 「하긴」도 일견은 그러한 가족의 이야기다. 특히 딸아이 대학 보내려 동분서주하는 중장년 아버지의 일인칭시점을 취해 그의 속물성과 자조와 위선과 위악과 허풍과 혐오로 뒤범벅된 내면을 더없이 신랄하게 전시함으로써, 대입을 둘러싼 가족공동체와 개인의 기형적 면모를 충격적으로 보여준다. 학종에 쓰기 위해 미국으로 보냈던 딸은 귀국해서 흑인 손주를 안겨주고, 그 아이를 두고 제 친구들 앞에서 거짓말을 술술 읊어대는 '나'의 모습은 웃지 못할 '대환장쇼'가 아닌가. 실로 대입이라는 지상과제에 짓눌려 누구도 미소 지을 수 없게 된 씁쓸한 풍경이 아닐 수 없다.

아니, 정말 그런가? 정말로 '나'는 딸 보미나래와 함께 대입이라는 불가피한 괴물의 희생양인 걸까? 과연 이 소설은 다만 우리로 하여금 '학종 비판'에 가담케 이끌고 있는 것일까? 그렇다고 일컫기에는 '나'라는 화자의 내면을 형상화하는 데에 과도한 공을 들이고 있지 않나. 더욱이 석연찮은 내용들을 담은 채.

가령 딸에 대한 탐탁잖음은 어떤가. 그건 단지 대입을 걱정하는 학부형의 그것과는 사뭇 다르지 않던가? 지능지수는 기대에 못 미치고, 노력만큼 성적은 나와주지 않고, 봉사와 대외 활동도 마땅히 해놓은 게 없다. "별다른 일탈도 않는 착한 딸"이라면서도 "그렇게 반항의 맛마저도 없"(321쪽)다고 깎아내린다. 제 바람대로의 능력과 성정을 타고나지 않은 게 못내 성에 차지 않는 것이다. 사실 '나'

를 작금의 입시나 가족이라는 제도의 희생양이라 일컫기 어려운 이유가 바로 이 점이다. '나'가 호소하는 문제는 사실 한결같이 딸과 아내를 비롯한 주변사가 제 뜻대로 되지 않는다는 것에 불과하다. 그러나 대관절 그 모든 게 제 뜻대로 되어야 할 이유가 뭐란 말인가?

86—괴물?

무언가가 뜻대로 되지 않는다. 사실 그것은 모든 갈등의 기본적인 뼈대다. 특히 '내가 낳은 것'과의 갈등은 아주 오랫동안 반복되어온 이야기의 테마이기도 하다. 창조주와 첫 인간들이 그랬고, 프랑켄슈타인과 괴물이 그랬고, 부모와 자식이 그러하듯이. 자식은 언제나 부모를 거스르고, 괴물은 통제를 거절하며 덤벼들고, 피조물은 신의 율법을 위반한다. 이 갈등들은 일견 서로 무관해 보이지만, 뒤집어보면 동일한 위계를 갖는다. 그 위계는 태생으로부터 비롯된 것으로서, 이렇게 말한다. '너는 나로부터 비롯되었으니 내 뜻대로 되어야 한다'고. 이 요구의 밑바닥에 있는 것은 무엇인가. 명백하게도 자신이 자기 이후의 세상을, 현재를, 대상을 자기 뜻대로 빚었다는 자기 확신과 특권의식이 아닌가.

이러한 맥락에서 이 소설이 '나'라는 일인칭의 화자를 다루는 방식은 일차적으로는 86세대에 대한 익숙한 비판과 맞닿는다. 과거 386으로 불리던 때부터 현재까지도 민주화라는 사회정치적 경험을 통해 특징적으로 구분되는 세대. 그들이 군부독재에 항거해 민주화를 일구어냈으나, 옳은 일을 했으며 여전히 옳다는 자기 확신과 경제 호황기의 혜택에 기대어 새로운 폐단을 배태·답습하는 모순적이고 퇴행적인 기득권층으로 자리매김했다는 비판은 새삼스런 이야기도 아니다.

가령 '나'가 "곰 같은 둔함은 동지 부인 얻었을 때 받게 되는 천형이라던데, 정말 맞는 말이다"(327쪽)라며 운동권 내부에서 소비되던 여성혐오적 농담을 되살려내는 모습이나, 한때 "자식이 보수 우익의 젊은 기수가 되건, 서울역에서 기타 치며 포교 활동을 하는 종교인이 되건, 내 구미에 맞게 조련해 키우지 않겠다는 급진적인 양육관"(322쪽)을 꿈꾸었으나 그 포부를 정반대로 거슬러 딸 보미나래를 철저히 구미에 맞게 조련해 키우고 있는 모습이 그렇다. 여기에는 인간의 권리와 존엄과 진보에 대한 유토피아적 꿈은 흔적조차 남아 있지 않으며, 오히려 그들이 타파하고자 했던 부조리가 그들에 의해 반복된다. 민중과 노동자 계층에 대한 입장은 또 어떤가. '나'가 "민중이 뭔가. 민중은 개미다. 우리가 했던 건 뭔가. 개미 행렬의 패턴을 읽고 옳은 길로 갈 수 있도록 안내하는 것이다"(337~338쪽)라고 말할 때, 거기에는 엘리트의 선민의식이 지독한 악취를 풍기고 있지 않은가.

왜곡된 우월감과 의무감, 그리고 은근한 멸시를 중핵으로 하는 통제와 특권 행사의 욕망. 그것이 과거 민중에 대한 태도와 현재 딸에 대한 태도를 관통하며 86세대의 주요한 부정성으로 포착된다. 그러나 앞서 86세대에 대한 비판론이 새삼스럽지 않다고 썼듯이,

그것을 한껏 체화한 '나' 같은 인물 역시 이제는 상투형이 되어버린 것은 아닌가. 그를 86세대의 부정한 형상이라고 일컫는 것은 낯설지도 않을뿐더러 어딘가 미심쩍고 공허하게까지 느껴진다.

자기애—괴물

어쩌면 실마리는, 이 소설이 철저히 일인칭 화자의 목소리에 의해 발화되고 있다는 데에서 찾을 수 있을지도 모르겠다. '나'가 86세대의 그림자를 대표하는 인물이라면, 그가 자신의 부정성을 감추는 것이 아니라 기꺼이 드러내놓고 있는 건 어딘지 부자연스러운 일이다. 이 소설을 86세대 비판으로 규정하는 게 공허한 이유는 딱히 애써서 발견하고 읽어낼 필요도 없이 '나' 스스로 자기 세대의 부정형을 자임하고 있는 탓이기도 할 터다. 그러므로 질문은 이렇게 바뀌어야 한다. '그는 무엇인가'가 아니라 '그는 무엇이 되고자 하는가'로.

'나'는 과거 자기 세대의 진보적 이상의 빈곤과 부패를 스스로 신랄하고 자조적인 어조로 고백하고 인정함으로써 자신을 어떤 존재로 정체화하고자 하는가? 순수한 자기성찰과 반성의 주체로 거듭나려는 것일까? 그렇지 않다. 오히려 시종일관 진득한 자기 연민의 감정이 밑바닥을 지탱하고 있지 않은가. '급진적인 양육관'의 변질을 자인하는 만큼이나 '나'는 자식을 위해서라면 "자존심도 뭣도 없이"(323쪽) 굴복하는 불쌍한 아버지를 자처하며, 아내를 경멸하고 외도했던 걸 인정하면서도 그녀가 더는 자신을 특별하게 봐주지 않는다며 "생존의 조건"(326쪽)까지 운운하면서 소외되고 무시당하는 남성에 자신을 위치시킨다. 그렇게 해서 '나'는 자신의 현존재를 그렇게밖에 될 수 없는, 어쩔 수 없이 그러하게 된 것으로 정당화한다.

물론 그런 식의 자기 정당화는 모든 사람이 갖고 있는 정신적 방어기제일 것이다. 하나 '나'의 목소리는 자신을 방어하는 데에 만족하지 않고, 과잉된 자기도취로 향해간다. 특히 이 대목은 핵심적이다.

> 나도 아내에게 찬탄을 받던 때가 있었다. '하긴 하는 남자'도 그녀의 말에서 따온 것이다. 오래전, 우리가 막 사귀기 시작했을 무렵에 아내에게 내가 왜 좋으냐고 묻자 그녀가 말했다.
>
> "개중 형이 하긴 하는 남자라서."
>
> 나는 그 말이 좋았다. 하긴 하는 남자는 당위를 내세우는 남자와 무책임한 남자 사이에 있는 남자다. 하기로 했으면 해야만 하는 고지식한 남자도 아니고, 한다고 해놓고선 안 하는 불성실한 남자도 아닌, 약간 힘을 뺀 채 나른하게 완수하는 하긴 하는 남자.(같은 쪽)

'하긴 하는 남자'. 여기에 바뀐 질문에 대한 답이 있다. 그는 아내의 무시와 경멸로 잃어버린 특별한 타이틀을, 자기애의 근거를 되찾고자 하는 것이다. 이번에는 '남자'로서가 아니라 아버지(세대)로서. "후일담이나 꾀죄죄하게 늘어놓으며 추앙받고 싶진 않다. 처절하게 부정되고 가열하게 척결되고 싶다"(327쪽)는 피학적인 욕망을 보라.

그것은 후일담이나 늘어놓으며 추앙을 요구하는 무반성적인 아버지(세대)도 아니고, 모든 권위와 권력을 내려놓고 상징적으로 죽임당하는 무기력한 아버지(세대)도 아닌, 약간 힘을 뺀 채 나른하게 반성하긴 하는 아버지(세대)로 불러달라는 요구가 아닌가. 더욱이 '나'는 그러한 자기 모습이 더없이 흡족하다. 요컨대 그는 세대론에 입각한 86 비판론을 나르시시즘의 인력하에 재전유하고 있는 것이다.

'하긴 하는 남자'로서 자기를 정체화하고 사랑하려는 욕망. 그것이 서술 자체의 의도와 방식 전체에 드리워 있다. 아닌 게 아니라, '나'가 이야기 사이사이 자신의 칼럼 토막을 배치하면서 노리는 바가 바로 그것이다. 손자 샘에 대한 포용의 제스처를 공개적 지면에 게재함으로써 그가 얻는 만족감이 무엇이겠는가. 과잉된 자기 중요성과 자기 연민, 취약한 자아와 자존감의 방어. 그것을 위한 타인, 특히 자녀에 대한 통제와 특권의 행사. 그리고 그것들을 헌신과 포용과 시혜라는 긍정적 외피로 포장하는 것. 자기애적 성격장애의 징후들. 그것은 모든 것을 집어삼켜서 자기를 위해 봉사하도록 변형시키는 소용돌이이며 또하나의 괴물이다. 물론 그것도 다시금 86세대 비판론으로 회귀시킬 수도 있을 것이다. 그러나 분명한 건, 다른 모든 것에 앞서 '최우선시된 나'라는 괴물은 자신에 대한 비판을 이미 집어삼켜서 자기애로 치환시켰으며 이후로도 얼마든지 더 그렇게 할 수 있다는 점이다. 그것을 86세대라는 익숙한 비난의 대상에 집약시켜 각자 자신으로부터 추방하더라도, 그것은 죽지 않을 것이다.

그렇게 읽고 나면, 이 소설은 세대론의 맥락이 아니라 욜로

(YOLO)와 자기 돌봄과 힐링, 그리고 정체화에 있어 '자기'의 결정권을 소중히 여기는 지금의 풍조라는 맥락에서도 의미심장하게 읽히게 된다. 나의 소중함이 무사유적 자기애로 치달았을 때의 내적 파탄의 풍경. 그것은 누구도 결코 자유로울 수 없는 황무지다.

천사

마지막으로 보미나래의 이야기를 보태고자 한다. 그 아이의 이야기는 상술한 아버지의 일인칭 시선에 의해 가려져 있고 배제되어 있다. 대학 보내준답시고 본인의 의사와는 무관하게 이리저리 굴려 대고, 외상 경험의 징후가 없다는 상담센터들의 진단도, '그곳'에선 모든 것이 다 좋았다는 말도 믿어주지 않는 부모 탓에 자기 목소리를 거의 갖지 못했던 아이. 버지니아의 에코 공동체에서 돌아와, 부모에게 혼혈아를 손주로 안겨준 보미나래는 자신과 자기 삶을 어떻게 생각하고 있을까?

우리가 알 수 있는 건, 다만 그 아이가 "늘 한강공원 공중화장실에 있"으면서 "필요한 사람에게 임신 테스터기를 건네고 문밖에서 휘파람을"(344쪽) 불어주는 '임테기 천사'가 되었다는 최소한의 기미뿐이다. 정말 그렇다면, 그것은 보미나래가 자기 정체성을 스스로 선택한 최초의 모습일 터. 나는 당신과 함께 그렇게 믿고 싶어진다. 그 아이의 부모는 지린내 나는 임신 테스터기들을 보고 트라우마를 읽지만, 그것들은 실은 보미나래가 발견한 자기 역할의 증거가 아니겠느냐고. 필요한 사람들에게 필요한 것을 건네고, "곁에 열게, 있어주"(345쪽)는 방식으로 자신이 누구인지를 만들어나가는 중이 아니겠느냐고.

젊은 시절 '나'의 아내가 말했던 대로 "딱 그만큼 달라질 수 있는 거"라면, "하긴, 하는 만큼"(같은 쪽) 자신을 만들어갈 수 있는 거라면…… 보미나래는 '임테기 천사'라는 별명처럼 그렇게 '천사'가 되기로 스스로 결정하고 또 그렇게 되어가는 중이 아니겠는가. 그렇다면 부디 '나'의 뜻이 아니라, 네 뜻대로 되어가기를.

김녕
2017년 동아일보 신춘문예에 평론 「경계에 대한 감수성, '지금-여기'와 '바깥'의 관계론—이장욱 소설 읽기」가 당선되어 등단.

2019 제10회 젊은작가상

심사 경위
심사평

심사위원

권희철 김성중 윤대녕 은희경 황종연

선고위원

김녕 안지영 이지은 한설 김건형 선우은실 이은지

| 심사 경위 |

젊은작가상이 올해로 십 년이 되었다. 이 상은 데뷔 십 년 이내의 작가들이 한 해 동안 발표한 중단편 가운데 일곱 편을 가려 뽑고 다시 그 가운데 한 편을 대상으로 선정해왔다. 그러나 젊은작가상은 한 해 동안 발표된 소설들 가운데 최고를 뽑아 기념하는 것만을 목표로 하지 않는다. 이 상의 목적은 기존의 어법과 이해에 반발하거나 그것을 넘어서는 어법과 이해를 보여주는 새로운 세대의 새로운 글쓰기를 조명하는 데 있다. 이 상의 대상을 데뷔 십 년 이내의 작가들로 제한하는 것, 신인급 평론가들이 본심에서 논의될 스무 편 내외의 작품들을 고르고 수상작품집에 실리는 일곱 편에 짧은 해설을 덧붙이는 것, 대상을 따로 뽑기는 하지만 일곱 편 모두를 수상작으로 보고 상금 또한 차등을 두지 않는 것이 모두 이 상의 제정 취지와 관련되어 있다.

제1회 젊은작가상 심사위원을 맡아주신 고(故) 박완서 선생님의 다음과 같은 심사평도 여기에 정확히 호응하는 것이라 하겠다.

신인들의 소설을 읽다가 무슨 소리인지 잘 모르겠어서 중도에 포기하는 경우가 종종 있다. 그러고 나면 한심해지는 게 그들에 대해서가 아니라 자신의 소통능력에 대해서이다. 이번 심사도 등단한 지 십 년 이내의 젊은 작가들을 대상으로 한다기에 혹시 귀 어두운 사람이 음악회 가서 남 따라 박수 치는 꼴이 될까봐 내키지 않았지만 젊은 목소리에 자극받고 싶은 호기심 또한 없지 않아 동참하게 되었는데, 뜻밖에 즐겁고 유익한 체험이 되었다.

본심에 올라온 십여 편의 작품들은 각자 개성이 뚜렷해서 모아놓으니 보기 좋게 다양했다. 젊은 작가라는 게 믿어지지 않게 우리말의 결을 섬세하게 다룰 줄 아는 우리말의 장인 같은 작가가 있는가 하면, 그 나이에 어떻게 우리네 사는 모습의 신산함, 쓸쓸함, 어긋남을 이렇게까지 깊이 있고 잔잔하게 들여다볼 수 있는지, 탁월한 리얼리스트의 맥이 건재함을 발견한 것처럼 반가웠다.

그러나 신인의 작품을 읽는 즐거움은 뭐니뭐니해도 기성세대의 진부한 독법을 치고 들어오는 젊은 패기의 기상천외한 상상력이다. 그들의 민첩하고 거침없는 상상력엔 금기의 영역이 없다.

새로운 세대의 새로운 글쓰기를 조명하기 위한 상인 만큼 지난 십 년간의 심사에서 크고 작은 파격들이 있었고 이것이 과연 새로운 것인가에 대한 논쟁이 벌어지기도 했지만, 젊은작가상 수상을 계기로 신예 작가가 활발한 활동을 이어나가며 평단과 독자층의 고른 지지를 얻게 되는 경우도 많았다고 말하고 싶다. 1, 2, 3회 세 차례나 연거푸 젊은작가상 수상자였다가 이번 10회 젊은작가상에 심사위원으로 합류한 김성중 작가는 심사가 끝난 뒤 자신에게는 이 상이 일종의 장학금이 되어주었다고 회고했다. 작가로서의 경력이 얼마 되지 않은 고독하고 막막한 신예에게 이 상이 정신적으로도 물질적으로도 약간의 도움이 될 수 있었다는 점에 감사한다. 앞으로도 젊은작가상이 신예 작가들에게는 격려와 도약의 계기가 되고 독자들에게는 새로운 작가들을 만나는 기회가 되도록 그리고 무엇보다 더 낯설고 다양한 작가들을 조명해 우리 문학계를 풍요롭게 할 수 있도록 노력하겠다. 좋은 작품을 써주신 작가분들께 그리고 재능 있는 신인 작가들을 알맞은 때에 발견해내고 즐겁게 놀라는 일에 동참해주신 독자분들께 감사드린다.

*

올해는 2018년 한 해 동안 계간 『문학동네』의 '계간평' 코너를 맡아준 문학평론가 김녕, 안지영, 이지은, 한설 씨가 장시간의 노고 끝에 삼십 편 남짓의 중단편소설을 골라 1차 선고를 마쳤다. 이 선고 작업은 거의 일 년에 걸쳐 이루어진 셈인데, 계간평을 맡아준 네 분이 신작 중단편소설을 모두 검토하고 그 가운데 우수한 작품을 선별하는 일을 매 계절 계속해왔기 때문이다. 여기에 문학평론가 김건형, 선우은실, 이은지 씨가 합류해 총 스물한 편을 추려 2차

선고를 마치고, 이 작품들을 대상으로 일곱 편의 수상작과 그 가운데 한 편의 대상작을 선정하는 본심을 진행했다.

본심은 권희철, 김성중, 윤대녕, 은희경, 황종연 제씨가 맡아주었다. 본심에서 길고 격렬한 토론은 없었다. 그만큼 대상을 비롯한 수상작들의 성취가 손쉽게 합의될 수 있을 만큼 분명한 것이었다는 뜻이겠다. 첫 책을 낸 지 얼마 되지 않은 김봉곤, 박상영, 이주란, 정영수의 약진이 흥미롭고 이제는 신인이라는 말이 어울리지 않게 완숙한 경지를 보여주는 백수린의 변화와 『무한의 책』이라는 압도적인 장편을 써낸 김희선이 단편에서 발휘하는 역량도 눈에 띄는 가운데 김봉곤, 김희선, 이주란의 첫 젊은작가상 수상이 반갑다. 무엇보다 웹진 '비유'에 「하긴」을 발표한 것 외에 다른 경력이 없는 낯선 작가 이미상을 발견할 수 있었던 것이 다행스럽고 기쁘다.

| 심사평 |

권희철 _문학평론가

박상영의 「우럭 한 점 우주의 맛」이 보여주는 삶의 풍경을 한마디로 요약한다면 '엉망진창'이 아닐까. 자신의 욕망을 포기해서라도 잘못된 일의 균형을 맞추고 질서와 조화에 기여하는 죄의식과 부끄러움의 반대편에서, 누군가가 자신에게 사과해주기를 간절히 바라는 것, 그러니까 자신의 거부되고 훼손된 무엇인가가 더이상 거부되거나 훼손되지 않기를 요구하는 것, 자신의 삶을 지켜내고 그것을 끝까지 밀고 나가는 것, 그런 저마다의 욕망과 자기주장들이 부딪쳐 서로를 일그러뜨리는 불균형이 불가피하다는 사실을 실천하는 것, 그러한 실천의 과정에서 우리의 의지와 능력으로는 제어할 수 없는 어떤 인력과 척력의 소용돌이에 휘말리게 된다는 것, 그런

권희철

것이 이 소설 속에서 벌어지는 일이기 때문이다. 아마도 그런 불균형과 무질서의 소용돌이야말로 삶의 진실이라는 점을 인정할 때에만 보이는 풍경이 있는 것 같다. 그리고 그런 엉망진창의 풍경에 뛰어들어야만 맛볼 수 있는 강렬한 기쁨과 슬픔이 있는 것 같다. 이 소설이 단지 거칠고 막무가내인 마음을 표현하려는 의지만을 갖고 있었다면, '나'와 엄마와 옛 애인이라는 세 개의 거울을 오 년의 간격으로 반복되는 만남과 이별의 상황 속에서 서로 비춰보게 하는 미묘한 정교함이 없었다면, 그런 풍경이나 감정이 이렇게까지 거침없이 표현되지는 못했을 것이다. 엉망진창인 삶을 향한 다이빙에서 이 작가의 존재는 각별하다.

김봉곤의 소설이 대체로 그렇듯 「데이 포 나이트」는 '시간의 체험'을 다루고 있지만 과거의 사랑스러운 순간들을 향한 간절한 그리움 같은 것이 이 소설의 핵심은 아니다. 소설 속에서 회상되는 종인 선배와의 시간들은 그 당시에는 아무리 간절한 것이었다고 해도 어떤 면에선 끔찍하고 비참한 것이었고 '나'를 훼손하는 것이었다. 이 소설은 더이상 욕망할 수 없게 된 어떤 과거를, 지금의 '나'가 되는 데 아무런 기여도 없었고 오히려 잘못 접어든 골목길과도 같았던 순간들을, 그것을 아름답게 치장하는 필터도 없이, 자신의 일부로 수용하는 과정을 그리고 있다. 이 소설에서 가장 아름다운 장면은 주간 촬영 분량을 필터와 음향을 통해 밤의 풀벌레 소리와 달빛에 반짝이는 물결로 바꿔놓는 '데이 포 나이트'의 마법적인 순간이겠지만, 이 소설에서 가장 감동적인 순간은 그런 필터 없이 이 소설의 주인공-화자가 기억하고 싶지 않은 과거를 자신의 삶으로 받아들이는 과정 전체에 흩어져 있다. 수상작은 아니지만 「데이 포 나이트」와 함께 추천된 김봉곤의 「시절과 기분」에 대해서도 짧게 언급해두고 싶다. 나는 다른 자리에서 김봉곤의 소설이 사랑의 글쓰기의 곤란함을 드러내는 데 치중하느라 정작 사랑의 글쓰기가 해야 할 일, 그러니까 사랑의 대상을 가장 구체적이고 섬세한 영역에까지 증언하는 일에 소홀하게 될 때가 있다고 쓴 적이 있다. 「시절과 기분」은 그런 의심에서 자유롭다. 그렇기 때문에 혜인이라는 사랑스러운 인물이 생생하게 살아나고 무엇보다 혜인을 통해 다시 이해되는 '나' 자신이 표현될 수 있었을 것이다. 그렇기 때문에 게이로서의 자신을 찾아가느라 배척할 수밖에 없었던 자신의 어떤 순간들을 되찾는 것 또한 가능해졌을 것이다. 이런 요소들이 「시절과 기분」을 그저 옛사랑을 찾아가는 풋풋한 이야기 이상으로 만든다. 어쩌면 이 작품은 김봉곤 소설의 두번째 시기를 알리는 표지판 같은 것인지도 모르겠다.

심사를 준비하는 동안 내게는 백수린의 「시간의 궤적」이 박상영의 「우럭 한 점 우주의 맛」, 김봉곤의 「시절과 기분」과 함께 대상작으로 손색없어 보였다. 이 소설은 이민자의 삶, 임시 체류자의 삶, 여자의 삶에 대해서 함부로 과장하거나 요약해버리지 않는다. 그렇기 때문에 그러한 조건들을 신중하게 다루며 자신의 삶을 간수하거나 개척하는 혹은 개척하는 데 실패하는 인상적인 두 여성 인물을 만들어낼 수 있었을 것이다. 그리고 그 두 사람의 관계가 깊어지고 확장되고 멀어짐에 따라 변화하는 삶의 세부 사항들과 불가피하게 잃어버리고 망가뜨린 것들을 되돌아볼 때에도 그 해상도랄까 구체성에서 특별해질 수 있었을 것이다. 제목이 미리 말해주고 있는 것처럼, 이 소설은 앞서 지적한 모든 요소들을 '시간' 안에서 축적되고 성장하다가 흩어지고 되돌아오게끔 만든다. 그러한 배치가 이 소설을 슬프고도 우아하며 아름답게 만들어주는 것이겠지만 그것은 동시에 그때는 알 수 없었던 것, 돌이킬 수 없는 것에 대한 쓰라린 통찰을 가능하게 해준다.

이번 심사에서 이주란의 「넌 쉽게 말했지만」이 내게는 가장 곤란한 소설이었다. 이 소설에 대한 지지를 결코 철회할 수 없다고 느끼면서도 이것이 왜 수상작이 되어야 하는지 설명하는 데 많은 어려움을 겪었기 때문이다. 그것은 아마도 이 소설 안에서 아무런 일도 일어나지 않기 때문에, 그리고 그런 무위에 대해 이 소설이 별스런 성찰을 보여주지도 않고 그저 막연하게 옹호하는 것처럼 보이는 구석이 있기 때문일 것이다. 하지만 이 소설이 그저 서울에서의 빠르고 강한 삶이 사람을 마멸시킨다고 생각한 나머지 서울에서의 삶으로부터 물러나 휴식을 취하는, 그러니까 부드러운 허무주의의 흐릿한 이야기에 머무는 것 같지는 않다. 빠르고 강한 삶에 대해 거부감을 표시하는 것은 상대적으로 쉽지만 그것과는 다른 속도와 세기로 삶을 표현하는 것, 그 표현이 거창한 내용을 담고 있지 않은데도 다른 속도와 세기로 표현된 삶을 애틋하게 느끼게 만드는 일은 어렵고 특별하다. 이 소설이 해내는 일이 그런 것이라고 읽었다. 그 의미와 가치에 대해서 설명하는 것은 어렵지만 구체적인 질감과 탄력으로 표현되어 있기 때문에 무시해버릴 수 없는 어떤 것, 결국에는 새롭게 구성될 의미와 가치의 질료가 되어줄 어떤 것을 천천히 바라볼 수 있도록 이주란의 소설은 도와준다. 소설 속 표현을 빌려 쓰자면, 이 소설에서 아무 일도 일어나지 않는다고 해도 거기에 있는 것은 침묵이 아니라 공기 소리가 아닐까.

흠을 잡기로 하자면, 김희선의 「공의 기원」에는 허술한 대목들이 적지 않다. 영국 군함을 만나기 전까지 개화기 조선의 소년에게 공이나 지도가 상상도 할 수 없는 물건이었다는 설정은 납득하기 어렵다. '토마스 굿맨'의 축구공 사업이 성공하는 과정이나 나중에 완벽한 구의 형태를 갖춘 공이 만들어지는 과정, 그리고 영국의 산업과 마르크스에 대한 언급도 부실하기 짝이 없다. 하지만 「공의 기원」은 제목에서 연상되는 바와 달리 '공의 기원'을 성실히 추적하는 소설이 아니다. 이 소설은 오히려 어떤 현상에 단일한 역사적 기원이 있다는 전제를 허용하지 않기 때문에, 실증적인 사실이나 개연성 있는 가설의 정교한 조각들을 끌어모으는 대신 진실과 거짓, 그리고 현실과 픽션 구성의 관계를 꼬아놓고 양립 가능한 소문들과 시나리오를 증식시키는 데 주력한다. 바로 그 꼬임과 증식이 「공의 기원」을 흥미로운 소설로 만든다. 그러니까 이 소설은 '공[球]의 기원'에 관한 소설이라기보다 '기원의 공(空)' 위에서 진실과 거짓, 현실과 픽션, 하나의 결과를 설명하는 서로 다른 시나리오들이 느슨하게 엉키면서 어떤 현실을 구성하거나 그 현실을 자기 나름으로 이해하는 놀이를 보여준다. 하지만 이 소설이 내내 느슨한 놀이로만 되어 있는 것은 아니다. 그러한 놀이는 결국 어떤 현실로 굳어지고 현실의 완강함은 많은 경우 자유로운 놀이를 허용하지 않고 놀이판 한가운데 어떤 냉혹함을 들이민다. 혹은 그 완강한 냉혹함을 감추기 위해서 현실은 '자유로운 놀이'라는 기만적인 스크린을 자기 위에 덮어쓰기도 한다. 소설의 마지막 장면에서 축구공 공장의 자동화 설비가 약간은 으스스하게 제시되는 가운데 그 위에 '공의 기원'을 설명하는 음향과 영상이 덧씌워지는 장면이 이를 압축적으로 보여준다. 실증적인 것을 놀이로 놀이를 다시 현실의 냉혹함으로 전환하며 반전을 거듭하는 이 소설의 전개 방식은 그 자체로 다시 픽션과 현실의 즐겁지만은 않은 놀이가 된다. 아마도 그 즐겁지만은 않은 놀이가 삶 혹은 역사의 실상일 것이다.

세간에 화제가 되는 이야깃거리를 끌어들이는 것만으로 소설이 되는 것은 아니다. 소재 면에서의 유행에 뒤처지지 않는 데 만족하지 않고, 바로 그 소재가 유행하기까지의 현실의 흐름이랄까 극히 개인적이고 내밀한 영역으로까지 치고 들어오는 사회적이고 역사적인 것에 대한 감각을 확보할 때, 혹은 그러한 집합성 안에 놓여 있음에도 뭐라 간단히 규정해버릴 수 없는 독특하고 개별적인 표정을 짓고 있는 인간들을 발견해낼 때 그것은 비로소 소설이 되는 것이다. 그런 점에서 이미상의 「하긴」은 인상적이다. 이 소설은 얼핏 입시제도의 세태를 날렵하게 그리고 있는 것 같지만, 그러한 세태 뒤에 어른거리는 또다른 풍경, 뜨거운 1980년대를 보낸 인물들이 2000년대식 속물 세계의 중력을 향해 자유낙하했다거나 자유낙하와 함께 대의의 전략이 새롭게 이해됐다거나 속물 세계에는 그 나름의 새로운 계층적 질서가 있고 각 층마다 저마다의 어려움이 있으므로 자유낙하가 결코 안착으로 이어질 수 없었다거나 하는 풍경을 놓치지 않기 때문이다. 보기에 따라 소설의 후반부에서 '김보미나래'와 그 세대의 비참을 다루는 방식에는 약간 의심스러운 구석이 있을 수도 있겠지만, 이 소설의 주인공-화자가 말과 사고의 장악력을 통해 자신의 삶을 파악하고 수정하려고 애쓰다가 여지없이 패배하고 그 패배를 다시 파악하고 수정하려 애쓰는 과정만큼은 특별하다. 데뷔작 이외에는 알려진 바가 없는 작가가 이런 정도로 힘있는 소설을 써낸 것이 놀랍다.

나는 정영수의 「우리들」을 글쓰기에 대한 소설로 읽었다. 정은-현수 커플은 그들의 관계를 인정받을 수도 공개할 수도 없기 때문에 글쓰기를 통해서 그들의 관계를 바라봐주고 이해해줄 시선을 확보하고자 한다. 편집자인 주인공-화자는 그들의 글쓰기에 보조적인 역할로 동참했다가 나중에는 그들의 관계 안으로 들어가게 된다. 그런데 정은-현수 커플에게 접근하면 할수록 '나'는 그들의 관계를 통해 자신과 연경의 관계에 대해 다시 생각하게 되고 그것을 제대로 이해하고 다시 해명하고 싶은 욕망에 시달리게 된다. 그러니까 '나'는 정은-현수 커플이 그런 것처럼 자신과 연경의 이야기를 글로 쓰게 되는데 그 글을 쓰려면 자신과 연경에 대해 다시 생각하게 해준 정은-현수 커플에 대해 쓸 수밖에 없다. 한편 정은-현수 커플은 사소하지만 결정적인 어떤 순간에 파국을 맞이하고 애초에 계획한 글쓰기를 이어나갈 수 없게 된다. 그렇게 해서 '나'가 대신 정은-현수 커플의 이야기를 쓰게 되는 셈인데 물론 그것은 자신과 연경에 대한 글을 쓰는 한에서만 지속되는 것이다. 애초의 기억을 해석하고 그것을 재해석하고, 나-연경의 이야기에서 출발해서 정은-현수 커플의 이야기로 들어갔다가 다시 나-연경의 이야기로 되돌아오는, 얽혀들며 확산되고 회귀하는 듯 재분열하는 글쓰기의 리듬에 대해 이 소설은 잘 알고 있다. 하지만 글쓰기의 복잡성을 '진술'하는 대신 정은-현수 커플이 겪은 일들 혹은 '나'와 연경이 겪은 일들을 보다 구체적으로 표현하는 가운데 그 두 갈래의 사건이 서로를 자극하며 계속해서 새롭게 이해되도록 하는 과정을 '작동'시켰더라면 이 소설이 보다 더 특별해졌을지도 모르겠다는 점을 덧붙이고 싶다.

김성중 _소설가

젊은작가상은 신인 작가를 위한 장학제도 같다는 생각이 들었다. 1회 수상자 중 하나였던 나는 당시 첫 책도 나오지 않은 생짜 신인이었다. 뜻밖의 호명으로 용기를 얻은 것은 물론 장학금(?)으로 접이식 자전거를 장만해 도서관을 다녔고, 밥과 커피를 사 먹으며 다음 소설을 부양했다. 10회를 맞는 이 상이 일곱 작가들의 다음 작품을 무럭무럭 살찌우기를 기원한다.

박상영의 글을 읽고 있으면 '유머의 은밀한 근원은 기쁨이 아니라 슬픔'이라는 마크 트웨인의 말이 떠오른다. 화내야 할 순간에 일단 웃고 보는 사람 같다고 할까. 반사적인, 혹은 필사적인 웃음은 '꼭 한 번 사과해줬으면 좋겠는' 세상에 맞서는 그만의 무기인지도 모른다. 아들이 퀴어임을 알자 정신병원에 보낸 엄마, 자신의 정체성을 부정하기에 바쁜 학생회장 출신의 연인, 둘 다 징글징글하지만 미워할 수 없고 심지어 귀엽기까지 하다. 사랑하는 사람에게 상처받는 인물을 통해 단맛 신맛 쓴맛을 골고루 맛보게 만드는 이 소설을 통과하고 나면 결국 눈물의 짠맛이 남는다. 풍성하다못해 흘러넘치는 것은 분량만이 아니어서 표현은 과하지만 진실하고, 감정은 오버 칠갑이지만 역시 진실하다. 대범하고 진실하기 때문에 힘이 있는 이 작품을 수상작으로 결정하기까지는 긴 토론이 필요하지 않았다.

정영수의 「우리들」은 두 개의 복수형으로 이루어져 있다. 먼저 생겨난 '우리'가 헤어진 '나'와 연경의 관계를 건드리면서 '또다른 우리'를 불러온다. '우리들'은 한편 '시절들' 혹은 '장소들'에 대한 이야기이기도 한데, 이렇게 번져가며 겹치는 선들이 매혹적이다. 무엇보다 흐름이 더할 수 없이 자연스럽다. 모든 정경이 알맞게 자리를 잡고 있고, 화자의 목소리는 튜닝이 잘된 악기처럼 듣기에 좋다. 문체는 장식이 아니라 작가가 종이 위에서 숨쉬는 호흡법이라는 사실을 새삼 되새기게 한다.

아무런 사건이 없는 소설, 소설의 입구와 출구가 같은 모양으로 생긴 소설은 무척추동물 같다. 그럼에도 이주란의 「넌 쉽게 말했지만」에는 흡입력과 가독력이 존재하는데 자연발생적인 음률이랄까, 자기만의 성조 같은 것이 전면에 흐르기 때문이 아닌가 싶다. 몹시도 '옅은' 이야기를 따라가다보면 일상의 표면장력 아래 끊임없이 자기에게 몰두하는 인물의 심연이 들어온다. 사건에 지위를 주지 않으려는 태도로 말미암아 생겨나는 목소리와 감성이 있는데 이것이 이 작가만의 인장을 만든다.

이미상의 「하긴」은 활달하고 차지다. 속물들이 주고받는 푸짐한 말 풍경에 일단 눈길이 간다. '로커룸 대화'를 엿듣는 재미라고 할까. 민주화를 위해 청춘을 바쳤던 세대가 고학력을 바탕으로 사회에 안착한 후 자식 교육에 혈안이 되어 있는 상황 자체는 새로울 것이 없지만, 이 판에 문제적 인물 '김보미나래'가 던져짐으로써 소설의 고도가 상승한다. 공부만 못할 뿐 말썽 한 번 부린 적 없는 착한 딸을 어찌해야 할까. 쉼없이 질주하는 속물들의 세계에 '임테기 천사'가 재림하면서 일견 거칠기도 한 이 소설의 단점을 잊게 만든다. 장단점이 적고 매끈한 작품보다는, 단점이 있더라도 장점이 확실한 작품이 지지를 받는다는 사실을 다시 한번 확인했다.

김봉곤의 「데이 포 나이트」는 가슴 아픈 소설이다. 한낮에 찍은 영화를 밤 장면으로 변환하는 기법을 보여준 선배는 사실 사랑을 폭력으로, 기쁨을 공포로 바꿔버리는 존재이기도 하다. '너무 아름다웠지만 내 눈을 가리던 것들'을 헤아리는 이 이야기에는 그간의 김봉곤 소설과는 다른 결이 느껴진다. 탄력감 좋은 문장은 여전하지만 참혹함을 날것으로, 낭만주의의 담요를 덮지 않고 드러냄으로써 기존 소설에서 한 걸음 나아갔다. 잘하는 것을 잘하는 방식으로만 풀지 않고, 한 다발의 질문 뭉치를 손에 든 주인공을 내세운 작가의 변화에 응원을 보내고 싶다.

백수린의 「시간의 궤적」은 우정의 위태로운 생성과 균열 과정을 차분히 보여준다. 타향에서 드물고 귀하게 만들어진 언니와의 우정은 불안정한 '나'의 처지에 따라 빛깔이 달라진다. '둘로 된 하나'에서 한 사람이 약자가 될 때 다른 한 사람은 저절로 강자가 되어버리기 마련이다. 그 순간 벌어지는 약자의 공격은 얼마나 치명적인가. 백수린의 소설에서는 가장 내밀한 내면이 가장 보편적인 사건을 만든다. 이 위태로운 관계의 함수는 누구나 한 번쯤 경험해봄직한 일이어서 이야기가 문을 닫은 다음에도 잔상이 길게 남는다.

김성중

김희선의 「공의 기원」을 보고 있으면 공 하나로 이만큼 사실적인 뻥을 늘어놓는 솜씨에 혀를 내두르게 된다. 축구공이 작품 안에서 문자 그대로 굴러다니는데 장소만 해도 제물포-런던-편자브를 넘나들고 그에 따라 제국주의, 아동 노동착취, 마르크시즘, '멋진 신세계'로 대표되는 미래 담론까지 건드린다. 문장으로 드리블을 한다고 할까. 제물포에서 헤딩으로 올린 공이 포물선을 그리며 런던의 축구공 공장장 토마스 굿맨의 발등에 사뿐히 안착되는 식으로 말이다. 축구공을 밀어올리는 동력은 작가의 상상력에 기인하지만 그것을 받쳐주는 사유가 끝까지 힘을 잃지 않은 공도 크다.

끝으로 일곱 편에 들지 못했으나 나에게 특별했던 작품 한 편을 언급하고 싶다. 고진권의 「홍정우」는 충일하게 잘 쓰인 소설이다. 정색하고 젠체하는 화자가 굴곡진 거울로써 평범한 누나네 집 풍경을 담아내는데 그 부딪침이 소설을 인상적으로 만든다. 그늘에서 양지의 사람들을 바라보는 느낌, 생각하는 자가 살아가는 자들을 보는 느낌이라고 할까. 이 작가가 써나가는 가족 연작소설이 훗날 한 권의 책으로 묶이면 재독해야겠다는 생각이 들었다.

토론을 거쳐 선정한 일곱 편과 그 외에 주요하게 거론되었던 작품을 돌아보니 어딘가 느슨한 공통점이 있다. 이들에게는 작은 이야기와 큰 이야기, 사소설적인 요소와 사회적인 요소를 겹쳐 입거나 번갈아 입는 것이 자연스럽다는 점이다. 소재와 감성, 혹은 소설의 농도와 채도가 닮아 있는 작품도 드물지 않았는데 이것은 하나의 신호일까? 독자가 되어 젊은 작가들의 풍향계를 헤아려보니 흥미롭다는 생각이 들었다.

신인들의 빛나는 소설 한 꾸러미를 읽으면 기가 죽지 않을까 걱정했는데, 막상 심사에 참여해보니 다른 선물이 기다리고 있었다. 나에게 소중한 이 종이의 세계에서 누군가 공들여 품고 멋지게 완성한 결과물을 보는 일은 더없는 기쁨과 용기를 준다는 것. 그렇다. 좋은 작품은 언제나 기쁨과 용기를 준다. 일반 독자가 읽을 때나 동료 작가가 읽을 때나 말이다.

윤대녕 _소설가

근래 한국소설의 두드러진 특징은 페미니즘의 부활과 퀴어 문학의 본격화로 요약할 수 있겠다. 1990년대 중반에 일군의 여성 작가들에 의해 꽃을 피웠던 페미니즘 소설은 근자에 이르러 다채로운 변화를 통해 보다 진화한 형식을 보여주고 있다. 퀴어 문학의 경우는 지난 연대에 소수자에 의해 쓰이고 지극히 한정된 범위에서 소비됐다.

페미니즘의 부활과 퀴어 문학의 본격화라고 했으되, 이는 당대의 사회적 요소와 현상을 반영하는 것일 터이다. 어느 시대든 발화체인 작가는 '이야기하기'라는 형식을 통해 자신의 욕망을 투사하고 잠재된 의지를 실현시키고자 하는 열망을 드러낸다. 그로써 현실에 침투하고 참여하게 된다.

일곱 편을 뽑는 본심에 회부된 소설은 모두 스물한 편이었다. 이 중에 중편 분량의 소설도 있었고, 두 편씩 올라온 작가도 세 명이나 되었다.

작년에 『여름, 스피드』를 선보이며 주목을 받은 김봉곤은 이번에도 「데이 포 나이트」를 통해 자전적 색감이 짙은 이야기체를 구성하고 있다. 나는 한 인물의 성장담을 서술하는 과정에서 발견한 이 작품이 갖는 특유의 호소력에 주목했다. 이는 작가가 바야흐로 자신만의 화법으로 성(城)을 구축하는 방식을 발견했다는 의미로 파악이 가능하다. 「데이 포 나이트」의 경우 아름답고 참혹하고 서글픈 느낌을 지울 수가 없는데, 이는 물론 작가의 화법에 의해 연출된 것이다.

김희선의 「공의 기원」은 기원 탐색의 서사다. 기원에의 탐색은 언제나 우리로 하여금 아득한 뒤편을 돌아보게 한다. 또한 그 자체로 존재론적 지점에 놓이게 된다. 천을 직조하듯 써내려간 이 작품은 통시성을 바탕으로 서사적 실험을 시도하면서 소설에 있어서 이야기성이 과연 무엇인가를 증명해 보이고 있다. 한데 읽고 나서 다소 공허한 느낌이 드는 것은, 이 소설이 삶의 어떤 국면을 지시하고 있는지가 언뜻 불분명하기 때문일 것이다.

이미상은 이번 심사를 통해 처음 만나게 된 작가다. 그러므로 작가에 대한 정보가 전무한 상태에서 읽었다. 그가 선보인 「하긴」은 1990년대 초중반을 장식했던 후일담소설의 계보와 연결돼 있다. 과거 운동권 출신으로 '학출'의 공장노동자였던 '나'는 그곳에서 현재 인권 단체에서 일하고 있는 아내를 만나 딸을 낳아 키우고 있다. '딸의 대학 보내기'라는 프로젝트가 이 소설의 중심 서사를 이루고 있는데, 이 과정에서 작가는 우리가 처한 당대의 현실을 풍자식으로 날카롭게 비판하고 있다. 다음 작품에 대한 기대 때문이었을 것이다. 후일담 계보에 속하기에 다소 낡은 느낌을 주었으나, 선자들은 별 이견 없이 이 작품을 뽑는 데 동의했다.

정영수의 「우리들」은 과거의 연인이었던 연경과의 관계에서 여전히 회한을 품고 있는 '나'가 정은과 현수라는 불륜 커플을 만나 세 사람이 일정 기간 경험을 공유하는 구조를 취하고 있다. 이들은 욕망을 실현해나가는 환상의 공동체로 묘사된다. 그러나 '우리'라는 부서지기 쉬운 관계가 결국 허상일 뿐이며 그동안 공유했던 감각,

경험, 희열 들도 덧없는 환영에 불과하다는 것을 보여주고 있다. 하지만 그가 연전에 선보인 『애호가들』의 인상이 강해서 그런지 다소 소품이라는 느낌을 받았다.

윤대녕

한편, 이번 심사에서 내가 가장 주목한 소설은 백수린의 「시간의 궤적」이었다. 이 소설은 삶의 깊은 곳을 응시하는 작가의 시선이 돋보인다. 어느 날 문득 삶을 바꾸고 싶어 직장을 그만두고 돌연 파리로 옮겨간 서른 살의 '나'. 어학원에서 만난 대기업 파리 주재원인 삼십대 후반의 '언니'. 대학원에 입학해 알게 된 프랑스인 남자 브리스. 그와의 불안한 결혼. 결혼 이후에 찾아온 낯선 변화와 그에 따른 갈등과 대립과 타협. 그리고 어느덧 '아이'를 저당잡혀 살고 있는 '나를 바라보는 나'. 훗날 그 아이가 커서 자신을 증오하며 떠나리라는 확연한 예감…… 이러한 요소들이 이 소설을 다채롭게 만들뿐더러 작가가 그려놓은 시간의 궤적 속으로 독자는 어느덧 이끌려 들어가게 된다. 자기 정체성을 담보로 인생을 바꿔보려던 주인공 '나'의 모험은 결과적으로 실패한 도박이었음이 드러나고 지나온 삶의 왜곡된 궤적만이 눈앞에 남는다. 결코 돌이킬 수 없는 지점에서 작가가 응시하고 있는 것은 존재의 소외감, 박탈감, 공허함, 부조리함 들이다. 누구나 한 번쯤 경험했을 삶의 실존적 지점에 작가는 그렇게 어둡게 모습을 드러냈다 홀연히 자취를 감춰버린다.

「재희」에 이어 박상영은 「우럭 한 점 우주의 맛」을 선보이고 있다. 이 소설은 긴 호흡과 흐름을 긴장을 잃지 않고 보여주고 있다는 것이 큰 장점이다. 삼십대 초반의 작가인 '나'가 이십대 중반에 만났던 열두 살 연상 '그'와의 관계를 회상하는 방식으로 이야기는 진행된다. '나'는 열한 살 때 부모가 이혼을 했고 어머니는 현재 암이 재발해 치료를 받고 있다. 한편 출판 편집자인 '그'는 과거 운동권 출신으로 수감 이력이 있으며 엄마는 알코올중독 상태이다. 이를테면 서로가 결핍을 떠안고 사는 존재들이다. 그 결핍이 두 사람을 만나게 하지만 필연적으로 갈등을 야기한다. 내가 읽은바 이 작품은 '사랑에 관한 서사'이다. 매우 절실하고 절박한 사랑의 이야기. "그의 입술에서 이전까지 한 번도 느껴보지 못한 맛이 났다. 비릿하고 쫄깃한 우럭의 맛. 어쩌면, 우주의 맛." 이 사랑은 두 사람인 '소수자'에 국한되지 않고 암투병을 하고 있는 어머니와 더 많은 다른 존재들로 확장된다. 작가는 결국 이렇게 말하고 있는 것 같다. 우리들에게 발생하는 모든 사소하고 괴로운 사랑의 관계가 실은 우주적 사건이자 현상이 아닐쏘냐고.

은희경 _소설가

나에게 젊은작가상은 두 가지로 해석된다. 등단 십 년 이내의 작가만이 보여줄 수 있는 새로운 소설 또는 등단 십 년 이내의 작가가 쓴 완성도 높은 소설에 주어지는 상이라고. 그러나 스물한 편의 소설을 읽어가는 도중 그것이 내 편견임을 깨달았다. 이 상은 무조건 '좋은 소설'에 주어진다.

넷플릭스와 웹툰의 충실한 소비자로서 이따금 나는 소설의 새로움에 대해 생각하게 된다. 흔히 소설의 요소라 말해지는 풍부한 스토리텔링, 보편성을 담지한 독창적인 캐릭터, 기능적인 플롯 등은 자본주의적 상업 시스템을 가진 영화와 드라마의 구현을 따라가기가 어려워졌다. 접근성과 공감 면에서는 웹툰의 흡인력 또한 강력하다.

이런 환경에서, 정확하지 않은 언어로 쓰면 소설이 아니라 허술한 매뉴얼이 돼버린다는 레이먼드 카버나 '이야기 속에 권총이 나왔다면 그건 반드시 발사되어야 한다'라는 체호프의 문학적 엄격함이 여전히 유효할까. 새로운 소설은 더욱 분방하고 즉물적이고 탈문법적이고 무책임해야 하는 건 아닐까 하는 생각이 든다.

그러나 한편, 소설의 고유성은 '글'로 쓰인다는 데 있다. 소설은, 서사라는 틀에 다 담기지 않으며 말로는 조립해낼 수 없는 문자적인 사유와 인식을 표현한다. 새로운 소설은 오히려 그 문자적 고유성에 집중해야 하는 건지도 모른다. 그렇다면 소설의 진경은 작가의 관점과 연출력이 드러나는 문장이나 문체, 즉 내러티브에 있는 것일까.

이 두 가지의 생각 사이를 오락가락하는 어정쩡함이 이번 심사에서 내 나름의 기준으로 작용했다.

박상영의 「우럭 한 점 우주의 맛」에서 매력적인 내러티브와 경직성을 깨는 자유로움의 접점을 보았다. 박상영의 소설은 소수의 세계를 말하는 것이 아니라 그것을 규정하는 관습화된 세계를 보여주는 동시에 해체해버린다. 당연히 급진적이고 에너지가 실리지만 그 무거움은 솜씨 좋은 내러티브를 통해 가볍고 때로 귀엽게까지 조형된다. 「우럭 한 점 우주의 맛」은 그런 장점을 유감없이 보여주면서 개인사적 범주를 보편의 세계로 확장한 수작이다. 한심하게도 자신의 정체성을 감추려 들고 '형이상학적 헛소리'를 늘어놓는 구세대 애인과 '잠시도 불쌍해할 틈을 주지 않는 재주가 있는 여자'인 엄마. 두 인물에 대한 애증을 묘사하는 데는 '자비'가 없지만 그들에 대한 사랑의 방식은 매우 '페어'하다. 좋아하는 사람의 모든 것을 좋아하려는 강박에서 자유로우며, 엄마에 대해서도 "그녀는 그저 그녀 자신으로서 존재하고 있을 뿐 나를 옥죌 의도가 없고, 나 역시 그저 나로 존재하기 위해 안간힘을 쓰고 있다는 점에서 우리는 똑같은 인간에 불과하다"고 말한다. 나는 박상영의 그런 위치 설정에 깃든 어떤 슬픔과 애틋함에 설득되었다. 어차피 사랑은 완벽하거나 지속되지 않고 환영받지도 못하는 것이며 그것은 우리의 존재도 마찬가지이다. 이 서늘한 인식이 긴 여운을 남겼다.

백수린의 「시간의 궤적」은 실패의 서사를 유려하고 적실하게 그렸다. 쉽게 짐작할 수 있는 이야기 같지만 거기에서 한 겹을 더 파고드는데, 독자는 그 무리하지 않은 한 겹 너머에서 막막하고 외로운 세계와 대면하게 된다. 때로 서술방식이 밋밋하게 느껴지지만 그 덕분에 과잉이 없고 안정감을 주는 것도 사실이다. 그것은 백수린이 윤리적 딜레마를 통찰할 때에 특히 효과를 거두는 것 같다. "내가 아이를 아무리 사랑하더라도 아이는 언젠가 나의 모국어조차 아닌 언어로 나를 증오한다고 말하고 떠날 것을 이미 알기 때문이다" "사과를 하러 연락하지 않는 것이 언니를 위한 것인지 나를 위한 것인지 알지 못한다" 같은 문장에서 느껴지듯 백수린의 온화함 뒤에는 자기 연민에 빠지지 않고 자신에게 불리한 균열을 직시하는 결기가 있다.

은희경

김봉곤의 소설이 마치 실제로 일어난 사건처럼 느껴지는 것은 내러티브의 정돈된 톤 때문일 것이다. 그의 내러티브는 신뢰를 주고 때로는 영화에서 배우가 미남일 때와 같은 효과를 낸다. 마음을 졸이면서 등장인물의 간절한 내면에 동참하게 만드는 것이다. 그것은 서사의 힘으로 이어지며 그의 특기인 시각적 디테일이 실감을 더해준다. 한마디로 김봉곤은 이야기를 잘 다룬다. 높낮이와 리듬을 잘 조절하고 건조함과 간절함을 적절한 용도로 배치한다. 「데이 포 나이트」가 폭력이라는 다소 상투적인 소재를 다뤘음에도 새로운 것은 소수자의 이야기이기 때문이 아니라 바로 그런 세련된 균형감각 덕분일 것이다.

이주란의 「넌 쉽게 말했지만」을 인상적으로 읽었다. 자신의 소소한 일과를 털어놓는 듯한 이야기와 평이하다못해 가끔은 무신경하게 보이는 서술방식. 뭔지는 알겠는데, 근데 이걸 소설이라고 할 수 있나? 라는 느낌으로 읽기 시작하지만 어느새 화자에게 이입하고 결국은 위로를 얻게 된다. 공감한다는 것만으로 위로가 성립될 수 있다는 묘한 깨달음의 지점이 있다. 평행을 이루지만 조금씩 비

틀려 있는 관계들, 무사하고 여일해 보이지만 무형의 폭력과 결핍에 눌려 있는 일상들. 신선한 내러티브라고 느꼈다.

심사를 하는 동안 내내 머릿속을 맴도는 글귀가 있었다. 집에 돌아와 그 글귀가 적힌 일본 작가의 인터뷰 책을 찾았다. "제게는 문장이 전부입니다. (……) 문장이 바뀌면, 새로워지면, 혹은 진화하면 설령 똑같은 내용을 몇 번씩 되풀이해도 새로운 이야기가 됩니다. 문장만 계속 변화하면 작가는 아무것도 두려울 게 없습니다." 그것을 읽으니 어쩐지 새로움과 내러티브에 대한 그날분의 충분한 대답을 들은 것 같았다. 수상자 모두에게 마음 깊이 축하의 말을 보낸다.

황종연 _문학평론가

이미상의 단편 「하긴」의 제재는 그리 신선하지 않다. 자신의 아이가 기대한 대로 자라주지 않아 마음의 상처를 입은 아비의 이야기니 오히려 뻔한 편이다. 물론 뻔한 제재를 가지고 소설을 만드는 일은 튀는 제재를 가지고 소설을 만드는 일보다 훨씬 어렵다. 작중 인물과 상황의 특수성을 살려줄 세목들을 찾아내는 안목, 기쁨과 슬픔 양극 사이의 다양한 감정에 대한 분별, 아이러니와 모순으로 충만한 세상살이에 대해 열려 있는 의식 등과 같은 능력이 없으면 그것은 가망 없는 일이다. 반갑게도 「하긴」에는 바로 그러한 소설가적 능력이 넉넉하게 발휘되어 있다. 민주화운동 세대 가장들의 몰락, 중류계급 가정의 도덕적 허위, 자녀 양육에까지 기업 형식이 침투한 사회 풍속, 정신치료가 윤리학을 대신하고 있는 상황 등에 대한 날카로운 관찰이 눈에 띈다. 특히 그것이 전체적으로 유머러스한 어조의 서술을 통해 펼쳐진 덕분에 아버지로서 실패한 주인공-서술자의 이야기가 저급한 자기 연민에 떨어지지 않았다. 요즘 신진 작가들에게서는 구하기 어려운 풍속희극적 일화다.

김희선의 「공의 기원」은 보통 대체 역사(alternative history) 또는 추정 역사(speculative history)라고 불리는, 이제는 우리에게 전혀 낯설지 않은 문학 장르에 속하는 작품이다. 주요 소재인 '32장의 가죽 축구공'은 역사상 실재하는 것이고, 인천이나 런던이나 시알코트, 영국 축구협회나 식민지 인도 역시 그렇다. 그러나 작중 서술은 가죽 축구공 발명의 진실과 무관하다. '토마스 굿맨' 상표의 축구공이 세상에 출현한 경위는 순전히 허구다. 어째서 공의 기원이 화제가 되어야 하는가를 따지지 않기로 한다면, 이것을 읽는 일은 즐겁다. 1882년 인천 해안 마을의 한 소년이 그곳에 측량차 정박한 영국인 수병들로부터 토마스 굿맨 축구공을 선물로 받았던 일을 시작으로 하는 공의 기원에 얽힌 모든 이야기는 그럴듯하면서 또한 그럴듯하지 않다. 특히 서술자는 대체 진실 혹은 추정 진실을 주장하는 대신에 자신이 전하는 이야기들의 진위에 대한 판단을 계속 유예한다. 역사의 진실은 불확실하다는 철학적 난점을 가지고 벌이는 서사적 장난이라는 점에서 이지적이면서 유쾌한 데가 있다.

정영수의 「우리들」을 읽고 나면 사랑의 진실을 말하는 것이 가능하다는 믿음이 얼마나 순진한 것인가를 새삼스레 깨닫게 된다.

황종연

작가는 사랑이라는 기표가, 그리고 그것을 앞뒤에서 떠받치는 그 밖의 가능한 모든 기표가 공허할 수밖에 없다는 철리를 알고 있는 듯하다. 서술자-주인공이 그의 친구 정은과 현수의 혼외정사에 느꼈던 매혹, 그리고 그 자신의 연애의 기억을 복기하려던 열의는, 무리함을 무릅쓰고 단순화하면, 사랑을 말하는 언어의 유효성에 대한 믿음, 사랑이라는 경험의 실체성에 대한 믿음을 견지하려는 헛된 노력이었을지 모른다. 그건 물론 고독이라는 인간 존재의 본질을 부인하고 싶어하는 깊은 욕구의 발로이기도 하다. 이 소설의 서술은 오늘날 사람들이 사랑이라고 부르는 어떤 것의 애매함에 족히 걸맞은 공백, 단락, 착종을 포함하고 있다. "여름은 지나갔다. 그해의 모든 태풍이 소멸했고, 모든 매미는 울음을 그쳤고, 아이들은 모두 물에서 나왔다. 그게 다였다." 사랑의 역사를 두고 이렇게 쿨하게 말할 수 있는 한국 작가는 드물다.

한국 단편소설 애독자라면 본문에 저자 이름이 없더라도 「시간의 궤적」이 누구의 작품인지 모르지 않을 것이다. 젊은 나이에 프랑스로 건너간 한국인 여자들의 열정과 회한, 동경과 비애를 다루면서 이만큼 인상적인 장면과 잔향 많은 일화를 남길 수 있는 작가는 백수린 외에 달리 없다. 지금의 자신보다 나은 무엇인가가 되고자 하는 한국인 여자에게, 자신이 태어나고 속한 가정과 사회에서는 불가능한 교양과 쾌락과 구원을 원하는 한국인 여자에게 프랑스가 어떻게 매혹적이지 않을 수 있을까. 서술상 현재 프랑스 남자와 결혼해서 그르노블에 살고 있는 서술자-주인공이 언니라고 불렀던 인물과 함께 보낸 순간들을 두고 펼치는 일련의 회상은, 새로운 삶을 찾아 이주한 한국인 여자들의 허영과 뒤엉킨 소망, 의심과 이웃한 믿음, 자유와 통하는 불안을 전달한다. 게다가 한국어를 비롯한 한국적 동일성의 흔적이 한국인 개인의 생존에 얼마나 깊이 관여하고 있는지, 그것이 한국을 탈출한 한국인 각자에게조차 얼마나 무거운 카르마인지를 상기시킴으로써 이 소설은 소박한 엑소더스 찬가와 구별된다.

수상 후보에 오른 김봉곤의 두 작품 「데이 포 나이트」와 「시절과 기분」은 모두 이야기하려는 열정과 이야기하는 기술 양면에서 비범한 데가 있다. 특히 이야기의 대상을 둘러싼 특정 시대와 장소를 구체화하여 말하는 솜씨가 출중하다. 어느 회상 대목을 봐도 그 시대와 환경 특유의 기표들이 정확하게 선택되고 조밀하게 배열되어 있다. 또한 이야기하고자 하는 사랑의 경험에 어떤 방식의 서술이 적당한가를 고민한 흔적이 역력하다. 그 경험의 내용 혹은 성격의 차이를 섬세하게 고려한 감성의 분절이 느껴진다. 「데이 포 나이트」의 경우, 최초의 동성애 경험, 그 격정과 위험, 희열과 광기에 관한 서술은 영화예술의 마법에 관한 서술과 교직되어 의심과 후회의 한가운데서도 스스로를 긍정하는 싱싱한 생의 표상을 낳고 있다. 「시절과 기분」의 경우, 지방대학 남녀 커플의 어설픈 사랑은 남자/여자, 동성애/이성애, 서울말/부산말의 부드러운 대위법적 구조 속에서 애틋한 추억으로 완성된다. 이 두 작품 중 어느 쪽이 수상작이면 좋을지는 그야말로 취향의 문제다. 그것도 극히 주관적인.

젊은작가상 후보작 스물한 편 중에는 박상영의 작품으로 「우럭 한 점 우주의 맛」과 「재희」 두 편이 있었다. 나는 단편소설로서 높은 수준의 형식적 정합성과 유려함을 성취하고 아울러 동시대의 젊음에 대한 활달한 감성적 이해를 보여준 「재희」가 더 우수한 편이라고 보았으나 젊은작가상 대상은 다른 쪽으로 갔다. 「우럭 한 점 우주의 맛」은 퀴어 서사로서 내용이 확실하다. 동성애자인 서술자-주인공은 강남의 사업가 어머니와 학생운동 마지막 세대의 애인에 대해 가지고 있는 복잡한 애증의 감정을 표출하면서 대담하게 스스로를 노출한다. 그의 성적 지향은 명확하게 한국적인 배경을 가지고 있다. 그것은 한편으로는 고루한 좌파 민족주의 이데올로기, 다른 한편으로는 서울 중류계급의 기독교적 도그마와 대립하며, 궁극적으로는 팔루스적 어머니의 폭정으로 인해 트라우마를 겪은, 또는 작중 표현으로는 '마더 콤플렉스'에 시달리는 한국의 아들들의 문제와 연관된다. 이 소설에 들어 있는 동성애자의 화법은 매력적이다. 성을 규율하는 사회권력의 언어와 때로는 요란하고 때로는 상스러운 전투를 벌이고, 인간의 선과 악, 미와 추 모두를 품어 생기를 불어넣으며, 익살과 울분 사이의 여러 음계들을 씩씩하게 오르내린다. 동성애에 대한 공감과 이해를 북돋우는 소설로서 「우럭 한 점 우주의 맛」은 한동안 최고의 자리를 차지할 것 같다.

문학동네 젊은작가상 수상작품집
2019 제10회 젊은작가상 수상작품집

초판인쇄 2019년 3월 27일
초판발행 2019년 4월 5일

지은이 박상영 김희선 백수린 이주란 정영수 김봉곤 이미상
펴낸이 염현숙
책임편집 이성근 | 편집 정은진 김내리 이상술
디자인 김마리 유현아 | 마케팅 정민호 박보람 나해진 최원석 우상욱
홍보 김희숙 김상만 이천희
제작 강신은 김동욱 임현식 | 제작처 영신사

펴낸곳 (주)문학동네
출판등록 1993년 10월 22일 제406-2003-000045호
주소 10881 경기도 파주시 회동길 210
전자우편 editor@munhak.com | 대표전화 031) 955-8888 | 팩스 031) 955-8855
문의전화 031) 955-3576(마케팅) 031) 955-8864(편집)
문학동네카페 http://cafe.naver.com/mhdn | 트위터 @munhakdongne
북클럽문학동네 http://bookclubmunhak.com

ISBN 978-89-546-5581-1 03810

* 이 도서의 국립중앙도서관 출판예정도서목록(CIP)은 서지정보유통지원시스템 홈페이지(http://seoji.nl.go.kr)와 국가자료공동목록시스템(http://www.nl.go.kr/kolisnet)에서 이용하실 수 있습니다.(CIP 제어번호: 2019010773)

www.munhak.com